KB059158

목차

클레어 프랑소와

레이 테일러

라나 라이나

이브 눈

필리네

도로테아

제 12 장

무도회편

"유치원, 가고 싶지 않아."

교황 성하 암살 미수사건이 끝나고서 며칠이 지난, 어느 날 아침.

아침에 눈을 뜬 아이들이 거실로 나오자마자 입에 담은 말이었다. 이건 한 번도 상상해 본 적 없는 사태였다. 왜냐하면 그 말을 꺼낸 게 메이였기 때문이다.

"무슨 일인가요, 메이. 혹시 유치원에서 누가 괴롭히는 건가요?"

"아냐. 괴롭힘을 당하는 건 알레어야. 알레어를 괴롭히는 곳 따위엔 가고 싶지 않아."

메이는 볼을 빵빵하게 부풀리면서 항의의 뜻을 나타내고 있었다.

"알레어, 아이들이 괴롭히나요?"

"괴롭힘은 당하고 있지 않아요. 하지만……."

"괴롭히고 있어! 다들 무조건 메이한테만 관심 갖고, 알레어는 내버려 둔단 말이야! 다들 싫어!"

이거 단단히 토라진 것 같다. 클레어 님과 나는 일단 오늘은 아이들이 유치원을 쉬도록 한 다음 천천히 이야기를 들어보기로 했다. 아침은 나중에 먹기로 하고, 아이들을 테이블에 앉히고서 클레어 님도 자기 자리에 착석했다. 나는 클레어 님과 내 몫의 홍차와 아이들이 마실 따뜻한 우유를 준비했다.

"자, 그래서 대체 무슨 일인가요? 자세히 설명해 줄래요?"

내가 자리에 앉는 것으로 가족 전원이 모이자, 클레어 님이 메이에게 조심스럽게 물었다. 메이는 도저히 화를 참을 수 없다는 듯이 씩씩대며 입을 열었다.

"메이 말이지, 요전에 마법을 쓸 수 있게 됐어. 그 뭐더라……. 고정식? 이라는 방법을 익혔더니 어쩐지 마법이 잘 돼서…….."

"! 그거 잘 된 일이잖아요. 축하해요."

"축하해, 메이."

"좋지 않아! 잘 된 거 아니야!"

메이는 온몸으로 부정했다.

"메이가 4속성 마법을 쓸 수 있다는 걸 알게 되자 선생님들 전부 메이한테만 관심을 줘. 알레어도, 그리고 다른 애들도 다들 열심히 하고 있는데도 오로지 메이만. 그런 건 이상해."

메이는 단숨에 거기까지 내뱉고는 마음을 진정시키려는 것처럼 우유를 한 모금 마셨다.

제국의 능력주의 교육 방침은 유치원에서도 철저하게 이루어지고 있다. 알레어처럼 외부에서 온 유학생에게도 전혀 차별 없이 문호를 개방하고 능력을 키워주려고 한다.

하지만 그 교육 방식에는 명확한 장단점이 존재한다. 메이같이 우수한 능력을 가진 사람에게는 더할 나위 없을 정도로 쾌적한 환경이겠지만, 그렇지 않은 평범한 사람들에게는 글쎄. 아마도 그저 헛수고라고 느끼게 되는 환경 아닐까.

그런데 그런 능력주의 정책이 낳는 문제점을 토로하는 사람이 알레어가 아니라 메이일 거라고는 전혀 생각하지 못했다. 알레어는 조숙한 면이 있어서 클레어 님도 그렇고 나도 그렇고, 메이보다는 알레어가 먼저 깨달을 거라고 생각하고 있었기 때문이다.

"거기다가 선생님들이 메이는 알레어와 떨어져서 다른 반에서 수업을 듣지 않겠냐는 소리를 하는 거야. 메이는 절대로 싫어!"

나는 그 말을 듣고서야 대충 수긍이 갔다. 메이는 지금 공교육이 능력주의에 편중되어 있다는 사실에 대한 모순을 규탄하고 싶은 게 아닌 것이다. 그냥 단순히, 정말 좋아하는 알레어가 존중받지 못한다는 사실과 알레어와 따로 떨어지게 된다는 점을 참을 수 없는 거겠지.

클레어 님과 나는 서로 얼굴을 마주 보면서 이걸 어떻게 해야 할지 고민에 빠졌다. 먼저 입을 뗀 사람은 클레어 님이었다.

"메이, 당신이 하는 말에도 일리가 있어요. 알레어가 제대로 된 대우를 받지 못하고 있다는 점에 대해선 제가 유치원에 항의를 해 둘게요. 하지만 알레어와 따로 떨어지고 싶지 않다는 건 메이의 어리광이에요. 그건 어쩔 수 없──."

"클레어 님, 잠시만 기다려주세요. 제가 먼저 이야기하게 해 주시지 않겠습니까."

죄송한 일이지만 클레어 님의 말을 끊고서, 나는 메이에게 이야기를 꺼냈다.

"먼저, 메이가 솔직하게 자신의 마음을 이야기 해줘서 나도 클레어 님도 정말로 기뻐. 솔직하게 얘기해 줘서 고마워. 알레어를 위해서 고민해 준 일도 참 기쁘단다."

"······응."

"메이랑 알레어가 지금 맞닥뜨린 문제는 조금 어려운 문제일지도 몰라. 하지만 클레어 님도 나도, 너희들과 함께 생각하고 싶어. 어떻게 해야 좋을지 함께 고민해 보자."

"……응."

나는 일단 거기까지 말하고서 자리에서 일어난 다음, 메이와 알레어한테 걸어가서 아이들을 껴안아 주었다. 평소와 다르게, 메이와 알레어는 솔직하게 내 포옹에 마주 안아줬다. 역시 아이들도 불안해하고 있었던 거겠지.

"메이는 어떻게 하고 싶어? 알레어는?"

의자에 앉아있는 아이들과 같은 눈높이에서 눈을 마주 보며 물어봤다.

"메이는 이젠 유치원에 가고 싶지 않아."

"저는…… 될 수 있으면 계속 다니고 싶어요."

아이들의 의견이 나뉘었다.

"알레어는 메이랑 헤어지게 되어도 좋은 거야?!"

"그런 게 아니에요! 하지만 저 때문에 메이가 수업을 받을 수 없게 되는 건 싫은 거예요."

어디까지나 자신의 욕구에 솔직한 메이에 비해서, 알레어는 역시나 어른스럽다. 메이만 편애를 받고 있다는 사실에 자기도 느끼는 바가 없지는 않을 텐데도 이렇게 메이를 생각해 줄 수 있는 건 굉장한 일이다.

"알레어는 메이가 필요 없어 진거야……?"

"그렇지 않아요! 저도 메이랑 떨어지고 싶지 않은 건 마찬가지예요."

"그러면!"

"하지만 메이는 마나리아 언니와 똑같은 훌륭한 재능을 타고

났잖아요? 그걸 쓸모없게 만드는 건 너무 아까운 일이에요."

"메이의 일은 아무래도 좋잖아! 메이는 재능 따위보다 알레어가 더 소중해!"

"자자, 스톱 스톱. 거기까지."

아이들이 한도 끝도 없이 과열되려고 했기 때문에, 나는 일단 브레이크를 걸었다.

"먼저, 메이는 알레어랑 떨어지고 싶지 않은 거네?"

"응."

"그리고 알레어는 메이가 좀 더 재능을 키워나가길 바라는 거지?"

"네, 맞아요."

"흠…… 잠깐만 기다려 줘. 클레어 님과 상담하게 해주렴."

다시 일어나서 내 자리로 돌아가자, 곁에 있는 클레어 님이 뭐라 표현하기 힘든 표정을 짓고 계셨다. 무슨 일일까.

"클레어 님?"

"네……? 아……. 뭐, 뭔가요?"

"메이와 알레어가 각각 말하고 싶은 바는 저렇다고 하니, 우리 둘이 머리를 맞대서 지혜를 짜내보고 싶습니다만."

"네, 네에, 그렇게 하도록 해요. 그러네요……."

어쩐지 상태가 조금 이상한 것 같았지만, 클레어 님도 함께 고민해 주시려는 모양이었다. 나 혼자서는 도저히 감당할 수 없는 문제이기도 해서 클레어 님이 함께 해주는 게 정말 마음 든든하다. 든든하기는 한데 어쩐지 클레어 님은 마음이 딴 데 있는 기색이다. 왜 그러지?

"메이도 알레어도 아이들이 쓰기에는 꽤나 어려운 말들을 알고 있네요……."

"우리가 나누는 대화에서 모르는 단어가 있으면 바로바로 물어보잖아요."

"그걸 감안해도 한도라는 게……."

"단둘이서 뒷골목에서 살았던 적도 있는 아이들입니다. 지식을 습득하는 일에 대한 집착을 얕보아선 안 돼요."

"……그렇겠네요."

그렇게 클레어 님은 납득한 기색을 보이기는 했지만 짐작건대 클레어 님이 고민하는 부분은 그 점이 아니다. 하지만 그렇다고 지금 캐물어도 되는 걸까.

"알레어를 메이와 같은 반에서 수업을 듣도록 하는 건 안 되는 건가요?"

클레어 님이 말했다. 그래도 일단은 아이들에 대한 주제로 계속 이야기를 이어나가도 괜찮은 모양이다.

"글쎄요 어떨까요. 제국의 방침을 생각해 봤을 때, 메이가 받는 수업은 유치원에서도 최고 레벨의 수업일 거라고 생각합니다. 알레어에겐 조금 벅찰지도 몰라요."

"메이, 확인해 두고 싶은데 서로 떨어지게 되는 건 모든 수업 전부인가요?"

"으으응, 아니야. 마법 수업만."

"그러면 마법 수업만 참아 보는 걸로는 안 되나요?"

"……알레어랑 함께가 아니면 싫어."

메이가 떼를 쓰기 시작했다.

"저기, 메이. 메이는 알레어가 소중한 거지?"

"……응."

"알레어를 좋아해?"

"정말 좋아해."

"응, 그렇겠지. 그러면 알레어를 괴롭게 만들고 싶지도 않은 거겠네?"

"알레어가 괴로워하는 건 싫어!"

"응. 그런데 말이지, 메이. 메이가 마법 수업도 알레어랑 같이 듣고 싶다고 생각하는 건 결국 알레어를 괴롭게 만드는 일이 되는 건데? 그래도 괜찮아?"

"! ……그런 거야, 알레어?"

메이는 깜짝 놀란 것처럼 알레어를 바라보았다.

"저는 메이가 듣는 수준의 마법 수업은 이해할 수 없어요. 저에겐 마법 적성이 없는걸요."

"…….."

"저도 마찬가지로 메이와 헤어지고 싶지는 않지만 마법 수업이 있을 땐, 저는 별개로 검술 수업을 듣고 싶어요."

"검술?"

"네에. 메이가 따로 수업을 듣도록 권유를 받았을 때, 저도 적성에 맞는 수업을 권유 받았어요. 검술 선생님이 수련을 봐주시겠다고."

"알레어는 그렇게 하고 싶어?"

"네에. 메이에게 지고 싶지 않은 걸요. 그래도 메이가 저와 떨어지고 싶지 않다고 말해준 건 정말로 기뻐요. 고마워요."

"……."

알레어의 말을 듣자, 메이의 마음이 흔들리는 모양이었다. 알레어와 떨어지고 싶지는 않다. 그러나 알레어를 괴롭게 만들고 싶지도, 알레어가 하고 싶은 일을 막고 싶지도 않다. 그런 생각들이 메이 안에서 갈등하고 있었다.

"……마법 수업뿐이다?"

"네에. 그 외의 시간은 지금까지처럼 함께예요."

"아니, 지금 이상으로 함께 해줘!"

"후후, 메이는 어리광쟁이네요."

알레어가 웃으면서 메이의 머리를 쓰다듬었다. 메이는 여전히 뾰로통한 표정을 짓고 있었지만 일단은 납득해준 모양이다. 나로서도 안도의 숨을 내쉴 수 있었다.

"그러면 메이는 조금만 참고서 마법 수업을 따로 듣는다. 그동안 알레어는 검술 수업을 받는다. 그때 말고는 지금까지 해왔던 대로. 그걸로 괜찮지?"

"……응."

"알겠어요."

"메이, 잘 참아줘서 고마워. 알레어도 메이를 위해 생각해줘서 고맙고."

"응."

"당연한 거예요. 정말 좋아하는 메이에 대한 일인걸요."

"! 메이도 알레어가 정말 좋아!"

알레어의 말에, 메이는 단숨에 기분이 좋아졌다. 이렇게 일단 메이의 등교거부 소동은 막을 내렸다.

"그럼 오늘은 이대로 집 보기를 부탁할게. 클레어 님이랑 나는 학관에 다녀올 테니까. 점심은…… 알레어, 부탁해도 될까? 이걸 데우기만 하면 되니까."

"네, 맡겨만 주세요."

"그럼 가도록 하죠, 클레어 님."

"……네."

""다녀오세요—!""

아이들의 배웅을 받으면서 바우어 학생 전용 기숙사에서 나와, 제국 국학관으로 향하는 제도의 중심가를 따라 걸어갔다. 메인 스트리트는 변함없이 사람들로 북적인다. 우리는 스쳐 지나가는 다양한 국적의 사람들을 요리조리 피하면서 앞으로 나아갔다.

오늘은 메이와 알레어에게 유치원을 쉬도록 했기 때문에 데려다줄 필요가 없었던 만큼 시간이 남았다. 그 덕분에 아침에 많은 얘기를 나눴는데도 꽤나 시간적 여유가 있어서 느긋하게 주변의 풍경을 즐길 수 있었다.

"이렇게 느긋하게 등교하는 것도 오랜만이네요, 클레어 님."

"······네에."

"······클레어 님?"

어쩐지 아까 전부터 클레어 님의 낌새가 이상하다. 뭔가 깊이 생각에 잠겨 있는 것처럼 보였다. 어떻게 된 일일까.

"클레어 님, 무슨 일 있으신가요? 무슨 일 있으시죠?"

"그렇게 단정 짓지 말라고요. ······하지만 뭐, 이번에는 짐작대로예요."

클레어 님은 한 번 쓴웃음을 짓고서는 크게 한숨을 내쉬었다.

"저, 살짝 자신이 없어졌어요."

"자신? 무슨 자신인가요? 저한테 사랑받고 있다는 자신인가요? 그런 거라면 당장 오늘 밤에라도 자신감을 불어 넣어드릴 수 있는데요."

"레이는 장난을 치지 않고선 살 수가 없는 거예요? 진지한 이야기예요."

"······죄송합니다."

"뭐, 기운을 북돋아 주려고 일부러 그랬다는 것쯤이야, 이제 사귄 기간도 짧지 않은 만큼 잘 알고는 있지만 말이죠?"

그래도 지금은 진지하게 들어주세요, 하고 클레어 님이 말을 이었다.

"메이가 유치원에 가고 싶지 않다는 말을 꺼냈을 때, 저는 제일 먼저 왜 그러면 안 되는지부터 설명하려고 했어요. 하지만 레이는 달랐잖아요? 당신은 먼저 메이와 알레어에게 다가가려고 했어요."

아무래도 그 차이가 클레어 님에겐 쇼크로 다가왔던 모양이
다. 클레어 님이 지금 뭘 고민하고 있는지가 나로서도 이해가
됐다.

"제가 말하려고 했던 건, 틀린 말은 아니었겠죠. 말하려던 내용
도 도리에 맞는 말이었을 거예요. 하지만 메이와 알레어의 마음
을 헤아리지 못했다는 느낌이 들어요. 정답만을 밀어붙였다……
라고도 말할 수 있을까요."

그 말과 함께 클레어 님이 눈살을 찌푸렸다.

"그에 비해서 레이는 먼저 메이와 알레어가 어떻게 느끼고 있
는가, 그리고 뭘 하고 싶은가부터 물었어요. 저는 레이의 접근
방법이 옳다고…… 아니, 훨씬 더 좋다고 느꼈어요. 당신의 접
근 방법에 비하면 제가 얼마나 고정된 틀에 사로잡힌 사고방식
을 가졌는지 통감하게 돼요."

하아…… 클레어 님은 다시 한번 크게 한숨을 내쉬었다. 이건
안 되겠다.

"클레어 님, 잠시만 여기서 기다려주세요."

"……레이?"

어리둥절해 하는 클레어 님을 두고서, 나는 근처에 있는 청과
물 가게로 걸어갔다.

"언니, 이 딸기 주세요."

"언니라니 무슨, 그런 농담은 치워줘. 나는 벌써 당신만한 딸
이 있을 아줌마라고."

"에이~ 그렇게 안 보이는데."

"앗하하, 참 입담도 좋네. 좋아 조금 깎아줄게. 마침 시기도 끝물이니까 말이야."

"고맙습니다."

돈을 낸 다음, 종이봉투에 담긴 딸기를 받아들고 클레어 님 곁으로 돌아왔다.

"자요, 클레어 님. 하나 받으세요."

"또 군것질 같은 거나 하고……. 아니 그보다 아직 이야기가 끝나지 않았다고요."

"네에, 물론 계속할 생각입니다. 그래도 그건 그거고 기분전환을 하도록 하죠."

"……정말이지……."

어쩔 수 없는 사람이라니깐, 클레어 님은 그렇게 말하면서도 순순히 딸기에 손을 뻗었다. 가게 아줌마는 슬슬 딸기 철이 끝날 때라고 말했지만, 갓 따온 걸로 보이는 딸기를 입에 넣자 신선하면서도 새콤달콤한 맛이 입안 가득히 퍼졌다. 좋은 딸기다.

"맛있는 딸기네요."

"네에. 분명 숙련된 농가에서 키운 녀석이겠군요. 저는 아이들을 키우는 것도 똑같은 거라고 생각한단 말이죠."

"? 무슨 뜻인가요?"

클레어 님이 한 개 더 딸기를 집어서 입에 넣으며 의문 섞인 표정을 지었다.

"경험이 중요한 거구나 싶어서."

"네?! 레이, 당신 육아 경험이 있는 거예요?!"

물론 지금 클레어 님이 말하는 육아 경험이라는 건, 내 전생의 이야기다.

"아뇨아뇨, 그게 아닙니다. 제가 키운 경험이 아니에요. 반대로 이 상황에선 제가 키워진 경험이네요. 예전에 제 첫사랑 이야기를 들려드렸던 거 기억하고 계신가요?"

"물론이에요. 그 수라장 같은 사각 관계 이야기 말이죠."

내가 코사키를 좋아했고, 그게 계기가 되어서 얽히고설켰던 내 옛 상처다.

"그때 어머니가 저한테, 딱 지금 제가 했던 것처럼 다가와주셨어요. 저도 메이와 마찬가지로 학교에 가고 싶지 않았던 시기가 있었으니까요."

첫사랑에 호되게 데였던 직후의 일이다.

"저 자신이 그렇게 해줘서 좋았었다고 느꼈던 일을 그대로 했을 뿐이에요. 이번에는 우연히 그게 잘 들어맞았던 거죠."

"하지만 저는──."

"클레어 님은 너무 착한 아이였던 거라고 생각합니다."

"너무 착한 아이였다?"

"네."

이전에도 말한 적 있다고 생각하지만, 클레어 님은 악역 영애가 되기 직전에는 정말로 말을 잘 듣는 착한 아이였다. 오히려 지나치게 착한 아이였다고 말할 수 있을 정도로.

"제 짐작이긴 하지만 클레어 님이나 클레어 님의 어머님을 비롯한 귀족분들이 받아온 교육이란, 대의명분과 정당성을 중시한 교육이었을 거라고 생각하거든요."

"그건…… 분명 그럴지도 몰라요."

"그렇겠죠. 그렇기 때문에 클레어 님에게는 방금 전 클레어 님이 하려고 했던 대응이 정답이 됐던 겁니다. 아마 그거에 반발심을 느낀 적도 있었겠지만 밀리아 님이 설명에 능숙한 분이셨던 점, 그리고 클레어 님이 말을 잘 듣는 아이였던 점도 있어서, 그런 방식으로도 아무런 문제가 없었던 거라고 생각합니다."

"……"

클레어 님은 조금 그리운 눈빛이었다. 지금은 곁에 없는 밀리아 님과의 시간을 추억하고 있는 걸까. 혹시나 싶어서 짚고 넘어가자면 밀리아 님이란 클레어 님의 어머님 이름이다.

"실제로 제가 전에 살던 세상에서도, 교육 방법에 대해선 의견 대립이 있었습니다. 모든 개개인이 사회가 기대하는 이상적인 모습에 가까워질 수 있도록 하는 교육 방향인가, 아니면 한 사람, 한 사람의 개성을 중시하는 방향인가. 클레어 님이 받은 교육은 전자에 가깝고 제가 받은 교육은 후자에 가깝겠네요. 어느 쪽이든 이점이 있고, 마찬가지로 결점도 있습니다."

"……"

나는 딸기를 한 개 더 덥석 물면서 말을 이었다.

"예를 들어, 방금 전 메이에게 교육기관이란 당연히 다녀야 하는 것이다, 같은 식으로 설득할 수도 있었겠고, 그걸로 잘 풀릴 때도 있을 거라고 생각해요. 물론 이번엔 다른 전개가 되긴 했지만 제 접근법 때문에 아이들이 유치원에 다니지 않게 될 가능성도 있었을 테니까, 나름대로 위험성은 있었던 겁니다."

"하지만 결과적으로는 레이가 정답이었어요."

"그렇기 때문에 경험이에요. 클레어 님이 사교댄스를 싫어하셨을 때와 제가 등교 거부를 했을 때. 메이의 경우는 제 경우에 가깝다고 생각했어요. 그래서 저는 이번엔 클레어 님의 말을 잘라서라도 그런 방식을 취했습니다. 결과가 좋았던 건 운도 크게 작용했다고 생각해요."

메이도, 알레어도 그 나이치고는 깜짝 놀랄 정도로 사리 분별을 잘하는 아이들이기도 하니.

"어쨌든 제가 하고 싶은 말은, 클레어 님의 육아관이 잘못된 게 아니라는 점입니다. 언제나 때와 상황에 따라서 무엇이 최선인가가 달라지는 거라고 생각합니다."

"……그건 단순히 저를 위로하려고 하는 게 아니고요?"

"한 점의 거짓 없는 본심입니다."

"……고마워요, 레이."

그 말과 함께, 클레어 님은 마지막 남은 딸기 하나를 나한테 내밀었다.

"답례로 이걸 드리겠어요."

"아앙~ 해주세요. 아앙~."

"후후…… 바보."

말로는 그렇게 하면서도 클레어 님은 아앙~ 하고 입에 넣어주셨다.

응, 방금 전보다 5할은 더 달콤하다.

"저도 앞으로 육아를 하면서 실수할 일이 한두 번이 아닐 거라 생각합니다. 그러니 그때는 지적도 해주시고 옆에서 꼭 도와주세요."

"후후, 잘 알겠어요. 앞으로도 잘 부탁해요, 레이."

"저야 말로요."

딱히 서로 싸웠던 것도 아니지만, 살짝 무거워졌던 분위기가 깨끗하게 걷혔다. 메이와 알레어가 소중하기 때문에 이렇게 진지한 고민에 빠질 때도 있다. 하지만 최선을 다해 서로가 생각하는 것들을 의논하면서 둘이 함께 어려움을 넘어서며 나아가고 싶다고 생각한다.

그리고 그건 분명 클레어 님도 똑같은 마음일 것이다.

점심시간을 알리는 종소리가 울렸다.

"흠. 오전 강의는 여기까지."

교사는 짧은 한마디만 남기고서 곧바로 교실을 나갔다. 변함없이 붙임성 없는 사람이지만, 항상 시간을 어기지 않고 딱 맞춰서 강의를 끝내는 점은 대단하다고 생각한다.

그리고 바로 그때, 땅이 흔들렸다.

"지진이다!"

교실 안이 패닉에 빠진 와중에 나는 재빨리 몸으로 클레어 님을 감싸며 엎드렸다. 지진은 1분 정도 지나자 가라앉았다.

"엄청 컸네요, 지금 지진."

"네, 최근 들어 지진이 잦군요."

왕국을 떠나오기 전에 로드 님과도 얘기를 나눴던 대로, 요즘 들어서 지진이 빈발하고 있다. 게다가 삿살 화산의 전례가 있으니 제국에서도 불안하게 느끼는 사람들이 늘어나고 있다고 한다. 사실 지진 대국이라 할 수 있는 일본 출신인 나로서는 이정도 빈도의 지진쯤이야 일상이나 마찬가지라는 느낌이지만.

"클레어, 레이, 다친 데는 없어요?"

"필리네 님."

"걱정해 주셔서 고마워요. 하지만 괜찮답니다."

필리네가 걱정스러운 표정으로 다가왔다.

"그래요, 다행이야. 같이 점심 먹으러 갈까요?"

함께 식사를 하자고 권유하는 모양이다. 평소 같았으면 여기에 라나와 프리다까지 함께 합세해서 다 같이 점심을 먹었겠지만, 아쉽게도 오늘은 조금 상황이 다르다.

"미안해요, 필리네 님. 오늘 우리는 도시락을 가져오지 못했어요."

메이와 알레어의 등교 거부 소동이 있었기 때문에 오늘은 도시락을 쌀 시간이 없었다. 정확히는 도시락을 만들기는 했지만 그건 그대로 메이와 알레어의 아침 식사가 되었다.

지금 클레어 님과 나는 아침도 거른 상태라서 배가 꼬륵거린다. 이제부터 고대하고 고대하던 점심시간인데 클레어 님의 표정은 영 밝지 못했다.

"그렇다면 오늘 두 분은 식당인가요……."

"그럴 생각이에요."

클레어 님을 향해 말하는 필리네 님의 목소리에도 쓴웃음이 배어 나왔다. 그 이유는 무엇인가. 실은 학관 식당이 정말 맛이 없기 때문이다.

"그러면 저도 자리만이라도 함께 해도 괜찮을까요?"

"그야 물론이죠. 시설만 놓고 보면 나쁘지 않단 말이죠, 학관 식당도."

"그래도 일단, 제국이 공식적으로 식사를 제공하는 장소니까요."

나는 식당으로 향하는 길을 걸으면서 필리네와 클레어 님이 나누는 대화를 듣고 있었다. 두 사람은 변함없이 사이가 좋다. 질투 따위 하지 않아. 안 한다면 안 하는 줄 알아. 정실부인의 여유다. 좋아.

몇 분쯤 걸으니 식당에 도착했다.

"오늘도 텅텅 비어있네요."

"여기는 인기가 없으니까요."

가차 없는 평가를 받고 있지만, 일단 식당의 시설 자체는 넓고 청결함이 느껴졌다. 전생의 대학교 학생식당 정도의 넓이는 될 것이다. 시설에 쓰인 자재는 철근 콘크리트가 아니라 대부분 목재로 지어진 덕분에 은은하면서도 자연스러운 따뜻한 인상에다, 마련된 테이블과 의자도 나쁘지 않다.

어디까지나 문제가 있는 건 요리뿐이다.

"아주머니, 오늘의 메뉴는 뭔가요?"

"양고기와 채소 절임, 소시지, 사우어크라우트, 그리고 빵이네."

식당 아주머니가 무심한 태도로 간결하게 대답했다.

풍채가 좋고, 배짱이 두둑해 보이는 모두의 어머니 같은 느낌의 여성이다.

메뉴는 예전에 여기서 먹었을 때랑 거의 변하지 않았다. 이 식당은 여러 메뉴 중에서 하나를 고르는 식의 자유로운 시스템이 아니다. 요일마다 메뉴가 정해져 있어서 누구나 똑같은 걸 먹는 방식이다.

"그럼 그걸로 2인분 부탁드릴게요."

"오케이."

클레어 님의 주문에, 그다지 의욕 없어 보이는 목소리로 대답하며 주방으로 들어갔다. 나는 클레어 님 뒤에 가만히 서서 요리가 나오길 기다렸다.

"그럼 저는 먼저 자리를 잡아 놓을게요."

"자리 쟁탈전이 벌어질 만큼 혼잡하려나요?"

"요리가 별로인만큼 적어도 자리라도 좋은 곳에서 먹고 싶잖아요."

"그것도 그러네요. 그럼 부탁드려요."

"네에."

필리네가 도시락을 들고서 먼저 떠났다. 그 모습을 지켜봤더니 그녀는 창가 쪽에 햇볕이 잘 들고 경치가 좋은 자리를 확보해 준 것 같았다.

"자, 기다렸지. 가져가라고."

아주머니가 요리를 담은 트레이를 내밀었다. 시간은 5분도 채지나지 않았다. 짐작건대 만들어 놓은 걸 그냥 데우기만 하고 내왔을 뿐이겠지. 그건 뭐, 어쩔 수 없는 일이라 생각한다. 일반 음식점도 대강의 밑준비는 미리 해두기도 하고, 오히려 아예 처음부터 하나하나 만드는 가게가 더 드물다.

그러니 그 점은 괜찮다. 문제는———.

"……."

"클레어 님. 그렇게 노려봐도 맛이 나아지지는 않습니다. 포기하도록 하죠."

"그러네요……."

나는 클레어 님을 재촉하며 필리네가 맡아준 자리로 향했다.

"그러면 먹도록 할까요."

"잘 먹겠어요."

"잘 먹겠습니다."

나와 마찬가지로 합장하듯 손을 모으는 두 사람을 보면서, 역시 여기는 일본 게임 회사가 만든 게임 세계구나, 하고 새삼 실감한다. 여기가 완전히 중세 유럽풍 세계였다면 식사 전에는 종교적인 기도를 했겠지.

그런 생각들을 멍하니 떠올리면서 일단은 빵을 조금 찢어서 입에 넣었다. 응, 딱딱해. 좋은 밀가루를 쓰지 않고, 질 나쁜 밀가루와 보리를 섞어서 만든 탓이겠지. 효모도 별로일지도 모른다. 버터의 함량도 적은 것 같다. 아예 못 먹을 정도로 맛없진 않아도, 결코 맛있다고 할 수 있는 맛은 아니다.

그렇지만 이것도 이제 시작일 뿐이다. 다음은 스프를 떠서 입에 넣었다. 심플한 소금간과 강렬한 향신료의 향이 났다. 재료로 쓰인 양고기는 램이 아니라 머튼이다. 향신료 자체는 반갑지만, 똑바로 계량해서 넣은 게 아니라 오직 머튼의 양고기 냄새를 가릴 수만 있다면 좋다는 식으로 대충 넣어 놨다. 야채도 너무 푹 삶아버려서 흐물흐물해졌다. 이것들도 결코 맛있다고 하긴 힘들다.

사우어크라우트는 평범했다. 평범하지만 그렇기 때문에 콕 집어서 칭찬해줄 만한 장점도 없다. 그냥 양배추 절임이구나 하는 느낌밖에 없다.

유일한 구원은 소시지다. 이건 먹을 만하다. 아니 오히려 맛있다. 하지만 메인이 되는 단백질원은 머튼이라서 그런지 소시지는 어디까지나 반찬 역할에만 머물러 있어서 그다지 양이 많지 않았다. 아예 양고기는 버리고 소시지 스프를 만드는 편이 나았을 거라고 생각한다.

뭐, 이렇게 설명한 것처럼 제국의 공식적인 식사라는 건 빈말로도 맛있다고 할 수 없다. 이건 이 세계에서는 꽤나 유명한 이야기라, 전생에서 말하는 영국 요리의 악명과도 비슷하다. 영국 요리와 다르게, 소문이 아니라 실제로도 맛이 없다는 점이 절망적이다.

"……."

남이 만들어준 요리에 이것저것 불평을 늘어놓는 짓은 결코 하지 않는 클레어 님조차도 그저 묵묵히 삼키는 게 고작이라는 이 상황. 이것만 봐도 제국의 식사라는 게 어떤지 잘 알 수 있지 않을까.

물론 여기에는 몇 가지 이유가 있다.

먼저 첫 번째로 제국의 전통적인 식사관이다. 제국의 부유층은 전통적으로 검소한 식사를 장려하고 호화로움을 멀리해왔다. 그래서 공식적인 자리의 식사에서 사치를 없애버린 것이다. 영국의 젠트리 계급이 금욕적인 식사를 즐겼던 것과 똑같은 식이다.

또한 제국의 사회 제도적인 이유도 있다. 제국에서는 젊은이들이 고용살이에 나서는 경우가 많아서, 어릴 때부터 부모 곁을 떠나 일터에서 숙식을 함께한다. 그렇기 때문에 흔히 말하는 어머니의 손맛이 계승되지 못한 채, 아무런 지식도 없이 만든 식사에서 맛있는 결과물이 나올 리도 없다. 식사문화의 악순환이다.

전통적으로 셰프나 파티시에의 사회적 지위가 낮다는 점도 한 몫 거들 것이다. 긴 세월동안 타국과 전쟁을 계속해온 제국에서 존경받는 직업이란 역시나 군인이다. 셰프나 파티시에 같은 직업은 싸움에 적합하지 않은 사람들이나 하는 직업이라는 취급을 받아서 잠재적인 차별의 대상이 되고 있다. 물론 종군하며 일하는 요리사도 있는 데다, 무엇보다도 식사는 군대에 있어서 굉장히 중요한 요소기는 하지만.

혹시나 착각하지 말아줬으면 하는 부분은, 이런 사정들은 어디까지나 제국의 공식적인 식사에 한정된 사실이라는 점이다.

방금 지나오면서 봤던 제국의 중앙시장에는 여러 나라의 다양한 식재료가 가득가득 진열되어 있었다. 다른 나라에서 온 유학생과 이민자들도 잔뜩 있다. 그런 상황에서 국민들이 맛없는 식사만 계속할 리가 없다. 즉, 민간에는 맛있는 요리들이 얼마든지 있는데, 황실을 필두로 제국의 부유층은 아주 완고하게 그걸 거부하고 있는 것이다.

그 증거로 왕족인 필리네의 도시락도 클레어 님과 내가 지금 먹고 있는 식사와 별달리 다를 게 없다. 그렇기 때문에 필리네는 초콜릿과 라쿠간에 엄청나게 감격했던 것이다.

"레이, 이마에 주름이 잡혔는데요?"

"죄송합니다. 하지만 요리를 이렇게까지 맛없게 만들었다는 사실에 화까지 치밉니다. 식재료를 향한 모독이에요."

"미, 미안해요……."

"필리네 님이 사과할 일이 아니에요. 이것만큼은 제국의 특색이라고 말할 수밖에 없어요."

"하지만 외교관계자 사이에서도 자주 문제가 되는 모양이에요. 제국의 요리는 타국에서 온 귀빈들에게 굉장히 평판이 나쁘다고."

그거야 그렇겠지. 환영한답시고 이런 요리를 내놓는 날에는 독살하려는 거라고 의심받을 레벨이다.

"우리도 그러고 싶어서 그런 게 아니라고."

갑자기 걸려온 목소리는 주방에서 나온 아주머니의 말이었다. 아무래도 우리 얘기가 들렸나 보다.

"아, 정말 죄송해요. 결코 여러분들을 비난하려던 생각은——."

"괜찮아, 그건. 이미 알고 있다고. 여기 요리는 맛이 없어. 하지만 우리 요리사들이라고해서 이런 요리로 만족하고 있는 건 아니야."

그렇게 말하며 아주머니는 인원수에 맞춰서 하얀 덩어리가 담긴 작은 그릇들을 나눠줬다.

"빵에 찍어 먹도록 해. 그거 말고 다른 식으로 먹어도 뭐라 말할 생각은 없지만."

아주머니는 그 말과 함께 의미심장한 웃음을 지었다.

"무슨 뜻인가요?"

필리네가 고개를 갸웃거렸다.

"아마 이런 거라고 생각합니다."

나는 버터를 반으로 잘라서 스프에 담갔다. 맛을 봐보자, 방금 전 보다도 깊은 감칠맛이 생겨서 훨씬 더 나은 맛으로 변했다.

"어머, 맛있어졌어요."

"그러냐."

"이건 그냥 처음부터 이렇게 맛을 냈으면 더 좋았던 거 아닌가요?"

내가 묻자,

"전에 그렇게 맛을 바꿨다가 혼이 났거든. 제국에도 맛있는 요리들이 얼마든지 있는데 말이지……. 츠비벨쿠헨, 슈파겔스프, 아이어셰케…… 이제 지금은 잊힌 맛이야."

아주머니는 불퉁하게 말하면서 주방으로 돌아갔다. 방금 말한 이름들은 예전 세계의 독일 향토 요리들이었을 것이다.

"……이걸 어떻게 해볼 수는 없을까요?"

"저도 어떻게든 개선해보고는 싶지만, 제일 중요한 어머님이 전혀 문제라고 느끼지 않으시기 때문에……."

응. 역시 나는 도로테아와는 전혀 안 맞을 것 같다.

어쨌든 음식은 음식이니 남길 수는 없다. 우리들 셋은 맛있다고 할 수 없는 식사를 전부 먹어치웠다.

"잘 먹었……습니다?"

"의문문으로 끝내지 말아 주세요."

"무도회…… 라……."

다음날 아침, 교사가 전한 공지는 제국 국학관이 주최하는 무도회에 대해서였다. 듣자 하니 필리네가 사교계에 첫선을 보이는 자리도 겸하고 있기 때문에 성대하게 치러진다고 한다. 그 부분에 관해선 아무런 불만도 없다. 축하할 일이기도 하고, 좋은 일이라고 생각한다.

문제는 그 무도회인가 뭔가에 나도 반드시 참가해야 한다는 사실이다.

"불만스러워 보이네요, 레이."

점심시간이 돼서 교실에서 점심을 먹고 있자니 클레어 님이 그런 말을 건넸다. 필리네와 라나, 프리다도 함께하는 중이다.

"불만이에요. 클레어 님도 잘 아시잖아요? 저, 춤은 영 서투르다고요."

"어머, 의외네요. 레이는 뭐든지 아무렇지도 않게 해낸다는 이미지가 있었어요."

"댄스 정도는 간단합니Da! 뜨거운 열정을 담아서 자유롭게 몸을 움직이면 되는 겁니Da!"

"아니, 사교댄스는 정해진 틀이 있는 형식미의 극치잖아요."

일단 얼토당토않은 소리를 하는 프리다에게 태클을 넣었다. 뭐 사교댄스에도 나름 자기표현의 여지가 있다고 말은 하지만 그건 능숙한 상급자한테나 해당하는 말이겠지.

"서투르다면 오히려 더욱 좋은 기회잖아요. 봉납무에 이어서 이번에도 특훈을 시켜드리겠어요."

"엇, 또 그 무용수 양성 깁스인가요?"

"무슨 문제라도 있어요?"

클레어 님이 나를 위해 마음을 써주는 건 기쁜 일이지만 그 깁스는 엄청나게 피곤하단 말이지. 나는 봉납무 때 있었던 일을 떠올리면서 살짝 진저리쳤다.

오늘의 점심은 저번과 달리 집에서 만들어 온 도시락이다. 어제의 식사에 넌더리가 났기 때문이다.

오늘의 메뉴는———.

흰쌀밥.

닭튀김.

파를 넣은 계란말이.

피망 무침.

이런 심플한 구성이다. 그다지 수고를 많이 들인 메뉴는 아니지만 내 나름의 자신작이다. 방금 전부터 필리네가 클레어 님의 도시락을 뚫어져라 보고 있었다.

"클레어 님, 오늘의 도시락은 어떠신가요?"

한번 은근슬쩍 감상을 물어봤다. 클레어 님은 방긋 웃으면서,

"아주 맛있어요. 항상 고마워요, 레이."

――라고 말씀해 주셨다. 나는 클레어 님의 그 미소만으로도 밥 세 공기 뚝딱이다.

나도 먹어볼까. 먼저 닭튀김부터. 이번 유학에는 바우어 왕국으로부터 보조금이 나오기 때문에 식비로 인해 곤란할 일은 없다. 그래서 이 닭튀김에는 닭가슴살이 아니라 다리 살을 썼다. 맛술과 소금에 재워놓은 다리 살에 내가 만든 특제 향미 페이스트를 발라서 10분 정도 놔둔다. 그다음 녹말가루를 묻혀서 적은 양의 기름으로 튀겨낸 것이 바로 이 요리다. 한번 베어 물면 향미 페이스트 속의 다양한 향신료의 풍미가 입속에 퍼진다. 식은 상태라서 육즙이 진하게 흘러나오지는 않지만 그럼에도 충분히 맛있다.

다음은 계란말이. 이건 그다지 설명이 필요 없겠지. 잘게 채 썬 파를 넣은 달걀물을 평범하게 구웠을 뿐이다. 나름 궁리했던 부분은 마요네즈와 설탕을 숨은 맛으로 추가해봤다는 점일까. 나는 달콤한 계란말이는 그다지 취향이 아니라서 마요네즈의 비중이 많고, 설탕은 적게 넣었다. 이건 클레어 님이 좋아하는 메뉴기도 해서 자주 도시락에 넣으려고 하고 있다.

마지막은 무침. 21세기 현대에서는 가장 간단하게 만들 수 있는 메뉴지만 이 세계에서는 이게 가장 수고가 많이 드는 요리다. 일본이었다면 피망을 잘게 썰고 소금과 참기름, 치킨스톡 분말을 섞어서 전자레인지에 땡 하고 돌린 다음 깨소금을 뿌려주면 완성이다.

그러나 이 세계에는 가장 중요한 게 없다. 전자레인지——같겠지만 아니다. 치킨 스톡 분말이 없다.

콩소메 가루, 치킨 스톡 분말, 다시마 가루, 미원…… 이런 MSG 화학조미료는 요리의 최첨단 기술이다. 이 MSG의 존재가 얼마나 위대한 것이었는지를 이 세계에 와서 절실하게 통감했다. 대체할만한 물건을 만들어 보려고 했더니 엄청나게 시간이 걸렸다. 뭘 만들어 보든 동물의 고기나 생선, 뼈, 채소 등을 오랜 시간을 들여 바짝 졸여서 만들어야 한다. 물론 그러는 동안 몇 번이고 거품도 걷어줘야 할 필요가 있다. 콩소메 스프도, 다른 국물 요리도, 이 세계에서는 가게들마다 자기들 나름의 비전이 있다.

거기서 내가 떠올린 아이디어가, 잡탕 콩소메 가루다. 만드는 방법은 다음과 같다. 당근, 양파, 셀러리, 버섯, 아주 얇게 썰어낸 표고버섯. 그것들을 소쿠리에 담아서 햇볕에 바짝 건조한다. 양파를 프라이팬에서 기름 없이 볶는다. 모든 재료를 절구에 넣고 빻는다. 거기에 약간의 소금을 더해주면 완성이다.

육류를 쓰지 않았기 때문에 조금 감칠맛은 부족하지만 이것만으로도 매번 요리할 때마다 하나부터 열까지 처음부터 만드는 것보단 훨씬 낫다. 가까운 시일 내로 대량생산해서 블루메를 통해 판매해 보려고 생각하고 있지만 이걸 유통시키면 여러 음식점으로부터 격렬한 항의가 들어올 것 같은 느낌도 든다.

아무튼 그건 넘어가고.

뭐, 그런고로 이 피망 무침은 잡탕 콩소메 가루를 넣어서 만들었다는 뜻이다. 먹어보니 꽤나 맛있다. 피망을 싫어하지 않는 사람이라면 얼마든지 먹을 수 있을 거고, 만약 싫어하는 사람이라도 이거라면 괜찮다고 말할 정도다. 사실 이 레시피는 전생에서 상당히 유행했던 무한 피망의 아류작이다. 무한 피망이란, 한번 먹으면 버릇이 될 정도로 맛있어서 끝없이 피망을 먹게 된다는 뜻이지만 여기선 자세한 설명은 생략한다. 어쨌든 이건 피망을 싫어하는 클레어 님과 알레어를 위해서 고안한 레시피다.

클레어 님의 도시락통을 보자, 피망도 줄어들어 있었다. 오늘도 작전 성공인 것 같다.

해냈구나.

"클레어 님, 아앙~ 하고 먹여주세요."

"바로 요전에 했던 참이잖아요?!"

"이거는 언제 해도 좋은 거잖아요. 자요, 아앙~."

"그, 그 무슨 부러운……이 아니라 파, 파렴치한……."

"me도! 저도 하고 싶습니Da!"

"……."

"Hey, 라나! 그렇게 가만히 있지 말고 함께 레이한테 앙~ 해 달라고 하Jyo!"

"……어? 나도?"

"아아, 정말이지. 또 일을 귀찮게 만들다니!"

그렇게 말하면서도 닭튀김을 아앙~ 하고 먹여주시는 클레어 님.

"잠깐만요 클레어! 레이한테 앙~ 하고 먹여주기 전에 저한테 예행연습을 해보면 어때요? 좋은 생각이네요. 바로 그렇게 하죠!"

"필리네 님?!"

"잠깐만요, 혼란한 틈을 타서 지금 무슨 말을 꺼내시는 겁니까."

"해주시지 않는다면 먼저 레이 씨로 예행연습해버릴 거예요?! 그래도 좋은 건가요?!"

"뭐예요, 그 협박은?!"

그렇게 활기찬 식사를 이어갔다.

"후우. ……그러고 보니 필리네 님은 댄스를 좋아하시나요?"

계란말이를 젓가락으로 자르면서 클레어 님이 필리네에게 물었다.

"솔직히 그다지는……. 아니 댄스 자체는 어릴 때부터 배워왔으니 익숙하기는 하지만 남성분들과 춤을 추는 건 그다지 좋아하지 않아서요."

필리네는 풀이 죽은 표정이었다.

그녀는 살짝 남성공포증 성향이 있다. 곱게 자란 성안의 공주님이니 당연한 일일지도 모른다.

"클레어는?"

"저는 비교적 좋아해요. 댄스는 커뮤니케이션이라고 생각해요. 말주변이 없는 분이라도 함께 춤을 춰보면 어쩐지 모르게 마음이 통하는 경우도 있어요. 춤을 계기로 친해지는 경우도 많으니까요."

지금이야 일반인으로 살고 있지만 클레어 님은 원래 사교계의 꽃이었던 분이다. 아마 남성과도 춤을 춰 본 경험이 많을 것이다. 그야말로 어릴 때부터 줄곧.

거기서 나는 아주 중대한 사실을 깨닫고 말았다. 그러고 보니나, 지금까지 클레어 님과 춤을 춰 본 적이 없어. 봉납무 때 댄스 연습을 하긴 했지만 결국 함께 춤을 추지는 않았다. 아니 정확히는 전체 연습 때 같이 추기는 했지만 봉납무에서 말하는 '같이 추는 춤'이라는 건 사교댄스의 파트너와 추는 춤과는 의미 자체가 다르다. 서로의 손을 잡고 몸을 맞대며 춤을 춘 적은 아직까지 한 번도 없다.

"클레어 님, 저한테도 사교댄스를 가르쳐 주시겠습니까?"

"어머, 어쩐 일인가요 갑자기. 할 마음이 생긴 건 좋은 일이지만요."

"아뇨, 모처럼의 기회니까 클레어 님과 함께 춤을 추고 싶어져서."

"레이, 사교댄스는 보통 남녀가 추는 춤인데요?"

클레어 님이 지적했다. 뭐, 그거야 그렇겠지. 어디까지나 보통은 말이야.

"Oh? 바우어 왕국에서는 동성끼리는 춤을 추지 않는 겁니까? 제국에서는 평범한 일입니Da!"

"그런가요?"

"네에. 이전에도 얘기한 적 있지만 제국에서는 동성혼도 허용되고 있으니까요."

프리다의 말에 의문을 표하는 클레어 님에게 필리네가 대답했다.

"보세요, 문제없다니까요. 그렇게 됐으니 무도회에서는 저와 춤을 춰 주시는 거예요, 클레어 님."

"후후, 얼마든지요. 그 대신에 이번에는 레이도 제대로 된 드레스를 입어주는 거죠?"

"에이—……."

"에이—가 아니라고요. 저는 아직까지 당신의 제대로 된 드레스 차림을 본 적이 없잖아요? 로세이유 전하와 알현했을 때도 서둘러 마련한 바지 드레스였으니까요."

그렇지만 나는 스커트를 그다지 좋아하지 않으니까. 학교 교복은 참고 입었지만, 내가 좋아서 입고 싶다는 생각은 안 든다. 사교댄스에서 입는 드레스라고하면 그거잖아? 이브닝드레스잖아?

우엑.

"그렇게 대놓고 싫은 표정 짓지 말고 가끔은 곱게 차려입은 귀여운 모습을 보여주세요. 저, 레이의 이브닝드레스 차림을 꼭 보고 싶어요."

"으—……. 뭐, 클레어 님이 그렇게까지 말씀하신다면야 생각해 보겠지만요."

"후후, 기대하고 있을게요."

그런 대화를 주고받던 때,

"레이 테일러. 잠시."

갑자기 나한테 날아든 목소리가 있었다. 뭘까 싶어서 목소리가 들려온 쪽으로 시선을 돌리자, 교실 입구에서 익히 아는 사람이 나에게 손짓하고 있었다.

"어머 힐다잖아요. 무슨 일일까요."

필리네의 말대로, 그 사람은 힐데가르트 아이히로트였다. 제국의 우수한 관료이자, 교황 성하의 행차 때는 협력관계를 맺었던 사람이다. 덧붙여서 레보릴리의 공략대상이기도 하다. 오늘도 외눈 안경이 반짝이며 빛을 내고 있었다.

"잠깐 다녀오겠습니다."

거의 다 먹은 도시락통을 정리하고서 나는 클레어 님을 두고 일어났다.

"무슨 용무라도 있으신가요?"

"갑자기 불러내서 죄송합니다. 긴히 당신에게 부탁이 있습니다."

윽, 싫은 예감.

"무도회에 내놓을 요리에 대해서 협력을 부탁드릴 수 있을까요?"

"무도회에서 내놓을 요리를……?"

"네."

힐다는 슥, 하고 안경을 고쳐 쓰면서 이야기를 이어갔다.

"이미 알고 계실 거라고 생각합니다만, 우리 제국의 공식요리는 그다지 평판이 좋지 않습니다. 그걸 개선하는 데에 부디 꼭 당신의 힘을 빌려달라고 부탁드리고 싶은 겁니다."

지성이 느껴지는 침착한 표정과 목소리로 담담하게 말했지만, 그 자세에서 진지함을 엿볼 수 있었다. 아니, 사실 저 태도조차도 연기다. 나는 이미 그걸 알고 있음에도 대단하다는 생각이 절로 드는 연기력이었다.

"어째서 저인가요? 제국 사람 중에도 얼마든지 적임자가 있잖아요."

학관의 식당 아줌마까지도 공적으로 제공되는 식사에 대한 문제의식을 느끼고 있을 정도다. 요리에 직접 관여하고 있는 당사자한테 일을 맡기는 편이 훨씬 더 잘 굴러갈 거라고 생각하는데.

"몇 가지 이유가 있습니다……만, 서서 이야기하는 것도 그러니 응접실로 자리를 옮기도록 하죠."

나는 힐다에게 이끌려서 장소를 옮겼다. 힐다가 안내한 응접실이라는 곳은, 학관 관계자가 외부 방문객을 응접할 때 쓰는 공간인 모양이었다. 나름 배치된 가구들에 신경을 쓴 흔적이 엿보였고, 실내 장식도 화려함은 없어도 차분한 분위기였다.

"그래서 레이에게 부탁하고 싶은 이유입니다만, 크게 나눠서 3가지가 있습니다. 먼저 당신이 요리에 대해 깊은 조예가 있다는 점."

"저 정도는 그다지 대단할 거 없는데요?"

나는 요리를 좋아하긴 해도. 결코 특기라고는 생각하지 않는다. 중세 유럽을 닮은 이 세계 속에서도 요리업계에 종사하는 전문 요리사에게는 한참 미치지 못한다고 스스로 인식하고 있다.

"블루메의 아이디어 보따리치고는 너무 겸손한 말 아닌가요?"

힐다가 살짝 미소 지었다. 이미 그 부분에 대해선 조사를 마친 모양이다.

"말씀대로 저는 블루메에 레시피를 제공하고 있습니다만, 어디까지나 레시피만입니다. 저 자신의 요리 실력은 본업으로 종사하는 분들에겐 한참 미치지 못해요."

"실제로 요리를 만드는 건 본직 요리사분에게 맡기면 됩니다. 제가 기대하는 건 당신의 발상력입니다."

"허어……."

상당히 나를 높게 사주고 있다. 나는 딱히 창의적인 발상이 있어서 그런 게 아니라 단순히 전생의 지식을 갖고 있을 뿐인데 말이야.

"두 번째는 당신의 그 사교성입니다. 제국에 입국한 지 겨우 수개월도 지나지 않았는데, 그 사이에 필리네 님을 비롯해서 많은 사람들과 친분을 다져놓은 그 능력을 높이 사고 있습니다."

"그건 굳이 말하자면 클레어 님의 공적이라고 생각합니다만."

나 스스로는 그만큼의 사교성은 없다고 생각한다. 낯가림이 심한 편은 아니지만, 그렇다고 내가 먼저 나서서 친구를 잔뜩 늘리고 싶어하는 타입도 아니다. 클레어 님은 그야말로 사교적인 사람의 대표 격이기도 하고, 실제로도 제국에 오고 나서 만들어 놓은 인맥의 대부분은 클레어 님이 만든 거라고 생각하고 있다.

"당신과 클레어는 둘이서 한 몸 같은 거잖아요. 당신의 협력을 구할 수 있다면 자연스럽게 클레어의 협력도 얻을 수 있는 거 아닌가요?"

"그건 다릅니다. 저는 저, 클레어 님은 클레어 님이에요."

평소에 클레어 님한테 딱 달라붙어 있는 내가 이런 소리를 해봤자 설득력이 없을지도 모르지만, 역시 개인은 개인인 것이다. 나에게 있어서 클레어 님은 무엇과도 바꿀 수 없는 사람이고, 클레어 님도 그렇게 생각해주셨으면 하지만, 제삼자한테 한 세트로 취급받는 건 달가운 일이 아니다.

"실례했습니다. 그러면 나중에 클레어에게도 개별적으로 부탁을 하도록 하죠. 마지막 이유이자 가장 큰 이유는 당신이 도로테아 폐하의 마음에 든 사람이라는 점입니다."

"아아, 그런 건가요."

이제 대충 무슨 이야기인지 알 수 있었다.

"당신이 총명한 분이라서 살았습니다. 바로 그렇습니다. 이 문제의 최대 난관은 도로테아 폐하입니다. 폐하 스스로에게 아무런 문제의식이 없다는 점, 그게 가장 큰 문제입니다."

힐다는 한 손으로 이마를 짚으며 이런이런, 하고 고개를 흔들었다.

제국의 공식적인 요리가 아무리 세월이 지나도 개선되지 않는 건, 국가의 정점에 있는 도로테아가 그럴 필요성을 인식하지 못하는 탓이다. 그렇지만 그녀의 성격을 고려해보면 설득이 여간

쉽지 않을 거라는 사실은 쉽게 상상이 간다. 그래서 그 난제 해결을 위해, 묘하게 도로테아의 호감을 사고 있는 나한테 문제를 떠넘기려고 하는 것이다.

힐다도 참 속이 검다. 유능한 관료로서 이름을 날리고 있는 데에는 이런 당찬 일면도 한몫 거들고 있겠지.

"승낙해 주실 수 있겠습니까?"

힐다가 이전에도 본 적 있는 상냥한 웃음을 지으면서 물었다. 연기라는 걸 알고 있는데도 넋을 잃고 보게 되는 아름다움이다.

"……."

나는 조금 생각해 봤다. 거절하는 건 간단하다. 애초에 이건 완전히 남의 나라 일이다. 내가 굳이 받아들여야 할 이유는 없다.

그러나——.

"알겠습니다."

나는 Yes라고 대답했다.

"……의외입니다. 당신은 클레어와 다르게 타고난 호인은 아니라고 생각하고 있었습니다. 저로서야 다행입니다만 부탁을 받아주신 데에는 뭔가 이유가?"

꽤나 심한 소리를 하고 있지만 맞는 말이라서 할 말이 없다. 아니 정확히는 그거다. 짐작건대 힐다와 나는 서로 닮은 성격을 가지고 있는 거겠지.

"제국에 빚을 하나 만들어 놓자고 생각해서요."

"빚, 입니까."

"네."

현재로서 제국 정부가 클레어 님의 목숨을 위협할 만한 행동에 나서지는 않았다. 하지만 그게 앞으로도 그럴 거라고 단정지을 수는 없다. 그리고 나는 한 가지 더, 미리 대비해두고 싶은 게 있었다.

"마족입니까?"

"남의 생각을 먼저 읽다니, 기분 나쁘다는 소리 안 듣나요?"

힐다에게 한마디 쏘아주긴 했지만, 정답이었다.

마족령과 가까운 이 제국에서는 마족의 위협을 무시할 수 없다. 거기에다 마족들은 클레어 님을 정확히 지목해서 노리고 있는 것 같다는 점도 있다. 우리가 조우했던 삼대마공이라는 녀석들은 하나같이 강대한 힘을 가지고 있었다. 릴리 님은 거의 만날 일이 없을 거라고 말했지만, 실제로는 제국에 온 뒤로 연달아서 삼대마공들의 습격을 받았다. 아무런 대책도 세우지 않는 건 바보나 할 짓이겠지.

"후후, 역시 당신은 내가 내다본 그대로의 사람이야."

"내다볼 만한 구석은 아무것도 없지만 말이죠."

"아뇨아뇨. 사람들은 흔히들 혁명의 영웅으로서 클레어에게만 눈길을 주기 일쑤지만 제가 높이 평가하고 있는 건 오히려 당신 쪽이라고요, 레이 테일러."

"허어……. 그거 감사합니다."

이것도 아마 연기겠지. 설령 본심이라고 해도, 제가 (출세를 위해서 더 도움이 될 사람이라고) 높이 평가하고 있는 건, 같은 느낌으로 보이지 않는 괄호가 붙어있겠지만 말이야.

"한 가지 여쭤봐도 괜찮겠습니까?"

"어떤 건가요."

"야심이 주체가 안 되나요?"

내 한마디에 순간, 힐다의 얼굴에서 표정이 사라졌다. 그러나 그녀는 단숨에 표정을 회복하고서,

"무슨 말씀이신지?"

하고 시치미를 뗐다. 과연 대단하다.

"아뇨, 살짝 견제해봤을 뿐입니다."

"그렇습니까. 무슨 말씀인지는 잘 모르겠지만, 당신을 향한 흥미가 한층 더 강해졌답니다, 레이 테일러."

"그렇습니까. 그거 영광이네요, 핫핫핫."

"후후후……."

뭐야 이 여우와 너구리의 꿍꿍이속이 넘치는 대화는. 서로의 속내를 떠보는 거라고 할 수도 있겠지만, 어쨌든 엄청 지치네. 설마 이건 동족 혐오라고 부르는 그건가.

"어쨌든, 승낙해 주신다면 협력은 아끼지 않을 테니 무엇이든지 말씀해 주십시오."

"그렇습니까. 그러면 지금 바로 부탁드리고 싶은 게 있습니다만."

"뭘까요."

힐다는 아까 전보다도 한층 더 경계하는 기색으로 내 말을 기다리고 있었다. 나는 그런 힐다에게 말했다.

"학관의 식당 직원분을 좀 빌릴 수 있겠습니까? 그리고 도로테아 폐하와의 알현 허가를."

"잘 와주었구나, 레이."

교황과의 회담 이후로 오랜만에 보는 도로테아는 굉장히 기분 좋게 나를 맞아주었다. 지금 이곳은 황성의 알현실이다. 옥좌에 앉은 도로테아는 변함없이 칠흑의 갑옷을 몸에 걸치고서 두 자루의 검을 허리에 차고 있었다. 평소의 날카로운 눈빛을 거두고서 지금은 즐거운 듯이 눈꼬리를 접으며 느긋한 태도로 이쪽을 바라보고 있었다.

"그래서 오늘은 뭐냐? 짐의 신하로 가담하러 온 건가?"

"아닙니다. 제국의 식사 사정에 대한 개선 제안을 드리러 온 거라고요, 폐하."

끈질긴 권유에 퇴짜를 놓으면서 용건을 꺼내 들었다. 내 말에 황제는 노골적으로 얼굴을 찌푸렸다.

"뭐냐, 시시하군. 겨우 그런 건가. 그딴 건 필요 없다. 식사 같은 건 행군에 지장이 없다면 그걸로 족해."

"그렇습니까. 그럼 그건 일단 둘째치고서, 이걸 봐주시죠."

나는 그걸 가방에서 꺼냈다. 한눈에 보기에는 비스킷처럼 보였다.

"? 그건 무엇인가?"

"전투에 필요한 영양소를 압축시켜 놓은 휴대 식량입니다. 부디 한 번 맛을 봐 보세요."

이 휴대 식량이라는 건 한마디로 전투 식량—— 병사들이 먹는 식료품이다.

"흠…… 휴대 식량인가."

"폐하, 안 됩니다. 먼저 독이 있는지 기미를 해야."

"시끄럽다, 할아범. 이 녀석은 그런 치졸한 짓은 안 해."

"그런 문제가 아닙니다! 만일 옥체에 무슨 일이라도 생기면 어쩌시려고 하십니까!"

측근으로 보이는 초로의 남성이 입이 닳도록 열심히 말렸다. 이건 저 할아버지 말이 맞다. 국가 원수인 사람이 정체도 알 수 없는 물건을 덥석덥석 입에 넣으면 안 된다.

"그럼, 제가 먼저 절반만 먹어 보겠습니다."

"흐음. 그렇게 해 주겠는가. 미안하구나."

"네."

나는 비스킷처럼 생긴 전투 식량을 쪼개서 입에 넣었다. 입안에 달콤한 맛이 퍼졌다. 단순히 설탕의 단맛뿐만 아니라 드라이후르츠의 단맛도 있다. 거기에 추가로 버터가 풍부한 감칠맛을 자아내고 있었다.

이건 식당 아주머니한테 부탁해서 만들어 본 특제 전투 식량 비스킷이다. 기본적인 요리법은 제국의 일반적인 비스킷과 다르지 않지만 설탕과 버터의 양을 늘렸고, 거기에 드라이 후르츠를 더했다. 맛 말고도, 칼로리 측면과 영양적인 면도 추가로 개선해서 새롭게 제안하는 전투 식량이다.

"흠, 맛있군."

"이게 레시피입니다. 그리고 이건 재료비와 인건비를 계산한 겁니다."

"……상당히 비싸잖은가. 아무리 맛이 있다고 해도 이래서야 현상 유지가 낫다."

난색을 표하는 도로테아. 역시 도로테아는 전혀 모르고 있다.

"그렇습니까? 현재 보급되는 전투 식량과 비교한다면 같은 무게인데도 영양가는 4배입니다. 거기에 폐하도 말씀하셨듯이 맛으로는 비교도 안 될 터입니다."

"호오……? 즉, 운송비를 절약하고. 병사들의 사기 고양 효과가 올라간다는 건가. 흐음 그렇다면 나쁘지 않아."

"이건 하나의 예시입니다. 좀 더 종류를 늘릴 거예요."

"그렇다면 레이 테일러. 네가 책임자가 되라. 필요한 인원은 얼마든지 가져다 써도 좋다."

아니, 그건 곤란해. 그런 짓을 한다면, 넋 놓고 있는 사이에 제국에 휘말려 들게 될 게 분명하다.

"다른 나라 사람한테 군사 일을 맡기지 말아 주세요."

"제국은 능력만 있다면 출신을 따지지 않아."

"제가 중독성이 높은 걸 만든다거나, 과잉 섭취하면 건강을 해치는 걸 만들면 어쩌려고 그러세요."

"그런 걸 만드는 녀석은 자기 입으로 말 안 한다."

"이런 충고야말로 사실은 방심을 유도하는 함정일지도 모르잖 아요."

도로테아는 아무래도 자기 마음에 든 상대에 대해선 경계심이 부족한 거 같은 느낌이 든다. 자기 스스로에게 절대적인 자신이 있기 때문이겠지. 자신의 안목은 틀림이 없는 데다, 설사 틀렸다고 해도 그때 가서 힘으로 쳐부수면 그만. 그런 주먹구구식 방법인 게 일목요연하다. 아니, 실제로 지금까지 그런 방법으로 어떻게든 해왔을 테니까 주먹구구식이라고 치부할 수는 없을지도 모르지만.

"흠……. 그대라면 어떻게 대처하겠는가?"

"바로 일선에 배급하지 말고, 1년 정도 그 식사를 먹여보고 안전성을 확인한 뒤에 정식으로 대량생산에 들어가겠네요."

"그렇게 늑장을 부렸다가는 네 녀석의 유학이 끝나버리지 않는가."

"네. 그러니까 일은 필리네 님한테라도 맡겨주세요. 인수인계는 해둘 테니까요."

"필리네인가. 할 수 있을 거라 생각하나?"

"필리네 님은 우수한 분이라고요. 당연히 할 수 있습니다."

"흠……. 맡겨보도록 할까."

좋아, 쓸데없는 업무, 회피 성공. 하지만 진짜 본론은 지금부터다.

"폐하. 식사라는 건, 단순히 양과 영양만 있으면 그걸로 괜찮은 게 아닙니다."

"호오?"

"제국의 공식 요리가 무슨 소리를 듣고 있는지 알고 계십니까?"

"모른다. 흥미도 없다."

"독살당하는 줄 알았다."

"……음?"

"어떤 외교관이 한 말입니다. 제국의 요리는 그 정도로 심각한 상태인 겁니다."

내 말에 도로테아의 표정이 찡그려졌다.

"……계속하라."

"이런 심각한, 거의 먹을 것에 대한 모독이라고도 말할 수 있는 요리를 공식적인 요리로서 내놓는 나라는 제국뿐입니다. 제국은 이 요리만으로도 이미 엄청난 외교적 기회손실을 입고 있습니다."

"그 정도로 심한가?"

"심합니다. 최악입니다."

내가 단언하자 도로테아가 신음했다.

"그러면 어떻게 하지?"

"식사 개혁을 하겠습니다. 다행스럽게도 제국은 속국으로부터 풍부한 식재료가 수입되고 있습니다. 이걸 활용하지 않을 이유가 없습니다."

"흠……."

도로테아는 생각이 잠겼다. 앞으로 한 발짝인 순간일까.

"전하는 합리를 사랑하시는 거죠?"

"그렇다."

"그렇다면 이 나라가 품고 있는 심각한 비합리를 고칠 때입니다."

"그것이 무엇인가."

"요리사들에게 고의적으로 맛없는 요리를 만들도록 하는 일. 요리사들의 솜씨를 썩게 하는 일입니다."

"……그건 중요한 일인가?"

"중요하고말고요. 식사는 매일의 일과잖아요? 제국의 요리사들이 본 실력을 낸다면 지금보다도 훨씬 풍요로운 식문화를 꽃피울 것입니다."

"문화인가……. 짐은 그쪽 방면으로는 잘 모르겠다고 해야 하나……."

합리를 너무 사랑하는 것도 생각해 볼 일이다. 문화라는 건 불필요함과 잉여라는 측면에 밀접하게 연관되어 있다. 옛날, 한 책에서 이런 구절을 읽은 적이 있다. 불필요한 것들은 전부 버려 버린다면 문화라고 부를 수 있는 건 아무것도 남지 않게 된다고.

"뭐, 풍요로운 식문화의 발전까지 굳이 생각하지 않더라도, 제국의 공식 요리를 개선한다면 외교에 플러스가 될 겁니다."

"흠. 그건 합리적이구나."

"그렇게 됐으니까 폐하의 승인을 내려주십시오."

"음?"

도로테아는 무슨 말인지 잘 모르겠다는 표정이었다.

"잘 이해가 안 간다만, 그건 짐의 허가가 필요한 일인가?"

"네? 그야 전하가 사치스런 식사를 금하고 계셨잖아요?"

"이 몸은 사치를 부린 식사를 좋아하지 않지만 다른 사람의 식생활에까지 이러쿵저러쿵할 생각은 없다."

"아아, 그런 거였군요."

즉, 그거다. 주변 사람들이 도로테아를 너무 의식한 나머지, 배려라든가 짐작이라든가 그런 것들이 복잡하게 얽혀버린 결과다. 본인은 그럴 생각이 전혀 없었는데도, 주변이 너무 마음을 헤아린 안 좋은 예시다.

"폐하는 자신이 생각하는 것보다도 영향력이 매우 크니까 좀 더 언동에 신경을 써주세요."

"흠, 아무래도 그런 모양이다. 충언에 감사하마."

"그렇게 부탁드립니다. 그리고 폐하의 입으로 이후로는 식사를 자유롭게 개선해도 된다는 발표를 부탁드립니다."

"필요한가?"

"필요합니다. 그렇게 하지 않으면 심리적인 속박이 여전히 풀리지 않습니다."

"고생이구나."

뭘 남의 일처럼.

"자, 그래서 일단 부탁을 받았으니 제가 식사 개혁의 진두지휘를 맡겠습니다만 혹시 이론은 없으시죠?"

"상관없다. 마음껏 해봐라."

"빚 하나 지신 거예요."

"음, 괜찮겠지."

좋아, 언질을 따냈다.

"그밖에도 뭔가 있는가?"

"없습니다. 돌아가면 곧바로 착수하겠습니다."

"음. 짐은 일 처리가 빠른 자를 좋아한다. ……그나저나 이거야 원. 한층 더 그대가 탐나는구나."

"저는 클레어 님의 것이라니까요."

"클레어도 함께 제국으로 이적하면 되겠지? 제국이라면 결혼도 가능하다만?"

"윽."

솔직히 그건 조금 매력적이다. ……아니 진짜로 혹해서 어쩌자는 거야.

"형식 같은 건 아무래도 좋은 거라고요. 클레어 님과 저의 사랑은 한마음이니까요."

"흠, 유감이다. 그러면 이상이다. 물러가도 좋다."

"실례하겠습니다."

나는 알현을 마치고서 곧장 바우어 기숙사로 돌아왔다. 자아, 제국에 요리 붐을 일으키자고!

"썩 돌아가! 외부인이 뭘 안다고 입을 놀려!"

도로테아와 알현을 마치고, 나는 그다음 날 바로 제국에서 요리를 담당하는 부서인 주사성(廚師省)으로 향했다. 물론 도로테아와 약속했던 제국의 공식 요리 개선을 위해서다. 그리고 앞의 저 말은, 이곳에 찾아온 용건을 전한 나에게 외치는 주사성장의 일갈이었다.

주사성장은 하얀색 셰프복에 요리모를 쓰고 있었고, 그 직책에 비해서는 꽤나 젊어 보이는 남성이었다. 기르고 있는 수염 덕택에 조금은 나이가 들어 보이는 부분이 있긴 했지만 그래봤자 30대, 잘하면 20대로도 보였다. 요리인 중에는 복스러운 체형을 가진 사람도 많은데, 주사성장은 군살 하나 없이 꽉 짜인 스포츠선수 같은 체형이었다. 거친 언행이 주는 난폭한 느낌까지 더해 한마디로 표현하면 독불장군이라고 해야 할까.

"잠깐만요 당신. 아무리 그래도 그건 실례잖아요."

"뭣이라고?!"

함께 와준 클레어 님이 불편한 기색을 드러냈다. 누구보다도 한층 더 예절에 까다로운 클레어 님이다. 주사성장의 태도를 용납할 수 없겠지.

한편으로 주사성장은 완고한 장인 같은 느낌을 주는 사람이라, 남이 이래라저래라하는 게 어지간히 불쾌한 모양이었다. 그 또한 자기 나름대로 자기 일에 자부심을 가지고 있을 터였다.

"자아자아, 그런 말씀 마시고. 클레어 님도 진정해요, 진정."

첫마디부터 시비조로 시작해서야 대화가 되지 않는다. 나는 지금 당장이라도 말싸움을 시작할 기세인 두 사람을 진정시켰다.

"네놈들 따위의 손을 빌리지 않아도 새롭고 맛있는 요리쯤이야 얼마든지 만들 수 있어! 지금까지는 도로테아 폐하를 생각해서 나서지 않았을 뿐이다!"

주사성장은 날카로운 기세로 위세 좋게 외쳤다. 설령 요리들이 지금까지 계속해서 나쁜 평판을 받았다고는 해도, 그건 자신이 실력을 발휘할 기회가 없었던 것뿐이라고 주장하고 있었다.

그 말은 어느 정도 맞는 말이다. 나 제국이라는 강대국에서 한 부서를 책임지고 있으니만큼 그는 요리계의 엘리트라고 말할 수 있을 것이다. 철저한 능력주의를 실천하는 이 나라에서 정점에 서 있는 요리사인 것이다. 아무리 제국에서 요리사라는 직업이 사회적 지위가 낮다고는 해도 솜씨만큼은 확실할 게 틀림없겠지.

하지만 그것만으로는 부족하다.

"물론 당연한 말씀입니다. 하지만 그저 맛있고 새로운 것만으로는 부족해요. 중요한 건——."

"쓸데없는 참견이다! 니들 문제는 니들이 알아서 해결해라! 외부인의 참견 따위 듣고 싶지 않아!"

말을 붙여볼 여지조차 없다는 건 그야말로 이런 상황이다. 자아, 어떻게 해야 할까.

"무슨 일인가요?"

"아, 힐다 님."

소란스러운 기척이 들린 건지, 힐다가 방에 들어왔다. 의아한 표정으로 우리를 보고 있었다.

"아무것도 아닙니다요. 그저 이 녀석들이 건방진 소리를 지껄여 대서 말이죠."

"그렇습니까? 조금 자세히 들려줄 수 있을까요?"

나는 지금까지의 경위를 간단히 설명했다. 이야기를 다 듣고 난 힐다는 흐음, 하고 고개를 끄덕이며,

"그럼 확인해 보면 되겠지요. 요리 대결이라도 해보면 어떻겠

습니까?"

"요리 대결?"

"네."

힐다가 말을 이었다.

"여기서 쓸데없이 입씨름을 해봤자 소용없겠죠. 주사성 여러 분들이 이긴다면 확실한 실력을 갖췄다고 증명했으니 식사 개혁도 독자적 노선으로 진행한다. 거꾸로 레이가 이긴다면 주사성 분들도 그 실력을 인정하고 조언을 받는다. 어떻습니까?"

뭐야뭐야. 뭔가 이상한 전개가 되어 버렸다고.

"흥, 바라던 바다! 어디 확실히 흑백을 가리도록 할까! 우리도 선대 폐하 시대부터 대대로 주방을 지켜왔다. 어디서 굴러들어 왔는지도 모를 외부인한테 질 리가 있겠느냐!"

"그럼 만약 진다면 얌전히 제 말을 들어주시는 거네요?"

"물론이고말고! 어디 한번 해 봐라. 할 수 있다면 말이지만!"

나는 그다지 내키지 않았지만 주사성장도 그렇고 클레어 님도 이미 의욕 만만이다. 이렇게 된 이상 어쩔 수 없다.

"알겠습니다. 승부를 받아들이죠."

"좋아요. 주사성장도 그걸로 괜찮은 거겠죠?"

"좋다. 제국 주사성의 의기를 보여주겠다!"

그렇게 우리는 요리 대결에 나서게 되었다.

"이렇게 됐으니까 모두들 지혜를 빌려줬으면 해."

나는 이곳에 모인 사람들 앞으로 나서서 꾸벅 고개를 숙였다. 장소는 바우어 유학생들이 지내는 기숙사 주방이다. 소집된 멤버들은 레네, 미샤, 프리다, 이브, 요엘, 나, 그리고 알레어까지 총 7명. 누구 하나 빠짐없이 요리를 할 줄 아는 사람들이다.

클레어 님도 참가하고 싶어 하셨지만 이번에는 정중히 사양했다. 클레어 님의 요리 솜씨는 시원스러울 정도로 파멸적이기 때문에 이번만큼은 전력이 되지 못한다. 다만 요리를 맛보는 미각만큼은 확실하니까 평가를 부탁드릴 생각이다.

"지혜를 빌려주는 거야 괜찮지만 어떤 요리로 할지에 대한 방향성은 정해져 있는 거야?"

레네가 고개를 갸웃거렸다. 이렇게 이야기를 나누는 것도 어쩐지 오랜만이다. 제국으로 온 이후로 피차 바빴으니까 말이지.

"일단은 정해진 룰이 있어서, 코스 요리 중에서 전채요리와 고기요리, 디저트까지 세 작품을 만들기로 되어있어."

"제법 많네……."

만들 품목 수를 들은 미샤가 곤란한 듯이 눈살을 찌푸렸다. 미샤 말대로 간단한 과제는 아니다.

"기간은 언제까지 인가Yo?"

"일주일 후에 하기로 했어."

프리다의 질문에 대답했다. 일주일이라는 시간도 코스 요리 세 개를 새롭게 고안하기에는 상당히 촉박한 시간이다.

"……어째서 제가."

불만스러운 듯이 말한 건 이브였다. 이유는 잘 모르겠지만 나를 싫어하는 그녀로서는 여기에 참가하는 건 본의가 아닌 것 같다.

"미안해 이브. 하지만 지금은 고양이 손이라도 빌리고 싶은 참이야."

"……저는 고양이 손이라는 건가요. 바보 취급하다니……."

여전히 곡해해서 듣는구나.

"총 7명인데 전원이 다 같이 생각하는 건가?"

요엘의 의문도 당연하다. 사공이 많으면 배가 산으로 가는 것처럼 될지도 모른다.

"나는 전체적인 감수를 맡는 걸로 하고, 모두 두 명씩 짝을 지어서 하나씩 요리를 담당해 줬으면 해."

"네? 저도 요리를 만들게 해 주시는 거예요?"

알레어가 깜짝 놀란 듯이 말했다.

"응. 물론 나도 돕겠지만 알레어의 요리 솜씨는 이미 충분히 실전 레벨이니까."

알레어는 정말로 재주가 뛰어나다. 마법만큼은 적성이 없었지만, 그 밖의 분야들은 익히는 속도가 무척 빠르다.

"……알겠어요. 열심히 할게요."

알레어는 어쩐지 긴장한 기색으로, 하지만 기쁜 듯이 말했다.

"다들, 나는 이걸 담당하고 싶다, 이런 거 있어?"

모두에게 희망 사항을 물었다.

"괜찮다면 나는 디저트를 맡고 싶군."

제일 먼저 희망 품목을 말한 사람은 요엘이었다. 타고난 무골인 요엘이 디저트를 맡고 싶다는 말을 한 건 조금 의외긴 했다.

"과자를 만드는 건 비교적 특기거든."

"그렇구나. 그럼 요엘에게는 디저트를 부탁할게."

"맡겨만 줘."

먼저 디저트 담당이 한 사람 결정.

"그럼 나는 고기 요리를 담당해볼까? 분명 그게 제일 힘들 거라는 생각도 들고."

"그렇게 해 주면 정말 고맙지."

솔직히 레네의 제안 덕에 살았다. 이 멤버들이 아무리 요리 경험을 가지고 있다고 해도 코스의 메인디시를 장식하는 고기 요리는 역시 경험이 풍부한 사람한테 맡기고 싶다. 그런 점에서 프랑소와 가문에서 오랫동안 일했고, 지금도 라프텔의 일선에서 활약하고 있는 레네라면 더할 나위 없는 인선이다.

"알레어한테도 고기 요리를 부탁해 볼까. 레네 곁이라면 배울 점도 많을 거라고 생각해."

"알겠어요."

내 말에 알레어가 고개를 끄덕였다.

"나는 전채 요리를 맡아볼까. 일단 격식 있는 식사에도 지식이 있으니까 힘이 될 수 있을 거라고 생각해."

"고마워, 미샤. 부탁할게."

전채 요리는 미샤. 이걸로 남은 건 두 사람.

"Umm…… 남은 건 전채와 디저트 입니까. Ms.이브, 어느 쪽이 좋나Yo?"

"어느 쪽이든."

"Oh…… 부끄러워하시긴. 그런 솔직하지 못한 태도도 큐트하네Yo. 그럼 저는 디저트를 맡겠습니Da."

"나는 미샤 선배와 전채요리네."

"응, 두 사람도 잘 부탁해."

이걸로 전부 정해졌다.

정리하자면──.

전채 요리 : 미샤 & 이브.

고기 요리 : 레네 & 알레어.

디저트 : 요엘 & 프리다.

총감독 : 나.

이런 담당이다.

"담당 요리는 자유롭게 만들어도 괜찮아?"

그 부분을 놓치지 않고 물어보는 점이 역시나 레네라고 감탄할 부분이겠지.

"기본적으로는 그래. 다만 모두들 지금부터 말하는 걸 꼭 지켜줬으면 좋겠어."

나는 **그걸** 모두에게 설명했다.

"과연. 역시 레이 짱이네."

"변함없이 잔머리가 잘 돌아가네."

"……못됐어."

"NO, NO, Ms.이브. 이건 정말로 좋은 아이디어인 거예Yo!"

"음. 중요한 일이다."

"꼭 기억해 둘게요~"

다들 납득해준 모양이다.

"자 그러면 모두들 잘 부탁드립니다."

이렇게 요리 대결을 위한 준비가 시작됐다.

"자아, 드디어 시작되었습니다. 제1회 제국 정찬 요리 대결! 중계는 바로 저, 라나 라아나. 해설에는 학관 식당 아줌마인 마르테 보렐 씨입니다! 잘 부탁드려요!"

"어쩐지 묘한 일이 됐지만 뭐, 잘 부탁한다."

풍마법으로 증폭된 목소리가 회장 내부에 울려 퍼졌다. 이곳은 제도 룸의 중앙 광장에 임시로 만들어진 이벤트 회장이다. 한가운데에 조리대가 마련되어 있고, 그 주변을 관객들이 둥글게 둘러싸고 있었다.

"엄청난 일이 되었네요."

"이렇게 될 거라고는 생각 못 했습니다."

기가 막힌다는 어조로 말하는 클레어 님의 말에 나도 동의를 표했다. 관객 수는 이미 엄청나게 불어나서 이 이벤트를 향한 제국 국민들의 관심이 얼마나 높은지를 엿볼 수 있었다.

관계자들끼리 조용히 진행할 거라고 생각했던 요리 대결이 힐다의 주도로 인해 어느 샌가 성대한 행사로 탈바꿈해 있었다. 제국의 요리가 달라진다는 사실을 널리 어필하려는 노림수겠지만, 그와 동시에 이걸 자신의 공적으로 삼으려는 속셈도 있겠지. 정말이지 빈틈이 없다.

주방 앞에는 세 명의 심사위원이 앉아있었다. 먼저, 한 명은 필리네다. 제국의 정찬을 정하는 자리니까 그녀가 심사위원으로 있는 것도 당연한 일이다. 그녀는 긴장한 표정으로 자리에 앉아 있었다.

두 번째는 도로테아의 측근인 할아버지다. 이름은 요셉 씨라고 한다. 타인의 시선을 받는 일에도 익숙한 건지 어쩐지 따분한 기색이다.

세 번째는 무려 황제 도로테아 나, 본인이다. 황제가 직접 출석하다니 그것도 참 거창한 일이긴 한데, 이런 일에 매달리고 있어도 되는 거냐, 황제.

필리네는 자리에 앉은 뒤로 계속해서 도로테아 쪽을 힐끔거리고 있었다. 그러는 반면에 정작 도로테아는 어떠냐면, 필리네는 안중에도 없다. 이 모녀도 여러 가지 의미로 골이 깊은 것 같다. 필리네가 클레어 님 루트로 진입한 탓에 관계에 진전이 없기도 하고.

"헷, 꼬리 말고 도망가지 않은 것만은 칭찬해 줄만 하구만."

하얀 셰프복을 입은 주사성장이 콧김을 빵빵하게 내뿜으며 말했다. 부하라고 짐작되는 요리사들을 이끌고서, 팔짱을 끼고 우뚝 선 채 우리를 노려보고 있었다.

"도망칠 이유가 없어요. 우리가 질 리가 없는걸요."

"핫! 나중에 분해서 울지나 말라고!"

"그쪽이야 말로요!"

주사성장과 클레어 님이 벌써부터 뜨겁게 타오르고 있었다.

"오옷~ 양쪽 다 벌써 불꽃을 튀기고 있습니다! 이거 굉장히 격렬한 승부가 될 것 같네요, 어떤가요, 해설의 마르테 씨!"

"어찌 되든 상관은 없지만 부상자가 나오는 일만은 없었으면 좋겠네. 요리사라면 맛으로 승부하는 거라고, 맛으로."

"지당한 말씀—! 자, 드디어 슬슬 개시시간인 모양입니다—! 이 이벤트는 언제나 당신의 곁에서 함께하는 플라텔 상회의 제공으로 보내드리고 있습니다—!"

뭣이라?!

생각도 못 했던 정보에 놀라서 레네를 보니, 혀를 쏙 내밀고 있었다. 역시 레네. 상인의 귀감이다.

"자 그러면 개회 인사입니다—! 도로테아 폐하, 부탁드리겠습니다—!"

"음."

도로테아가 자리에서 일어나서 광장 한가운데로 나아갔다. 황제가 등장하자 관객들 사이에 물이라도 끼얹은 것처럼 조용해졌다. 대단한 카리스마다.

"이번 행사는 제국의 식문화가 변화하는 커다란 계기다. 모두들 그 눈으로 직접 보도록 하라. 더는 제국의 요리를 두고 독이라고 말하도록 놔두지 않겠다."

도로테아다운 간결한 인사에 관중들이 환호하며 들끓었다. 그녀의 인기는 정말 엄청나다.

"도로테아 폐하, 개회 인사 감사드립니다! 그럼 다음은 규칙을 설명하겠습니다. 승부는 전채 요리, 고기 요리, 디저트까지 3전제 승부입니다. 먼저 2승을 따내는 쪽의 승리입니다."

일단은 무슨 요리로 할지 고안해 왔지만, 과연 현직 프로를 상대로 어디까지 해낼 수 있을 것인가. 뭐, 이만큼이나 제국 내에서 요리에 대한 의식 변화를 이뤄냈으니, 이미 그 시점에서 당초의 목적은 달성한 거나 마찬가지지만.

"먼저 전채 요리부터입니다. 그럼 준비하시고…… 시작!"

두웅— 하고 승부 개시를 알리는 커다란 북소리가 울렸다. 요리사들이 분주하게 움직이기 시작했다.

"미샤, 이브, 뭔가 도와줄 건 있어?"

기본적으로는 두 사람에게 맡겨둔 상태지만 나도 돕는 건 가능하다. 내 물음에 둘 다 고개를 저었다.

"레이는 지켜보고 있어 줘."

"앉아있어 주세요."

매정한 소리만 듣고 말았다. 미샤도 이브도 차가운 빙설계라서 둘한테 세트로 매정한 말을 들으면 조금 풀이 죽는다. 아니뭐, 미인 두 사람의 쌀쌀맞은 태도는 업계포상이지만 말이지.

"미샤 언니, 이브 씨 힘내—!"

바우어 쪽 응원석으로부터 메이의 외침이 들려왔다. 오늘의 메이는 응원 역할이다. 메이도 요리는 할 줄 알지만 알레어 정도의 실력에는 도달하지 못했다.

메이의 응원을 들은 건지 미샤가 응원석을 향해 손을 흔들었다. 이브도 응원석을 향해 꾸벅 고개를 숙이는 모습이 보였다.

"오옷—? 제국 측은 버섯을 준비해왔군요—?"

"저건 만가닥버섯, 잎새버섯, 새송이버섯에 느타리버섯이네. 이런 봄철에 용케 손에 넣었군."

"흐음흐음? 보기 드문 식재료라는 거군요? 한편 바우어측은 양파와 베이컨을 사용하는 모양입니다."

"지금 이 시기의 양파는 맛있으니 말이야. 왕도적인 선택이라고 생각해."

라나와 마레티 씨의 실황 중계가 회장에 울려 퍼졌다. 즉석에서 짜인 콤비인데도 호흡이 딱딱 맞네, 저 두 사람.

"이브, 밑준비는 다 됐어?"

"네, 선배. 다음은 굽기만 하면 돼요. 오븐도 예열해 놨습니다."

"고마워. 뒤는 내가 맡을게."

"부탁드리겠습니다."

미샤와 이브도 호흡이 척척 맞는다. 둘이 성격도 비슷하니만큼 서로 손발을 맞추기 쉬운 걸지도 모른다.

요리는 그대로 순조롭게 진행됐다.

"다 됐습니다."

"이쪽도다!"

양측 다 별문제 없이 요리가 완성됐다.

"제국도 바우어도 요리가 다 된 모양입니다. 그럼 시식으로 넘어가겠습니다. 먼저 제국 측부터 나와주세요—!"

라나의 중계에 맞춰서 주사성장이 직접 심사위원들 앞에 요리를 내놓았다.

제국의 전채 요리는——.

"네 종류의 버섯을 쓴 레몬 마리네다."

주사성장이 요리를 설명했다. 아무래도 좋지만 어째서 이 사람은 말투가 에도 사투리인 걸까.

"저렇게나 제국 사투리가 심한 사람은 처음이에요."

"제국 사투리?!"

이름의 뉘앙스를 통해, 제국의 모티브는 독일이 아닐까 하고 생각하고 있었던 나는 꽤나 충격을 받았다. 생각해 보면 식사 사정은 영국을 닮았으니까, 이것저것 뒤죽박죽 섞인 것 같지만.

일단 그 점은 제쳐두고, 집중해야 할 건 주사성장의 전채 요리다.

"네 종류의 버섯을 눌어붙지 않도록 주의하면서 조심스럽게 열을 가한 뒤, 레몬 소스로 마리네를 만들었다. 요리에 사용한 버섯은 빠짐없이 제철에 상관없이 구한 희소한 버섯들이지. 맛과 향을 동시에 즐길 수 있는 전채라고."

버섯 마리네인가. 그거야 당연히 맛있겠지. 현대에서도 이탈리아 요리의 전채 요리에서 단골 메뉴로 등장한다.

"그러면 심사위원 여러분들 시식을 부탁드립니다—!"

라나의 말에 심사위원들이 마리네를 맛보았다. 맛을 본 심사위원들은 누구나 눈을 반짝였다.

"이건…… 맛있어요. 버섯의 향기가 입 안 가득히 퍼져서……."

"마리네 소스도 맛있군요. 레몬의 산뜻한 풍미가 한층 더 요리의 맛을 풍부하게 하고 있습니다."

"짐은 자세한 건 잘 모르겠지만 이건 맛있군."

상당한 호평을 얻은 것 같다.

"그러면 이어서 바우어 왕국 측의 요리입니다아ー!"

미샤와 이브가 요리를 날랐다. 바우어 쪽이 준비한 전채 요리
는——.

"햇양파와 베이컨 파이입니다."

미샤가 요리 이름을 말한 다음 이브가 그 말을 받아 설명을 이
었다.

"대량의 양파를 베이컨과 함께 정성 들여 볶아서 부드러운 단
맛과 풍미를 끌어냈고, 그걸 파이 반죽으로 구워냈습니다. 부디
맛있게 드셔주세요."

겉모양은 파이라기보다는 키슈처럼 생긴 전채 요리였다. 갓
구워낸 키슈는 벌써 그것만으로도 보장된 맛이다.

심사위원들은 이 요리에도 바쁘게 포크를 놀렸다.

"아 이것도 맛있어요. 어쩐지 그리운 맛이네요."

"햇양파가 달콤하군요. 역시 제철의 맛."

"흠. 이것도 맛있군."

이쪽도 마찬가지로 나쁘지 않은 감상이다. 심사위원들이 요리
를 전부 맛보았다.

"그러면 심사위원 여러분들, 어느 쪽이 더 맛있었는가, 푯말
을 들어 주세요ー!"

뭔가 쓸데없이 공들인 연출로서 드럼 소리가 두구두구 울리더
니…… 소리가 멈춤과 동시에 심사위원들이 푯말을 들어 올렸다.

"제국에 두 표, 바우어에 한 표! 제국의 승리입니다―! 에엥―!"

"뭐, 그야 그렇게 되겠지."

해설역인 마르테 씨가 느긋한 태도로 말했다.

"그렇게 판단한 이유를 여쭤보도록 하죠―!"

"어― 저기, 어느 쪽 요리도 맛있었긴 하지만 새롭고 신선한 요리라는 점에서 주사성장의 손을 들었습니다."

"저는 제철의 맛이라는 점에서 바우어를 지지했습니다."

"마리네가 더 맛있었다. 그저 그뿐이다."

분하긴 하지만 결과를 받아들일 수밖에 없다.

"미안해, 레이. 져버렸어."

"……죄송합니다."

"아니, 괜찮아. 아직 두 번 더 남았으니."

그렇다, 승부는 이제부터다.

"자아, 첫 경기는 제국 측의 승리로 돌아간 이 정찬 요리 승부―! 그다음은 고기 요리 대결입니다―!"

라나의 활기찬 실황 중계에 호응하듯이 관객들의 열기도 한층 뜨겁게 달아올랐다. 첫 승부에서 제국 측이 승리를 거뒀기 때문에 제국 국민들은 무척이나 신이 나 있었다. 유학생인 우리들은 완전히 원정팀 포지션이다.

"자아 해설의 마르테 씨. 다음 종목은 고기 요리인 모양입니다만—?"

"코스 요리의 주역이니 말이지. 이건 중요하다고. 이 승부에서 이기면 점수를 두 배로 줘도 될 정도야."

"지당한 말씀이지만 그렇게 해버리면 대결이 엉망진창이 될 테니까요!"

"뭐, 어쩔 수 없는 거지."

그렇게 해준다면 고마울 따름이지만 그럴 수도 없는 노릇이다. 어쨌든 간에 이번 승부만큼은 결코 질 수 없다.

"레네, 알레어, 부탁할게."

"맡겨만 줘, 레이 짱."

"열심히 할게요, 레이 엄마."

두 사람 다 힘차게 끄덕이면서 주방에 섰다.

"레네 언니, 알레어, 파이팅—!"

응원석에서 외치는 메이의 응원에도 한층 더 열기가 담겨있었다. 알레어를 정말 좋아하는 메이니만큼, 뜨거운 시선을 보내고 있었다.

"이제 그만 포기하는 게 좋은 거 아닐까나?"

주사성장이 두 사람을 도발했다. 강한 인상을 주는 사나운 눈매지만, 레네도 알레어도 훨씬 더 박력 넘치는 눈매를 가진 클레어 님과 함께 해왔다. 저 정도쯤이야 가렵지도 않다.

"그렇게 웃을 수 있는 것도 지금뿐이에요."

"우리들은 지지 않아요~."

레네도 알레어도 기죽지 않고 한마디 돌려줬다. 믿음직스럽기 그지없다. 그런데 메이, 야유는 좀 보기 그러니까 그만두렴.

"그럼 고기 요리 대결…… 시작!"

라나의 외침을 신호로 제국, 바우어 양측이 조리를 개시했다.

"어머나, 바우어 쪽은 무척이나 귀여운 요리사가 있구나?"

"입수한 자료에 따르면 알레어 짱은 아직 6살이라고 합니다. 하지만 저렇게 보여도 요리 실력은 상당하다고요."

"그렇다면 실력을 한번 보도록 할까."

내가 직접 멤버에 넣어놓고 이런 말을 하는 것도 뭐하지만, 알레어가 제대로 잘 일할 수 있을지 조금 불안했다. 하지만 이렇게 직접 보니 그 걱정도 기우였던 모양이다. 메인 셰프로 움직이는 레네를 능숙하게 서포트 하면서 움직이고 있었다. 스승으로서 콧대가 높아진다.

"어이, 꼬맹이."

"저 말씀이신가요~?"

"그렇다, 너 말하는 거다! 안 그래도 그쪽에는 전부 애송이들밖에 없는데 네 녀석은 진짜로 젖내 나는 꼬맹이잖냐! 지금 바보 취급 하는 거냐!"

알레어를 본 주사성장이 분개했다. 큭, 사람을 바보 취급하는 건 오히려 그쪽이면서.

"저는 이렇게 보여도 우리 집 부엌을 책임진 적도 있는 어엿한 요리사예요. 너무 깔보다간 아픈 꼴을 당할 텐데요?"

"이 꼬맹이가……."

주사성장이 부들부들 떨고 있었다. 잘한다, 알레어. 좀 더 해라.

"자 양쪽의 상황을 살펴보도록 하죠—! 먼저 제국 쪽입니다 만…… 어라라—? 뭔가 기다란 꼬챙이를 준비하는군요."

"아아, 나는 대충 뭔지 알아냈어. 주사성장은 분명 그걸 만들 생각이네."

"그거, 라고요?"

"그래. 최근 제국 사람들 사이에서 유행하고 있는 그 요리야."

보니, 주사성장은 얇게 썬 소고기와 쇠기름을 번갈아 가며 꼬챙이에 꽂고 있었다. 그리고 그걸 굽기 위해서 준비했을 거라고 짐작되는 대형 가마를 마련해 놓고 있었다. 나도 알아챘다. 짐작건대 주사성장이 만들려고 하는 고기 요리는 바로 그거다.

"그러는 반면 바우어 쪽은—?"

"저건 소고기랑 아스파라거스네. 이쪽도 뭘 만들려고 하는 건지 어쩐지 상상이 가는걸."

"역시나 해설의 마르테 씨! 30년 외길을 걸어오신 베테랑은 말씀부터 다릅니다—!"

"그런 소린 됐어."

"자아자아, 한층 더 달아오르고 있습니다! 이어서 이 대회는 언제나 당신의 곁에서 함께하는 플라텔 상회의 제공으로 보내드리고 있습니다—!"

아니 그러니까 그 광고는 어쩐지 맥 빠지니까 하지 말아줬으면 한다. 상회의 이름을 선전하는 레네는 싱글벙글 이지만.

"알레어 짱, 고기는 어떻게 됐어?"

"다 구웠어요—! 확인을 부탁드릴게요—!"

"응, 좋네. 나도 스프는 완성됐어. 두 개를 합쳐서 이대로 천천히 졸여줘!"

"알겠어요—!"

레네의 지시에 따라서 알레어도 최선을 다하고 있다. 클레어 님도 걱정스러운 듯이 그 모습을 지켜보고 있었다.

"자 이제 양쪽의 요리가 완성된 모양입니다—! 시식으로 넘어가겠습니다—! 먼저 제국 측의 요리부터 부디…… 아니, 뭔가 엄청난 게 튀어나왔는데요—?!"

제국의 요리사들이 커다란 가마에서 꺼내온, 꼬챙이에 꿰어진 커다란 고깃덩어리를 운반해 왔다. 향신료의 향기가 바람에 실려 여기까지 날아와서 코를 간질였다. 그 직후 내 옆에서 배가 꼬르륵 울리는 소리가 났다.

"……클레어 님?"

"부, 불찰이에요. 저 주사성장의 요리에 반응해버리고 말다니."

"뭐, 저건 확실히 맛있으니까 말이죠."

"……먹어 본 적이 있어요?"

"네에, 뭐."

물론 전생에서지만.

"배신이네요."

"다음번에 집에서라도 만들어 드릴게요. 예산문제로 크기는 미니사이즈가 되긴 하겠지만."

그런 대화를 주고받았지만 그건 일단 제쳐두고.

"우리가 만든 건 도넬 케밥이라는 요리다. 최근 항구에서 유행이라 꼭 한번 만들어 보고 싶었어. 빵에 야채와 함께 끼워서 먹는 방법도 있는 모양이지만, 이번에는 요리 그대로 고기와 향신료의 맛을 즐겨보도록."

주사성장은 커다란 식칼을 들고 부하들이 받치고 있는 고깃덩어리를 가장자리부터 썰었다. 맛뿐만 아니라 퍼포먼스로도 볼만한 가치가 있는 요리다.

"자아 심사위원 여러분들, 드셔주세요—!"

심사위원들이 케밥을 시식했다.

"맛있어요. 이거 소문으로 들었을 때부터 계속 먹어 보고 싶었어요. 향신료가 잘 스며들어서 매콤하네요."

"사이에 끼워져 있는 쇠고기의 지방도 포인트군요. 넘치듯 흘러내리는 육즙이 훌륭합니다."

"음, 맛있군."

이것도 상당히 호평이었다. 주사성장은 호언장담했던 만큼 솜씨도 제법이다.

"자아, 그러면 이어서 바우어의 요리를 부탁드립니다—!"

"우리 요리는 송아지의 화이트 아스파라거스 스프입니다."

레네가 요리 이름을 말하자, 알레어가 요리를 날랐다.

"표면을 향긋하게 구워낸 부드러운 송아지 고기를 이 나라의 전통적 요리인 화이트 아스파라거스 스프와 결합했습니다. 부디 전통의 맛을 음미해주세요."

송아지 고기가 담겨있는 하얀색 스프로부터, 버터와 제철을 맞은 아스파라거스의 향기로운 냄새가 풍겨왔다. 도넬 케밥 같은 화려함은 없지만 어쩐지 자세를 똑바로 고치고 마주해야할 것 같은 기품이 있었다.

"자, 시식을 부탁드립니다—!"

심사위원들이 스프를 떠서 입에 넣었다.

"이건…… 맛있어요! 이 요리도 그리운 맛인데도 어딘지 새로워서……."

"이 스프는 봄을 느끼게 하는군요……. 역시 봄에는 화이트 아스파라거스를 먹어야지요."

"이건 맛있구나. 하지만 양이 좀 적군. 한 그릇 더 먹을 수 있나?"

더할 나위 없는 평가다. 역시 레네. 돈에만 억척스러운 게 아니다. 혜성과도 같이 나타난 신진 상회를 책임지는 여장부의 솜씨는 두말할 것 없는 모양이다.

"그럼 판정입니다—! 여기서 진다면 패배가 확정되고 마는 바우어 측입니다만 과연 결과는—?!"

다시금 두구두구 울리는 드럼 소리. 올라오는 푯말은——.

"제국에 한 표, 바우어가 두 표! 바우어의 승리입니다—! 해냈다—!"

"의외의 결과가 됐네."

좋아!

이걸로 일대일, 승부는 원점으로 돌아왔다.

"심사위원 여러분들에게 이유를 여쭤볼까요! 필리네 씨?"

"케밥도 물론 맛있기는 했지만 정찬에서라면 역시 화이트 아스파라거스 스프 아닐까, 싶었습니다."

"과연 그렇군요—? 요셉 씨는?"

"역시 제철의 맛이라는 점을 좀 더 평가했습니다. 맛에도 고급스러운 기품이 있었고, 무엇보다 케밥의 기름기는 나이든 사람에겐 조금 벅찬 부분도 있어서요."

"과연과연~ 그렇군요—? 폐하는 어떠셨습니까?"

"짐은 케밥의 손을 들었다. 심플하게 맛있어. 짐은 좋았다."

요셉 씨가 노년층이 아니었다면 상당히 아슬아슬했을지도 모른다.

"감사드립니다—! 자아 이걸로 1대1입니다. 한층 더 재미있어졌네요, 해설의 마르테 씨!"

"그렇네. 바우어의 요리사도 제법이잖아. 알레어 짱이라고 했었나? 그 아이도 좋은 움직임을 보여줬어. 저걸 보니 장래가 기대되네."

"요리 인생 30년의 베테랑 분의 보증을 받았습니다—! 알레어짱, 너의 장래는 밝다구—!"

"고, 고맙습니다……."

라나의 실황에 몸 둘 바를 모르는 알레어. 유치원에서 메이만 편애를 받느라 소외를 겪기도 했었으니 오늘 일로 조금이라도 자신감을 찾았으면 좋겠는데.

"……헷, 운이 좋았구나? 다음은 이렇게 잘 풀리지 않을 거다, 촌뜨기들."

"다음 승부로 마무리군요. 부디 살살 부탁드립니다."

"바보 같은 소리를. 승부는 당연히 전력으로 하는 게 재밌지 않겠냐! 불구경과 싸움구경은 제국의 꽃이다!"

그건 제국의 침략주의를 빗대서 말하고 있는 건가. 흉흉하구만 어이.

"자 그럼 마지막은 디저트 승부입니다! 마지막까지 채널 고정!"

물론 여기서 말하는 채널이라는 건 실황 중계에 쓰이는 풍마법 채널을 말하는 것이다. 현대의 텔레비전과는 아무런 관계도 없다.

"이번에도 제공은 언제나 당신의 곁에서 함께하는 플라텔 상회에서 보내드립니다!"

그러니까 고마해라 쫌.

"나 제국 정찬 요리 승부도 드디어 클라이맥스입니다! 전채 요리는 제국이, 그리고 고기 요리는 바우어가 승리를 따내서 현재 1대1 상황이 된 이 승부. 이제 남은 건 디저트뿐입니다!"

"디저트는 코스 요리의 대미를 장식하는 중요한 부분이야. 마무리가 좋으면 다 좋은 거라는 말도 있으니까 말이다. 여기서 져서는 안 되지."

"그 말씀대로입니다. 자 계속해서 실황 중계는 저, 라나 라아나. 그리고 해설의 마르테 보렐 씨가 보내드립니다—! 마지막까지 잘 부탁드리겠습니다, 마르테 씨."

"그래 잘 부탁한다."

어떻게든 1대1까지 끌고 온 이 승부. 남은 건 디저트다. 현재 승산은 반반이라고 해야 할까. 아니, 상대는 프로라는 점을 감안한다면 우리가 좀 더 불리하다.

"각오는 되어 있는 거겠지?"

주사성장이 날카로운 눈초리로 쏘아보았다. 그래봤자 클레어 님이 훨씬 더 박력 있다니까 그러네.

"그쪽이야 말로."

나도 지지 않고 받아쳤다. 뭐, 실제로 요리하는 건 요엘과 프리다지만.

"그럼 둘 다 잘 부탁할게."

"맡겨둬라."

"노 프로블럼! 우리에게 맡겨만 주세Yo!"

믿음직스러운 대답을 들으면서 둘을 배웅했다. 냉정 침착한 요엘과 언제나 마이페이스인 프리다. 둘 다 주눅 든 기색도, 괜한 허세도 찾아볼 수 없었다.

"자 그러면 정찬 요리 승부 최종전, 디저트 승부…… 시작!"

마지막 승부가 시작됐다.

"요엘 씨, 프리다 씨, 힘내라—!"

응원석에 있는 메이도 마지막 힘을 짜내서 응원하고 있었다. 요엘은 가볍게 고개를 끄덕였고 프리다는 찡긋 윙크를 날리면서 응원에 화답했다.

"그러면 이번에도 역시 제국 쪽부터 한 번 보도록 하죠—! 제국 측은 달걀을 깨서는 흰자와 노른자를 나누고 있습니다—!"

"아몬드를 으깨서 준비하는 모습도 보이네. 이건 뭐가 만들어질지 상상도 안 가. 시대는 언제나 새로운 요리를 바라는 법이지."

"참신한 요리를 도입하려는 자세에는 역시나 제국이라고 해야 할까요—! 주사성장은 과연 제국 최고의 요리사로서의 의지를 보여줄 것인가—!"

주사성장은 노른자는 내버려 두고 흰자만을 써서 만드는 모양이다. 흰자에 거품을 내면서 머랭을 만들고 있다. 아몬드 파우더── 아몬드 분말도 준비해둔 걸 보면 혹시 그걸 만들 생각인 걸까. 이 세계는 역시 묘한 부분에서 일본이랑 닮았네.

"자자, 그러면 바우어 쪽은 어떨까요—? 어라라—? 제국 측과 마찬가지로 이쪽도 계란을 준비해 온 모양입니다—!"

"아무래도 저 남자애는 커스터드를 만들고 있는 걸로 보이네. 옆의 여자애는 쿠키 반죽이겠지."

"뭘 만들고 있는 건지 아시겠습니까, 마르텔 씨?"

"아마도. 점점 짐작이 가. 바우어 쪽이 만드는 요리에는 통일감이 있구나."

"통일감인가요?"

"뭐, 봐 보라고. 어쩌면 주사성장 쪽은 거기서 발목을 잡힐지도 몰라."

과연 아주머니. 오랜 요리 경력은 폼이 아니구나. 눈치를 챈 모양이다. 과연 그렇다면 그걸 심사위원들도 깨달아 줄지 어떨지.

"프리다, 반죽은 완성됐나?"

"오케이예요—! 언제든지 오븐에 넣을 수 있어Yo!"

"그럼 부탁하지."

"맡겨만 주세Yo!"

불협화음 콤비가 되는 건 아닐까 하고 일말의 불안감이 있었던 요엘과 프리다의 조합이었는데, 천만의 말씀이라는 듯이 잘 해내고 있었다. 기본적으로는 요엘이 지시를 내리고, 프리다가 그걸 보조하고 있는 것 같다. 이미지로는 반대인데 말이야.

"자아, 요리도 이제 슬슬 막바지입니다—! 양측 다 마무리에 들어갔습니다—!"

"다 구워졌다고!"

"그릇 준비됐습니다!"

"생크림과 민트를 준비해 줘!"

"예스!"

그리고 양쪽의 디저트가 완성됐다.

"거기까지! 시식을 시작하겠습니다! 먼저 제국 측부터 부탁드립니다—!"

"우리들이 디저트로 준비한 요리는 옛날에 멸망했던 서쪽 나라, 란스의 디저트를 우리 식으로 어레인지한 다쿠아즈라는 디저트다."

역시 다쿠아즈였나. 아몬드 풍미의 머랭을 사용해서 구워낸 과자로, 원래는 프랑스에서 유래된 요리다. 전생에서는 내가 태어났을 무렵에 어떤 일본 사람이 지금 현재 형태의 모습으로 만들어서 상품화했다. 이제 현대에서는 프랑스에서도 일본에서 만든 형태의 다쿠아즈를 팔고 있다고 한다. 겉은 바삭하면서 속은 부드러운 식감을 즐길 수 있는 디저트로, 나도 먹어 본 적이 있지만 굉장히 맛있다.

"그에 맞서는 바우어 왕국은—?!"

"우리들이 준비한 디저트는 극히 평범한 구운 과자다. 굳이 이름을 붙이자면…… 그렇군, 초콜릿 휩을 곁들인 에그 케이크 라고 해야 할까."

요엘과 프리다가 만든 건 세 층으로 나뉜 단면을 가진 구운 과자였다. 밑에서부터 쿠키 층, 드라이 후르츠가 들어간 크림치즈 층, 그리고 버터와 커스터드 층이다. 세 가지 색깔로 나뉜 단면이 식욕을 자극한다.

"자, 마지막은 양쪽을 동시에 시식하도록 하겠습니다—! 자유 롭게 마음에 드는 요리부터 드셔주세요—!"

세 명의 심사위원들은 각자 두 종류의 케이크 중 마음에 드는 걸 골라서 입에 넣었다.

"아아, 과연 그렇구나……."

"흐음, 그런 건가요……."

"……."

표정으로 알 수 있었다. 이건 확실히 전해졌다.

"자아 그럼 드디어 결정의 때입니다—! 심사위원 여러분들, 맛있다고 생각한 쪽의 푯말을 들어주세요—! 과연 승리의 여신 은 누구에게 미소 지을 것인가—! 판정!"

세 번째로 울리는 드럼 소리. 어떻게 됐지?

"……제국 0표, 바우어 세 표! 바우어 왕국 측의 승리입니다─! 해냈다─!"

"역시 예상대로 이렇게 됐구나. 축하한다고, 바우어 팀."

이겼다. 우리 쪽의 진의가 전해질지 어떨지는 순전히 도박이었는데, 아무래도 그 도박에서 이긴 것 같다.

"해냈어요, 레이."

클레어 님이 어깨를 두드렸다. 다른 동료들도 표정에서부터 해냈다는 뿌듯함이 드러나고 있었다. 조마조마하긴 했지만 좋은 승부였다.

그러나──

"어째서냐! 납득할 수 없어! 어떻게 된 거야!"

아직 포기가 느린 사람도 있는 모양이다.

"우리들의 최신작 케이크가 저런 쪼잔한 에그 케이크한테 졌다니, 도대체 무슨 생각이야?! 트집을 잡으려는 의도는 아니지만 납득할 만한 설명을 들려주지 않고선 잠도 못잘 거라고!"

주사성장은 팔짱을 끼고선 바닥에 털썩 주저앉더니 완고하게 패배를 인정하려 들지 않았다.

"보기 흉하다, 주사성장. 승부는 났다. 그대의 패배다."

"아무리 폐하의 말씀이라고 해도 요리에 한정한다면 우리들 쪽이 전문가다! 우리의 요리는 지지 않았어! 이유가 있다면 설명해 보실까!"

현 제국에서 황제의 절대적인 카리스마를 생각해 봤을 때, 이렇게 큰소리를 떵떵 칠 수 있는 주사성장은 역시나 대단한 고집을 가진 장인이라고 해야겠지. 어지간한 각오가 아니고서야 도로테아한테 저렇게 입을 놀릴 수는 없다.

"흠, 이유라. 아직도 모르겠는가."

"그렇다! 털끝만큼도 모르겠는데!"

"그대가 설명하겠는가, 레이 테일러?"

"어, 저기……."

내가 설명해도 과연 납득해주려나.

그 부분을 살짝 염려하면서도 마지못해 설명을 시작하려고 했을 때,

"정말 꼴사납네…… 너는 그런 식이니까 언제가 지나도 아버지한테 미치지 못한다는 말을 듣는 거야!"

주사성장한테 일갈하는 목소리가 있었다.

"어, 엄마……."

그 주인공은 식당 아줌마이자, 이번 대회의 해설자이기도 한 마르테 씨였다.

"주사성장이라는 거창한 직함도 달아놓고서 뭐냐 그 꼬락서니는."

"시, 시끄러워! 납득이 안 가는 건 안 가는 거라고! 그러면 엄마는 우리가 진 이유를 알고 있는 거야?!"

"당연히 알고말고. 알겠냐? 네가 만든 요리는 제국의 요리가 아니었다고. 그렇지, 공주님?"

마르테 씨의 화살이 향한 필리네를 포함한 심사위원들이 일제히 고개를 끄덕였다.

"제국의 요리가 아니라고……? 무슨 뜻이야?!"

"바우어 쪽에서 만든 요리들을 다시 떠올려 보아라. 양파와 베이컨 파이, 화이트 아스파라거스 스프, 에그 케이크…… 개량을 더하기는 했지만 모두 다 옛날부터 전해져오는 제국의 전통적인 향토 요리들이지."

"……아."

도로테아의 말에 주사성장도 이제야 드디어 깨달은 것 같다.

이번 대결에 임하면서 제일 처음에 모두에게 부탁한 내용은 바로 이거였다. 이 나라에 있는 요리를 원형으로 삼은 새로운 요리를 만들어 달라는 점. 이게 기본 조건이었다.

"그대의 요리는 맛있었다. 그러나 맛있을 뿐이다. 그에 비해 바우어 측의 파이는 츠비벨쿠헨, 스프는 슈파겔스프, 케이크는 아이어셰케. 궁리를 거듭해서 새롭게 재탄생하기는 했지만 이것이야말로 제국의 요리라고 당당히 가슴을 펼 수 있다."

맛있는 요리는 무수히 많이 있다. 특히 세계 각지의 속국으로부터 다양한 식재료가 모여들고, 여러 나라의 사람들이 이주해서 사는 나 제국에서는 요리의 유행과 쇠퇴도 굉장히 빠르다. 그런 제국이 전 세계를 향해 말할 수 있는 '우리나라 요리'란 대체 무엇일까. 그건 결코 수입해온 요리는 아닐 것이다.

"어떤 나라든지 손님을 대접하는 정찬에는 많은 고민을 합니다. 주사성장. 당신의 요리 센스는 두말할 것 없이 훌륭합니다. 이렇게나 오랫동안 정체되어 있었던 제국의 요리계에서 그 정도의 요리를 만들어 낼 수 있는 솜씨라니 대단하죠. 하지만——."

"지금 우리 제국의 요리사들에게 필요한 건, 세계에 자랑스럽게 내놓을 수 있는 우리의 요리인 거다."

마르테 씨의 말은 정확하게 내가 하고 싶었던 말을 대변하고 있었다.

"……그런가 ……그랬던 거였나…….."

주사성장은 고개를 떨어뜨리고 말았다. 방금 말했던 대로 그의 솜씨만큼은 확실하다. 앞으로 제국의 요리계에서 결코 빠질 수 없는 사람이다. 이번 일로 마음이 꺾이는 건 내가 원하는 바가 아닌데…….

"……크크."

"?"

"……후후……아―핫핫핫! 이야 이거 완전 졌구만, 졌어―! 완패다―!"

껄껄하고 시원스레 웃더니 주사성장은 껑충 하고 뛰어 오르는 것처럼 일어섰다.

"이야 항복이다. 우리의 패배다. 언제나 변함없이 똑같은 요리만 만들다 보니 시시하다고 생각했었는데 정작 시시해진 건 나 자신이었던 건가. 이거 져버렸네."

주사성장은 패배에도 아무렇지도 않은 태도로 웃고 있었다. 대체 어떻게 된 거야.

"패배를 인정하지! 대단하구나, 너희들. 하지만 우리도 이제 눈이 뜨였다. 다음번엔 지지 않을 거라고."

상당히 꽉 막힌 사람이라는 인식이 박혀 있었는데, 알고 보니 의외로 제법 도량이 큰 사람이었던 모양이다. 주사성장은 스스로의 패배를 시인하면서 동시에 우리의 실력까지 인정한 것 같다.

"다음번이라는 건 없다고요. 애초에 이건 당신의 분야잖아요. 이젠 좀 봐주세요."

"이기고 뭘 생각이냐? 이거 사람이 못됐군."

"다음은 승부가 아니라 서로 협력해서 제국 요리를 바꿔나가도록 하죠. 여기서 다시 한번 부탁드리겠습니다. 협력해 주실 수 있나요?"

"애초에 그러기로 했던 약속이다. 남자는 한 입으로 두말은 안 해."

그 말과 함께 주사성장은 오른손을 내밀었다. 식칼을 쥐는 손을 내민다는 행동. 그 의미도 모를 만큼 둔감하지는 않다. 나는 그 손을 단단히 맞잡았다.

"잘 부탁드리겠습니다."

"나야말로 잘 부탁한다고!"

이렇게 요리 대결은 관객들의 회장이 떠나갈 듯한 커다란 박수 소리 속에서 성대하게 막을 내렸다.

"언제나 당신의 곁에 함께하는 플라텔 상회의 제공으로 보내드렸습니다."

"고마 좀 해라."

"자 그렇게 됐으니. 오늘부터 너희들을 단련시켜줄 사람이 바로 이 사람이다."

"잘 부탁드릴게요."

사람들 사이에서 동요하는 기색이 흘러나왔다. 이곳은 제국 주사성에 있는 조리실이다. 넓고 청결한 공간에 커다란 조리대가 여럿 마련되어 있었고, 뒤쪽에는 냉장실처럼 보이는 곳도 있다.

그리고 거기서 요리사들 앞에 서 있는 조그마한 체구의 소녀. 나는 구석에서 응원을 보내고 있었다.

(알레어, 힘내.)

요리 승부를 마치고, 주사성의 요리사들과 협력해서 함께 제국 요리 개선에 나서게 됐는데 거기서 중심이 돼서 개선을 이끄는 사람이 바로 알레어다. 함께 승부에 참가했던 다른 멤버들도 제각각 역할을 부여받고서 다양한 일들에 분주히 뛰어다니고 있지만, 그중 알레어는 젊은 요리사들을 지도하는 역할을 맡게 되었다.

"주사성장, 진심이십니까?"

"뭘 말이냐."

"아무리 우리가 승부에서 졌다고는 해도 이런 어린애한테……."

"아앙?! 불만 있는 거냐?!"

젊은 요리사 한 사람이 이의를 제기하려고 하자 주사성장이 무시무시한 얼굴로 위협했다. 젊은 요리사는 그 박력에 눌려서 한순간 말문이 막히기는 했지만, 지지 않고 대답했다.

"우리는 아직 젊다고는 해도 자랑스러운 제국 주사성의 일원입니다. 그런데 이런 꼬마한테 가르침을 받는다니…….”

“네 녀석은 우리들이 한 요리 대결을 보지 못한 거냐.”

“봤습니다. 봤습니다만 그건 굳이 말하자면 요리의 솜씨보다도 메뉴의 콘셉트에서 패배한 거잖아요?”

저 요리사의 말도 일리가 있다. 요리 자체의 맛은 주사성장도 지지 않았다. 오히려 단순히 맛만을 따져본다면 주사성장이 이겼을 가능성도 있다.

“그건 확실히 그렇지.”

“그렇죠? 이번에 개선 과제로 떠오른 제국의 요리 또한 외부인인 그녀들보다도 우리가 훨씬 잘 알고 있습니다. 배울만한 건 아무것도 없다고요.”

“그 말은 잘못됐군.”

마지막 한마디는 출입구 쪽에서 들려왔다.

“도, 도로테아 폐하……?! 거기에 필리네 님까지.”

황제와 황녀의 행차에 주사성장을 비롯해 모든 요리사는 일제히 신하의 예를 갖췄다.

“됐다. 짐은 쓸데없는 낭비를 싫어한다. 이야기를 계속하지.”

“여러분들, 편히 계셔주세요.”

“그대들은 이 아이에게 배울 점 따위 없다고 말했지만 그건 틀린 말이다. 단언하지.”

도로테아는 준엄한 목소리로 계속해서 말을 이었다.

“제국의 정찬 개선에 대해서는 주사성장을 필두로 베테랑 요리사들에게 맡겨두고 있다. 그대들에게 기대하는 건 다른 부분이다.”

"그 말씀은?"

젊은 요리사가 되물었다.

"그대들은 제국의 요리에 새로운 것들을 도입해 주길 바란다. 여기 알레어는 저기 서 있는 레이 테일러가 애지중지하는 제자다. 참신한 요리에 대한 조예도 깊다."

요리사들이 새삼 다시 보는 시선으로 알레어를 쳐다보았다. 알레어로 말하자면 팔짱 낀 자세로 턱을 한껏 치켜들고는 자신만만한 표정을 짓고서 당당히 서 있었다.

"그럼 레이 씨한테 배움을 청하면 되잖습니까."

"레이에겐 그 밖에도 시킬 일이 있다. 그게 아니라면 뭐지? 짐의 지시에 불만이 있다는 뜻인가?"

"아, 아니요, 결코 그런 건……."

뭐, 요리사들의 불만도 지당하기는 하지만 현재 바우어에는 인적 여유가 없으니 참아주길 바랄 뿐이다.

"주사성의 요리사인 그대들에게도 자존심이 있겠지. 그렇지만 제국의 미래를 위해서 여기선 배우려는 자세를 보여주지 않겠는가. 짐과 필리네도 참가하니 말이다."

"폐하가?!"

도로테아의 발언에 요리사들은 크게 당황했다. 정작 당사자인 도로테아는 그런 요리사들의 태도에는 전혀 아랑곳하지 않고서 알레어에게 다가갔다. 필리네가 황급히 그 뒤를 따랐다.

"알레어여. 전날 보여준 움직임은 훌륭했다. 오늘은 잘 부탁한다."

"잘 부탁드리겠어요."

그렇게 말하고서 도로테아와 필리네는 겨우 자기들의 허리께에 오는 작은 소녀에게 고개를 숙였다. 그 모습에 다시 한번 요리사들이 술렁거렸다.

"잘 알겠어요. 하지만 그 차림은 안 된다고요."

"음? 뭔가 문제가 있는가?"

"크게 있고말고요. 대체 세상 어디에 갑옷을 입은 채로 요리를 하는 사람이 있나요."

"흠. 그럼 벗을까."

도로테아는 갑옷에 달린 제국 황실의 문장에 손을 댔다. 그녀가 걸치고 있던 칠흑의 갑주가 순식간에 사라졌다. 아마도 도로테아의 갑옷은 마도구인 거겠지. 도로테아 스스로는 마법을 사용할 수 없지만 여기에는 약간의 트릭이 있다. 그 부분에 대해선 또 다음 기회에.

"잠깐, 폐하?!"

갑옷이 사라지면 그 안이 노출되는 건 당연한 일인지라 지금 도로테아는 속옷 차림이다. 본인은 전혀 신경 쓰지 않는 모양이지만 요리사들은 대부분 남성이다. 실제 나이는 둘째 치고서라도, 외견은 20대나 30대로밖에 안 보이는 미인의 속옷 차림에 그들은 일제히 뒤로 돌았다. 흠, 신사적이라 참 좋군.

"폐하, 여성은 그렇게 함부로 맨살을 드러내는 법이 아니에요. 어서 이걸로 갈아입어 주세요."

"딱히 보여줘서 곤란할 만한 몸을 가지고 있지는 않다. 하지만 뭐, 그대의 말대로인가."

필리네가 가져온 셰프복을 도로테아가 다 입고 나서야 겨우 이야기가 다시 진행됐다.

"그렇게 됐으니 짐과 필리네도 요리를 배우겠다. 요리 같은 건 어찌 돼도 좋은 거라고 여기고 있었지만 저번 승부로 조금 생각을 고쳐먹게 됐거든. 맛있는 요리는 좋군."

요리사들한테서 오오, 하고 환성이 터졌다. 그야 그렇겠지. 지금까지 요리사들이 실력을 충분히 발휘하지 못한 이유는 도로테아가 요리에 관심을 가지지 않았다는 점이 크다. 그랬던 도로테아가 적극적으로 나서겠다고 말했으니 요리사들로서는 좋은 소식이겠지.

"여기 알레어는 짐이 직접 가르침을 청하고자 고른 상대다. 이의는 받지 않겠다. 최선을 다해서 배우도록."

도로테아의 목소리는 절대적인 권위를 담고 있었다. 요리사들도 아직 떨떠름해하기는 했지만 알레어가 가르친다는 사실을 납득해준 모양이다.

"그럼 이제부터 여러분들에게 요리를 가르쳐드리겠지만 그 전에 한 가지 말씀드리고 싶은 점이 있어요."

"?"

어흠, 하고 한번 목소리를 가다듬고서 알레어는 엄격하게 말을 꺼냈다.

"앞으로는 저를 알레어 선생님이라고 부를 것. 발언할 때는 시작과 끝에 알레어 선생님을 붙일 것."

알레어가 엄청난 소리를 했다. 나는 머리를 감싸 쥐었다. 이건 완전히 레네랑 나 때문이다.

레네가 아직 바우어 왕립학교에 있었을 무렵, 남녀역전 카페의 강사로 초빙됐던 걸 기억하고 있을까. 그때 레네는 메이드도 (道)를 설파하기 위해서 이상한 스위치가 들어갔었는데 지금의 알레어도 그 상황과 비슷하다.

오늘 이 자리에 서기 전에, 나와 레네가 함께 알레어에게 플라텔과 블루메의 최신요리정보를 속성으로 가르쳤는데 또 레네가 예전의 그 나쁜 버릇을 발동한 것이다. 덕분에 알레어는 남을 가르칠 때는 이렇게 말해야 한다는 생각이 박혀버린 모양이다.

"그건 필요한 일인가?"

"폐하, 발언 시작과 끝에는."

"알레어 선생님, 그건 필요한 일인가. 알레어 선생님?"

"가르치는 사람을 존경하는 일과 가르침을 받는 사람을 존중하는 일, 그 어느 쪽도 아주 중요한 일이에요."

"알레어 선생님, 그런가, 알레어 선생님."

도로테아는 어쩐지 재미있어하는 표정으로 알레어의 말에 따르고 있었다. 다른 면면들은 불만스러워보였지만 황제가 앞장서서 순순히 따르고 있는 중이다. 자기들이 거기에 따르지 않을 수도 없는 노릇이다.

"그러면 알레어 선생님의 요리 교실을 시작합니다. 대답은?"

"""알레어 선생님, 네, 알레어 선생님."""

"목소리가 작아요!"

""""네! 알레어 선생님!!!""""

"아주 좋아요. 그럼 기본 중의 기본. 밥을 짓는 법부터——."

이런 느낌으로 제국의 젊은 요리사들을 대상으로 한 강의가 시작됐다.

"그런 식으로 해서 퐁당 오 쇼콜라가 만들어 질 거라고 생각하는 건가요? 디저트를 만들 때는 재료의 정확한 계량이 생명이에요. 초콜릿도 귀한 재료니까 똑바로 계량하세요!"

"알레어 선생님, 네, 알레어 선생님!"

"빵을 아무 나이프나 가지고 자르면 안 된다고요! 전용 나이프를 준비하고 자르기 전에는 열로 따뜻하게 데울 것!"

"알레어 선생님, 네, 알레어 선생님!"

"크렘 브륄레는 생크림을 아끼지 마세요! 평범한 푸딩이 되어버리잖아요!"

"알레어 선생님, 네, 알레어 선생님!"

알레어의 강의는 호된 질타와 격려를 동반하면서 순조롭게 진행되고 있었다. 황제도 필리네도 열심히 요리를 배우고 있다. 도로테아는 어딘지 모르게 즐거워 보였는데, 반면 필리네 쪽은 어쩐지 복잡해 보였다.

때때로 내 쪽을 향해 뭔가 말하고 싶어 하는 것처럼 쳐다봤다. 뭘까?

강의는 며칠에 걸쳐 계속됐다. 마지막 강의를 마친 수강생들은,

""""알레어 선생님…… 네…… 알레어 선생님.""""

누구 하나 빠짐없이 눈에서 빛이 사라진 채 죽어 있었지만 신

경 쓰지 말자.

"이걸 보면 세뇌마법을 쓰고 있는지에 대해선 짐보다도 알레어를 더 의심해봐야 하는 거 아닌가?"

도로테아의 말도 신경 안 써, 아무튼 신경 안 써.

"원, 투, 쓰리, 원, 투, 쓰리…… 아얏!"

"죄송합니다, 클레어 님!"

클레어 님의 발을 밟아버려서 황급히 사죄했다. 이걸로 벌써 몇 번째일까. 우울해지는 기분을 떨쳐낼 수 없었다.

"신경 쓰지 말아요, 레이. 이런 건 하다보면 익숙해지는 거예요."

클레어 님은 환하게 웃으면서 그렇게 말씀해 주셨다. 천사인가.

지금 이곳은 학관에 있는 댄스홀이다. 평소에도 댄스 강의 시간에 사용하는 장소지만, 이제 무도회를 앞둔 시기라 방과 후에 학생들이 자유롭게 춤을 연습할 수 있도록 개방해두고 있다. 사쿠라목으로 만든 바닥과 사방이 거울로 된 벽으로 둘러싸인 광활한 공간이다.

사쿠라목이라는 건 여기 마룻바닥에 쓰인 목재의 이름인데, 이름에서 연상하는 것과는 반대로 벚나무가 아닌 자작나무다. 마찰력이 낮고, 딱 알맞은 견고함과 촘촘한 나뭇결을 가지고 있는데다, 표면이 단단하다는 특징이 있어서 댄스 플로어의 바닥재로 최적인 재료다.

지금 이 자리에는 우리 말고도 라나와 이브, 그리고 필리네도 함께하고 있다. 특히 필리네는 클레어 님한테 춤을 배우고 있는 나를 부러운 듯이 쳐다보고 있었다. 너는 제왕 수업을 받아서 댄스는 완벽하잖아.

　"역시 저, 무도회에선 그냥 쥐 죽은 듯이 구석에 있는 편이 좋을지도 모르겠습니다."

　클레어 님이 몸소 가르쳐주기까지 했는데 이 모양 이 꼴이다. 댄스가 너무나도 힘들어서 마음이 꺾일 것 같다.

　"무슨 소릴 하는 거예요. 저를 외톨이로 만들 생각?"

　"그거야 바라는 바가 아니지만."

　함께 춤을 출 수 없는 건 싫지만 이대로는 클레어 님의 예쁜 발이 납작해져 버릴 거다.

　"그렇다면 부디 저와 함께 추도록 해요, 클레어!"

　필리네가 이때다 싶어서 손을 번쩍 들었다. 그러나,

　"레이와 춤을 추고 나서라면 받아들일게요."

　"……만만치 않네요, 클레어."

　"무례를 용서하시길. 그러나 제 파트너는 역시 레이니까요."

　그렇게 말하며 씩씩하게 웃는 클레어 님. 응, 천사구나.

　"저기, 레이. 클레어를 함락시키려면 어떻게 해야 해요?"

　"클레어 님의 연인한테 물어볼 말이 아니잖아요."

　어째서 내가 가르쳐 줄 거라고 생각한 걸까.

　"무슨 말을 하는 건가요. 클레어를 함락시킨 사람한테 직접 듣는 게 가장 참고가 되잖아요?"

"합리적인 건지, 바보인 건지, 하나만 해 주실 수 없을까요."

이 공주님은 타고난 머리는 나쁘지 않을 게 분명할 텐데, 클레어 님만 엮이면 갑자기 나사 빠진 모습을 보여주는구나.

"역시 가슴이려나."

"클레어 님이 무슨 중년 아저씨인가요."

"그래도 예쁜 가슴은 남녀를 불문하고 매력을 느끼는 법이 니……. 아, 응, 가슴은 아니네요. 응."

"지금 저의 어디를 보고 말씀하신 겁니까?"

"네?"

"좋아요, 잠깐 뒤로 따라오시죠."

싸움을 거는 거라면 받아주마. 농담이지만.

"……요즘 들어서 당신들, 저만 쏙 빼놓고 둘이서 친해 보일 때가 많은 거 아니에요?"

클레어 님이 살짝 눈을 치켜뜨고서 우리를 바라보았다.

"어라, 클레어 님, 혹시 현재 질투 진행형인가요?"

"현재 질투 진행형이에요."

"어라, 솔직하시네요?"

"저는 레이를 좋아하니까 딱히 질투하는 걸 숨겨봤자 소용없 잖아요?"

후후, 조금 기쁘다.

"……아주 대놓고 과시하네요."

"아, 정말 죄송해요, 필리네 님."

"괜찮아요. 레이 또한 클레어와 이렇게 되기까지 상당히 시간을 들였던 거죠? 저도 안달 내지 말고 착실히 공략하겠어요."

"아뇨, 그러니까 딴 데 알아봐 주셨으면 좋겠는데요."

"아─안─들─린─다!"

귀를 꼭 막고서 도리질 치는 필리네. 최근 들어서 얼빠진 구석이 점점 악화하고 있다고.

"하지만 레이 선생님, 연습을 처음 시작했을 때보다는 훨씬 좋아졌는걸! 이 기세대로라면 클레어 선생님의 발이 납작해지기 전에는 춤출 수 있게 되지 않을까?"

장난스럽게 놀리듯이 말하는 라나였다. 주위를 둘러보니 이브도 혼자서 댄스 스텝을 확인하고 있었다.

"라나는 연습 안 해?"

"어? 나 말이야? 나는…… 그 있잖아, 그런 건 못하니까."

그렇게 말하는 라나는 살짝 표정을 흐리면서 웃었다. 무슨 말일까 싶어서 자세히 물어보기도 전에 라나가 먼저 말을 이었다.

"춤은 출 수 없지만 레이 선생님의 드레스 차림을 볼 수 있는 건 기대 돼─!"

"춤은 안 출 생각이야?"

"지금 시점에선 말이지. 아, 그래도 선생님이 가르쳐준다면 출지도~?"

"미안, 나는 내 한 몸 챙기기도 벅찰지도 몰라."

"아핫, 그건 보면 알겠어~!"

라나는 다시 평소 같은 기색이었다. 일순간 보였던 그늘진 분위기는 대체 뭐였던 걸까.

"이브는 아무런 문제도 없어 보이는걸. 댄스에 대해선 전혀 모르는 내가 봐도 아름답게 춤춘다는 걸 알겠어."

"……고마워."

짧은 한마디로 라나에게 대답을 돌려주고서 이브는 묵묵히 계속해서 스텝을 밟고 있었다. 라나의 말대로 발놀림에는 거침이 없었다. 댄스 경험이 있는 걸까.

"이브, 능숙하네."

"흥."

변함없이 이브한테서 미움받는 모양이다. 별로 상관은 없지만, 역시 미움받기보다는 호의를 받는 쪽이 기분 좋다. 하지만 최근 들어서 이런저런 일들로 바빴기 때문에 결국 이브와 얘기를 나눠보지 못했단 말이지.

"저기, 이브──."

"자요, 레이. 한 번 더 처음부터 다시 하겠어요."

"아, 네."

클레어 님이 연습을 재개하자는 말을 꺼내서 나는 이번에도 또 이브와 얘기할 기회를 놓치고 말았다. 으──음.

"상당히 초보적인 스텝부터 연습하고 있는데, 두 사람은 왕국에서 댄스를 해본 경험이 없었나요? 그럴 리가 없겠죠? 클레어는 귀족이기도 했었고."

"네에, 저는 댄스 경험이 풍부해요. 하지만 제국의 댄스는 왕국과는 조금 달라서 말이에요."

"구체적으로 말하자면 동성끼리 춤출 때는 왕국이랑 역할 분담이 다르군요."

"아아, 과연."

이전에도 말했지만 제국에서는 동성혼이 인정되고 있다. 그런 국가적 특색 덕분에 자연스럽게 댄스에도 동성용 역할 분담이 마련되어 있다. 지금 우리가 연습하고 있는 건 같은 여성끼리 춤추는 경우의 댄스다. 이건 바우어에는 없었던 춤이라서 하나하나 처음부터 배워야만 한다.

"그런 것 치고는 숙련도에서 상당히 차이가 있네요. 클레어는 이미 벌써 능숙해진 것 같은데 레이는 생초짜가 추는 것 같아요."

"클레어 님은 원래부터 발군의 운동신경을 가지고 계신 데다 댄스의 소양도 저 같은 사람과는 비교가 되지 않으니까요."

"제가 그렇게 대단한 사람이라고는 생각하지 않지만 레이는 조금 댄스가 서투르긴 하네요."

이것도 이전에 봉납무를 연습했을 때 말한 적이 있지만 내 몸은 댄스가 엄청나게 쥐약이다. Revolution의 주인공은 댄스가 엄청나게 서투르다. 그런 설정 때문이라고 생각하지만 전생의 나보다도 훨씬 몸이 뻣뻣하다. 그 점만 빼면 몹시 우수한 신체라서 불만을 토할 수는 없지만.

"그런가요⋯⋯. 하지만 저는 레이가 부러워요. 클레어처럼 멋진 파트너한테 춤을 배울 수 있다니."

"필리네 님도 분명 우수한 선생님한테 배우셨을 것 같은데요?"

"확실히 우수한 분이셨지만, 굉장히 엄한 선생님이었어요. 그에 비하면 클레어의 교육법에는 사랑이 담겨있어요."

"사랑이래요, 클레어 님."

"물론 담고 있답니다, 그것도 듬뿍. 채찍과 같이 있기는 해도."

클레어 님과 채찍. 그건 이 이상 없을 완벽한 조합 아닐까. 미리 단언해 두겠지만 나는 마조히스트가 아니다.

……아마도.

"그래도 동성끼리 추는 법이 정식 형태로 인정받고 있다는 건 참 좋네요."

"그런 모양이네요. 해외에서 오신 분들은 모두들 그렇게 말씀하세요."

"바우어였다면 상당히 이상하다는 시선을 받았을 일이죠."

혁명 때는 제국에 대해서 조금도 좋은 이미지가 없었지만, 이렇게 실제로 현지에 와보니 전부 나쁘지만은 않구나, 싶은 생각이 든다. 도로테아도 꼬드겼지만 제국이라면 클레어 님과 결혼하는 것도 가능하다.

"클레어 님, 저와 결혼하고 싶으신가요?"

"풉?! 가, 가가가갑자기 무슨 소릴 하는 거예요?! 아, 미안해요."

클레어 님이 처음으로 스텝을 실수해서 내 발을 밟았다. 역시 너무 갑작스러웠던 걸까.

"아뇨, 만약 제국으로 이적한다면 결혼도 가능하겠구나 하는 생각이 들어서."

"레이는 그런 형식에 고집하는 편이었던가요?"

"아뇨, 그건 아닙니다만."

"그럼 지금 이대로도 괜찮아요. 법률상의 관계가 어찌 됐든 저와 레이는 파트너인걸요. 서로가 그 사실을 인식하고 있고, 우리와 친한 사람들도 그걸 인정해 주고 있다면 그걸로 충분하잖아요."

"그 말씀이 맞습니다."

다행이다. 클레어 님도 나와 같은 마음이셨던 것 같다.

"거기에다······."

"거기에다?"

"메이와 알레어랑 약속했잖아요? 반드시 그 집으로 돌아가자고."

그랬다. 우리는 다녀오겠다는 말과 함께 이곳으로 왔다. 돌아갈 장소가 있는 이상, 제국에 뼈를 묻을 수는 없다.

"정말 감사합니다, 클레어 님."

"천만에요. 자, 연습을 계속하겠어요."

다시 스텝 연습을 시작했다. 방금 전보다 발놀림이 가벼워진 느낌이다.

"······레이의 말버릇을 흉내 낸다면······ 리얼충 폭발해라······ 겠군요."

물론 필리네의 혼잣말은 못 들은 척 했다.

"여기서 어디로 꺾어야 하는 거더라?"

"오른쪽이라고요. 여기서 오른쪽으로 꺾어서 조금 가다 보면 왼편이에요."

"아하하, 레이 선생님은 방향치인가요~?"

"……어째서 내가 여기에."

순서대로 나, 클레어 님, 라나, 이브의 대사다. 오늘은 우리 넷이서 무도회에서 입을 드레스를 고르러 가는 중이다. 여전히 제도의 거리는 지나다니는 사람들로 북적이고 있었고, 길 양옆으로 보이는 가게들 안쪽에도 손님이 가득 있는 걸 볼 수 있었다.

"아니, 그렇지만 지금까지 제도 안을 느긋하게 구경해볼 여유도 없었단 말이야."

"하지만 필리네가 지도를 그려줬잖아요. 그냥 그걸 보고 따라갈 뿐인데요?"

"……뭐, 제가 방향 감각이 그다지 좋은 편이 아니라는 사실은 인정합니다."

방향치라는 소리를 들을 정도로 심하지는 않지만.

"아핫, 저는 비교적 방향 감각은 뛰어나요~! 어릴 때부터 지금까지 한 번도 미아가 되어 본 적이 없는걸요!"

"그건 대단하네."

"이브는~?"

"……그냥 보통."

이브는 변함없이 무뚝뚝했다. 안 그래도 원래부터 붙임성이 없는 타입이었는데 오늘은 내가 있는 탓에 한층 더 저기압이다. 그런데도 같이 동행하게 된 데에는 이유가 있다.

무도회에서 입을 드레스에 대해서는 유학 활동의 일환으로 보기 때문에 마우어가 보조금을 지원해준다. 다른 멤버는 이미 구

입을 마친 모양이지만 우리 네 사람만 요리 대결을 하느라 바빠서 드레스를 고르는 게 늦어졌던 것이다. 유학단 회계담당분의 독촉을 듣고, 오늘 다 함께 드레스를 사러 가게 됐다.

"드레스인가……."

"어째서 그렇게 맥 빠진 목소리인가요. 드레스를 고르는 거라고요? 좀 더 들뜬 모습이어야 하는 거 아니에요?"

"맞아요 맞아요! 게다가 가격에 상한선이 있다고는 해도, 내 돈이 나가는 게 아니라니 최고잖아요!"

"……라나, 최저야."

"에엑?!"

뭐, 다들 무슨 말을 하고 싶은 건지 모르는 바는 아니다. 나 역시 옷을 사는 건 좋아하는 데다, 내 호주머니에서 돈이 나가는 게 아니라면 더할 나위 없다. 하지만 문제는 이번에 사려는 옷이 무도회에서 입을 드레스라는 점이다.

"클레어 님이 같이 춤을 춰 주신다고 하니까 오케이 하기는 했지만, 저…… 스커트는 그다지 좋아하지 않는다고요."

"전에도 그런 말을 한 적이 있었죠? 어째서인가요? 오히려 여성인데 스커트가 아닌 차림을 하는 사람 쪽이 소수파라고 생각하는데요."

중세 유럽풍 세계관이라는 점도 있어서 이쪽 세계 여성의 표준적인 하의는 스커트다. 전문 직공이나 농가의 작업복이라면 바지도 있긴 하지만 평상복으로는 역시 스커트가 압도적으로 많다.

"어쩐지 다리가 휑해서 진정이 안 되지 않나요?"

"오히려 바지 쪽이 너무 꽉 조이는 게 싫지 않아요~?"

흠, 이 부분만큼은 취향의 차이일지도 모른다.

"그건…… 혹시 레이의 성적지향과 관계가 있는 건가요?"

"네? 아무런 관련도 없는데요?"

"하지만 그런 거 있잖아요, 남성은 치마를 입는 걸 극렬하게 싫어하잖아요?"

"아니, 하지만 저는 순수한 여성이니."

아아, 이건 혹시 그런 뜻인걸까.

"클레어 님, 혹시 제가 스스로를 남성이라 인식하고 있다고 생각하세요?"

"……아뇨, 그런 건 아니긴 하지만 여성을 좋아하게 된다는 건 남성적인 걸 좋아하는 걸까, 싶은 생각은 했어요."

"아뇨아뇨아뇨, 그건 전혀 아니에요. 조금 어려운 표현이 되겠지만 성적지향과 성 정체성은 별개니까요."

"성 정체성이라는 게 뭐예요?"

라나가 물었다.

이브는 무표정한 얼굴이라 잘 알 수 없었지만, 클레어 님도 얼굴에 물음표를 띄우고 있었다.

"성 정체성이라는 건, 자신이 스스로를 남성과 여성 중 어느 쪽이라고 생각하고 있는가에 대한 거야. 보통은 사람마다 당연한 것처럼 여기지만, 그 중에선 심리적 성별이 생물학적 성별과 다른 사람도 있어."

"헤에? 그럼 남성의 신체인데도 스스로를 여성이라고 생각하거나, 여성의 신체인데 자신을 남성이라고 생각하는 경우가 있다는 건가요?"

"맞아."

전에 얘기했었던 미사키가 딱 이런 경우였다. 현대 지구에서는 성동일성장애라고 불렸다.

"그건…… 굉장히 괴로울 것 같네요."

"네에, 아마 상상도 못 할 고통이라고 생각합니다."

그야말로 미사키처럼 스스로의 생명을 끊는 사람이 있을 정도로.

"뭐어, 어려운 이야기는 일단 제쳐두고서 제 성 정체성은 여성이니까 그다지 남성이 되고 싶다고 생각하는 건 아닙니다."

"그런 거군요."

"다소, 이런저런 취향이 남성적인 부분이 있다는 점은 인정합니다만 그건 누구라도 그렇잖아요?"

"아, 무슨 말인지 알겠다~ 저, 달콤한 음식은 별로인데요, 그걸 친구들한테 말하면 별나다는 소리를 들어서 뭔가 납득이 가지 않았던 적이 있어요."

라나가 응응, 하고 고개를 끄덕이며 동의해줬다.

남성과 여성이라는 이분법적 성별개념을 완전히 부정할 생각은 없다. 그건 사람들 속에 분명히 존재하는 생물학적인 차이를 조정해온 위대한 개념임은 틀림없으니까. 하지만 사회가 조금씩 성숙해짐에 따라서 이런 이분법적인 구별만으로는 성숙해지는 사회를 따라갈 수 없다는 것도 분명한 사실이라고 생각한다.

누구에게나 남성성과 여성성이라는 두 가지 요소가 동시에 존재하고 있다고 생각하기 때문이다. 그중에는 남성도 여성도 아닌 제3의 성별이라고 자인하는 사람이나, 애초에 성별이라는 걸 인식하기 힘들어하는 사람도 있다는 것도 알고 있다. 이분법적인 성별개념은 그런 사람들에겐 너무나 잔혹하다.

"……그런 이야기는 아무래도 좋은 거잖아요."

"뭐, 보통 사람들한테는 그다지 관계없는 이야기일지도 모르겠네. 하지만 나는 지식으로서 알고만 있어 줘도 기쁠 거라고 생각해."

"……그런가요."

어라? 드물게도 이브가 순순히 고개를 끄덕였다. 부끄러워하나? 부끄럼기가 왔나?

"어라? 저거 혹시 요엘 아닌가요?"

라나가 손가락으로 가리키는 방향을 보자 커다란 키를 가진 뒷모습이 보였다. 푸른 머리카락은 이 세계에서도 비교적 드문 색이기 때문에 아마 요엘이 맞겠지.

"요엘."

내가 그 뒷모습을 향해 이름을 불러보았지만 들리지 않았던 건지 요엘은 모퉁이를 돌아서 걸어가 버렸다.

"저 방향은…… 분명 필리네가 그려준 지도에 의하면 유곽이었죠?"

제도 같은 한 나라의 중심도시에도── 아니, 오히려 더욱 그렇기 때문이라고 해야 할까, 성매매를 하는 가게가 존재한다.

"평소에 점잖아 보였는데, 그도 남성인 거네요."

"헤에, 내가 눈앞에서 옷을 갈아입어도 눈 하나 깜짝하지 않았던 요엘이 말이지."

"……천박해."

"……"

나는 성을 사고파는 일에 대해선 중립적인 입장이지만 그런 장소의 위험성 또한 무시할 수 없다.

"잠깐 다녀오겠습니다."

"앗, 레이."

나는 세 사람을 놔두고서 요엘의 등 뒤를 쫓았다. 그러나,

"……놓쳤어……?"

꽤나 서둘러서 달려온 건데도 모퉁이를 돌자 이미 요엘의 모습은 보이지 않았다. 전후좌후로 이리저리 시선을 돌리며 둘러봤지만 특징적인 푸른 머리카락은 어디에도 눈에 띄지 않았다.

"……뭘 하고 계시는 건가요. 혼자서 가다가 미아라도 되면 어쩌려고요."

"이브……."

"……여자 혼자서 이런 장소를 걸어 다니는 일의 의미 정도쯤은 선생님이라면 잘 알고 계시겠죠."

"미안."

하지만 요엘이 만약 이런 장소를 이용하고 있다면, 막지는 못해도 하다못해 정확한 지식을 가르쳐주고 싶었다.

"돌아가자고요. 우물쭈물하다가는 이상한 거에 붙잡힙니다."

"……응. 이거야 누가 선생님인지 모르겠네."

"제 쪽이 나이는 훨씬 연상이기도 하니."

"뭐?!"

"뭔가요 그 반응. 학문을 닦는데 연령은 관계없잖아요."

"아니, 이브는 엄청나게 어려 보이니까 말이야."

"……쓸데없는 빈말은 됐어요."

이브는 휙, 하고 고개를 돌리며 외면해 버렸다. 실제론 몇 살인 걸까. 완전히 연하라고 생각하고 있었는데.

요엘이 걱정이기는 하지만, 그렇다고 이브를 데리고서 이런 곳을 어슬렁거릴 수도 없는 노릇이다. 연령이 문제가 아니다. 이브가 실제로는 몇 살이든 간에, 그녀가 미소녀라는 점이 문제다. 나를 염려해서 뒤를 쫓아와 준 거니까, 이 이상 폐를 끼칠 수는 없다.

"돌아갈까."

"……네."

여러 가지로 미련은 남았지만 나는 이브를 데리고서 그 자리를 떠났다. 돌이켜 보면 나는 요엘에 대해서 완전히 오해를 하고 있었다. 그 사실을 깨닫게 되는 건 조금 더 나중의 일이었다.

오는 길에 이런저런 일들이 있었지만 우리는 별 탈 없이 드레스 가게에 도착했다. 필리네가 소개해준 곳이었지만 황족이 이용할만한 가게기 이니라 제국 시민들노 평범하게 쇼핑할 수 있

을 만한 수준의 가게였다.

물론 그렇다곤 해도 이곳은 황녀님이 고른 곳이다. 가게의 인 테리어도 굉장히 세련됐고, 화려함과 기품이 절묘한 비율로 공 존하고 있었다.

"들어가겠어요."

라나, 이브, 그리고 나는 솔직히 가게의 분위기에 기가 죽어 있었지만, 클레어 님은 담담한 기색으로 가게의 문을 밀고 들어 갔다. 과연 전 악역 영애. 겨우 이 정도쯤이야 아무렇지도 않은 모양이다.

"대단해요, 클레어 님."

"뭐가 말이에요?"

뭘 칭찬하는 건지 몰라서 어리둥절해 하는 클레어 님이 사랑 스러워. 너무 좋아.

"어서 오세요. 드레스를 찾고 계시나요?"

우리가 가게로 들어서자 바로 점원이 다가왔다.

"필리네 나, 황녀님의 소개로 찾아왔어요, 클레어 프랑소와예 요."

"프랑소와 님이시군요. 말씀은 들었습니다. 부디 안으로 드시 죠."

필리네의 이름을 대자 점원분이 상냥한 웃음을 지으면서 안쪽 으로 안내해주셨다. 가게 안쪽은 색색깔의 아름다운 드레스들이 진열되어 있어서 보는 것만으로도 즐거움을 선사해준다. ……드 레스를 좋아한다면 말이야.

"저희들이 모시겠습니다."

"엑."

우리가 알아서 고르고, 알아서 구매하는 방식이라고 생각하고 있었더니, 수많은 점원 분들이 우르르 쏟아져 나왔다. 어쩐지 다들 생긋생긋 웃고 있다.

"이렇게나 친절히 대해주지 않으셔도 괜찮은데요?"

"아뇨아뇨, 여성들만으로 큰일을 해내신 프랑소와 님과 같은 귀빈을 극진히 대접하는 건 당연한 일입니다. 필리네 님의 소개 이기도 하고요."

클레어 님, 뭔가 엄청나게 존경받고 있다.

"저희들에 대해서 알고 계시는 거네요. 하지만 그렇다면 저희 들이 제국의 적이었다는 사실도 알고 계시는 거 아닌가요?"

"분명 그런 측면이 있다는 건 잊지 않았습니다만, 역시 같은 여성으로서는 프랑소와 님을 몹시 동경하고 있습니다. 부디 꼭 모실 수 있도록 해 주세요."

"그렇게까지 말씀하신다면야……."

클레어 님은 조금 불편한 기색으로 승낙했다. 아무래도 혁명 의 영웅 대접을 받는 게 불편한 모양이다.

우리 한 명당 점원 두 분이 붙어서 의상을 고르고 갈아입는 걸 도와주시는 것 같았다.

"무도회에서 입으실 드레스를 찾고 계신다고 들었습니다 만……."

"네 맞아요."

"실례입니다만, 드레스를 골라보신 경험은?"

"저는 몇 번이고 있어요. 여러분들은 어때요?"

"저는 없습니다."

"저도 없어요~."

"……저도."

전 귀족과 원래부터 평민이었던 차이는 크다.

"그렇다면 프랑소와 님은 자유롭게 고르도록 하시고, 저는 여러분들을 도와드리도록 하겠습니다. 어떠신가요?"

"그걸로 좋아요. 다들 그걸로 괜찮죠?"

"네, 부탁드립니다."

"부탁드려요~."

"……잘 부탁합니다."

그렇게 돼서 일단 클레어 님과 떨어지게 됐다.

"먼저 여러분들도 자유롭게 드레스를 골라 주세요. 자세히 고민해 보는 건 그다음으로 하겠습니다."

점원분의 제안에 따라, 우리 셋도 제각각 드레스를 고르러 갔다.

나는 의외로 금방 정했다.

"이거는 어떨까요?"

내가 고른 건 검은색 A라인 드레스다. A라인이라는 건 문자 그대로 알파벳 A와 비슷한 모양을 하고 있어서, 허리 아래서부터 조금씩 볼륨이 퍼져나가는 라인을 말한다.

가슴 부분은 마치 배 밑면처럼 생긴 보트넥. 나는 가슴이 별로 없기 때문에 이걸로 했다. 저 오드리 헵번도 보트넥을 애용했다던가. 뭐, 나 같은 사람이랑 비교하기에는 너무나도 황송하지만.

원 포인트는 레이스가 풍성하게 들어간 프렌치 슬리브. 어깨에 앙증맞은 소매가 있는 느낌이다. 이브닝드레스는 소매가 없는 게 기본적이지만 프렌치 슬리브는 소매로 치지 않는다. 조금이라도 노출을 피하고 싶다는 소망의 표출이다.

"어머, 테일러 님은 고르는 게 상당히 익숙하시네요? 실례지만 이름으로 보건데……."

"네에, 집이 양복점입니다."

"그렇습니까. 전혀 문제없습니다. 그 드레스로 충분히 어울린다고 생각합니다."

전문가의 보증을 받아서 나는 가슴을 쓸어내렸다. 주인공의 몸이 기억하고 있는 지식 덕에 복식에 대해서도 어느 정도 알고는 있었지만, 그래도 실제로 지식을 활용해 보는 건 처음이다. 창피를 당하지 않고 끝나서 다행이다.

"나는 이게 좋아!"

라나가 고른 건 새하얀 엠파이어 라인 드레스였다. 엠파이어라인 드레스란 가슴 밑에서 직선으로 스커트 라인이 떨어지는 드레스를 말한다. 허리선이 높은 위치에 있기 때문에 키가 작은사람에게도 잘 어울린다.

가슴 부분은 라운드 넥. 둥글게 파여 있는 라인이 상냥하고 여성스러운 분위기를 연출해주고 있었다.

"라나 님은 풍만한 볼륨이 있으시니 가슴 부분은 하트 컷 넥으로 어떠신가요?"

하트 컷 넥은 어깨끈이 없고 목부터 가슴 라인까지 크게 노출하면서 가슴 부분이 하트 모양으로 넥 라인을 그리고 있는 디자인을 말한다. 가슴이 어느 정도 있어야만 입을 수 있는 넥 디자인이기도 하다.

"와아, 귀여워! 그걸로 할게요!"

"분명 잘 어울리실 거예요."

라나의 드레스도 문제없이 결정됐다.

"……나는……이거일까……."

이브가 고른 건 검은색 시스 라인 드레스. 시스 라인이라는 몸의 라인이 자연스럽게 드러나면서도 섬세한 실루엣을 자아내는 드레스 디자인이다. 이브는 그다지 키가 큰 편이 아니라서 가늘고 길어 보이는 시스 라인이 딱 어울린다.

가슴 부분은 나와 같은 보트넥. 이브도 가슴이 없으니까 말이지.

"테일러 님과 디자인이 살짝 겹치기도 하고, 모처럼이니만큼 다른 색깔로 바꿔보도록 하죠. 여기 있는 푸른빛의 드레스는 어떠신가요?"

"……아, 예쁘다."

"요즘 잘 나가는 젊은 디자이너의 작품입니다. 마음에 드셨다니 정말 기뻐요."

그렇게 돼서 이브도 결정.

"다 정했나요?"

클레어 님도 드레스를 손에 들고서 다가오셨다.

"그럼 여러분, 실제로 한 번 입어 봐 주세요."

각자 피팅룸에 들어가서 드레스로 갈아입었다. 드레스라는 건 입는 것도 귀찮단 말이지. 오오하시 레이였을 적엔 친구 결혼식 때마다 언제나 그렇게 생각했다.

"어머……."

"왜 그러세요, 클레어 님."

역시 드레스를 입는데 익숙해서 그런지 클레어 님이 가장 먼저 갈아입고 피팅룸에서 나와 계셨다. 클레어 님이 고른 드레스는 붉은색 머메이드 라인 드레스였다.

머메이드 라인 드레스는 상반신부터 허리, 무릎 부분까지 몸의 라인을 따라 타이트하게 붙으면서 무릎 아래에서부터 스커트 라인이 부드럽게 펼쳐지는 디자인을 말한다. 우아한 라인이 여성미를 강조하면서 단아하고 엘레강트한 분위기를 표현해내고 있었다. 아래쪽으로 볼륨이 있는 디자인은 허리 위쪽과 발목 부분에 포인트를 줘서 걷는 모습을 더욱 아름답게 보이게 하는 효과가 있다.

가슴 부분은 원 숄더. 한쪽 어깨만 감싸는 비대칭적인 디자인에서 클레어 님의 센스를 느꼈다.

뭐 아무튼 세세한 건 아무래도 좋다. 이브닝드레스를 입은 클레어 님은 똑바로 바라보기 힘들 정도로 너무나 아름다웠다.

"레이, 잘 어울리잖아요."

"그러지 마세요. 클레어 님이 그런 말을 하면 놀리는 걸로 밖에 안 들립니다."

"진심이에요. 검은색은 별로 좋아하는 색이 아니었는데, 그 인식이 달라졌어요. 그렇게 예쁘게 차려입으니 정말로 세련되어 보이네요."

우와~ 낯간지러워.

"프랑소와 님은 조금 가슴이 끼는 모양이네요. 수선해 두겠으니 나중에 자택으로 보태드리겠습니다."

"부탁드릴게요."

"테일러 님은 조금 기장이 길군요. 마찬가지로 이것도 고쳐서 나중에 보내드리겠습니다."

"부탁드립니다."

기장이 길다는 건 즉…… 그런 뜻이다. 흐흥, 저얼대 슬프거나 하지 않다고!

"선생님, 나는 어때~?"

"……갈아입기만 했는데도 피곤해……."

라나와 이브도 피팅룸을 나왔다. 우리 중에서는 라나가 제일 노출이 많다. 가슴도 제일 커서 우리 중 제일 섹시해 보인다.

이브는 나와 마찬가지로 절대 글래머러스하다고는 말할 수 없는 체형이라서 라나 옆에 나란히 서게 하는 건 조금 불쌍하다.

"두 분은 아무런 문제도 없으시네요. 그대로 가지고 가시면 됩니다."

"네에—!"

"……알겠어."

이렇게 드레스 고르기가 끝났다. 우리는 다시 원래 옷으로 갈아입고서 계산을 마친 뒤 가게를 뒤로 했다.

"오늘은 눈이 호강했네요."

"그건 제 대사라고요. 호랑이에 날개, 클레어 프랑소와에 이브닝드레스."

"뭔가요~ 그건?"

"……어차피 또 레이 선생님의 망언이겠지."

라나의 의문을 이브가 흘려 넘겼다. 어쩐지 나, 점점 학생들한테 받는 취급이 하찮아지고 있지 않아? 뭐, 됐나. 오늘은 좋은 구경을 할 수 있었으니.

"댄스파티가 기대되네요."

"드디어 그럴 마음이 들었군요."

클레어 님은 쓴웃음을 지었다. 저렇게나 아름다운 모습의 클레어 님과 함께 춤을 출 수 있다면 연습에도 한층 더 의욕이 나는 법이다.

그런 식으로 새로이 결의를 다지고서 다음 날, 클레어 님의 한층 더 혹독해진 스파르타 교육 때문에 근육통에 시달리게 된 건 또 다른 이야기.

드디어 무도회 날이 밝았다. 무도회 회장은 학관이 아닌 제국이 소유하고 있는 댄스홀 중 한 곳이다. 댄스홀은 규모도 크고 화려해서, 이 정도로 훌륭한 곳은 바우어에서도 그리 많지 않았다. 지금까지 봐왔던 제국의 건물은 실용성과 튼튼함을 중점으로 뒀던 것들이 많았지만, 이 무도회장을 보니 제국도 할 때는 한다는 걸 알겠다. 나는 홀에 매달려 있는 커다란 샹들리에를 올려다보면서 그런 생각에 빠져 있었다.

댄스파티니만큼 시간은 밤이다. 이미 날은 완전히 저물었고, 마력으로 밝힌 등불이 회장을 밝게 비추고 있었다. 그리고 그 속에서 정장을 차려입은 젊은 남녀들이 잡담을 나누며 무도회가 시작되기를 기다리는 중이다.

"엇차차차……."

익숙지 않은 하이힐에 발을 헛디딜 뻔했다. 이거 나중에 발뒤꿈치가 까질게 분명하네. 전생에서부터 지금까지, 여성스러운 복장과는 영 상성이 별로다.

"괜찮은 거예요?"

넘어질 뻔했던 내 팔을 잡아서 부축해 준 사람은 다른 누구도 아닌 클레어 님이다. 긴 머리를 업스타일로 올리고, 이브닝드레스를 입고서 풀 메이크업까지 갖춘 오늘의 클레어 님은 그야말로 아름다움의 화신이다. 너무나도 눈이 부셔서 똑바로 볼 수가 없다. 하지만 그러면서도 눈길을 떼지 못한다.

"그, 그렇게 뚫어져라 보지 말라고요. 아무리 그래도 부끄러워요."

"클레어 님한테 누구에게 보여서 창피할 만한 구석이 있긴 하세요?"

"없긴 하지만, 그래도!"

화장이 아닌 홍조로 뺨을 빨갛게 물들이며 뾰로통하게 고개를 돌리는 클레어 님. 넵 귀여워.

"레이 선생님 귀여워—! 오옷, 선생님도 숨겨진 미인이잖아요!"

"……건방져."

라나와 이브도 다가왔다. 두 사람도 평소와는 다른 헤어스타일이다. 라나는 평소엔 헤어밴드만 착용한 롱 헤어스타일이었지만 오늘은 하나로 모아서 틀어 올리고 있었다. 헤어밴드에는 나름의 애착이 있는지 그대로 쓰고 있다.

이브도 평소의 땋은 머리 스타일을 오늘은 하나로 모아서 경단 머리로 묶고 있었다. 시뇽 캡을 쓰고 있어서 조금 이국적인 분위기다.

그래서 무슨 말을 하고 싶냐면 귀여운 여자애들을 잔뜩 볼 수 있어서 무진장 기쁘다는 거다.

"너희들도 온 건가. 늦었군."

요엘도 있었다. 머리를 올백으로 넘기고서 연미복을 입고 있었다. 상당한 미남이다.

"좋은 밤이에요 요엘. 연미복이 잘 어울리네요."

"고마워, 클레어."

"요엘, 요전에 거리에서 지나가다 봤는데 너 유곽에 으읍——."

"잠깐, 레이!"

드레스를 고르러 갔던 날에 있었던 일에 대해 주의를 주려고 했었는데 어째선지 클레어 님한테 입을 막혀서 제지당했다.

"당신은 이런 자리에서 설교를 할 생각이에요? 그만두도록 하세요."

"하지만 그런 장소는 아주 위험한 법입니다. 이것저것 가르쳐 둬야."

"설령 그렇다고 해도, 많은 사람이 보는 앞에서 그런 말을 듣는 입장이 되어 보세요. 나중에 둘만 있을 기회를 만든 다음, 순화해서 잘 타이르도록 하세요."

"그것도 그러네요."

현대 일본에서는 일부러 남들 앞에서 꾸짖는 걸 좋다고 보는 문화가 있었지만 거기엔 상당히 문제가 많다. 누군가 문제를 일으켰을 때 남들 보는 앞에서 꾸짖으면, 분명 그 모습을 보는 다른 사람들한테도 한 번에 주의를 줄 수 있으니 효율적이라고 생각하는 사람도 있을지도 모른다.

다만 남들 앞에서 공공연하게 잘못을 드러내어 굉장히 큰 수치심을 주는 문화라는 측면도 있는 것이다. 이 세계는 굳이 말하자면 일본에 가까운 문화지만 개인적으로는 클레어 님의 의견에 찬성이다. 나는 클레어 님의 조언에 따라 나중에 기회를 잡기로 했다.

참고로 유곽에 대해서 클레어 님이 생각하고 있던 위험과 내가 생각하고 있던 위험의 내용이 서로 달랐다는 사실이 나중에 판명된다. 주로 범죄적인 의미와 성병적인 의미로. 그 사실이 밝혀졌을 때 클레어 님의 얼굴은 토마토도 저리 가라 싶을 정도로 새빨개졌다는 점을 여기에 남겨둔다.

"이제 슬슬 시작하는 모양이에요."

클레어 님의 그 말과 함께 회장의 조명이 꺼졌다.

"모여주신 여러분들, 오늘은 무도회에 발걸음을 해주셔서 정말로 감사드립니다."

회장 앞쪽에서 스포트라이트를 받으면서 풍마법의 힘을 빌려 인사를 건넨 건 필리네였다.

"오늘은 제가 여러분들께 첫선을 보이는 자리를 겸하고 있습니다. 부디 잘 부탁드리겠습니다."

우아하게 인사를 올리는 필리네는 역시 황녀답게 세련된 몸짓이었다. 그녀가 몸에 걸친 드레스는 드레이프 스타일을 한껏 살린 크림색 드레스였다. 누가 봐도 틀림없이 최고의 재단사의 손에서 탄생한 작품이라는 걸 알 수 있을 정도로 극상의 명품이다. 그런 드레스를 지지 않고서 소화해내고 있는 필리네 또한 굉장하다.

내 안에서 필리네는 어쩐지 나사 빠진 미인이라는 이미지가 강하지만 이렇게 보니 어엿한 공주님이었다.

"그러면 인사는 이쯤에서 마치고, 오늘 밤은 부디 즐겁게 보내주세요."

인사를 마친 필리네에게 아낌없는 박수가 쏟아졌다. 박수 소리가 멈추자 삼박자의 음악이 흐르기 시작했다.

"드디어 왔군요."

무도회의 시작이다.

"그럼, 클레어 님. 저와 한 곡 추지 않으시겠습니까?"

클레어 님과 함께 춤을 추고 싶어 하는 사람은 남녀를 불문하고 산더미처럼 있다. 아까 전부터 클레어 님을 힐끔거리며 보고 있는 사람이 한 손이나 두 손으로는 셀 수 없을 정도인 것이다. 파트너로서의 특권이라는 듯이 나는 우선권을 주장했다.

"후후, 물론이에요. 저는 줄곧 드레스를 입은 당신과 이렇게 춤춰보고 싶었는걸요?"

내가 내민 손 위로, 하얗고 가는 예쁜 손이 겹쳐졌다.

"연습의 성과를 보여주시겠어요?"

"바라던 바입니다."

나는 팔에 살짝 힘을 넣어서 클레어 님의 손을 잡아끌었다. 클레어 님의 작은 몸이 부드럽게 포지션에 들어갔다.

긴장된다. 이렇게나 아름다운 사람과 춤을 추는 건데 발을 밟아서 엉망이 된다면 어쩌지, 하고. 하지만 클레어 님에게 철저하게 훈련받은 스텝은 나 스스로도 깜짝 놀랄 정도로 스무드하게 움직였다.

"후후, 잘하고 있어요, 레이."

"놀리지 말아 주세요."

"놀리고 있는 게 아니에요. 정말로 능숙하게 추고 있는걸요. 후후, 저는 제국에 온 이후로 지금이 가장 즐거워요."

그렇게 말하면서 클레어 님은 꽃이 활짝 피어나는 것 같은 얼굴로 미소 지었다. 아, 큰일이다. 이런 지근거리에서 그 웃음은 무리야.

"레이도 참, 얼굴이 새빨개졌는데요?"

"전부, 클레어 탓이니까 말이죠."

"후후, 그런가요…… 네?"

발을 밟혔다.

"미, 미안해요?! 하, 하지만 당신이 갑자기……!"

"진정해주세요, 클레어. 자 심호흡, 하나, 둘, 셋."

"레, 레레레, 레이?!"

그렇지만 어쩔 수 없잖아. 오늘 같은 날 정도는 폼을 잡고 싶은걸. 이렇게나 아름다운 사람의 파트너로서 부끄럽지 않도록. 나는 클레어 님의 몸을 지탱하는 손에 힘을 넣었다.

"……어쩐지 치사해요."

"이미 알고 계셨던 사실이잖아요?"

"네에, 그랬었죠. 정말로 치사한 사람. 하지만 그런 당신을 저는 정말로 좋아해요, 레이."

어휴 그러니까 정말이지, 이 이상 귀여운 소리를 하면 어쩌자는 거야. 주변에 사람만 없었더라면, 그리고 여기가 무도회장이라는 장소가 아니었다면, 바로 넘어뜨려서 입술을 빼앗고 격렬하게 해버렸을 텐데. 클레어 님을 향한 사랑의 마음이 넘쳐흘러서 견딜 수가 없다.

"즐겁네요, 레이."

"네에, 클레어."

이 시간이 영원히 계속되면 좋을 텐데. 나는 그렇게 바라지 않을 수가 없었다.

이때는 아직 몰랐던 것이다. 영원―― 그것이 의미하는 바를.

클레어 님과의 댄스를 마친 나는 한숨 돌리기 위해서 요리가 마련되어 있는 댄스홀 구석으로 향했다. 열심히 요리 개선에 임한 결과, 무도회의 요리는 상당히 맛있는 수준으로 올라왔다. 제국의 향토 요리에 개량을 꾀한 요리나, 속국에서 들여온 참신한 요리가 각양각색으로 테이블을 꽉 채우고 있었다.

"아주 맛있어졌네!"

"응, 이전이랑은 수준이 달라!"

요리를 맛본 무도회 참가자들로부터 그런 말들이 오가는 게 들려와서 나로서도 기쁘기 그지없다. 맛있다고 느끼는 건 제국 사람들만이 아닌 모양이라,

"어, 소시지만으로도 이렇게나 종류가 있는 거야?"

"이 프레츨이라는 빵도 엄청나게 맛있다고."

"제국 요리 같은 건 바보 취급하고 있었는데……. 분해…… 하지만 먹어주지!"

바우어에서 온 유학생들도 살짝 컬쳐쇼크를 받은 것 같다. 여태까지 그래왔다고 앞으로도 계속 자신들의 식문화가 훨씬 더 우위일 거라고 자만하지 말지어다. 먹거리는 언제나 계속해서 진화하는 법이니까.

클레어 님과 춤을 춘다는 최대의 목적을 달성했으니, 이제 내가 그다음으로 할 일은 요리를 만끽하는 일 말곤 없다. 먼저 소시지부터 맛볼까 하고 접시에 신나게 요리를 담고 있자니,

"아아, 여기 있었습니까, 레이."

힐다가 찾아왔다. 오늘은 이브닝드레스 차림이다. 미샤나 이브처럼 쿨한 빙설계 미인에 속하는 힐다는 청색 롱 드레스로 몸을 감싸고 있었다. 너무 깔끔하게 각이 잡혀있어서 가까이 다가가기 힘들 정도다.

"무슨 일이신가요, 힐다 님?"

"감사의 한마디를 말하고 싶어서요."

그 말과 함께 힐다는 익숙한 미소를 지었다.

"당신 덕분에 제국의 식사는 대폭 개선되었습니다. 공주님의 첫선을 보이는 무대에도 시간을 맞출 수 있었고, 정말로 감사드립니다."

"이뇨, 저야 대단한 일은 하지 않았다고요."

"레이, 때때로 지나친 겸손은 미덕이 아닙니다. 당신은 공적을 세웠으니 그걸 자랑스럽게 여겨야 해요."

"허어……."

겸손이 아니라 진심으로 그렇게 생각하는 건데 말이지.

"힐다! 와 있었네요!"

"공주님, 평안하십니까."

필리네도 다가왔다. 여러 사람과 춤을 추고 있던 모습이 눈에 띄었으니 지금은 아마도 잠시 휴식을 취하는 참이겠지.

"공주님도 드시겠습니까? 요리가 굉장히 맛있습니다."

"고마워요. 하지만 움직이기 힘들어질 거 같으니 사양하겠어요. 저기, 레이. 클레어는 어디죠? 저, 클레어랑도 춤추고 싶어요."

"클레어 님이라면 홀에 있을 거라고 생각합니다. 서로 엇갈린

거 아닐까요?"

"그렇구나……. 클레어라면 권유하는 사람이 한둘이 아니겠죠."

"네에. 파트너로서는 자랑스러움과 질투심이 반반입니다."

"……그렇겠네요."

파트너라는 말에 필리네는 어쩐지 마음에 들지 않는다는 표정을 지었다. 아니, 그런 표정 지어봤자 양보 안 해 줄 건데?

"그럼 저와 춤춰주시지 않겠습니까?"

힐다가 그런 제안을 했다.

"네에, 좋아요."

"아, 공주님이 아니라 레이한테 말한 겁니다."

"……어……?"

필리네의 안색이 방금 전과는 비교도 안 될 정도로 새파래졌다. 힐다는 그걸 조금도 눈치채지 못한 것처럼,

"어떠신가요, 레이?"

"미안합니다, 저는 클레어 님 말고 다른 분과는 춤추지 않을 거라서요."

"그렇습니까. 유감입니다."

"속셈이 다 보이는데요?"

"아시겠나요?"

"그야, 당연하죠."

그렇게 능구렁이 같은 대화를 주고받고 있었더니,

"……저, 저는 홀로 돌아가 볼게요."

그 말만 남기고서 필리네는 떠나가 버렸다.

"……지금 것도 고의입니까?"

"아시겠나요?"

"괜찮은 건가요? 출세에 영향이 갈 텐데요?"

"공주님은 아무래도 하락세로 보여서요. 당신 쪽이 저에게 더 도움이 되어 줄 것 같으니."

드디어 이제는 숨길 생각이 없어진 모양이다.

"저는 제국의 인간이 아닌데요?"

"그럼에도 당신은 폐하와 굉장히 가깝죠. 어쩌면 공주님보다도."

"아무리 그래도 그건 너무 과대평가라고 할 수 있습니다."

"그렇습니까? 폐하는 공주님 따위 안중에도 없으시지만 당신은 달라. 당신, 그리고 클레어 프랑소와는."

그렇게 말하며 힐다는 의미심장하게 웃었다. 이건 평소에 짓던 미소가 아니다. 속이 검은, 본래 그녀의 웃음이다.

"힐다 님은 잔혹한 짓을 하시는군요."

"뭘 말인가요?"

"필리네 님 말입니다. 그녀는 황실 관계자 중에서는 당신을 가장 잘 따랐을 터."

"어라, 어디서 그런 사실을 알게 되셨습니까?"

"오히려 제가 물어보고 싶습니다만 어째서 모를 거라고 전제하는 거죠? 학관의 일개 학생들조차 알고 있는 사실인데도."

호감도 정보를 제공해주는 아나는 그저 평범한 학생이다.

"후후, 이거 버겁군요. 이런 간단한 넘겨짚기에는 걸려들지 않는 겁니까."

"저에 대한 평가는 아무래도 좋습니다. 필리네는 심지가 굳은 여성이지만 한도라는 게 있습니다. 신뢰하고 있었던 사람의 배신에는 버틸 수 있을 리가 없어."

"스스로가 지금 어느 위치에 서 있는지 아주 잘 알고 계시는 군요."

쿡쿡 웃는 힐다.

필리네는 지금 조금 불안정한 상태일 거라고 생각한다. 그녀가 마음에 품고 있는 클레어 님에게는 이미 나라는 상대가 있다. 그리고 그런 나는, 자화자찬 같지만 혁명을 시작으로 여러 가지 공적을 세우고 있다. 그녀의 친어머니인 도로테아의 총애도 받고 있는데다, 거기에서 끝나지 않고 힐다마저도 나를 더 우선하게 된다면 필리네가 열등감에 빠지지 않는 쪽이 더 이상하다.

"저와 손을 잡는 건 당신에게 있어서도 나쁜 이야기는 아니잖아요? 당신들은 이 나라의 존재 방식을 바꾸고 싶을 텐데요."

"여기서 할 만한 이야기는 아니네요."

나는 힐다를 놔두고 자리를 떠났다. 지금 현재 제국이 나서서 우리에게 위해를 끼치려는 기색은 없다고는 하나, 앞으로도 그럴 거라는 보장은 없다. 괜한 불똥은 피하고 싶은 것이다.

하아…… 귀찮아.

이건 과연 제국 농락 계획에 플러스일까 마이너스일까. 아마도 마이너스겠지. 우리의 당초 예정은 필리네를 부추겨서 제국의 침략 외교에 제동을 거는 거였다. 그랬는데 정작 그 당사자인 필리네의 불안만 가중하고 있다. 이래서야 다소 작전을 변경하는 편이 좋을지도 모르겠다.

"왜 그러세요, 레이 선생님?"

잠시 동안 걷고 있었더니 라나와 마주쳤다. 요전에 말했던 것처럼 춤을 출 생각은 없는지 접시에 가득 요리를 쌓고 있었다.

"아, 응, 아무것도 아니야. 이브는?"

"요엘이랑 같이 춤을 추러 갔어요. 모처럼이니까 라면서. 걔도 의외로 분위기에 휩쓸리는 면이 있다고요."

라나는 아하하, 하고 밝게 웃었다. 이 평소와 다름없는 가벼운 텐션이 지금의 나에겐 참 고맙다. 힐다와의 꿍꿍이속으로 가득한 대화는 사람을 피곤하게 만드니까.

"라나는 정말로 춤은 안 추는구나."

"응. 나, 그런 건 못해서."

그러면서 라나는 다시 한번 밝게 웃었다.

"학교에서도 댄스 수업은 있었잖아?"

"있긴 했지만요, 저랑은 어쩐지 잘 안 맞는 모양이에요."

"그래……. 뭐, 나도 비슷한 경우니까 말이야."

"만약 춘다면 선생님이랑 추고 싶었는데. 아, 뭣하면 어른의 댄스대회 같은 거 하실래요? 저 그쪽이라면 엄청 끝내주는데요?"

라나는 이번엔 은근히 몸을 배배 꼬면서 말했다.

"바보 같은 소리 하지 말라고요."

"아얏?!"

라나의 어깨를 찰싹 때린 사람은 내가 아닌 클레어 님이다. 클레어 님도 잠시 휴식을 취하러 오신 모양이다.

"클레어 님, 필리네와 만나셨나요?"

"네에. 춤을 추자는 권유를 받았지만 조금 지친 참이라서 거절했어요."

"아차차……."

이 얼마나 타이밍이 나쁜지.

"무슨 일 있었어요?"

"사실은……."

나는 방금 전에 힐다와 있었던 일을 설명했다.

"……그랬었군요."

"지금이라도 필리네랑 춤을 춰 주실 수 없습니까?"

설사 내가 미움받더라도 클레어 님의 호감도가 유지된다면 아직 당초의 예정에도 가망이 있다.

"역효과겠죠. 만약 필리네가, 한번 거절해 놓고 어째서, 라고 생각할 경우엔 속셈이 있다는 사실을 들킬 우려도 있어요."

"그렇습니까……."

잘 풀리지 않는다.

결국 무도회는 그 후로 아무 일 없이 끝났다.

다만 한 가지.

주역인 필리네가 도중에 무도회장을 나가버렸다는 점을 제외하면 말이지만.

"잘 와줬다. 가까이 오라."

우리는 부름을 받고서 황성의 알현실에 와 있었다. 오늘 부름을 받은 사람은 나, 그리고 이유는 모르겠지만 알레어도 함께였다. 알레어는 정장을 갖고 있지 않았기 때문에 요전에 드레스를 골랐던 그 가게에 부탁했더니 초특급으로 빠르게 맞춰주었다. 응. 우리 딸이지만 참 귀여워.

클레어 님도 알현 대기실까지는 함께 왔다. 하지만 부름을 받지 못했기 때문에 나중에 합류할 예정이다.

옥좌에는 몸을 깊이 묻고서 앉아있는 도로테아가 있었고, 바로 곁에는 할아범, 즉 요셉 씨가 대기하고 있었다.

"요리 개선, 얼추 목표를 달성했다고 들었다. 잘 해냈다, 레이."

"뭐, 그것도 제국의 요리사 분들이 우수했던 덕분이에요. 저는 그저 계기를 부여했을 뿐입니다."

실제로 내가 한 일은 그다지 많지 않다. 도로테아를 설득한 일, 요리 대결을 제의한 일, 젊은 요리사의 육성에 알레어를 파견한 일, 겨우 그 정도다. 잡다한 일 처리야 그밖에도 잔뜩 있었지만 대단할 건 없었다.

"상을 내리겠다. 뭐가 좋은가."

"힐다에게도 말했습니다만 마족의 위협으로부터 바우어의 일행을 보호해주시기를 원합니다."

"흠. 좀 더 구체적으로는 무슨 방법이 있겠나?"

"그건 폐하가 직접 생각해주세요. 국방의 일환이기도 하잖아요?"

"그것도 그런가. 알겠다. 고려해두지."

"이야기는 그것뿐입니까?"

포상에 대한 이야기는 마무리됐으니 나로서는 빨리 돌아가서 클레어 님이랑 꽁냥거리고 싶다.

"잠시만 기다려 봐라. 알레어에게도 상을 내리겠다. 뭐가 좋은가."

"네……?"

황제의 물음에 알레어는 깜짝 놀란 표정이었다.

"그대의 지도를 받은 자들이 다들 입을 모아 말하고 있다. 그대가 긍지를 되찾아 주었다고."

"그분들이……?"

도로테의 설명에 의하면 이렇다. 처음에는 나이도 어린 여자애한테 배운다는 사실에 저항감만 느꼈던 그들이 교육을 받으면서 차차 생각이 달라졌다고 한다.

『우리들은 아마 현실 속에서 썩어가고 있었다고 생각합니다.』

국가에서 요리사로서 오를 수 있는 가장 높은 위치인 주사성이라는 자리까지 올랐다곤 하나, 요리사는 요리사. 사회적 지위는 굉장히 낮았다. 자신들의 솜씨에 자부심을 가지고 있어도 그걸 정당하게 평가받지 못하는 현실에 불만을 품고 있었다.

『하지만 알레어 선생님이 그렇지 않다고 말씀해줬습니다.』

알레어가 지도하면서 해 준 말이 그들의 가슴에 응어리져 있던 답답함을 해소해줬다고 한다.

——맛있는 밥은 마법이에요. 요리사분들은 굉장한 사람들인 거예요.

이전에도 살짝 말했지만 요리사가 된 사람 중에는 군인이 되지 못한 사람들이 많다. 그 중에선 알레어처럼 마법 적성이 거의 없는 사람들도 많았다고 한다. 그런 그들에게 있어서 자신들도 마법사나 다름없다고 말한 알레어의 한마디가 가슴에 스며들었다는 모양이다.

『알레어 선생님은 우리들에게 자부심을 심어줬습니다. 만약 공로를 치하해주신다고 한다면 부디 그 공적을 그녀에게.』

입을 모아 그렇게 말했다고 한다.

"그대에게 내리는 은상은 요리사들 전원의 총의다. 받아두도록 하라."

"네, 네에!"

알레어는 기쁜 듯이 씩씩하게 대답했다. 알레어 훌륭해졌구나. 적성이 없다는 게 판명되어 다 함께 울었던 그날 밤이 이제는 한참 옛날 일인 것처럼 느껴진다.

"좋아. 그래서 뭐가 좋은가?"

"뭐든지 가능한가요?"

"말해보도록."

"그럼…… 그럼 쿼드캐스터인 메이와 동등할 정도로 굉장해지고 싶어요."

알레어의 소원을 듣고서 나는 깨달았다.

입 밖으로 내지는 않았어도 역시 알레어는 열등감을 품고 있었던 것이다.

"흠, 그런가. 그거는 쉽지 않구나."

"안될까요?"

"제국의 황제에게 두말은 없다. 안심하도록. 내가 단련시켜주지."

"?!"

나는 도로테아의 그 한마디에 귀를 의심했다. 황제가 직접 알레어를 단련시켜? 그건 즉, 검신이 제자를 거둔다는 뜻인가.

"제국 황제가 타국의 인간을 지도하다니 듣도 보도 못한 일입니다!"

할아범이 곧바로 진언했다. 그야 그렇겠지. 알레어는 바로 얼마 전까지만 해도 전쟁 중이었던 바우어 사람이니까.

"지금 들었지 않나."

"궤변은 그만둬 주십시오. 자신의 입장을 자각하시길!"

"할아범, 자네가 목숨을 걸고 충언을 하는 황제는 어린아이에게 거짓말을 할 정도로 도량이 좁았던가?"

"황제의 권위가 공격받을 만한 재료를 만드는 일은 참아주십시오."

"그렇게 걱정된다면 네가 나서서 나를 지켜라, 할아범."

억 소리도 못 내고 있는 할아버지. 검신이라고 불리는 사람을 지키라니, 그야말로 마족보다 더 강해야 하지 않으려나.

"내일부터…… 아니, 지금부터 단련시켜주지. 이리 오도록 해라."

"네!"

"폐하!"

"어— 그러니까…… 아니 잠깐만 기다려주세요, 폐하?!"

"뭐냐. 너도냐."

"알레어의 신체는 아직 열 살도 되지 못한 여자아이잖아요?"

로드 님과 훈련하는 걸 봐서 타고난 소질이 있다는 거야 알지만, 적국의, 그것도 인간적인 면으로는 아직 신뢰하기 힘든 도로테아가 스승을 맡아준다는 건 아무래도 걱정이 앞선다.

"내 부하가 신체 강화 마법을 걸도록 할 테고 회복도 준비해 놓지."

"그렇지만요——."

"딸이 원하는데 네가 그걸 마주하지 못하면 어쩌자는 거냐."

아니, 필리네랑 제대로 마주 보지 않는 당신한테는 듣고 싶지 않거든—— 이라고 말하고 싶은 마음은 굴뚝같았지만, 그 뒤로 이어진 말에 목구멍에서 나오기 전에 멈췄다.

"그대의 딸은 몸은 어려도 이미 칼집에서 뽑힌 칼이다."

불안은 있다. 있지만 이건 알레어가 바라는 일이기도 하다. 그리고 알레어가 검의 길을 계속 걷는다면 더 바랄 수 없는 환경이기도 하다. 나는 고민했다.

"레이 엄마, 저도 부탁드리겠어요."

"알레어……."

"저, 강해지고 싶어요. 클레어 엄마나 레이 엄마처럼."

그 올곧은 눈에 강한 의지가 머물러 있는 걸 보고, 나는 마음을 정했다.

"알겠습니다. 부탁드리겠습니다."

"음, 맡기도록. 오오, 그렇지. 필리네가 그대를 찾고 있었다, 레이 테일러. 할 말이 있는 모양이다. 가보도록."

"알겠습니다. 그럼 알레어, 열심히 하렴."

"네!"

씩씩하게 대답하고서 알레어는 도로테아와 함께 옥좌를 떠났다.

"……고생이 많으시네요, 요셉 씨."

"그렇게 생각한다면 폐하를 좀 말려주게나."

"아뇨, 검신에게 가르침을 청할 수 있다니, 바라지도 않던 기회니까요."

"함정일지도 모르는데?"

"폐하의 성격상 그럴 리가 없겠죠."

"……하아, 그렇겠지."

어쩔 수 없다는 듯이 눈가를 문지르는 할아버지.

"필리네 님의 방이 어디인지 여쭈어봐도 괜찮을까요?"

"안내해 드릴 사람을 부르도록 하겠습니다. 잠시만 기다려주십시오."

"네, 감사드립니다."

나도 알현장을 빠져나왔다.

"요즘 들어 자주 만나는군요."

"전혀 기쁘지 않습니다."

할아범이 불러준, 필리네의 방까지 안내해줄 사람이란 힐다였다. 나도 모르게 질색하는 표정을 지었지만 누구도 그걸 탓할 수 없을 거라고 생각한다.

"또 한 단계, 제국 내에서의 지위를 올리셨군요."

힐다가 재미있다는 듯이 말했다. 아무래도 알레어가 도로테아의 지도를 받게 된 일을 벌써 알고 있는 모양이다.

"이번 일은 알레어의 공적입니다."

"그 알레어는 당신의 양녀잖아요? 똑같은 소리예요."

뭐, 확실히 나는 알레어의 보호자다.

"뭐, 지금은 괜한 소리를 하지 않도록 할까요. 이 이상 당신한테 미움을 사는 것도 좋은 생각은 아니니."

"허어."

나는 딱히 힐다가 싫은 건 아니지만, 그렇다고 특별히 좋아하는 것도 아니다. 다소 불편한 마음과 동족 혐오는 있을지도 모르겠지만.

"필리네 님의 방이었죠. 안내하도록 하죠."

그렇게 말하며 힐다는 먼저 앞장서서 걸어 나갔다.

"소문으로는 당신은 예언자와 비슷한 일을 할 수 있다는 모양이네요, 레이 테일러?"

"못한다고요, 그런 거."

짐작건대 혁명 당시에 바우어에 침입해왔던 자들한테서 들은 거겠지만 그걸 인정할 수도 없는 노릇이다.

"그러면 요전번에 저한테 말했던 말은 무슨 말이죠? 야심이 주체가 안 되냐고, 당신은 그렇게 말했습니다.

앗차차.

말했었지, 그러고 보니. 그때는 단순히 견제구를 던질 생각이었는데 결국 괜한 한마디였다.

"별거 아닌 통찰이에요."

"그게 정말이라면 대단한 일이군요. 거기다 예언이라고 하는 것도 완전하진 못한 모양이고."

응? 무슨 의미일까?

"여기입니다."

힐다는 어떤 방 앞에서 멈췄다. 아무래도 여기가 필리네의 방인 것 같다.

"그러면 저는 여기서 이만."

"감사드립니다."

힐다를 떠나보내고 나서 나는 필리네의 방문을 노크했다.

"……네."

"레이입니다. 할 이야기가 있다고 들어서 찾아뵀습니다."

"들어오세요."

"실례합니다."

나는 방문을 열고 안으로 들어섰다. 문은 잠겨 있지 않았던 모양이다. 너무 조심성이 없는 거 아니야?

방안은 어째선지 몹시 어두웠다.

조명을 최대한 낮춰놨기 때문에 방 안쪽은 보이지 않았다.

"필리네 님?"

"안쪽이에요, 레이."

목소리가 들려오는 방향으로 나아갔다.

대체 뭘까. 어쩐지 나쁜 예감이 든다.

"레이……."

필리네는 침실의 침대 앞에서 나한테 등을 돌린 채 가만히 서 있었다.

"무슨 일이신가요, 불도 켜지 않고서."

"보여주고 싶지 않았어요."

"?"

"지금 저는 분명…… 끔찍한 표정을 짓고 있을 테니까."

그 순간, 필리네가 나한테 덮쳐들었다.

"?! 필리네…… 님……!"

격투기에서 말하는 마운트 포지션을 빼앗긴 채로 목이 졸렸다.

"……죽어주세요…… 레이 테일러."

목을 졸리면서도 나는 어떻게든 지금 상황을 타개할 방법을 모색하고 있었다. 재빠르게 손가락을 끼워 넣었기 때문에 아직 질식할 정도는 아니다. 그러나 이 자세로는 불리하다는 사실은 달라지지 않는 데다, 곤란하게도 나는 체술에는 자신이 없다.

(이럴 줄 알았다면 클레어 님한테 기초 훈련 말고도 초보적인 호신술도 배워 둘 걸 그랬어!)

마법을 쓴다면야 필리네를 떨쳐버리는 것도 가능하겠지만 그 정도 수준의 위력을 담은 마법을 쏘아낸다면 그녀에게 부상을 입히게 될 세 분명하나. 누가 봐도 피해사는 내 쪽이지만 이곳은 제국, 그것도 황성 안이다. 사실관계야 얼마든지 조작할 수 있겠지.

"……당신이 나쁜 거라고요……? 나한테서 여러 가지 것들을 빼앗아 가니까……!"

필리네는 혼잣말처럼 중얼거리면서 한층 더 손에 힘을 주었다. 핏발이 선 그녀의 눈을 보니, 누가 봐도 지금 제정신이 아니라는 사실을 알 수 있었다.

여기엔, 뭔가 속사정이 있다.

그렇다곤 하나, 뭐가 어쨌든 간에 일단은 이 궁지에서 빠져나오는 게 급선무다. 그러면 어떻게 해야 할까.

필리네는 그녀의 명예를 위해서는 도저히 묘사할 수 없는 얼굴을 하고서 숨을 헐떡이고 있었다. 이건 추측이지만 그녀는 지금 어떠한 마법이나 약물의 영향을 받고 있는 거 아닐까.

"……클레어도……힐다도……어머님까지……! 나는 언제나 참아왔었는데도……!"

"필리네……님……."

지금 이성을 잃었다고는 하나 입에서 나오는 원망의 말들에는 진심이 배어 나오고 있다고 느꼈다. 무도회 때 힐다한테 말했던 것처럼 나는 필리네에게서 너무 많은 원망을 샀다. 아무리 마법이나 약물의 영향이 있었다고 해도, 원망하는 마음이 한 톨만큼도 없었다면 이렇게는 되지 않았겠지.

"돌려줘……! 돌려달라고……!"

필리네의 호흡이 점점 더 거칠어짐에 따라. 내 목을 조르고 있는 손에 담겨지는 힘도 계속해서 강해지고 있었다.

아파아파. 손가락이 부러지겠다.

"돌려……줘……!"

필리네가 숨이 가빠오는 것처럼 입을 뻐끔거렸다. 고통스러운 듯이 얼굴을 일그러뜨리고 있다.

어라, 이건…….

"무슨 짓을…… 한 거야……!"

아니 나는 아무 짓도 안 했다. 이건 아마도 단순히 생리 반응이다.

필리네는 애초부터 간이 작다. 소심하고 내성적인 그녀로서 이런 행동을 하는 건 극도의 불안과 긴장을 동반할 것이다. 그 탓에 호흡이 매우 가빠져서 혈중 이산화탄소 농도가 지나치게 낮아지고, 호흡을 관장하는 신경계통이 호흡을 억제한다. 그러면 본인은 호흡하려고 할 때마다 호흡이 억제되는 악순환에 빠진다.

과환기 증후군── 소위 과호흡이라고 불리는 증상이다.

"왜…… 어째……서…….”

점점 손에서 힘이 빠져나가더니 필리네는 그대로 기절하고 말았다.

"하아……하아…… 역시 필리네는 뭔가 마무리가 어설프다고 해야 하나, 안타깝다고 해야 하나…….”

일단은 숨을 고르면서 어떻게 해야 할지를 고민했다. 누군가를 불러와야 힐까. 아니 그렇지만 뭐라고 실명하지? 황녀 전하한테 목을 졸렸다고? 아무도 안 믿겠지.

어쩔 수 없으니 필리네를 침대에 눕히고서 간호하기로 했다. 이상한 약의 영향이 염려되었기 때문에 먼저 해독마법을 걸었다. 가슴을 토닥토닥 부드럽게 두드리면서 진정시키려는 듯이 쓰다듬었다. 과호흡은 호흡을 천천히 가다듬으면 자연스럽게 진정되기 때문에 기절해있는 지금 상태 자체로 치료가 된다.

얼마 지나지 않아 필리네가 깨어났다.

"정신이 드셨나요, 필리네 님."

"……저……는……?"

"살짝 얀데레가 지나치셨네요. 그러면 완전 프리다라고요."

"……!"

놀란 것처럼 눈을 크게 뜨더니 나한테서 멀리 떨어지려고 하는 필리네.

"나는……."

"괜찮습니다, 진정해주세요. 필리네 님은 이성을 잃고 있었습니다."

"하지만……하지만……!"

"괜찮으니까요."

나는 될 수 있는 한 그녀를 자극하지 않도록 천천히 다가가서 부드럽게 그녀를 껴안았다. 처음에는 딱딱하게 굳어 있었던 그녀의 몸에서 점차 힘이 빠져나갔다.

"싫어……싫어요……. 레이따위 싫어……. 클레어 님도 힐다도 어머님도 모두 싫어⋯⋯.”

“네⋯⋯.”

뭔가 둑이 터져버린 모양이라 품속에서 흐느껴 우는 필리네. 어라라, 어쩌지 이거.

“하지만 제가 정말로 싫은 건——.”

필리네가 무슨 말을 꺼내려고 했던 바로 그때,

“필리네 님?!”

“레이?!”

방문이 벌컥 열리면서 사람이 뛰어 들어왔다. 힐다와 클레어 님이었다. 클레어 님은 아마도 분명 내가 돌아오는 게 너무 늦자 걱정됐다든가 그런 거겠지.

힐다는 나중에 할 이야기가 있습니다. 각오해 두도록.

두 사람의 시선이 우리에게 박혔다. 좀 더 구체적으로 말하면 내 목에.

“필리네 님, 다, 당신 설마.”

보통 강한 힘으로 졸린 게 아니었다. 아마도 지금 내 목에는 필리네의 손자국이 선명하게 남아있을 게 틀림없다. 여기선 얼버무리지 않으면.

“그 설마예요. 클레어 님.”

“그런⋯⋯. 필리네 님이 그런⋯⋯.”

클레어 님은 망연자실했다.

“네, 필리네 님한테 부탁드려서, 목 조르기 플레이 연습을 했습니다!”

"후에?"

내 말에 필리네 님이 새총 맞은 비둘기 같은 표정을 지었다. 소란이 들린 건지 사람들이 점차 모여들기 시작했다.

"그래서 필리네 님한테 목을 졸라 달라고 부탁했습니다만 필리네 님이 도중에 견딜 수 없게 돼서 눈물을 터트렸습니다."

"후에에?!"

됐으니까 일단 여기선 저랑 말을 맞춰주세요, 하고 필리네님에게 귓속말을 했다.

"레이, 어째서 그런 짓을?!"

"클레어 님한테 해달라고 부탁드리기 전에 미리 연습해 두지 않으면!! 너무 쉽게 기절해버리면 클레어 님한테 실례잖아요?!"

""""아니 클레어 님한테 그런 취향이?!""""

"없다고요?! 아니 그보다 필리네 님!!"

"네, 네에!"

클레어 님의 날카로운 목소리에 필리네 님이 황급히 자세를 바로 잡았다.

"부탁받았다고 해서 아무거나 전부 들어주면 안 된다고요! 사람이 좋은 데에도 정도가 있어요!!"

"우, 우에……우에에에엥!"

"울 정도로 싫었다니!! 레이, 거기 정좌하세요!"

"네."

"누가 앉아도 좋다고 말했나요!!"

"아니 지금 정좌라고——."

"선 채로 정좌하세요."

"터무니없는 말씀 하지 마세요?!"

클레어 님과 내가 만담으로 사건을 얼버무리고 있었더니,

"레이 테일러, 일국의 왕녀를 이상한 성벽의 연습 상대로 삼지 말아줬으면 하네."

할아범, 즉 요셉 씨가 한숨을 푹 내쉬면서 말했다.

"자자, 모두들 해산하도록. 이번 일은 입 밖에 내지 말고."

짝짝 손뼉을 치면서 사람들을 흩어지게 한 다음 할아버지도 자기 방으로 돌아갔다. 하지만 떠나가면서,

"이곳은 맡겨두도록 하겠다, 레이 테일러."

라고 나한테만 들릴만한 목소리로 말했다. 아, 다 들켰구나, 이거.

"그래서, 이런 느낌으로 괜찮았던 거예요?"

"네. 완벽합니다. 정말 감사합니다."

클레어 님, 필리네, 그리고 나까지 셋만 남은 방에서 클레어 님이 먼저 말을 꺼냈다. 역시 클레어 님. 연극이라는 걸 깨달았음에도 눈치 빠르게 거기에 맞춰주셨다.

"……어째서 저를 감싼 건가요……. 목을 졸렸잖아요?"

"뭐어, 벌써 두 번째라서 익숙하기도 하고."

"네? 정말로 목 조르기 플레이 경험이?"

"안 했다고요!"

"유감입니다만 클레어 님이 아닙니다."

참고로 그 첫 경험이란 상드린 씨다.

"동정 같은 건…… 필요 없어요."

필리네는 자포자기한 것 같은 어조로 말했다. 이거 참 정말이지.

"필리네 님은 그럴지 몰라도 저로선 동정심을 품게 될 정도로 당신이 마음에 들었다고요. 만약 없어져 버리면, 그게…… 곤란합니다."

"의미를 모르겠어요. 레이랑 사이가 좋았던 기억은 없는걸요. 오히려 클레어를 사이에 두고 대립했었잖아요."

이해가 가지 않는다는 기색인 필리네.

"그쪽에는 없더라도 이쪽에는 있다고요. 저는 당신을 지켜보고 있었습니다. 제가 클레어 님과 만날 수 있었던 건 어떤 의미로는 당신 덕분…… 일지도 모르기도 하고요."

레보릴리를 플레이했었던 때를 떠올렸다. 내가 처음으로 클레어 님과 만났던 건 레이 테일러로서가 아니라, 필리네로서였다.

"뭔가 톱니바퀴가 조금만 어긋났어도, 당신은 저였을지도 모릅니다. 거기에다."

"……거기에다?"

"당신도 제 최애입니다. 클레어 님에게는 비할 바가 아니지만."

내성적이고 소심한 성격이고, 정말 의미 그대로 평범한 여자아이인데도 성장한다면 한 나라의 체제를 뒤집어 엎어버리는 강한 여성. 나는 필리네가 좋다.

"우리들, 친해질 수 있을 거라고 생각합니다."

지금의 클레어 님과 같은 관계를 쌓는 건 무리일지도 모르겠지만, 그거랑은 별개로 마치 라이벌 같은 느낌으로.

"방금 전까지 그런 일이 있었는데도요?"

"대수롭지 않은 일입니다. 애초에 우리는 이미 동지잖아요."

"무슨 말인가요?"

아니, 동지 맞잖아. 그야,

"우리는 똑같이 클레어가 최애잖아요."

"확실히!"

필리네와 나는 단단히 악수를 했다.

"……당신은 꼭 마무리를 개그로 끝내지 않으면 성이 차지 않는 건가요."

클레어 님이 머리를 감싸 쥐고 계셨지만 말이지.

제 13 장

제국 농락편

"제국은 지금 이대로는 안 된다고 생각해요."

필리네와 있었던 불화를 해소하고서 며칠정도 시간이 지나고 어느 날 점심시간. 웬일인지 오늘 교실에는 다른 학생들의 모습이 거의 보이지 않았다. 우리는 셋이서 함께 도시락을 먹으면서 즐겁게 대화를 나누고 있던 도중이었는데 갑자기 필리네가 문득 그런 말을 꺼냈다.

"무슨 뜻이에요?"

클레어 님이 뒷말을 재촉하듯이 물으면서 슬쩍 내 쪽으로 시선을 던졌다.

그렇다.

이건—— 찬스일지도 모른다.

"우리 제국은 바우어뿐만이 아니라 여러 나라를 상대로 침략 외교를 펼쳐왔어요. 이대로라면 제국은 결국 막다른 곳에 몰리게 될 거라고 생각해요."

그건 필리네가 줄곧 혼자서 가슴속에 품고 있었던 문제의식이었다. 장식품 황녀라는 취급을 당하면서도 황족의 일원으로서 그녀 나름대로 이 나라의 미래에 대해 진지하게 고민한 끝에 나온 결론이다.

"확실히…… 제국은 적을 너무 많이 만들었네요. 지금이야 강대한 무력과 국력으로 어떻게든 해나가고 있지만 현재의 방침이 앞으로도 계속 잘 통할 거라고는 단언할 수 없는걸요."

"네에. 특히 황위에 변동이 생긴다면…… 어머님의 신변에 무슨 일이라도 있으면 제국은 순식간에 기둥을 잃고 무너질 거라고 생각해요."

그렇게 되기 전에 뭔가 손을 써야만 해요, 필리네가 말했다.

"그렇다면 필리네 님은 어떻게 하는 게 좋을 거라고 생각하고 계시나요?"

아마도 필리네는 상담을 받고 싶어서 꺼낸 말이었겠지만 클레어 님은 먼저 필리네의 생각을 존중했다. 클레어 님의 질문을 받은 필리네는 조금 생각에 잠기고서 입을 열었다.

"현재의 침략외교 방침을 융화외교로 전환하는 방법말곤 없다고 생각해요."

나는 속으로 쾌재를 불렀다.

제국의 현재 상황은 둘째 치더라도 일단 필리네가 이런 인식을 가지고 있다는 걸 확인할 수 있었던 점은 큰 수확이다.

"융화외교인가요……. 하지만 지금 상황에서 융화로 외교방침을 바꾸는 건 조금 어려울 것 같네요. 해결하지 않으면 안 될 문제들이 여럿 있을 거예요."

"네, 그건 그래요."

"필리네 님이 보시기에 융화외교를 방해하는 문제들은 뭐가 있다고 생각하시나요?"

클레어 님이 묻자 필리네는 다시금 생각에 잠겼다.

"일단 무엇보다도 어머님이 현재 방침에 아무런 문제를 느끼고 계시지 못한다는 점이 가장 크다고 생각해요. 바꿔 말하자면 어머님만 설득할 수 있다면 당장이라도 방침을 바꿀 수 있을 거라고도 생각하고요."

"그 말대로네요. 제국은 좋은 쪽으로도 나쁜 쪽으로도 도로테아 폐하의 영향력이 강한 국가인걸요. 외교방침도 폐하의 마음먹기에 달렸어요."

"하지만 그 도로테아 폐하가 그렇게 간단히 마음을 돌릴 거라고는 생각하기 힘들죠."

성격부터가 그러니 말이지. 거기다 알현했을 때도 살짝 내비쳤지만, 그녀도 그녀 나름의 생각을 통해 현재 방침을 유지하고 있는 것 같았다.

"설득을 하려면 근거가 필요할 텐데 아직까지는 지금 방침으로도 어떻게든 잘되고 있어서 그것도 쉽지가 않아요. 적어도 제 의견에 동조해줄 만한 사람이 또 있으면 좋겠지만……."

아예 다른 나라 사람인 우리에게 이야기를 늘어놓고 있을 정도다. 필리네한테는 아직 아군이 적은 거겠지.

"물론 아예 없는 건 아니에요. 예를 들면 어머님 직속 신하인 할아범은, 저와 비슷한 생각을 품고 있어요."

아아, 그 고생이 많아 보이는 할아버지 말인가. 분명 이름이 요셉 씨라고 했던가.

"하지만 할아범은 입장 때문에, 겉으로 대놓고 어머님에게 반대할 수는 없어요. 가끔씩 가벼운 진언을 하는 경우는 있는 모양이지만 그게 한계예요."

할아범은 레보릴리에선 필리네의 아군이 되어 주는 마음 든든한 인물이지만, 현재로선 그 정도 관계를 구축하진 못한 모양이었다. 적은 아니지만 완전히 같은 편이 된 것도 아니라는 뜻이다.

"그리고 다음으론…… 제 편이라고 해야 하나, 제가 조금 인기인 취급을 받고 있는 곳도 있기는 해요."

"어라, 그거 굉장히 잘된 일이잖아요. 어디인가요?"

"……군대예요."

"군?!"

잠깐 기다려. 벌써 군에 연결고리가 있을 정도라면 이야기는 다 끝난 거나 마찬가지 아니야?

"아, 죄송해요. 군대라고는 해도 하사관과 병사들 중에 일부분일 뿐이에요."

"깜짝 놀랐습니다."

"필리네 님은 어떻게 그분들의 마음을 사로잡고 계신 건가요?"

클레어 님이 묻자 필리네는 쑥스러워하면서 설명했다.

"이전에 공무로 군부 시찰을 나갔을 때 하사관 분들이 교관한테 너무 가혹한 훈련을 받고 계시기에……. 군대에선 이게 당연한 거라는 설명을 듣기는 했지만 도저히 보고 있을 수가 없었어요."

그녀는 바로 그 자리에 끼어들었다고 한다. 군대에서 병사들에게 가혹한 훈련을 시키는 거야 어느 나라에서든 당연하게 볼 수 있는 광경이지만, 그 상황은 필리네가 끼어드는 게 옳은 행동이었다. 그때 훈련을 담당했던 교관은 도를 넘은 부조리를 일삼고 있었던 모양이라, 나중에 군법으로 처벌을 받았다나.

그 일이 있었던 이후로 필리네는 군 하사관과 병사들 일부로부터 인기인이 됐다는 모양이다.

"필리네 님한테 그런 인망이 있으셨다니."

"의외라는 듯이 말하지 말아주세요! 스스로도 자각이 있는 만큼 상처받는다고요!"

필리네의 항의는 한 귀로 듣고 흘리기로 하고, 이걸 어떻게든 활용할 수는 없을까.

"……솔직히 어려울지도 몰라요. 군대는 어머님의 영향력이 가장 강한 부서니까요."

만약 장교급이었다면 이야기가 달랐을지도 모르지만요. 필리네가 힘없이 웃으며 덧붙였다. 그녀는 기대하기 힘들 거라고 말했지만, 나는 이게 뭔가와 이어질 것 같은 느낌이 들어서 일단 기억 한구석에 꼭 담아두기로 했다.

"힐다는 어떤가요? 분명 그녀는 제국의 마법기술부문과 두터운 인맥이 있었던 걸로 기억하는데요."

"네에 맞아요. 힐다가 가지고 있는 뒷배는 굉장히 매력적이에요. 제국은 마법으로 발전한 국가. 마법기술부문은 제국에서도 어머님 다음가는 발언권을 가지고 있는데다 힐다 본인도 상당한 정치력의 소유자입니다. 하지만——."

"하지만?"

"아무래도 저는 그녀한테 차인 것 같으니까요."

필리네가 쓸쓸하게 웃었다. 무도회 때 있었던 일을 말하는 거겠지.

"힐다는 지금 레이를 눈여겨보고 있는 모양이에요. 만약 그녀의 힘을 빌리려고 한다면 저보다도 레이 쪽이 훨씬——."

"그건 아닙니다. 필리네 님."

도중에 자르듯이 꺼낸 내 말에 필리네는 깜짝 놀란 표정이었다.

"힐다는 어지간한 일이 아닌 이상 어떤 특정한 사람한테 열을 올리거나 하지 않습니다. 그녀의 목적은 입신양명입니다. 출세를 위해서는 누구를 아군으로 삼는 게 좋을까를 계속해서 가늠하고 있는 겁니다."

"……힐다에 대해서 상당히 잘 알고 있네요?"

"지금 현재 질투진행을 하실 때입니까."

"질투진행……?"

"아무것도 아닙니다. 어쨌든 힐다를 상대하려고 한다면 소극적인 자세로는 안 됩니다. 이용가치가 있다는 점을 우리 쪽에서 먼저 어필해야죠."

그런 의미로 따지면 힐다는 의외로 알기 쉬운 상대라고 생각하고 있다. 이득이 되는 쪽에 붙는다── 지극히 심플하다. 그녀를 아군으로 끌어들이려면 자신의 가치를 증명하면 된다.

"다음은 제국 내에 있는 반정부세력도 아군으로 넣고 싶네요."

"네……네에엣?!"

클레어 님의 말에, 상상도 못 했던 말을 들었다는 것처럼 필리네의 눈이 휘둥그레졌다.

"바, 반정부세력이요?"

"없을 거라고 생각하셨어요? 제국이 복속시킨 나라 중에는 종교 국가도 있었잖아요? 그런 나라는 설령 무력으로 짓눌려도 정신적으로는 꺾이는 일이 없어요."

도로테아는 제국 내에서 신앙과 포교의 자유를 인정하고 있다.

그건 그세 옳다고 생각해서가 아니라, 종파들끼리 세력다툼을 하게 만들려는 속셈도 있는 것 같았다.

하지만 도로테아는 신앙이 가지는 힘을 얕보고 있다.

"저는 어떤 인물을 중심으로 제국 내에서 반정부세력이 비밀리에 형성되고 있다는 소문을 포착했어요."

"그런 일이……. 그렇다면 그 인물과 접촉한다면 협력을 얻을 수 있는 건가요?"

"그 전에, 필리네 님. 각오는 되셨나요?"

"각오…… 말인가요?"

네에, 클레어 님은 고개를 끄덕이고서 말을 이었다.

"힐다와 협력 체제를 구축하는 거야 같은 제국 내의 이야기니까 거기까진 괜찮겠죠. 하지만 반정부세력이 상대라면 이야기가 달라요. 명확하게 제국에…… 나아가서 도로테아 폐하에게 활을 겨누는 일이 돼요."

"그건……."

필리네의 눈이 흔들렸다. 제국의 미래를 염려하고는 있어도 거기까지 각오하고 있지는 않았겠지.

"제국을 바꾸고 싶다고 진심으로 생각하고 계신다면 폐하와 대결하는 건 피할 수 없어요. 그럴 각오는 계신가요?"

"……."

필리네는 잠시 동안 침묵에 잠긴 후, 조금씩 새어 나오는 것처럼 쥐어짜듯이 말했다.

"옛날, 어머님 손에 이끌려서, 어떤 장소에 간 적이 있어요."

"? 무슨――."

"클레어 님."

어리둥절한 얼굴을 한 클레어 님을 말리면서 나는 뒷말을 재촉했다.

"듣고 있습니다."

"어머님이 저에게 관심을 주시는 건 드문 일이었기 때문에, 저는 어디에 데려가 주시는 걸까 하고 순수하게 기뻐했습니다."

필리네는 고개를 푹 수그린 채로 천천히 이야기를 이었다. 필리네가 지금 하는 말은 그녀에게 있어서 정말로 중요한 과거. 제국에 대해 의문을 품게 된 계기가 된, 그 시작의 기억이다.

"하지만 어머님이 저를 데려다주신 곳은―― 처형장이었어요."

또한 필리네의 마음에 새겨진 깊은 상처이기도 했다.

"제국에 칼을 겨눴다는 죄목으로 처형당하게 된 사상범이었어요. 당시의 저로선 어려운 사정은 아무것도 몰랐지만 그는 제국의 현 상황에 대해서 마지막의 마지막까지 이의를 부르짖고 있었습니다."

그리고 그 남자는 필리네의 눈앞에서 목이 날아갔다. 필리네는 그때 봤던 붉게 물든 광경을 잊을 수 없다고 한다.

"저는 겁에 질려서 어머님에게 매달렸어요. 하지만 돌아왔던 건 두렵고도 차가운 목소리였습니다."

――짐에게 거역하는 자는 모두 저렇게 된다. 무서운가?

"저는 대답할 수 없었습니다. 솔직히 너무나도 무서워서 어쩔 수가 없었어요. 하지만 정말로 두려웠던 건 처형장에서 본 그 광경이 아니었어요. 제가 무서워했던 건…… 어머님이에요."

그 이후로 필리네는 어머니와 거리를 두기 시작했다고 한다.

"어머님은 압도적인 카리스마를 가지고 있어요. 하지만 한편으로 그 카리스마는 공포로 지탱되고 있습니다. 제국도 마찬가지예요. 제국에 칼을 겨누면 목숨을 잃으니까, 그래서 많은 나라가 두려워하죠. 그런 일은 이제 그만둬야만 해요."

거기서 한번 말을 끊고서 필리네는 고개를 들고 우리를 보았다. 올곧은, 강한 힘이 담긴 눈이다.

"누군가가 어머님을 막아야만 해요. 그리고 바로 제가 그 누군가가 되고 싶어요."

강한 의지로 단언하는 필리네의 눈에 더 이상 망설임은 없었다.

"부탁드려요. 어머님을 멈추기 위해서 두 분의 힘을 빌려주세요."

절실한 부탁에 클레어 님이 크게 고개를 끄덕였다.

"네에, 물론이에요. 레이도 그렇죠?"

"네. 미력하나마 최선을 다하겠습니다."

"고마워요."

"드디어, 라는 느낌이네요."

"그렇습니다."

그날 밤, 클레어 님과 나는 침실에서 함께 침대에 누운 채로 이야기를 나눴다.

"메이와 알레어를 위해서라도 힘내겠어요."

"저도 힘껏 돕겠습니다."

상당히 먼 길을 돌아오고 말았지만 이걸로 드디어 제국에 온 본래의 목적을 이룰 수 있다.

즉, 제국농락 작전이다.

"힐다, 지금 잠깐 저 좀 볼 수 있을까요?"

"아, 공주님. 정말 죄송합니다. 지금 일이 많이 쌓여있어서요. 이야기라면 나중에 다시 여쭙겠습니다."

"그, 그런가요……."

"정말로 면목 없습니다. 그럼 실례하겠습니다."

필리네는 빠른 걸음으로 자리를 떠나는 힐다의 뒷모습을 힘없이 배웅했다.

학관의 휴일인 일요일. 현재 이곳은 황성 내 복도 한구석이다.

힐다와 접촉해보기 위해서 클레어 님과 나는 허가를 받고 황성에 들어와 있었다. 클레어 님은 처음엔 다 함께 합세해서 힐다를 설득하자고 제안했지만, 필리네가 이번엔 자신에게 맡겨달라는 말을 꺼냈기 때문에 한발 물러섰다. 주도적인 자세가 중요하기도 하고, 융화외교 세력의 중심은 필리네니까 그녀가 이렇게 의욕을 보이는 건 아주 좋은 일이다.

그러나 결과는 보이는 대로다.

"으으…… 차이고 말았어요."

"필리네 님은 밀어붙이는 게 조금 약하시네요. 당신은 황녀고 상대는 일개 관료일 뿐이니까 좀 더 강하게 나가는 게 좋다고 생각해요."

"강하게…… 말인가요."

"맞습니다, 필리네 님. 클레어 님을 본받아주세요. 클레어 님이라면 상대한테 따로 볼일이 있든 말든 한 시간 정도는 붙잡아 둔다고요."

"안 그래요!"

에이―.

지금이야 둥글둥글해졌지만 원작의 클레어 님은 손톱만큼도 관심을 보이지 않던 세인 전하를 붙잡고서 복도 한가운데서 재잘대는 일도 자주 있었다고. 뭐, 지나가던 주인공한테 전하를 뺏기고는 발만 동동 굴렀지만 말이지.

몇 시간 후.

점심시간이 될 무렵 다시 한번 힐다에게 어택을 시도했다.

"힐다, 잠깐 제 얘기 좀 들어주세요."

"꼭 지금이여야 합니까? 정말 급한 안건을 폐하에게 보고 드리러 가는 중입니다만."

"아…… 그렇군요. 알겠습니다. 다녀오세요."

"거듭 죄송합니다."

또다시 힐다한테 외면당하는 필리네.

"쉬, 쉽지 않아요."

"부디 힘내주세요. 이렇게 시작부터 좌절한다면 도로테아 폐하에게 마음을 돌리도록 촉구하는 건 아예 꿈도 못 꿀 일이잖아요?"

"그러네요……. 정말 그 말대로예요."

힘없이 어깨를 늘어트리는 필리네. 이런이런.

"그럼 잠깐 클레어 님을 상대로 연습을 해보자고요."

"네?"

"저로요?"

"모의 연습입니다. 필리네 님은 클레어 님을 멈춰 세우고서 용건을 꺼낸다. 클레어 님은 최선을 다해 도망간다. 아시겠죠?"

"아, 알겠어요……!"

"어쩐지 배역이 석연치는 않지만 뭐, 좋아요."

그렇게 각자 위치에 서시고, 준비, 스타트.

"어머, 필리네 님. 평안하신가요."

"안녕하세요, 클레어. 잠깐 시간 괜찮을까요?"

"정말 죄송해요. 지금 조금 컨디션이 좋지 않아서요. 나중으로 부탁드려도 될까요?"

"그, 그런가요……."

"컷, 컷!"

완전 꽝이었다.

"꾀병인 게 훤히 보이는데도 그대로 넘어가시면 어떡합니까."

"저기, 그렇지만 정말로 몸 상태가 좋지 않을 때도 있잖아요?"

"그러면 정말로 그런지 아닌지를 끝까지 걸고넘어져야죠."

"너무 어려워요……. 그러면 레이가 시범을 보여주세요."

"좋아요."

"……나쁜 예감밖에 안 드네요."

필리네와 배역을 바꾸고서 레디, 액션.

"어머, 레이. 평안하세요."

"평안하신가요, 클레어 님. 오늘도 겁나게 예쁘시네요. 넘 좋아!"

"고, 고마워요. 그럼 저는 이만……."

"아뇨아뇨아뇨, 조금 더 같이 얘기 좀 하자고요. 밤은 지금부터인데?"

"무슨 소릴 꺼내는 거예요. 당신?! ……아뇨 저는 지금 조금 컨디션이 안 좋아서."

"그거 큰일이네요!"

"꺄악?!"

나는 클레어 님을 공주님 안기로 안아 들었다.

"자 그럼 제가 밀착해서 간병해드릴 테니까 그 김에 제 얘기도 들어주실래요?"

"중지! 일단 중지예요!"

내 품에 안긴 클레어 님의 얼굴을 향해 천천히 얼굴을 가져가면서 달콤하게 속삭였을 때 클레어 님이 제동을 걸었다.

쳇, 아깝다.

"당신은 본래의 취지를 잊은 거 아니에요?!"

"네? 상대를 멈춰 세우고서 이야기를 듣도록 만든다── 취지에 완벽하게 부합하잖아요."

"그런 방식은 레이 말고는 불가능하잖아요?!"

"에이— 그런가요?"

"아니 그보다 만약 상대가 제가 아니었다면 무례함의 극치잖아요?! 제가 당한 건 설득조차 아니었다고요!"

"네? 그야 설득해야 하는 건 힐다잖아요?"

"그런 의미가 아니잖아요?!"

헥헥, 하고 어깨를 들썩이며 가쁜 숨을 쉬는 클레어 님. 응, 오늘도 내 아내는 귀엽네.

"뭐, 대충 이런 느낌입니다. 참 쉽죠?"

"……그냥 눈앞에서 염장질을 당했을 뿐이라는 느낌도 들지만요."

얼레—?

"배역이 좋지 않아요. 힐다 역을 필리네 님. 필리네 님의 역할을 제가 하겠어요."

"아, 그거 좋을 거 같네요."

"알겠어요."

다시 한번 배역을 바꾸고서 Take 3.

"아, 평안하신가요, 클레어."

"평안하세요, 필리네 님. 잠깐 말씀드리고 싶은 이야기가 있는데 괜찮으신지?"

"미안해요, 클레어. 선약이 있어서 다음 기회에 부탁할 수 있을까?"

"그럼 그 용건이 끝날 때까지 기다리도록 하겠어요."

"저, 저기…… 오늘 중으론 아마 끝나지 않을 거라고 생각해. 그러니 다른 날을 잡아서……."

"알겠어요. 그럼 언제가 좋으신가요?"

"으으……. 하, 항복입니다."

"변변치 않았습니다."

클레어 님은 그야말로 스마트하게 대화를 유도해서 확실하게 약속을 따냈다. 사교계의 꽃이었던 클레어 님에게는 이 정도 쯤이야 식은 죽 먹기겠지.

"클레어는 굉장하네요. 마법 같았어요."

"그렇게 치켜세울 정도는 아니에요. 예의를 잃지 않고서 전해야 할 말을 확실히 전한다. 그것뿐이에요."

"흐음흐음."

"이쪽에서 예의를 차리고 있는데도 매정하게 군다면 그건 상대가 책을 잡힐 일이에요. 필리네 님이 마지막에 백기를 들게 된 것도 그 점 때문이에요."

"굉장히 참고가 되네요."

Revolution 원작에서는 주인공에게 대놓고 모질게 굴었던 클레어 님이지만 본래 사교의 자리에서는 이런 에두른 방식이 더 큰 효과를 발휘한다. 그녀의 악역 영애로서의 행동은 오히려 자기와 가까운 사람들에게만 보이는 예외적인 모습이라고 말해도 좋을지도 모른다.

그런 의미로서는 주인공은 클레어 님에게 있어서 특별한 존재였다고도 할 수 있겠지. 뭐, 원래부터 평민 싱대로는 봐수는 게 없었지만 말이야.

"그럼 실습해보죠. 레이, 이번에는 당신이 힐다 역을 하세요."

"알겠습니다."

"필리네 님도 괜찮으시죠?"

"네, 넷."

필리네는 이번에야말로 잘 해낼 수 있을 것인가.

자, Take 4.

"아, 레이. 잠깐 괜찮을까요."

"안 괜찮습니다."

"엣……?"

"실례했습니다."

필리네가 동요하는 틈을 타, 나는 그대로 멀어져갔다.

"잠깐 기다려요, 레이! 힐다가 그런 무례를 저지를 리가 없잖아요?!"

"아니, 또 혹시 모르잖습니까. 만약의 사태도 상정해두는 편이 좋을지도 모르겠다는 생각이 들어서."

"일단은 필리네 님한테 자신감을 심어드리지 않으면 안 된다고요! 마음을 꺾어버려서야 어쩌자는 거예요!"

그 말을 듣고 필리네 쪽을 봤더니 필리네는 반쯤 울상 짓고 있었다.

"필리네 님의 우는 얼굴은 참 짜릿하다고 생각하지 않으세요?"

"그런 생각 안 한다고요! 진지하게 하세요!"

결국, 그날은 연습만으로 해가 저물어 버렸다. 그렇게 연습한 보람이 있었던 건지 어떤지는 잘 모르겠지만,

"……알겠습니다. 그러면 내일 오후에 공주님 방에서."

필리네는 어떻게든 힐다와 약속을 잡는 데 성공한 것이다.

똑똑, 하고 문을 노크하는 소리가 울렸다. 필리네는 조금 긴장한 기색으로 우리에게 시선을 돌렸다. 클레어 님과 내가 고개를 끄덕이자 필리네도 마주 고개를 끄덕이고서 손님을 실내로 들였다.

"실례하겠습니다…… 어머."

힐다는 방 안에 클레어 님과 내가 있는 걸 깨닫고서 의외라는 듯이 눈썹을 꿈틀했다.

"공주님이 하실 말씀이 있다고 하셔서 찾아뵀습니다만 두 분도 계셨나요."

"응, 두 사람과도 관계가 있는 일이라서. 함께 동석해도 상관없지?"

"물론이고말고요. 하지만 이런 저라도 바쁜 몸이라서요. 이야기는 되도록 짧게 끝내주셨으면 합니다."

티가 나지 않을 정도의 압박이었지만 예전의 필리네였다면 저것만으로도 기가 죽어서 이야기의 주도권을 내줘야 했겠지.

그러나——.

"물론이야. 바쁜 와중에 시간을 내줘서 고마워. 길게 시간을 빼앗지는 않아. 그래도 뭐, 일단 앉아줘."

필리네는 침착한 태도로 힐다에게 의자를 권했다. 힐다는 의외라는 표정을 지었다. 이전과는 다르게 상대하기 까다로워졌다는 걸 깨달았겠지. 필리네는 하면 되는 아이다. 특훈의 성과는 확실하게 드러나고 있었다.

힐다는 단념한 것처럼 한숨을 한번 내쉬고는 의자에 앉았다.

"그래서, 하실 말씀이란?"

힐다는 필리네 전용이었던 스마트한 미소는 내다 버린 채, 차가운 얼굴로 물었다.

"힐다, 당신은 지금의 제국을 어떻게 생각하고 있나요?"

그런 힐다의 태도에 지지 않고 필리네는 이야기를 끌고 나갔다. 상대의 기색 하나하나에 겁을 먹는 일은 없어졌다.

"상당히 추상적인 걸 물어보시는군요. 제국은 훌륭한 나라입니다. 세계에서 가장 뛰어난 나라죠."

"그 말대로네. 나도 그렇게 생각해. 하지만 이대로도 괜찮을까. 제국은 적을 너무 많이 만든 건 아니고?"

모범답안을 입에 담는 힐다를 향해 필리네가 한 발짝 더 깊숙이 내디뎠다. 힐다의 표정은 가면처럼 조금도 변하지 않았다.

"분명 제국에겐 적이 있습니다. 하지만 그런 적들도 언젠가는 제국의 지배하에 들어오겠죠. 제국은 그럴만한 힘을 가졌습니다."

"그럴까? 요전의 스스, 아파라치아, 바우어의 3개국 군사동맹의 일은? 이번엔 잘 넘어갔지만, 그 동맹이 현실로 실현됐다면 제국은 위험했을 거라고 생각하지 않아?"

"만약의 이야기를 해봤자 의미가 없습니다. 결국 동맹은 이뤄지지 않았고 제국은 지금도 건재합니다."

힐다는 계속해서 결과론으로 일관했다.

"현실성이 없는 가정이라면 의미가 없겠죠. 하지만 잠재적인 위협은 실제로 존재하고 있는 위험이에요. 분명 제국은 지금도 건재합니다. 하지만 제국은 굉장히 불안정한 줄타기를 하고 있는 건 아닐까?"

필리네 또한 한 걸음도 물러서지 않았다. 자신의 가정은 실제로 검토해볼 가치가 있다고 주장한다.

"과연. 확실히 현재 상황에도 위험요소는 있을지도 모릅니다. 그러나 외교는 언제나 어둠 속을 더듬어가며 나아가는 법. 만전의 외교란 존재하지 않습니다. 어떤 위험성이 내포되어 있다고 해도 결국 그 안에서 최선을 선택해 나갈 수밖에 없는 겁니다."

힐다는 필리네의 우려를 탁상공론이라고 비판했다.

"저 또한 황족의 일원입니다. 외교의 어려움이라면 알고 있어요. 그러나 현재 제국의 외교방침이 최선일까요? 우리들이 고를 수 있는 더 최선의 선택지가 있는 게 아니라?"

필리네는 좀 더 노골적으로 한 발 내디뎠다. 암묵적으로 자신에겐 대안이 있다고 밝혔다.

"……그래서 결국 공주님은 무슨 말씀을 하고 싶으십니까? 제국은 어떻게 해야 한다는 거죠?"

"저는 침략적인 외교방침을 그만두고 융화적인 외교방침으로 전환할 시기가 왔다고 생각해요."

필리네가 승부수를 던졌다. 자아, 힐다는 어떻게 나올까?

"……그건 저기 계신 바우어 분들이 바람을 불어 넣은 건 아닌지?"

힐다는 힐끗 우리를 노려봤다.

"아니에요. 제가 언제나 느끼고 생각해왔던 일이에요."

"공주님은 지금 무슨 말씀을 하고 계신 것인지 알고 계십니까? 당신은 폐하의 판단에 이의를 주장하겠다는 뜻?"

"그래요."

"폐하에게 칼끝을 겨눈 자들이 어떤 말로를 맞이했는지 공주님이라면 잘 알고 계시겠죠. 자살 희망자라도 되시는 건가요?"

힐다의 입꼬리가 빈정대듯이 일그러졌다.

"저는 황족입니다. 이 나라의 미래에 책임이 있어요. 설령 어머님께 칼을 겨누게 된다고 해도, 백성을 위험에 빠트리고 있는 현재 외교방침을 바로잡아야만 해요."

"그게 가능할 거라고 생각하십니까? 실례지만 공주님은 황족이라고 해도 대단한 힘은 가지고 계시지 못해요. 적자도 아니고 커다란 파벌을 가지고 있는 것도 아니죠."

"네. 그래서 당신의 힘을 빌리고 싶어요."

"……."

힐다가 침묵에 잠겼지만 필리네는 아랑곳없이 말을 이었다.

"당신은 개인으로서도 우수한 정치적 수완을 가지고 있고, 제국 세력의 한 축인 마법기술부문과도 두꺼운 연결고리가 있습니다. 당신이 힘을 빌려준다면 저도 더 이상 아무런 힘도 없는 황녀가 아니에요."

힐다는 묵묵히 입을 다물고서 필리네를 응시했다. 나에겐 그 눈이 마치 필리네의 진위를 감정하고 있는 것처럼 보였다.

"이 나라를 위해서, 백성을 위해서, 부디 힘을 빌려주세요, 힐다."

필리네는 진지하게 호소하면서 고개를 숙였다.

유능한 관료라고는 하지만 신하에 불과한 힐다를 향해 황족인 필리네가 머리를 숙이는 건 결코 가벼운 의미가 아니다.

그러나——.

"그래서, 나한테 무슨 메리트가 있지?"

"어……?"

지금까지의 정중한 태도를 벗어던지고 돌변한 난폭한 말투에 필리네는 허를 찔린 것 같았다. 힐다는 그런 필리네의 모습을 우습다는 듯이 바라보면서 품에서 담배를 꺼내 입에 물었다.

"그러니까 메리트라고, 메리트. 당신한테 협력해서 나한테 무슨 이득이 있냐는 말씀."

"그건……."

"나라? 백성? 미래? 이거 참, 이거 참, 지금까지 고난을 겪어 본 적도 없는 분은 말씀하는 것부터가 다르네. 너무나도 훌륭해서 눈물이 다 나와."

"힐다……."

달라진 힐다의 모습에 필리네는 당혹감을 숨기지 못했다. 열심히 벼락치기로 익힌 교섭술도 여기까지인 걸까.

"내가 지금 지위를 얻기까지 어떤 노력을 바쳤는지 당신이 알기는 해? 당장 오늘 먹을 양식조차 아슬아슬했던 밑바닥 생활에서부터 여기까지 출세하는데 얼마나 고생했을 거라고 생각해? 어?"

"……."

낮게 위협하는 목소리에 필리네는 입을 다물고서 몸을 떨고 있었다.

"힘을 빌려줘? 아주 쉽게도 말하네, 어이. 당신은 당연히 거기에 상응하는 보답을 준비해 놨겠지? 설마하니 선의만으로 협력을 얻어낼 수 있을 거라고 생각하진 않았겠지, 그치?"

조롱거리라도 찾아낸 것처럼 말하는 힐다를 향해 필리네는 대답 한마디조차 없었다. 필리네에게 가세하기 위해서 입을 열려고 했던 나를 클레어 님이 제지했다. 눈으로 조금만 더 상황을 지켜보자고 말하고 있었다.

"힘을 빌려주길 원한다면 말이야. 상응하는 대가를 내놔. 그게 불가능하다면 그럴싸한 소리 지껄이지 말고 얌전히 장식용 공주님이나 하란 말이야!"

힐다가 내동댕이치듯이 내뱉은 말에 방안은 침묵에 휩싸였다.

잠시 동안 그 상태로 시간이 흘렀다.

교섭은 결렬인 걸까. 이대로 힐다한테 일방적인 소리만 들은 채로 괜찮은 걸까. 내가 그런 생각을 하고 있었을 때,

"……하고 싶은 말은 그걸로 끝인가요?"

침묵을 깨고서 필리네가 결연한 태도로 입을 열었다.

"뭐?"

필리네의 담담한 말투에 힐다는 노기를 드러냈다.

"장식품 공주님 주제에 잘난 듯이 뭐가 어째? 할 말이 그거뿐이라면 나는 돌아가겠——."

"앉으세요, 힐다."

"그러니까 나는——."

"앉아요."

반론을 허용하지 않는 냉엄함이 서린 목소리였다. 자리에서 일어나려고 했던 힐다는 그 목소리에 자신도 모르게 다시 앉아야 했다. 표정을 보니 필리네의 기세에 눌린 것처럼 보였다.

"당신이 하고 싶은 말은 알겠습니다. 그렇죠. 확실히 대가는 필요하겠죠."

"……그래, 그러니 대가를 준비할 수 없다면 이 이야기는 없었던 걸로——."

"당신은 지금 누구 앞에서 입을 놀리는 거죠?"

"……!"

필리네의 기세가 달라졌다. 평소의 쭈뼛거리던 모습은 자취를 감췄고, 위엄과 냉철함이 서린 목소리가 힐다에게 틀어박혔다.

"장식이라는 소리를 들어도 저는 황녀. 그런 말투를 쓰고서 그냥 넘어갈 수 있을 거라고 생각했나요?"

"······핫! 이제 와서 권위를 내세우는 건가. 힘으로 굴복시키려고? 그거 좋네, 어디 해보시지."

"확실히 단지 말투만 가지고는 당신을 문책할 수는 없겠죠. 그러나 황녀에게 약을 탔던 일은 어떨까요?"

"······읏?!"

조용히 묻는 필리네의 한마디에 힐다의 말문이 막혔다. 필리네는 지금 내 목을 졸랐던 일을 말하고 있었다. 그때, 필리네의 상태가 이상했다는 걸 나중에 본인에게도 설명했다. 그 일이 있기 직전에 힐다가 나에게 의미심장한 말을 하기도 했고 말이지.

그건 그렇고 여기서 그 카드를 꺼내는 건가.

"무슨 소리인지 모르겠는데."

"시치미를 떼려는 건가요. 분명 물증은 남지 않았으니 말이죠."

"그거 보시지."

"하지만 제가 이 일을 공론화한다면 마법기술부문은 당신에게 어떻게 나오려나요?"

"······나를 협박하겠다, 이건가."

힐다와 마법기술부문의 연결고리는 두텁다. 그러나 마법기술 세력 입장에선 힐다는 필수불가결한 존재라고 할 정도까진 아니다. 과연 그들이 경력에 흠집이 생긴 일개 관료를 계속 중용하려고 들지 어떨지는 의문의 여지가 있다. 그리고 그 의문은 힐다의 저 반응으로도 충분한 대답이 될 것 같다.

"협박하려고 들어봤자 소용없어. 나는 그런 협박에 굴하지 않아. 정 안되면 내 지지기반을 동원해서 너를 치워버릴 수도──."

"아니요, 힐다. 그게 아닙니다. 제가 말하고 싶은 건 그런 게 아니에요."

필리네의 얼굴에는 미소가 돌아와 있었다. 바로 방금 전까지 도로테아를 떠올리게 했던 위엄 서린 목소리는 거짓말처럼 깨끗하게 자취를 감췄다.

힐다는 의아한 표정이다.

"지금 같은 교섭법이 바로 어머님의 방식입니다. 상대를 힘으로 찍어 누르고 적을 만드는 방식. 이런 건 싫지 않나요? 저라면 이런 방식은 쓰지 않아요."

"……."

"예전에 이런 광경을 봤습니다. 어린아이들이 모여서 그중에 가장 몸집이 작은 여자아이를 괴롭히고 있었어요. 저는 그 행동을 타이르려고 했습니다. 그랬더니 아이들이 뭐라고 답했을 거라고 생각하나요?"

"……글쎄?"

"도로테아 폐하의 흉내를 내고 있을 뿐…… 그렇게 대답했습니다. 저는 할 말을 잃고 말았죠."

제국의 철저한 능력주의 정책은 양날의 칼이다. 능력이 있다면야 살기도 좋겠지만 약자에겐 절망적이다. 물론 제국에도 약자에 대한 구제정책이 아예 없는 건 아니지만, 혁명 후 민주화된 바우어와 비교하면 압도적으로 빈약하다.

"지나친 약육강식은 바로잡아야만 해요."

"……무슨 말인지는 알았어. 하시만 그래서 어쩌겠다는 거지?

나는 대가 없이 움직이지 않아."

"당신을 내 기사로 임명합니다. 지위와 명예를 바라는 당신에게 있어서 황녀의 직속이 되는 건 상당한 메리트가 있을 거라고 생각하는데요?"

"!"

나는 솔직히 필리네를 얕보고 있었다. 그리고 얕봤던 만큼 이야기를 이끌어가는 지금의 방식에 혀를 내둘렀다.

필리네는 처음부터 힐다와 거래하기 위한 재료를 손에 쥐고 있었다. 하지만 이야기의 주도권을 빼앗긴 채, 힐다가 달라는 대로 대가를 내밀었다면 효과가 한없이 낮아졌겠지. 거기서 필리네는 정면으로 부딪치려는 자세를 갖추고서 일단 험악한 분위기를 조성한 다음, 새로이 교섭하는 방법을 썼다. 클레어 님에 버금가는 교섭술이다.

"제가 그런 걸로 만족할 거라고?"

"반대로, 저한테 협력한다고 해서 당신에게 무슨 손해가 있나요? 확실히 당신은 마법기술부문과 두터운 인맥을 만들었고 나름대로의 지위도 얻었죠. 하지만 그것도 반석의 지위는 아닙니다. 방금 전에도 잠깐 언급했지만 그들은 언제든지 당신을 내칠 수 있어요."

"그건 공주님도 마찬가지잖아."

"아니요. 저와 당신은 말하자면 공범자가 되는 거예요. 저는 당신을 배신할 수 없고 당신도 저를 배신할 수 없죠."

"……."

힐다는 주의 깊게 필리네를 살피고 있었다. 아마도 지금 머릿속으로는 자신의 손해 득실을 면밀히 계산하고 있겠지.

필리네가 말을 이었다.

"저기 힐다. 슬슬 속을 터놓고 대화를 나눠보죠. 저는 솔직한 본심을 말했습니다. 연기는 이제 됐어요."

"……!"

힐다가 눈을 크게 떴다. 필리네는 지금 연기라고 말했다. 저 말은 즉, 본성을 드러내고서 황녀에게 막말을 내뱉었던 힐다에게 내민 양보다. 필리네는 지금 그녀의 결례를 없었던 일로 하겠다고 말하고 있는 것이다.

필리네는 힐다를 향해 여유로운 미소를 지었다.

"제가 당신에게 제시해드릴 수 있는 건 많지 않습니다. 하지만 저는 무슨 일이 있어도 당신을 원해요. 제국을 바꿔나가는 일의 가장 첫 번째 협력자로서, 누구보다도 당신에게 먼저 부탁하겠어요, 힐다."

필리네는 다시금 힐다에게 협력을 부탁했다. 결국 한 바퀴 빙 돌았을 뿐 똑같은 행동을 반복하는 것처럼 보일지도 모르지만, 부탁을 하는 과정이 전혀 달랐다. 힐다는 잠시 동안 침묵에 잠겼지만, 이윽고,

"……후후……후후후…….."

어깨를 들썩이며 웃기 시작했다.

"앗하하! 졌습니다…… 항복입니다, 공주님. 역시 당신은 도로테아 폐하의 피를 이은 분입니다. 대단하신 분."

힐다는 눈물이 맺힐 정도로 웃었다. 뭐가 씌었다가 떨어져 나간 거 아닌가 싶을 정도로 맑은 웃음이었다.

"어머님과 비교되는 건 별로 좋아하지 않아요."

"아아, 그거 실례했습니다. 그렇지요. 폐하와는 닮지 않으셨습니다. 폐하였다면 좀 더 강제로 저를 굴복시켰겠죠. 하지만 당신은 그렇게 하지 않았죠. 저는 그게 마음에 듭니다."

"어째서인가요?"

"융화외교를 주장하는 당사자가 강경한 수단을 취한다면 그건 엄청난 자기모순 아닙니까."

힐다는 필리네의 일관성을 높게 평가한 모양이었다.

"하지만 공주님, 꼭 명심해주십시오. 정치와 외교의 세계에서 이상을 관철하는 건 몹시도 어려운 일입니다. 때로는 자신의 주의 주장을 굽혀서라도 목적 달성을 위해 수단을 가리지 않는 것도 필요합니다."

"힐다……"

"공주님은 지금 그대로가 좋습니다. 더러운 일은 아랫사람들이 하면 되는 거니까요."

"그런!"

"공주님, 당신은 상징입니다. 진흙으로 더럽혀진 상징을 누가 섬기고 싶어 하겠습니까. 당신은 누구나 나서서 대신 더러움을 짊어지고 싶어지는 훌륭한 상징으로 계셔주셔야 합니다. 그건 자신의 손을 더럽히는 것만큼이나 힘든 일이죠."

계속해서 아름다운 상징으로 남는다는 건, 어떤 힘든 상황에서도 지저분한 수단은 쓸 수 없다는 말과 마찬가지다.

힐다는 그 험난함을 지적하고 있었다.

"클레어, 레이, 묵묵히 지켜봐 준 점 감사합니다. 만약에 당신들이 도중에 공주님을 돕겠다고 나섰다면 그 시점에서 저는 바로 자리를 떴을 겁니다."

"필리네 님이 이루려는 목표를 생각해 보면 당신을 설득하는 일쯤이야 당연히 해내셔야 하니까요."

"네, 그렇습니다. 당신들의 판단은 옳아요. 그리고 그건 필리네 님이 강력한 아군을 얻었다는 증거기도 합니다."

힐다는 만족스러운 듯이 고개를 끄덕였다.

"그럼 힐다, 협력해 줄래요?"

"괜찮겠죠…… 라고 말씀드리고 싶은 참입니다만, 안타깝게도 그렇게 순순히 넘어갈 수는 없습니다. 조건을 달도록 하겠습니다."

"말해보세요."

"제가 공주님 측에 붙을 경우, 제국의 마법기술세력을 설득할 재료, 혹은 들고 갈 선물이 필요할 거라고 생각합니다. 그걸 원합니다."

힐다는 그들을 움직일 재료를 바란다는 말이었다.

"유감이지만 저는 마법기술에 관해선 그다지 잘 알지 못해요."

"네, 잘 알고 있습니다. 하지만 거기에 관해서 마침 좋은 게 있습니다."

"그게 뭔가요?"

필리네의 물음에 대한 힐다의 답변은 생각지도 못했던 말이었다.

"금기의 상자── 제국의 전 수석연구원 트레드 매지크가 남긴 유산의 수수께끼를 당신들이 해결해줬으면 합니다."

힐다의 안내를 받아서 우리는 제국의 마법기술부가 소유하고 있는 연구소 중 한 곳에 와 있었다. 출입구에는 경비병들이 신분증명을 꼼꼼히 확인하고 있어서, 엄중한 경비태세만 봐도 이곳이 아주 중요한 연구가 이루어지는 장소라는 걸 나타내고 있었다.

안으로 들어서자 나로선 알아볼 수 없는 이런저런 실험기구들이 설치되어 있고, 그런 실험기구마다 마치 연금술사 같은 차림새를 한 연구원들이 여럿 붙어있었다. 연구원들은 연령도 성별도 제각각이었기 때문에, 짐작건대 도로테아의 능력주의 정책을 기반으로 모집한 정예들일 거라는 생각이 들었다. 그들은 우리의 방문에도 그저 한순간 힐끗 시선을 던졌을 뿐, 바로 흥미를 잃었다는 듯이 자신들의 연구로 돌아갔다. 외부인이 들어왔는데 반응이 이래서야 괜찮은 건가 하는 생각도 들었지만 아마 외부인에 대한 경계는 병사들이 할 일이고, 오로지 연구에 전념하는 게 그들의 본분이겠지.

"이쪽입니다."

힐다는 연구소 깊숙한 곳에 있는 방으로 우리를 안내했다. 8평쯤 되는 작은 방에는 가구고 장식이고 아무것도 없었고, 방

안쪽에 있는 받침대 위에 작은 금고처럼 생긴 상자가 덩그러니 올려져 있을 뿐이었다.

"이게 금기의 상자라고 불리는 상자입니다."

이름부터가 범상치 않은 그 상자는 가로세로 50센티 크기의 입방체였다. 돌인지 금속인지도 분간하기 힘든 신기한 소재로 만들어져 있었다. 표면에는 세 개의 마법석이 박혀 있었고, 마법석들은 각각 흑색, 청색, 적색의 빛을 희미하게 내뿜었다.

"트레드 매지크의 유산이라고 말씀하셨는데, 지금 바우어에 계시는 그분을 말씀하시는 거예요?"

"네, 그렇습니다. 트라이 캐스터 트레드 매지크. 그는 왕국으로 향하기 전엔 제국에 있었습니다."

일단 한 번 짚고 넘어가자. 트레드 매지크는 바우어에서 클레어 님과 나에게 마법을 가르쳐주셨던 분이자, 왕국의 유일한 트라이 캐스터인 트레드 선생님을 말하는 것이다. 지금은 왕립학교에서 교장 선생님으로 일하고 있지만 그의 가장 큰 공적은 왕국의 마법기술을 크게 발전시켰다는 점이다. 종래의 구식 군비에 안주한 상태로 마법기술이 크게 뒤처지고 말았던 바우어 왕국 입장에서 보면 트레드 선생님은 크나큰 은인이다. 혁명 전에는 트레드 선생님에게 기사 칭호를 내렸을 정도다.

나는 금기의 상자의 존재 자체는 레보릴리 원작 지식을 통해서 알고 있었지만 트레드 선생님이 원래 제국에 있었다는 사실이나 금기의 상자가 선생님의 손으로 만들어진 물건이라는 사실은 몰랐다. 레보릴리에서 이 이벤트 진행 중에 선생님의 이름이

나오지 않았기 때문이다.

"이건 열리지 않는 건가요?"

필리네가 상자를 찬찬히 살펴봤다.

"네. 트레드가 모습을 감춘 이후로 연구원들이 여러 수단을 시험해봤지만 열 수 없었습니다. 엄청나게 단단한 상자라서 도로테아 폐하의 검으로도 흠집 하나 나지 않았죠."

그야 그렇겠지. 원작대로라면 이 상자는 아다만타이트라는 특별한 금속으로 만들어져 있다. 정령신이 제련했다고 전해지는 아다만타이트는 오직 마법으로만 가공할 수 있다. 물리적인 충격에 엄청난 내성을 가진 금속이다.

"이 안에는 트레드가 도달한 마법기술의 오의가 담겨있다는 말이 전해집니다. 그리고 그 기술 때문에 여러 사람이 목숨을 잃었다는 말도."

"그래서 금기의 상자인 거군요."

클레어 님이 안쓰럽다는 듯이 얼굴을 찌푸렸다.

"그 상자는 오랜 시간 동안 연구원들을 괴롭혀온 난제입니다. 그걸 해결해 주신다면 마법기술세력도 기쁘게 공주님에게 힘을 빌려주겠죠."

"그렇군요……."

"하지만 괜찮은 거예요? 외부인인 저희들한테 그런 귀중한 걸 보여줘도? 저희들이 이걸 열 방법을 찾을 수 있을지 어떨지도 모르는데요."

클레어 님이 지당한 의문을 입에 담았다.

"분명 조금 위험한 도박이긴 합니다. 하지만 제가 기대를 걸고 있는 건 여러분들 자신이 가진 능력이 아닙니다."

"무슨 뜻인가요?"

"트레드는 지금 왕국의 인물입니다. 그리고 클레어와 레이도 왕국의 인간── 게다가 동료."

힐다가 하고 싶은 말은 즉,

"즉, 트레드 선생님한테 이걸 열 방법을 물어봐라, 그런 뜻인가요?"

"이해가 빨라서 좋군요, 레이 테일러."

자기들이 열 수 없다면야 상자를 만든 본인한테 직접 묻는 게 제일 빠르다. 아주 심플한 이야기다.

"하지만 트레드 선생님은 이 안에 있는 물건을 세상에 내놓고 싶지 않았기 때문에 봉인한 거 아니에요? 그런 걸 개봉할 방법을 가르쳐 주실 거라고는 생각하기 힘든데요."

"그걸 어떻게든 해 주십시오. 저도 이만큼이나 양보하고 있는 겁니다. 최대한 편의는 봐 드리겠습니다."

힐다가 쓴웃음을 지었다.

"저기, 힐다. 이 상자를 들고 나가는 건──."

"당연히 금지입니다. 공주님."

"역시 그렇지."

"개봉 방법을 알아내면 저에게 알려주십시오. 제 입회하에 무사히 상자를 개봉하는데 성공한다면 마법기술부가 공주님의 파벌에 가세하도록 조치해두겠습니다. 제가 해드릴 수 있는 건 거기까지입니다."

"알겠습니다. 충분해요."

필리네는 결심을 다진 모양이다.

"그럼, 거래 성립이군요. 여러분들의 건투를 빌겠습니다."

"자신 있게 말은 했지만 이 일은 전적으로 클레어와 레이를 의지할 수밖에 없게 됐네요."

연구소를 나와 돌아가는 길. 주변은 이미 어둑어둑해져 있었다.

메이와 알레어는 도르 님이 봐주고 계시지만 도르 님도 집안일은 못 하시는 분이기 때문에 지금쯤 알레어가 저녁밥 준비를 하고 있겠지. 어쩌면 도르 님이 아이들을 데리고서 외식을 하러 나갔을지도 모르겠다.

우리는 집으로 돌아가는 발걸음을 서두르면서도 앞으로의 일들을 상의했다. 힐다와의 교섭으로 심력을 소모한 탓인지 필리네는 지친 기색이 역력했다.

"그건 어쩔 수 없는 일이에요. 힐다와 교섭할 때 열심히 해 주셨는걸요. 이번엔 저희들이 나설 차례예요."

클레어 님이 필리네를 한껏 칭찬했다. 뭐, 아까 전의 필리네는 멋있었다고 말 못 해줄 것도 아니다.

"그렇죠. 그보다 필리네 님, 다시 봤습니다. 허당끼 넘치는 황녀가 아니었던 거군요."

"허, 허당……?!"

"잠깐, 레이! 당신은 한 나라의 공주한테 무슨 폭언을 내뱉는 거예요!"

"엇차, 실례했습니다."

"아뇨, 괜찮아요. 실제로 지금까지의 저는 얼빠진 행동들만 해왔으니까요."

필리네는 아하하, 하고 난처하다는 듯이 웃음을 흘렸다.

"하지만 앞으로는 정신을 차리겠어요. 힐다의 협력을 얻어내고, 반정부세력도 어떻게든 설득해서 어머님의 마음을 돌리고 제국의 미래를 손에 넣겠어요."

"바로 그 마음가짐이에요, 필리네 님."

"갈 길이 머네요—."

"레이!"

"아하하……."

그렇지만 시리어스한 분위기는 싫은걸.

"당장 오늘밤에라도 트레드 선생님에게 편지를 써서 왕국으로 보내겠어요."

"네, 부탁드릴게요. 혹시 트레드 씨가 포상 같은 걸 원하신다면 제가 할 수 있는 범위에서 준비할게요."

"트레드 선생님은 그다지 그런 걸 원하는 타입은 아닐 거라는 생각이 들지만요. 만약 거부할 경우엔 어떤 보수를 제시해본들 안 될 거라고 생각하는데요?"

"그—러—니—까! 어째서 레이는 아까부터 자꾸 필리네 님의 의욕을 꺾어버리는 말만 하는 거예요!"

"에이— 그야 클레어 님이 필리네만 칭찬하는걸요."

"이번엔 레이는 아무것도 안 했잖아요."

뭐, 그 말이 맞지만.

"칭찬해주길 바란다면 당신도 뭔가 결과를 내도록 하세요."

"그러네요. 그건 뭐 가까운 시일 내로."

그래, 멀지 않은 이야기가 되겠지. 설사 트레드 선생님이 상자를 열 방법을 가르쳐주지 않더라도——.

나는 그 상자를 열 방법을 알고 있기 때문이다.

금기의 상자에 대한 의뢰를 받고서 약 1주일 정도 지난 어느 날.

학관을 마치고 돌아오니 트레드 선생님에게 보낸 편지의 답장이 와 있었다.

『정말로 면목 없습니다만, 그 상자는 포기해 주십시오. 그건 결코 세상에 나와서는 안 될 물건입니다. 그건 분명 이 세계의 **금기**를 건드는 물건. 저처럼 평생 감시당하고 싶지 않다면 손을 떼 주십시오.』

편지에는 정갈한 글씨로 그렇게 적혀 있었다.

"믿고 있었던 트레드 선생님의 답변이 이래서야 손 쓸 방법이 없네요."

편지를 다 읽은 클레어 님이 얼굴을 찌푸렸다. 이마에 주름을 잡고 있는 클레어 님도 참 귀엽네.

"어떻게 한 건가요? 그 상자는 당신의 시식으로 어떻게든 할수 있나요?"

"여는 것 자체는 가능합니다. 하지만 트레드 선생님이 보낸 경고가 신경 쓰이네요."

세계의 금기, 감시—— 어느 쪽이든 흉흉한 단어들이다.

"레이는 그 상자의 내용물을 알고 있어요?"

"네. 트레드 선생님이 제국에 있던 시절에 연구하고 있었던 어떤 마도구와 선생님의 연구를 정리한 노트였을 겁니다."

"마도구의 효과와 노트의 내용은?"

"마도구는 반지 형태의 마력 증폭 장치입니다. 아직 미완성이라고 할 수 있는 물건이라서 불안정하긴 하지만 다룰 수만 있다면 착용한 사람의 마력을 대폭 끌어올려 줄 수 있습니다."

"흐음흐음."

이미 눈치챈 사람도 있을 거라고 생각하지만 반지를 다룰 수 있는 사람이란 주인공인 필리네다.

"노트 쪽은 자세히는 잘 모르지만 제국에서 벌어졌었던 인체 실험에 대한 데이터와 그 실험에 얽힌 회한이 기술되어 있을 겁니다. 레보릴리에선 트레드 선생님의 이름은 나오지 않았고, 어떤 연구원의 기록이라고만 소개됐습니다. 하지만 원작대로라면 트레드 선생님은 그 연구 때문에 따님을 잃고 말았을 게 분명합니다."

"무슨 그런……."

연구기록에는 몹시 생생한 기술이 적혀 있었을 터다. 비인도적인 실험도 적지 않았다. 나는 온후하고 상냥한 트레드 선생님이 그 기록의 저자일 거라고는 꿈에도 생각하지 못했다.

"하지만 세계의 금기니, 감시니 하는 단어에는 조금도 짐작 가는 바가 없네요. 어쩌면 일단 먼저 상자를 개봉해버리고 나서 다시 트레드 선생님에게 여쭈어보는 게 좋을지도 모르겠습니다."

"혼나는 것도 각오해둬야겠네요."

확실히 트레드 선생님이 화를 낼지도 모르지만 그래도 트레드 선생님이니까. 열어버린 건 어쩔 수 없다고 포기하실 것 같다는 느낌이 든다. 무엇보다도 선생님이 금기, 감시 같은 단어를 쓸 만한 일을 그대로 내버려 둘 거라고는 생각하기 힘들다. 분명 설명은 해 주시겠지.

"그래서 결국 그 상자는 어떻게 해야 열 수 있는 건가요?"

클레어 님이 조바심을 냈다. 역시 많이 신경 쓰였나 보다.

"그 상자의 표면에 마법석이 있었던 거 기억하시죠?"

"네에. 흑색, 청색, 적색이었으니, 각각 토속성, 수속성, 화속성의 마법석이네요."

"넵. 각각의 마법석에다 대응하는 마력을 동시에 흘려 넣으면 됩니다."

"……그렇게 간단한 거였어요?"

클레어 님은 맥이 빠진 모양이었다.

"간단한 게 아니라고요. 단순히 세 가지 속성의 마력을 흘려 넣는 것만으로는 안 됩니다. 그렇게 단순했다면 이미 진즉에 제국의 기술자들이 열었겠죠. 상자에 주입하는 마력은 전부 같은 사람의 마력이어야만 해요."

"어······, 그 말은 즉······?"

"네. 적어도 토, 수, 화의 세 가지 속성을 쓸 수 있는 트라이 캐스터가 아니면 열 수 없다는 뜻입니다."

듀얼 캐스터조차 쉽게 찾아보기 힘든 세계에서 트라이 캐스터나 쿼드 캐스터는 말할 것도 없다. 혹시 또 있을지도 모르지만 적어도 내가 알고 있는 범위에서는 마나리아 님, 트레드 선생님, 메이, 이 세 사람뿐이다. 레보릴리 원작에선 제국을 방문한 마나리아 님에게 협력을 구해서 상자를 열게 되지만 지금 이 국제정세 속에서 마나리아 님이 제국에 온다는 건 현실적이지 못하다.

"그렇다는 건 역시 그건가요?"

"네, 메이의 힘을 빌리겠습니다."

"불렀어~?"

"메이한테 하실 말씀이 있나요~?"

자기 이름을 부르는 소리가 들렸는지 메이와 알레어가 방에 들어왔다.

"응. 메이한테 조금 부탁하고 싶은 일이 있는데 그 전에 좀 물어볼게."

"응."

"메이는 이제 마법을 쓸 수 있게 됐지?"

"맞아."

"속성은 어떤 걸 쓸 수 있어?"

"응? 이제 전부 쓸 수 있는데?"

"……우리 애가 너무 천재라서 곤란해."

적성치는 이제부터 조금씩 성장하겠지만, 아무리 그래도 6살에 완벽한 쿼드캐스터라니.

"그렇구나, 열심히 했네. 그럼 세 속성의 마력을 동시에 움직이는 것도 할 수 있을 거 같아?"

"으음……. 해본 적 없어서 모르겠어."

"그렇겠지."

복수의 마력을 동시에 움직이는 건 평범한 기술이 아니다. 가령 나는 마나리아 님과 싸웠을 때 썼던 워터 메테오 같은 합성 마법 덕분에 익숙해져 있지만, 일반적인 사람은 애초에 그런 발상조차 하지 못한다.

"조금 연습해볼까. 일단 두 개부터. 오른손엔 토속성, 왼손엔 수속성…… 할 수 있겠어?"

나는 시범을 보이는 것처럼 양손에 마력을 흘려보냈다. 별다른 구성식을 짜지는 않고서 마력만 순환시켰다.

메이는 흥미진진하게 그걸 지켜보더니 자신의 손을 쥐었다가 폈다가 하면서 의식을 집중했다.

"……이런 느낌?"

"와, 잘 해냈어. 천재냐."

분명 제법 어려운 기술일 텐데도 메이는 손쉽게 동시 기동에 성공했다.

"그럼 그 상태에서 한 개 더. 이번엔 양손 사이에 화속성."

"응, 해볼게."

여기서부터는 이론으로만 알고 있는 영역이다.

메이가 당장은 할 수 없어도, 할 수 있게 될 때까지 며칠 정도 느긋하게 기다릴 생각이었는데——.

"아, 된 거 같은데."

"……진짜로?"

마력을 탐지해보자 양손의 마력 말고도 확실히 중앙에 화속성의 마력이 생성되어있다.

메이는 알레어와 비교하면 뭔가를 익히는 속도가 빠른 편은 아니다. 딱히 늦는 것도 아니지만 평범한 정도다. 하지만 마법에 한해서는 엄청날 정도로 흡수하는 속도가 빠르다.

"응, 완벽해. 이제 그만 풀어도 돼. 메이 고마워."

"하아…… 지쳤어~."

메이는 그러면서 클레어 님의 품에 안겼다.

"메이만 치사해요! 저도!"

"그래그래, 이리오렴."

"나한테 와도 괜찮은데?"

"레이 엄마는 폭신폭신함이 부족해요."

……슬프거나 하지 않으니까.

"이 정도라면 메이한테 부탁해도 괜찮을 거 같네요."

"그러네요. 그럼 힐다한테 상자를 개봉할 방법이 생겼다고 연락해두겠습니다."

"부탁할게요."

"다만, 한 가지 걱정거리가."

"뭔가요?"

"사실은……."

나는 이제부터 일어날지도 모르는 일에 대해서 클레어 님에게 설명했다.

"그런 일이 일어날지도 모르는 곳에 메이를 데려갈 수는 없어요!"

"아뇨, 그렇지만 상자를 열려면 메이의 힘은 필수적이니까요."

"아니요! 위험성이 있다면 다른 방법을 찾겠어요!"

"클레어 님, 심정은 이해합니다. 저로서도 본의는 아닙니다."

"그러면!"

"진정해주세요, 클레어 님."

흥분하는 클레어 님의 양어깨에 손을 올리고서, 달래듯이 말을 이었다.

"분명 백 퍼센트 안전하다고는 말할 수 없습니다. 하지만 제가 어떻게든 하겠습니다. 클레어 님은 메이의 안전에만 집중해주세요."

"저는 메이뿐만 아니라 레이도 위험한 일을 겪지 않았으면 하는걸요."

"괜찮아요. 저에게는 원작의 지식이 있습니다. 어떻게 해야 사태를 진정시킬 수 있을지는 잘 알고 있으니까요."

사실은 조금 불안도 있지만 그건 클레어 님을 설득하기 위해서 말하지 않고 넘어갔다.

"부탁합니다, 클레어 님."

"……알겠어요."

탐탁지 않아하는 모습이었지만 클레어 님의 승낙을 받아낼 수 있었다.

자아, 드디어 금기의 상자의 개봉이다.

"실례. 조금 늦고 말았군요."

다음날. 클레어 님과 나는 메이를 데리고서 제국의 연구실을 다시 찾았다. 필리네도 합류해서 함께 안으로 들어가기 위해 힐다를 기다리고 있었더니 그녀는 조금 늦게 왔다.

"개봉 방법을 알아내는 데에는 조금 더 시간이 걸릴 거라고 생각하고 있었기 때문에 다른 일거리를 만들어버렸습니다. 죄송합니다."

힐다가 사과를 건넸다.

"괜찮아요."

"감사드립니다. 그래서 거기 있는 아이는?"

힐다의 예리한 눈빛이 메이를 향했다. 메이는 살짝 겁먹은 모습으로 클레어 님의 소맷자락을 꼭 붙잡았다.

"우리 양녀인 메이라고 해요. 금기의 상자를 개봉하기 위해서는 메이의 힘이 필요해요."

"호오?"

"메이, 인사하세요."

클레어 님은 그렇게 말하며 메이의 등을 살짝 떠밀었다. 메이는 아직 조금 겁을 먹은 것처럼 보였지만 클레어 님의 말에 각오를 다진 모양이었다.

"처음 뵙겠습니다. 저는 메이입니다. 6살입니다. 잘 부탁드립니다."

고개를 꾸벅 숙이며 인사를 하자 클레어 님이 참 잘했어요, 하고 칭찬했다. 그러자 힐다도 무릎을 숙이면서 눈높이를 맞추더니,

"처음 뵙겠습니다, 메이. 저는 힐데가르트. 힐다라고 불러주십시오. 메이는 영리하군요."

평소에 자주 보던 가면 같은 웃음을 지으며 메이의 머리를 쓰다듬었다. 메이는 아직도 표정이 조금 굳어 있었지만 꽤나 경계가 풀린 것 같았다.

"그녀의 힘이 필요하다는 건 구체적으로는?"

"가면서 설명하겠어요. 이동하도록 하죠."

"알겠습니다. 이쪽으로."

힐다의 주도로 우리는 연구소 안으로 들어갔다. 연구소 안은 변함없이 연금술사같은 차림을 한 사람들이 실험을 하고 있었고, 가끔씩 메이를 향해 궁금증 어린 시선을 보냈다. 정작 메이는 어떠냐면, 처음에는 무서워하는 것처럼 보였지만 결국 흥미가 두려움을 이긴 모양인지 주변을 쉴 새 없이 두리번거리고 있었다.

"그래서 어떻게 해야 금기의 상자가 열리는 겁니까? 트레드한

테서 방법을 들었나요?"

통로를 걸으면서 힐다가 물었다.

"트레드 선생님에게선 아쉽게도 이야기를 들을 수 없었어요. 하지만 여는 방법은 알아냈어요."

"네……? 트레드의 협력 없이 대체 어떻게……?"

필리네가 의아한 표정을 지었다.

"그 부분은 설명해 드릴 수 없어요. 정말 미안해요."

"……뭐, 상관은 없겠죠. 그래서?"

힐다는 한순간, 납득이 가지 않는다는 얼굴을 했지만 일단 계속 이야기를 들어보기로 한 것 같다.

"그 상자는 한 사람이 다루는 세 종류의 마력을 열쇠로 열리는 거예요. 그래서 쿼드 캐스터인 메이를 데려온 거랍니다."

"이 아이는 쿼드 캐스터인가요?"

"네에. 자랑스러운 딸이에요."

힐다가 놀람을 드러내자 클레어 님은 득의양양한 표정이었다. 메이가 칭찬을 받는 게 기쁜 모양이다. 물론 나도 콧대가 높아진다.

"그나저나…… 어쩐지 저희가 열 수 없을 만했군요. 그런 조건이 걸려있을 줄이야."

"필리네 님, 제국에 트라이 캐스터나 쿼드 캐스터는?"

"제가 아는 범위에선 없네요. 아마 듀얼 캐스터는 그래도 몇 명 있긴 하지만……."

마법 선진국인 제국조차도 아직 마법의 적성을 인위적으로 늘리는 데에는 성공하지 못했나 보다. 그 짐을 생각해 보면 아무리 비밀리에 행해졌다고는 하지만, 사라스의 비인도적인 연구가 실제로 벌어졌던 이유도 알 것 같은 기분이 든다.

"그럼 메이를 데려온 건 정답이었네요."

"네, 덕분에 살았습니다."

"열심히 해주세요. 메이 짱."

"네엣!"

그런 대화를 주고받는 사이에 금기의 상자가 있는 방에 도달했다.

"자, 그럼 시작해주십시오."

"네. 메이, 이리 오렴."

힐다의 재촉에 나는 메이를 데리고서 상자 앞으로 다가갔다.

"여기 세 가지 마법석이 있는 거 보이지?"

"응."

"각각 흑색은 토속성, 청색은 수속성, 적색에는 화속성의 마력을 흘려 넣어봐."

"알겠어. 해볼게."

메이는 상자에 양손을 올리고서 눈을 감고 집중했다.

"저 나이에 벌써 세 속성을 동시에 다루는 건가요?"

필리네가 작은 목소리로 클레어 님에게 묻는 게 들렸다.

"메이는 벌써 네 속성을 다룰 수 있어요. 메이는 마법에 한해선 천재랍니다."

"굉장하네요."

대답하는 클레어 님의 목소리에서 자랑스러워하는 기색이 묻어 나왔다. 필리네의 얼굴에도 꾸밈없는 칭찬의 기색이 엿보였다.

"레이 엄마."

"응? 왜 그러니, 메이?"

"이 상자는 부숴도 괜찮아?"

"어?"

"아마 이 상자, 조금 더 강하게 마력을 흘려 넣어야만 열리겠는데 만약 그렇게 한다면 이 상자 부서질지도 몰라."

거기까지 알 수 있는 건가. 나는 힐다에게 묻는 것처럼 시선을 던졌다.

"내용물만 무사하다면 상자 자체는 망가져도 상관없습니다. 열어주십시오."

"라는데."

"네에~ 될 수 있으면 부서지지 않게 열어볼게."

메이가 홀가분하게 대답했다.

그러면서,

"그럼 조금 진심으로 할게."

메이가 그렇게 말한 순간, 강력한 마력의 기운이 방안을 가득 채웠다.

"이, 이건……."

"메이군요."

메이가 내뿜는 마력은 6살 아이라고는 생각할 수 없을 정도로 농밀한 기운이었다. 구성식을 짜지 않았기 때문에 구체적인 마법으로 형태를 맺지는 않았지만 그런 만큼 더욱 순수한 마력의 크기를 체감할 수 있었다. 메이의 마력은 여차하면 매직 레이를 쓸 때의 클레어 님에 필적할 정도다.

"얍!"

메이의 외침과 함께 세 가지 색깔의 마력의 빛이 반짝이며 방 안이 한순간 눈 부신 빛에 휩싸였다. 모두들 그 광경에 눈길을 빼앗겼을 때,

──찰칵.

묵직한 기계음이 울렸다.

"열렸어~."

빛이 잦아들자, 부서지지 않고 뚜껑만 열려있는 금기의 상자와 그 앞에서 순진무구하게 웃고있는 메이의 모습이 보였다.

"열렸어……."

"아주 잘했어요, 메이."

"수고했어, 메이."

넋을 잃은 힐다와, 메이의 노고를 칭찬하는 우리. 필리네는 그저 멍하니 입을 벌리고서 말조차 잊고 있었다.

"자아, 내용물을 확인해주세요."

"아…… 네에."

힐다는 상자에 다가가서 내용물을 꺼내 들었다.

"이건…… 반지와 자료……?"

힐다는 먼저 자료를 먼저 꺼내 들어서 적힌 내용을 읽기 시작했다.

"이건……마력 증폭에 관한 연구 보고서군요……."

아무래도 자료의 내용은 내가 알고 있었던 레보릴리와 똑같은 모양이었다. 자세한 내용이 신경 쓰이긴 했지만 아무래도 보여주지는 않겠지. 역시 나중에 트레드 선생님한테 물어보는 수밖에 없을 것 같다.

"그리고……이게 금기의 반지……."

힐다가 떨리는 손길로 반지를 상자에서 집어 들려고 했다.

"잠깐 기다려주세요, 힐다 님. 반지에는 손을 대지 않는 편이 좋을 겁니다."

"무슨 뜻입니까."

"연구 자료를 자세히 읽어보면 알 수 있겠지만 그 반지는 미완성입니다. 적성이 없는 사람이 착용한다면 몸을 빼앗깁니다."

"……."

내 제지에 힐다는 손을 멈췄다.

"당신은 어떻게 그렇게 자세한 부분까지 알고 있는 겁니까?"

"상자를 여는 방법과 마찬가지로 정보의 출처에 대해선 이야기해드릴 수 없습니다. 하지만 분명한 사실입니다."

"그럼, 적성이라는 건?"

"반지를 사용하기 위한 조건은 트레드 선생님조차도 자세히는 몰랐습니다."

"그럼 적성이 있는 사람은 없다는?"

"아뇨, 단 한 사람 적성이 판명된 사람이 있습니다. 필리네 님입니다."

"네? 저 말인가요?"

갑자기 자신의 이름이 나오자 필리네가 깜짝 놀란 목소리를 냈다. 그와 동시에 힐다의 표정이 일그러졌다.

"……또, 인가."

"힐다?"

"어째서 항상 이런 걸까. 힘을 가진 녀석, 돈이 많은 녀석, 지위를 가진 녀석은 계속해서 위로 올라가. 입에서 피를 토하고 토하면서 어떻게든 기어 올라온 녀석 따위는 거들떠보지도 않고서."

"힐다……."

힐다는 반지를 집어 들고서 그걸 손가락에 끼려고 했다. 그리고 내가 팔을 붙잡아 그 행동을 멈춰 세웠다.

"자포자기 같은 건 어울리지 않는 거 아닙니까?"

"놔라, 레이 테일러."

"놓지 않겠습니다. 당신에겐 이 반지의 적성이 없습니다. 100 퍼센트 몸을 빼앗깁니다."

"그러면 그렇게 된 후에 죽이면 된다. 너라면 간단하겠지."

가식 없는 솔직한 어조로 말하며 웃는 힐다의 얼굴은 어딘지 슬퍼 보였다.

"할 수 있을 리가 없잖아요."

"어째서?"

"친구를 죽일 수는 없어요. 저에게 있어서 당신은 이미 전우입니다. 함께 마족과 싸웠던."

라테스와 싸웠을 때는 거의 도로테아의 독무대였지만 힐다도 그 자리에 있었다. 그리고 함께 목숨을 걸고 싸웠다.

"……."

"힐다 님―― 아니, 힐다. 그 힘은 당신에겐 필요 없어. 당신의 재능과 당신이 싸울 장소는 거기가 아니야. 싸워야 할 상대도 필리네 님이 아니야. 당신도 이미 알고 있을 텐데요."

나는 힐다한테서 눈을 떼지 않고서 말했다. 내가 할 수 있는 최대한의 성의를 담아서. 힐다는 머리가 좋은 사람이다. 한순간의 격정에 몸을 내던지기에는 너무 똑똑할 정도로.

"……후……. 전우라고요. 딱 한 번 함께 전장에 섰을 뿐인 저보고?"

"앞으로 계속 늘어날 거라고요."

"그 말은 즉, 당신들의 계획에 가담하라는 말입니까."

"어라? 약속했었죠? 이 상자를 연다면 협력해 주겠다고."

"……뭐, 약속은 약속…… 이군요."

힐다는 손에서 힘을 빼고서는 반지를 엄지손가락으로 팅, 하고 튕겨 올렸다. 공중으로 높이 올라간 반지는 포물선을 그리면서 필리네의 손 위로 안착했다.

"어……?"

"당신이 직접 연구소장에게 전해주십시오."

"하, 하지만, 힐다는?"

"저는 잠깐 바람 좀 쐬고 오겠습니다. 실례."

그 말만 남기고서 힐다는 방에서 나갔다.

"힐다!"

"필리네 님, 지금은 잠깐 내버려 두도록 하죠. 그녀는 괜찮을 거예요."

뒤를 쫓으려고 하는 필리네를 클레어 님이 말렸다.

"힐다……."

"그녀에게는 지금 마음을 정리할 만한 시간이 필요해요."

"……네."

필리네도 어떻게든 납득해준 모양이다.

나로서는 지금 남몰래 아주 크게 가슴을 쓸어내리고 싶은 참이었다. 사실은 이 장면, 원작대로라면 힐다가 반지를 끼고서 폭주하게 된다. 주인공의 호감도가 높다면 필리네가 사랑의 힘(?)으로 힐다를 진정시킬 수 있겠지만, 아무리 생각해봐도 지금 힐다의 필리네를 향한 호감도는 그 정도로 높지 않았다.

애초에 호감도 같이 애매모호한 도박에 사람의 목숨을 걸 수도 없었다. 최악의 경우에는 기절시켜서라도 멈춰 세울 생각이었지만 그녀가 마음을 접어줘서 다행이었다. 무엇보다도 이 자리엔 메이도 있으니까.

"잘 풀렸네요, 클레어 님."

"조마조마했어요. 돌아가면 벌을 주겠어요."

"우리 업계에서는 포상입니다."

어쨌든 이렇게 해서 마법기술세력이 우리 편에 서줄 희망이 생겼다. 제국농락, 한걸음 전진이다.

제국의 마법기술세력과 협력관계를 구축하는 건 비교적 순조롭게 진행됐다. 그들에게 있어서 최대의 관심사였던 금기의 상자를 해결해줬다는 점. 그리고 힐다가 약속을 지켜준 점. 그런 요인들에 더해, 마법기술세력 내부에서도 도로테아라는 초인 혼자서 현 제국의 번영을 지탱하고 있다는 사실에 위기감을 품고 있었던 모양이었다.

　마법기술세력 입장에선 도로테아가 멀쩡히 버티고 있는 한, 자신들이 권력을 잡는 건 불가능하다. 그러면서도 만약 도로테아가 사라지면 제국의 존속이 흔들리니 권력을 운운할 상황이 아니게 된다. 그런 와중에 필리네라는 존재가 내민 제안은 구원의 동아줄이었다. 도로테아를 대체할 필리네라는 새로운 기둥을 지지하면서, 동시에 외교방침을 전환하는 걸로 자신들이 권력의 핵심을 쥔다. ――그런 그림을 그리고 있는 것 같았다. 과연 그들의 계획대로 될지 어떨지는 앞으로 필리네가 발휘할 수완에 달려있겠지.

　"자, 그렇게 되서 새로운 동료가 늘어났습니다. 힐다입니다."

　"뭔가요 공주님. 그 이상한 소개는."

　우리는 지금 필리네의 방에 모여 있다. 멤버는 필리네, 힐다, 클레어 님, 나까지 4명이다. 유 님과 미샤는 이 자리에 없다. 그 이유에 대해선 나중에 말하도록 하겠다.

　"자, 그러면 슬슬 다음 세력도 손에 넣고 싶은데요."

　"짐작 가는 곳이 있는 거예요?"

"클레어, 전에도 말한 적 있있잖아요. 반정부 세력이라고 했던가요."

"아아, 그쪽에 손을 뻗는 거군요."

"네. 저도 이미 각오를 다졌어요. 제국의 미래를 손에 쥐기 위해서라면 수단을 가리지 않겠어요."

필리네도 제법 믿음직스러워졌다.

"잠깐만 기다려주십시오. 반정부세력이라고요? 저는 지금 처음 듣습니다만."

힐다가 끼어들었다.

"애초에 그런 세력이 존재한다는 것 자체부터가 금시초문인데요?"

"그야 그렇겠죠. 그들 입장에선 목숨을 건 활동입니다. 정부 관료인 힐다한테 들킨다면 그건 이미 목이 달아나는 거나 마찬가지잖아요."

"그것도 그렇습니다만……."

혁명 시기의 바우어에서 태동한 레지스탕스와는 아예 상황이 다르다. 레지스탕스는 바우어가 약체화됐고, 정부가 민중의 지지를 받지 못했던 상황이었기 때문에 공공연한 활동을 펼칠 수 있었다. 원래 반정부세력이라는 건, 남들 몰래 비밀스럽게 세력을 확대해 나가는 법이다. 정부에서 눈치챌 때쯤엔 이미 손을 댈 수 없을 정도로 강력한 세력을 갖추고 있는 게 이상적인 형태다. 그렇지 못한 세력은 정부에게 소탕당하고 그대로 끝이다.

"그런 세력과 손을 잡는 건 반대입니다."

"힐다……."

"공주님이 행하는 일은 무조건 정의로워야만 합니다. 반정부 세력은 그야말로 정반대의 존재입니다. 그런 자들과 손을 잡는다니——."

"그럴까요?"

"네?"

반대 주장을 펼치려는 힐다를 향해 필리네가 이의를 제기했다.

"그냥 반정부세력이라고 말하지만 원래 그 실체는 제국에 멸망당한 종교 국가의 사람들이라고 클레어와 레이한테 들었어요. 그렇다면 그들한테서 국가를 빼앗은 제국은 정의라고 말할 수 있을까요?"

"그건……."

"그들에게는 그들 나름의 주장이 있습니다. 정의가 있어요. 아무리 이 나라를 바꾸기 위해서라고 해도 저는 악당과 손을 잡을 생각은 없습니다. 그렇지만 그들은 악이 아니라고 생각해요."

"……."

힐다는 깜짝 놀란 것처럼 입을 다물었다.

"어…… 왜, 왜 그러나요, 힐다? 저, 무슨 이상한 말을 했나요?"

"아뇨, 그저 놀랐을 뿐입니다. 공주님, 달라지셨군요. 아니, 사실은 예전부터 그랬을지도 모르지만 그게 겉으로도 드러났다고 해야 할까……."

"그거 칭찬하는 건가요?"

"네, 그렇고말고요. 분명 말씀하신 대로입니다. 그들에게도 정의가 있습니다. 따져보면 그들이 탄생한 계기가 된 전쟁이라는 것도, 정의와 악이 아닌 정의와 정의의 충돌이기도 하고요."

공주님이 그걸 이해하고 계시는 점이 기쁩니다, 힐다가 웃으며 말했다.

"뭐, 뭐어, 저도 언제까지고 장식품 황녀는 아니라는 거예요. 클레어와 레이가 단련을 시켜주기도 했고요."

"어떤 지도를 받으셨는지 흥미진진하군요. 나중에 가르쳐주세요."

"물론이에요. ……음, 이야기가 딴 길로 샜네요. 그래서 반정부세력 말인데요…… 클레어?"

"네, 제가 설명하겠어요."

클레어 님이 고개를 크게 한 번 끄덕이고서 입을 열었다.

"지금 현재 제국에서 활동하고 있는 반정부세력은 세 개 있어요. 메리카, 다나, 키코—— 셋 다 제국에게 멸망당한 종교 국가의 사람들이에요."

"세 개나 있는 겁니까……."

힐다가 전율했다. 참고로 클레어 님이 이런 제반 지식을 갖고 있는 건 제국에 오기 전에 내가 가르쳐 드린 원작 지식 덕분이다.

클레어 님은 이 몸이 키웠다!

"종교 국가라고는 해도 기본은 정령교의 종파예요. 교리와 해석의 차이로 달라진 나라들이죠."

그런 점은 예전 세계에 있던 불교의 여러 종파와도 닮았다. 근본은 똑같지만 역사의 흐름 속에서 여러 갈래로 갈려져 나온 것이다. 그중 가장 큰 권위와 역사를 가진 건 바우어 대성당을 중심으로 하는 종파지만 갈라져 나온 각 종파들도 제각각 자신들의 국가를 형성할 정도의 힘을 가지고 있었다.

지금 이 자리에 유 님과 미샤를 동석하지 않은 이유는 바우어 대성당에 속해있는 두 사람이 있으면 종교적 울타리 때문에 이야기가 귀찮아지기 때문이다. 최종적으로는 보고를 하고 이해를 구할 필요는 있겠지만 아직 지금 시점에서는 숨겨두고 싶다. 얘기하는 건 본격적으로 움직임을 개시하기로 정해진 다음이다.

"세 개의 세력은 상호 독립적인 관계였지만 최근 들어 세력을 하나로 집결하고자 하는 움직임이 있었어요. 그 배경에는 스스, 아파라치아, 바우어의 삼국동맹이 있어요."

"이 기회를 틈타서 단숨에 제국타도를 꾀하려는 생각이었죠."

이런 움직임에 대해선 도르 님이 조사해주셨다. 도르 님은 제국 내에도 밀정을 심어두고 독자적인 정보망을 만들어뒀다고 한다.

"거기에 앞장섰던 건 세 종파 가운데 가장 큰 세력을 가지고 있던 메리카라는 나라의 국민들이에요. 키코와 다나의 사람들이 거기에 한발 양보했다고도 표현할 수 있겠네요."

서로 반목하기보다 힘을 합쳐서 제국에 맞서 싸우는 걸 우선했던 것이다. 삼국동맹이라는 기회를 놓친다면 더 이상 조국의 부흥은 이룰 수 없을 거라고 생각했겠지.

"그러면 우리들은 그 메리카라는 분들과 접촉해서 협력을 얻어내면 되는 건가요?"

"그렇게만 된다면 더할 나위 없겠지만 그리 간단하지 않을 거라고 생각해요."

"어째서죠?"

"그들은 신원과 내력을 숨기고서 생활하고 있는 데다, 만약 자신이 반정부세력이라는 사실을 들킨다면 그 자리에서 목숨을 끊을 각오니까요."

"그…… 그렇게까지 해서 비밀을 지키는 건가요……."

필리네가 신음했다.

신앙이라는 건 때때로 신앙을 가지지 않은 사람들로선 이해하기 힘든 행동을 취할 때가 있다. 무종교 국가에서 자란 나로서는 이해하기 힘들지만 독실한 신앙은 때로 생명보다도 우선되는 순간이 있는 것이다. 21세기에서는 어떤 전염병이 유행했을 때, 가족들한테서도 격리된 채 사망한 환자들을 위해 목숨을 걸고서 장례를 치러주는 성직자들이 실제로도 적지 않았다. 신앙으로 살아가는 사람들에게는 자신들의 목숨보다도 소중한 것이 있다.

"그런 자들한테서 어떻게 협력을 구하는 거죠?"

힐다는 눈에선 이건 무리일 거라고 포기하는 기색이 보였다.

"분명 어려운 일이겠지만 불가능은 아니라고요."

단언했다.

"그럼 대체 어떻게?"

"쉽게 죽을 수는 없는 입장에 있는 사람과 교섭하는 겁니다. 예를 들면…… 그 나라의 전 왕족이라든가."

여기까지 말하면 이미 핑, 하고 감이 오는 사람도 있겠지. 하지만 사전 지식이 없는 힐다에게는 뜬구름 잡는 이야기처럼 들리는 모양이었다.

"그거야 확실히 그럴지도 모릅니다만 그런 입장에 있는 사람일수록 신중히 모습을 감추고 있을 테죠? 어떻게 찾아낼 건가요?"

"찾아낼 필요는 없습니다. 이미 알고 있으니까요."

"……금기의 상자도 그렇고 당신들의 정보망은 대체 어떻게 이루어져있는 거죠?"

"그건 비밀입니다."

설마하니 원작 지식이라고 말할 수도 없는 노릇이니.

"그렇게 뜸 들이지 말고 이제 그만 말해주세요. 그래서 누군가요, 그 상대는."

필리네가 몹시 안달이 난 것처럼 물었다. 딱히 젠체하려는 생각은 아니었는데 말이야.

"필리네 님도 잘 알고 계시는 분입니다."

"네?"

"프리다예요."

"아아, 프리다구나…… 과연."

뚝, 하고 필리네의 움직임이 얼어붙었다.

"네에에?!"

소스라치게 놀라는 필리네의 표정에서, 프리다를 평소에 어떻게 생각하고 있었는지를 여실히 읽어낼 수 있었다.

"새삼스레 갑자기 할 말이 있다니……. 무슨 일인가Yo?"

찻잔 다섯 개가 올려져 있는 쟁반을 테이블 위에 내려놓으면서, 프리다는 언제나처럼 밝고 쾌활한 표정을 지으면서도 아주 약간이지만 당혹스러워 보였다.

이곳은 프리다의 하숙집. 처음으로 와보는 그녀의 방에는 특별히 별난 점 없이 그야말로 평균적인 제국민의 방 그대로였다. 종교적인 물건이나 제단, 의식에 사용하는 도구 같은 건 존재하지 않았다. 정령교는 이 세계에선 일반적인 종교기 때문에 그런 물건들이 아예 하나도 없다는 게 오히려 부자연스럽게 느껴질 정도였지만.

"이렇게 갑자기 방문해서 정말 미안해요. 꼭 긴히 부탁하고 싶은 일이 있어요."

"논논, 미인의 방문은 언제든 웰컴이에Yo! 클레어, 레이, 필리네, 와줘서 정말 기쁘네Yo! 거기에 릴리! 당신까지!"

"고, 고맙습니다."

그렇다. 이번에 프리다의 집을 방문한 멤버에는 클레어 님, 필리네, 나 이외에 릴리 님도 함께 와주셨다. 종교적인 울타리가 어쩌구 했던 건 대체 뭐였냐는 소리를 들을 것 같지만 어쩔 수 없는 사정이 있었기 때문이다.

그 이유에 대해선 차차.

"자, 먼저 차부터 입니Da. 제 고향의 차예Yo. 입에 맞으면 좋을 텐데Yo……."

프리다가 잔을 나눠줬다. 손 앞에 놓인 차는 신기한 색을 띠고 서 달콤한 향기가 올라오고 있었다. 홍차랑 비슷하지만 향을 맡아보면 처음 맡는 향이다. 플레이버 티일까.

"어머, 맛있네요."

"정말이네요. 신비한 풍미예요."

"마, 맛있어요."

다들 호평인 모양이다. 나는 일단 해독마법을 건 다음에 한입 마셨다.

아, 정말로 맛있네.

"마음에 든 모양이라 안심했습니Da. 다과도 함께 어떤가Yo?"

"아뇨, 거기까지 신경 쓰지 않아도 괜찮아요. 정말 고마워요."

"아쉽습니Da."

프리다의 표정에선 좀 더 극진히 대접해 주고 싶다는 마음이 그대로 드러났다. 저 표정은 몇 퍼센트 정도가 본심일까. 나로 서는 분간이 가지 않는다.

"슬슬 본론으로 들어가도록 하죠. 필리네 님?"

"네."

지금까지 앞장서서 이야기를 끌어가던 클레어 님이 필리네에 게 차례를 넘겼다. 필리네는 조금 긴장한 기색으로 앞으로 나와 서 한 번 심호흡을 한 뒤 입을 열었다.

"프리다, 당신한테 부탁이 있어요."

"뭐든지 말만 해 주세Yo—! 미소녀의 부탁이라면 어지간한 건 전부 웰컴!"

그에 비해 프리다는 평소와 다르지 않은 텐션이다. 싱글벙글한 명랑한 웃음을 띠고 있어서 그녀에게 숨겨진 일면이 있을 거라고는 도저히 생각할 수 없다.

그러나———.

"당신이 가진 메리카 사람들과의 연결고리를———."

채앵! 하고 금속음이 튀겼다.

그리고 그보다 한 박자 늦게 필리네가 깜짝 놀란 표정을 지었다. 그녀의 목까지 몇 센티만 남겨두고 있는 칼날을 또 다른 칼날이 막고 있었다.

"……."

"……!"

필리네를 베려고 했던 건 여전히 싱글벙글 웃는 표정 그대로인 프리다, 그리고 그 칼날을 막아 세운 건 릴리 님이었다. 화기애애한 대화가 되지는 않을 거라고 생각하긴 했지만 갑자기 칼부터 휘두를 줄이야, 제법이다.

"프, 프리다 씨, 일단은 이야기를 들어주세요."

"……거절이Ya!"

프리다는 단검을 비틀면서 릴리 님의 단검을 쳐내고는 다시한번 필리네를 향해 공격했다.

"프, 프리다 씨!"

한순간 자세가 무너진 릴리 님이었지만 재빠르게 스텝을 밟으며 자세를 바로잡고서 다른 한 손에 쥔 단검으로 필리네를 지켜냈다. 그리고 그대로 힘을 담아 프리다를 뒤로 날려버리고는 일단 거리를 벌렸다. 말은 그렇게 해도 이곳은 실내. 그다지 넓지도 않은 방인데, 언제 다시 프리다가 덮쳐들지 알 수 없다. 클레어 님도 나도, 이미 임전 태세를 갖췄다.

"……어째서 알고 있는 건가Yo?"

빈틈없이 단검을 겨눈 채로 묻는 프리다의 얼굴은 변함없이 웃는 얼굴이었다. 태도는 완전히 돌변했는데도 표정만은 달라지지 않아서 조금…… 아니 꽤나 무섭다.

"누군가가 배신했습니까? 그 배교자가 누구인지 가르쳐 주시Jyo!"

프리다가 칼날을 번뜩이며 뛰어들었다. 백병전이 특기라고 말했던 그녀의 말이 거짓이 아니었던 게, 만약 상대가 나였다면 눈 깜짝할 사이에 당하고 말았겠지. 클레어 님조차도 아슬아슬하지 않았을까. 그런 상대에게 상처를 입히지 않으면서 몰아붙이고 있는 릴리 님은 역시 대단한 솜씨다. 그녀와 함께 온 건 정답이었다.

"프리다, 이야기를 들으세요! 저는 당신들의 힘이 되고 싶어요!"

필리니가 필사적인 호소에 프리다가 손을 멈췄다. 그 모습을 보고서 한순간 필리네의 얼굴이 밝아졌지만 그것도 잠시뿐이었다.

"힘이…… 되고 싶Da……?"

프리다의 얼굴에서 웃음이 사라졌다. 아니, 겉으로는 여전히 웃고 있었다. 가까스로 표정을 유지하고는 있지만 그녀가 자아내는 분위기에 도저히 그걸 웃음이라고 부를 수가 없었다.

"우리의 조국을 멸망시킨 이 나라의 황녀인 당신이 이제 와서 힘이 되고 싶Da……? 그건 내제 무슨 조크입니까?"

그 말에서 풍겨 나오는 생생한 증오. 쌓이고 쌓여왔던 깊은 원한의 감정이 얼굴에 달라붙은 웃음에서 배어 나오고 있었다.

"프, 프리다……."

"비밀을 알게 된 이상 살려 보낼 수는 없습니Da. 여기서 다들 죽어주셔야겠어Yo."

프리다가 다시 단검을 겨눴다.

"프리다. 당신은 증오에 사로잡혀서 조국 부흥의 기회를 내던지는 겁니까?"

내 말에 프리다가 의아하다는 표정을 지었다.

"조국 부흥……?"

"그래요. 필리네 님의 목적은 제국의 외교 정책을 바꾸는 일. 그리고 그 조력을 구하는 대가로 당신들 조국의 부흥을 제안하려는 거라고요."

"……."

프리다는 아직 전투태세를 풀지는 않았지만, 그 얼굴에는 아주 조금 이성이 돌아왔다.

"그딴 헛소리에는 넘어가지 않아Yo."

"헛소리도 거짓말도 아니에요. 필리네 님은 진심이라고요."

"그게 정말이라면 그야말로 제정신인지 의심입니Da. 필리네는 그 도로테아의 딸이잖아Yo?"

"이야기를 들어주세요, 프리다…… 아니, 프리데린데 울 메리카!"

"?! 어떻게……!"

필리네가 말한 호칭에 프리다의 얼굴에 동요가 퍼졌다. 아마도 그녀는 자신이 메리카 국민이라는 사실은 발각당했더라도 설마 자신의 정체까지도 발각됐을 거라고는 생각하지 못했던 게 틀림없다. 무엇보다 그녀의 정체는 그녀의 동지 중에서도 극히 일부의 사람들만이 알고 있는 극비사항이었으니까.

"그럴 수가……. 누가 배신한 건가Yo……."

"아무도 배신하지 않았어요. 혁명의 소녀에 관한 소문은 알고 있겠죠? 클레어와 레이에게는 예언과도 같은 힘이 있어요."

"……말도 안 돼……."

"아니면 당신은 자신의 동지 중에 배신자가 있는 편이 좋은 건가요?"

"……."

프리다의 눈이 망설임으로 흔들렸다.

필리네가 박차를 가했다.

"저는 어머님에게 반기를 들 생각이에요."

"……."

"어머님에게 제위를 물려받고 이 나라의 방식을 바꾸겠어요. 약육강식의 나라에서 이제 누구도 울지 않는 나라로."

"그런 일이 가능할 거라고Yo……?"

프리다가 비웃듯이 말했다. 그 웃음에는 약간이지만 자조가 섞여있는 것 같았다. 어쩌면 그건 지금까지 제대로 된 성과를 내지 못했던 스스로를 향한 비웃음이었을지도 모른다.

"저 혼자서는 무리예요. 하지만 프리다. 당신들이 힘을 빌려준다면 할 수 있어요."

"……."

"부탁이에요. 힘을 빌려주세요."

필리네가 진지하게 호소했다. 그러나 프리다는 아직 태도를 정하지 못하고 있었다.

"당신의 말만으로는 믿을 수 없어Yo."

"그렇게 생각해서 다른 쪽으로도 이야기를 가지고 왔답니다. 릴리?"

"네, 네에!"

클레어 님의 부름에 릴리 님이 주머니에서 편지를 꺼내 들더니 바닥에 내려놓았다.

"……?"

"저, 정령교회에서 보낸 밀서입니다."

"!"

"안을 열어봐 주세요."

프리다는 조금쯤 망설이기는 했지만, 그것도 몇 초뿐. 주춤주춤 다가가서 편지를 주워들고서 내용물을 읽었다.

"이건…… 추기경의 진위 보증……!"

이 밀서는 필리네의 말이 거짓이 아니라는 사실을 교회가 보증하는 편지였다. 이전에도 말한 적 있지만, 이 세계에서는 신에게 맹세한다는 건 아주 커다란 의미를 갖고 있다. 일반 시민들 사이의 구두 약속조차도 그럴 정도니 그게 정령교회의 추기경이 보증할 정도쯤 되면 그 효과가 어느 정도일지는 상상이 갈 거라고 생각한다.

물론 보증서를 발행한 추기경이란 유 님이다. 반정부세력과 접촉하기로 결정한 뒤, 다시금 유 님한테 부탁을 드렸던 것이다. 유 님은 깜짝 놀랐고 미샤는 반대했지만, 최종적으로는 납득해 주었다. 두 사람은 교회에 적을 두고 있지만, 이 이전에 바우어 사람이니까.

"저기, 프리다. 이야기만이라도 들어줄 수 없을까요?"

필리네는 프리다의 눈을 똑바로 직시하고 있었다. 프리다는 잠시 동안 그 시선을 음미하듯이 마주 보았지만 이윽고 크게 한 번 한숨을 내쉬더니,

"오케이. 일단 이야기는 들어보죠. 마지막 유언이 되지 않으면 좋겠지만Yo?"

그 말과 함께 일단은 단검을 거뒀다.

"정령교회의 보증은 확인했지만, 그것만 가지고 우리가 협력할 거라고는 생각하지 말아주세Yo."

프리다는 일단 대화를 나눠보자는 제안은 받아들였지만, 협력 관계를 맺자는 요청에는 난색을 표했다.

"어째서인가요? 여러분들에게 있어서 조국의 부흥이야말로 가장 바라는 일 아닌가요?"

필리네가 소박한 의문을 던졌다. 그건 지나치게 상대방의 감정을 무시한 의문이었다. 프리다는 조금도 웃음처럼 보이지 않는 미소로 필리네의 말문을 막았다.

"애초에 조국을 멸망시킨 건 제국인데Yo? 그래놓고 부흥시켜 줄 테니까 협력하라니, 참 대단하신 말씀이군Yo."

"……제 인식이 틀렸습니다. 사과할게요."

이건 프리다의 말이 맞다. 나라를 멸망시켜놓고 이제 부흥을 위해 은혜를 베풀겠다니, 병 주고 약 주는 짓이나 마찬가지다.

"그렇긴 하지만 현재 상황을 타개하고 조국 부흥의 비원을 이룰 수만 있다면 어느 정도는 눈 감아 줄 수도 있습니Da."

"……! 그러면——."

"스톱. 제 말은 아직 안 끝났어Yo."

필리네의 얼굴이 바로 밝아졌지만 프리다가 제지했다.

"제 진짜 이름을 알고 있다는 건, 이미 제 입장에 대해서도 알고 있는 거라고 이해해도 될까Yo?"

"네에. 프리데린데 울 메리카. 당신은 옛 종교 국가인 메리카의 최고지도자이자 현인신이죠?"

"그리고 지금 메리카는 키코, 다나와 함께 반정부세력을 결성하고 있고요."

원작 지식을 가지고 있는 클레어 님과 내가 대답했다. 메리카는 정령교회의 한 종파라고 설명했지만, 최대 종파인 대성당과 다른 점은 한 사람의 인간을 정령신의 화신인 현인신으로 숭배한다는 점이다. 그리고 프리다가 바로 메리카의 현인신인 것이다.

"도대체 그걸 어디서 듣게 된 건지……. 뭐, 그 말대로입니Da. 저는 메리카의 맹주. 제 말이라면 국민들은 어지간한 건 다 들어주겠지Yo."

"그러면——."

"하지만 제 말을 들어주는 건 메리카의 국민들뿐입니Da. 지금 세 종파는 어떤 문제 때문에 와해될 위기에 있어Yo."

"와해될 위기?"

이건 원작에서 없었던 전개다. 레보릴리에서 세 종파의 동맹은, 다소 이런저런 일이 있긴 했지만, 별문제 없이 하나의 세력으로 뭉쳐있을 텐데. 그렇다면 이게 바로 다소 이런저런 일의 구체적 내용인걸까.

"며칠 전, 메리카의 신자 한 명이 살해 당했습니Da. 범인은 잡히지 않았어Yo. 단지 그뿐이라면 동맹과는 아무런 상관없는 사건일 수도 있지만 피해자는 메리카에 있어서 아무 중요한 인물이었습니Da."

"그래서요?"

클레어 님이 뒷말을 재촉하자, 프리다가 말을 이었다.

"범인은 메리카가 동맹의 선두에 서 있는 걸 불만으로 여긴 다른 두 나라의 인물일 가능성이 있습니Da. 물론 키코도 다나도 그걸 부정하고 있지만 그걸 곧이곧대로 받아들일 수도 없는 노릇이에Yo."

"그래서 우리가 뭘 해줬으면 하죠?"

여전히 이야기의 핵심이 보이지 않아서, 내가 물었다.

"신자를 살해한 범인을 잡아주세Yo. 그래서 오해가 풀린다면 그걸로 오케이. 동맹은 다시 연대를 회복할 수 있을 거고, 불화가 해소된다면 키코와 다나도 협력해 주겠죠."

"자, 잠깐만 기다려주세요! 만약에 범인이 키코나 다나 쪽 사람이라면 지금 생긴 불화에 더욱 치명적인 골을 만들게 되는 거잖아요."

릴리 님이 말하는 바는 지당하다. 수사 끝에 범인을 잡아도 메리카의 협력을 얻어내지 못할 가능성도 있다는 뜻이다.

"그때는 운이 나빴다고 생각하고 포기해 주셔야겠Jyo."

"그런……."

"어차피 지금 이 상태로는 종파 동맹이 파탄날 겁니Da. 그렇게 되면 당신들도 곤란하지Yo? 밑져야 본전이라는 생각으로 해볼 수밖에 없는 거 아닌가Yo?"

평소 보여주던 가벼운 태도로는 상상도 안 가지만, 역시나 한 나라를 통솔하는 입장에 있는 사람답게 프리다의 화술은 교묘하기 그지없었다.

"자, 어떻게 하시겠나Yo?"

프리다가 물었다.

"……알겠어요. 수사 의뢰를 받아들이겠어요."

대답한 건 필리네였다.

"하지만 필리네 님……."

"어찌됐든 이대로 가만히 두고 볼 수는 없는 문제예요. 프리다의 협력을 얻는 것과는 별개로 이건 제국 내에서 일어난 살인

사건이에요. 무시할 수는 없어요."

그건 황실에 속한 사람으로서 가지고 있는 책임감에서 나온 말이었다. 제국의 방식을 바꾸겠다는 커다란 목표를 위해서 행동하고 있어도 그녀는 자신의 발아래에 보이는 문제를 그냥 넘어가지 않았다. 나는 그 자세가 정말로 아름답다고 생각했다.

부, 불륜이 아니니까 말이지!

"호오? 당신은 제국에 창을 겨누는 사람한테도 정을 베풀겠다고Yo?"

"살해당한 분은 제국의 침략행위 때문에 나라를 잃었습니다. 제국을 향해 송곳니를 드러내고 있었다고 해도 그분의 생사에 책임을 가지는 건 황실에 적을 둔 사람으로서 당연한 일이라고 생각해요."

"……."

필리네의 말에 프리다는 복잡한 표정이었다. 감탄한 것 같은, 그러면서도 그걸 인정하고 싶지 않은 그런 표정이었다.

"수사에 들어가기 전에 뭔가 단서는 없나요?"

내가 프리다에게 물었다. 금방 범인을 알아낼 수 있을 만한 간단한 사건이었다면 메리카 사람들이 진즉에 해결했을 것이다. 짐작하건데 간단한 사건이 아니었겠지. 그렇다면 하다못해 단서라도 있었으면 좋겠다.

"일단, 피해자는 아르노 얀센. 제국의 일반 시민이었습니Da. 옛날엔 메리카 국민이었고 상인으로 일하던 사람입니Da."

연령은 21세. 유능한 상인이라는 표면상의 신분을 가지고서,

한편으로는 반정부세력의 물자조달을 담당하고 있었다고 한다.
사인은 나이프로 인한 자상.

"지금 용의자는 세 명으로 좁혀졌습니Da. 아직 직접 용의자들과 접촉해보진 않았지만 충분한 동기를 가지고 있을 법한 사람은 이 셋입니Da."

프리다가 책상 서랍에서 종이를 꺼냈다. 아마 수사 자료겠지.

"첫 번째는 아힘 바르샤. 제도에서도 손꼽히는 힘을 가진 거상입니Da."

올해로 60살이라는 아힘은 아르노의 상사였다고 한다. 아힘에게는 후계자로 점찍어둔 아들이 있지만 아르노가 너무 우수해서 자신의 아들보다도 아르노를 상회의 후계자로 삼으라는 말을 주위에서 듣고 있었다고 한다.

"두 번째는 일자 그렐만. 제국의 사무관입니Da."

일자는 25세. 제도의 관청에서 사무업무를 맡고 있고, 예전에 아르노와 업무상 트러블이 있었다고 한다.

"세 번째는 여러분들도 잘 알고 있는 인물입니Da. 아나 게스너. 학관의 학생이에Yo."

"아나가 용의자?!"

필리네가 깜짝 놀라서 외쳤다. 아나는 필리네의 몇 안 되는 친구 중 한 명으로, 예전에 필리네의 공략대상을 향한 호감도가 지금 얼마나 되는지를 물어본 적 있다.

아나는 피해자와 남녀관계였다고 한다. 최근 헤어지자는 이야기가 나왔던 모양이라, 둘이서 말싸움을 하던 장면이 목격됐다.

"우리가 제공할 수 있는 정보는 이 정도입니Da. 뒷일은 여러분이 조사해주세Yo."

"알겠어요."

"그 외에 물어보고 싶은 게 있나Yo?"

프리다의 그 말에 나는 딱 한 가지, 게임을 플레이 했었을 때부터 신경 쓰였던 점을 물어보기로 했다.

"프리다는 현인신, 즉 메리카에 있어서는 제일 중요한 인물이라는 거죠?"

"그렇지Yo."

"그런 사람이 호위도 한 명 없이 이런 곳에서 혼자 살고 있어도 괜찮은 겁니까?"

평범하게 생각해보면 한둘쯤 동거인이라는 명목으로 호위를 둘 거라고 생각하는데. 뭐, 그런 호위가 없다는 사실을 알고 있었기 때문에 이렇게 다 함께 쳐들어온 거지만.

"아아, 그거 말인가Yo. 뭐…… 저는 강하니까Yo."

"분명 프리다의 백병전 실력은 대단하네요. 하지만 너무 경계가 부족해요."

"……말하고 싶지 않습니Da. 이 이야기는 그만 끝내겠습니Da."

프리다의 태도가 조금 이상했다. 보기에 따라선 방금 전에 단검을 휘두르고 있었을 때보다도 더욱 여유가 없어 보였던 것이다.

마음에 걸리지만 더 이상은 아무 말도 해주지 않을 것 같다.

"그러면 열심히 범인을 찾아주세Yo."

어쩐지 뒤끝이 개운치 못한 채로 우리는 프리다의 집에서 나왔다.

"나한테 용무가 있다…… 뭘까나? 나는 이래 봬도 바쁘다만."

첫 번째 용의자 아힘 바르샤는 자신을 찾아온 우리들을 향해 말했다. 이곳은 아힘이 경영하는 바르샤 상회 응접실이다. 의자도 탁자도 전부 고급품이고, 벽에 장식된 그림과 방구석에 놓인 항아리까지도 비싸 보이는 고가의 골동품처럼 보였다. 상회 경영은 순조로운 모양이다.

아힘은 턱수염을 길게 기른 노년의 남성이었다. 프리다의 말로는 그는 올해로 60세. 하지만 실제 연령보다도 훨씬 젊어 보이는 인상이었다.

"바쁘신 와중에 실례하겠어요. 물어보고 싶은 건 아르노에 대해서예요."

"아르노? 그 녀석한테 무슨 일이라도 있나?"

"세상을 떠났습니다."

"뭐, 뭐라고……? 공주님, 그게 대체 무슨……?"

필리네의 말에 아힘은 도저히 믿을 수 없다는 표정이었다.

"그럴 수가…… 대체 언제……?"

"바로 사흘 전의 일이에요. 모르셨던 건가요? 그는 당신의 부하잖아요?"

"아르노는 제도를 떠나서 상품을 매입하러 갔었어. 다음 주에 돌아올 예정이었다."

설마하니 죽었을 거라고는, 아힘이 중얼거렸다.

"그가 살해당한 이유에 대해서 짐작 가는 건 없습니까?"

"살해당했나? ······솔직히 믿을 수가 없어. 그 녀석에 대해선 잘 알고 있어. 분하지만 내 부하 중에서 그 누구보다도 우수해. 그런데도 그걸 뽐내거나 하지 않았고, 성격도 온화한 좋은 사람이었다. 녀석이 남한테 원한을 샀을 거라고는 생각하기 힘들어."

"당신의 후계자 자리를 둘러싸고 조금 불화가 있었다고 들었습니다만?"

심술을 담은 노골적인 질문에 아힘은 살짝 욱한 것 같았다.

"분명 그런 일은 있었지. 하지만 그 녀석은 거기에 전혀 흥미가 없었어. 내 후계자는 아들인 브루노다. 이미 자리를 물려줄 준비도 마쳤어."

불쾌하다는 표정을 지으면서도 아힘은 침착하게 대답했다.

"아, 아힘 씨는 은퇴하기에는 아직 정정하시잖아요?"

"빈말이라도 고맙군. 하지만 나도 나이를 먹었어. 요즘 들어서 기억이 가물가물할 때도 많아졌지. 상인의 세계에서 그건 치명적이야."

릴리 님의 질문에도 아힘은 아무런 동요도 없이 대답했다. 아직 자신이 멀쩡할 때 후진에게 자리를 물려주고 싶다는 생각인가 보다.

"덧붙여서 아르노 씨가 살해당했을 때 당신은 어디에?"

"자네들은 나를 의심하는 건가?!"

내가 던진 이번 질문에는 크게 화를 내는 아힘. 뭐, 이게 자연스러운 반응이겠지. 누구라도 살인범 취급을 받는다면 불쾌하기도 할 거다.

"의심을 풀기 위해서예요. 아힘 씨, 협력해 주세요."

"……흥. 그래서? 아르노가 살해당한 건 언제지?"

"어라? 사흘 전이라고 말씀드렸을 텐데요?"

일부러 상대를 조롱하듯이 말했지만 아힘은 코웃음 치면서,

"방금도 말했을 텐데. 나는 바쁜 몸이다. 하루에 만나는 사람만 해도 여럿이고 이곳저곳을 돌아다니지. 사흘 전이라는 말만으로는 무죄를 증명할 수 없어."

아직 정밀한 시계가 없는 세계니, 분 단위까지야 아니겠지만 그 정도로 바쁘다는 거겠지.

"아르노 씨가 살해당한 시각은 사흘 전 이른 아침, 5시부터 6시경 사이예요."

"그 시각이라면 마침 도시 밖에서 다른 사람을 만나고 있었다. 인수인계를 위해서 친하게 지내는 상인에게 인사하러 갔을 때야."

아힘은 기억을 더듬는 것처럼 오른쪽 위 허공을 바라보면서 대답했다.

"그 상인분의 이름을 여쭤봐도?"

"자네는 의심이 많군. 카트라는 녀석이다. 이제 됐겠지, 그만 돌아가 주게."

우리는 상회를 나왔다.

"분명 그와는 약간 트러블이 있었습니다."

두 번째 용의자, 일자 그렐만은 아르노와 트러블이 있었다는 사실을 순순히 인정했다.

지금 우리가 대화를 나누고 있는 장소는 제국의 관청 중 한 곳에 있는 담화실이다. 담화실은 간소한 비품들만 놓여있고 특별히 눈에 띄는 가구들은 없었다. 그러면서도 시민을 위한 배려인지 꽃병에 꽂혀있는 꽃은 생화였다.

우리는 소파에 앉아서 일자와 대면하는 중이다. 일자는 여성치고는 꽤나 키가 큰 호리호리한 체격이었다. 길게 기른 머리카락을 단정하게 하나로 묶어 내리고 있었고, 커리어 우먼 같은 분위기가 느껴졌다.

"어떤 트러블이 있었나요?"

"사소한 일이었어요. 아르노 씨가 신고한 세금 신고액에 명확하지 못한 점이 있었기 때문에 그걸 추궁했을 뿐입니다. 결과적으로 오해였다는 사실을 알게 됐기 때문에 사과를 드렸지만, 그는 마지막까지 납득하지 못했던 것 같았습니다."

세금 납부에는 항상 트러블이 따라붙기 마련이지만요, 일자가 한숨을 쉬며 말했다.

"그건 정말로 오해였습니까?"

"? ……무슨 뜻입니까?"

"사실은 그가 세액을 속이고 있었는데도 당신은 입막음을 당했다든가."

"그런 일은 없었습니다. 우리 관청 직원들은 도로테아 폐하로부터 직무를 위임받았습니다. 부정을 저지르는 일 따위는 있을 수 없어요."

이번에도 나는 심술을 담은 질문을 던지는 역할이다. 실제 경찰관들도 한쪽은 용의자에게 동정적이고, 다른 한 명은 적대적인 역할을 맡아서 질문을 던진다는 모양이다. 추리소설로 배운 지식이라서 진짜로 그런지는 잘 모르겠다.

"아르노 씨가 살해당했다는 사실은 알고 계시는가요?"

"……네. 관청 동료에게 들었습니다. 안타까운 일입니다."

말과는 반대로 일자의 얼굴에선 안도하는 기색이 풍겼다.

"아르노 씨가 살해당한 이유에 대해서 뭔가 짐작 가는 일은 없으신가요?"

필리네의 질문에 일자는 조금 생각하더니,

"바르샤 상회정도 되는 큰 상회라면 많든 적든 분쟁 거리를 품고 있었겠죠. 그런 문젯거리 중 하나가 터져 나온 건 아닐까요? 잘은 모르겠지만요."

짐작 가는 일은 없지만 대충 뭐 그런 거 아니겠냐는 성의 없는 대답이었다.

"그가 살해당한 건 사흘 전 오전 5시에서 6시경 사이입니다. 당신은 그때 뭘 하고 계셨습니까?"

"그 시간이라면 집에서 자고 있던 중이에요. 그걸 증명할 수 있는 건 아무것도 없지만요."

하지만 저는 범인이 아닙니다. 일자는 무표정한 얼굴로 그렇게 단언했다.

"아, 아르노가…… 죽었어……?"

아나는 우리 얘기를 듣고서 충격에 입을 억눌렀다. 이곳은 아나의 집이다. 실내는 그 나이대 소녀라는 느낌이 그대로 전해져 오는 귀여운 방이었고, 작은 장식들이 여기저기 걸려있었다. 우리는 아나의 안내로 거실에 있는 의자에 앉아서 대화를 나누고 있었다.

아르노의 사망 소식을 전하자 아나는 말을 잊고서 눈물을 쏟아냈다. 아나의 옆에 앉은 클레어 님이 상냥한 손길로 등을 쓸어주었다.

"아나는 아르노 씨와 사귀는 사이였죠?"

"……응."

아나가 어느 정도 진정되기까지 기다리고서 클레어 님이 이야기를 꺼냈다.

"아르노는 내 소꿉친구야. 나이 차이가 조금 있지만 줄곧 남매처럼 함께 자랐어……. 나는 옛날부터 아르노를 좋아해서 내가 먼저 고백해서 사귀기 시작했어. 하지만 최근 들어 그의 태도가 조금 이상해서…….."

"어떤 식으로요?"

필리네가 뒷말을 재촉했다.

"나를 신경 쓸 여유가 전혀 없어 보였어. 일 관련으로 여러 가지 트러블이 있어서 그렇다고 말하기는 했지만…… 나는 그가 나 말고 달리 좋아하는 사람이 생긴 건 아닌가 하는 의심이 들어서."

그래서 헤어지자는 말을 꺼냈다고 한다.

"아르노는 오해라면서…… 절대로 헤어지지 않겠다고 말했어. 하지만 나는 너무 불안한 마음을 억누를 수 없어서…… 당분간 거리를 두고 싶다고 말해버렸어……. 이렇게 될 줄 알았다면 좀 더 하고 싶은 말들도, 해주고 싶은 것들도, 잔뜩 있었는데……!"

아나는 다시 눈물을 흘렸다. 클레어 님이 달래주는 것처럼 어깨를 감쌌다.

"아나, 그가 살해당한 이유에 대해 짐작 가는 점은?"

"그런 게…… 있을 리가 없어. 그는 정말로 좋은 사람이었어. 많은 사람한테 호감을 샀고, 누군가한테 살해당할만한 사람이 아니었어……."

아나는 눈물을 흘리면서 호소했다.

"일단은 이것도 모두에게 물어보는 질문이라서 그런데 아르노가 살해당한 사흘 전 오전 5시에서 6시경 사이에 아나는 뭘 하고 있었어?"

"……무죄 증명이 필요한 거네. 그 시간에는 언제나 근처에서 조깅을 하고 있으려나. 매일 아침의 일과야. 어쩌면 내 모습을 본 사람이 있을지도 모르지만 확신은 없어."

아나는 확실한 증언을 해주지 못해서 미안하다며 힘없이 사과했다.

"아르노를 살해한 범인을 꼭 잡아줘."

슬픔에 젖은 눈동자의 배웅을 받으며 우리는 아나의 집에서 나왔다.

이걸로 일단 모든 용의자와 이야기를 마쳤다. 이 안에 범인이 있다는 소리지만 대체 누구일까.

용의자 탐문이 있고 이틀이 지난 밤. 그 인물은 제도 밖에 있는 어떤 상인을 찾아가고 있었다. 몹시 불안한 기색으로 주변을 계속해서 두리번거리고 있어서 누가 봐도 수상한 인물이었다.

"……어째서 이런 일이……."

그 인물은 무언가에 겁을 먹은 것처럼 머리를 감싸 쥐었다. 그런 그의 귓가에 들려오는 목소리가 있었다.

『아힘 씨…… 어째서…….』

"으으……."

그 인물이란 아힘 바르샤. 그는 지금 들릴 리가 없는 목소리를 듣고 있었다.

"아르노…… 너는 죽었을 텐데……!"

『네……. 당신한테 살해당했습니다…….』

"그, 그건……어쩔 수 없었어! 그러지 않았다면 나는, 내 아들을——!"

그 목소리로부터 도망치려는 것처럼 귀를 틀어막고서 고개를 젓는 아힘. 목소리는 계속 이어졌다.

『어째서 저를 죽인 겁니까…… 저는 당신과 상희를 위해 헌신했는데…….』

"어쩔 수 없었어! 그러지 않고서는 나는…… 나는……!"

『그래요…… 당신이 죽였어요…… 당신이…….』

"제발 그만해…… 그만둬……!"

아힘은 목소리에서 달아나려는 듯이 점차 제도에서 멀어졌다. 아무래도 눈앞에 보이는 건물로 향하는 모양이었다.

그러나──.

"그 이야기를 자세히 들려주실 수 있을까요?"

"?!"

밤의 어둠을 가르는 의연한 목소리는 물론 우리의 클레어 님이다. 아힘이 들은 목소리는 우리와 같이 있는 미샤의 풍마법으로 만든 결과물이다.

"자, 자네들…… 어째서 여기에……?"

"아힘 바르샤. 아르노 얀센 살해혐의로 당신을 체포합니다."

"공주님……."

필리네의 선고를 듣고 아힘은 뭔가 깨달은 모양이었다.

"방금 전 당신의 말은 자백한 거나 마찬가지입니다. 죄를 인정하시는 거죠?"

"……."

현대 민주주의 국가라면 자백만으로 체포하는 건 말도 안 되겠지만 이곳은 이세계다. 물증과 동등할 정도로 자백이 가지는 의미가 크다.

"……어떻게 나라는 걸 알았지……?"

"당신은 자기 입으로 이렇게 말했습니다. 자신은 몹시 바쁜 상인이고 스케줄로 꽉 차 있다고."

"말하긴 했지만 그게 어쨌다는 거냐."

내 말에 아힘은 여전히 영문을 모르겠다는 표정이었다. 내가 말을 이었다.

"그런데도 당신은 알리바이를 증언했을 때, 수첩 등을 확인하지 않고 바로 알리바이를 증언했습니다."

"그런 거야 내 기억력이 뛰어나서 그럴 뿐일지도 모르는 거 아닌가. 나는 상인이다만?"

"당신은 이렇게도 말씀하셨죠. 최근 들어 기억이 애매할 때가 많다고. 살인사건의 용의가 걸린 알리바이라는 매우 중요한 일을 제대로 확인도 하지 않고 말한다는 건 있을 수 없죠. 당신이 유능한 상인이니까 더욱 그렇습니다."

"당신의 알리바이를 증명하는 카트도 자백했어요. 돈을 쥐여주면서 거짓 증언을 하도록 강요받았다고."

"……그런가……. 혁명의 소녀라는 이름은 허언이 아니었군. 너희들이라면…… 맡겨도 좋을지도 몰라."

아힘이 알 수 없는 소리를 했다.

"맡겨? 대체 무슨 소리인가요?"

필리네가 물었다.

"그건……."

"어라? 아힘 씨 아니십니까."

건물 안에서 얼굴을 내미는 사람이 있었다. 아힘의 알리바이를 증언할 것을 강요받았던 카트였다.

"……."

"무슨 일이신가요. 이런 곳에서?"

"카트……! 도와주게!"

방금 전까지 침착했던 모습에서 갑자기 돌변하더니 아힘은 카트에게 매달리며 꼴사납게 호소했다.

뭐지?

이 상황에서 도망칠 수 있을 거라고 생각하는 걸까.

"아, 그런 건가요. ……내 몸에 손대지 마라, 인간 따위가."

"! 당신, 설마?!"

180도 말투가 달라진 카트를 보고 클레어 님이 뭔가를 눈치채고서 바로 전투 자세를 취했다. 우리도 임전 태세에 돌입했다.

"여러모로 책략을 세워봤지만 생각처럼 잘 풀리지 않는군."

카트의 겉모습이 점차 변화했다. 액체금속처럼 매끈한 표피에 커다란 외눈. 그리고 박쥐의 날개를 가진 그 이형의 모습은 틀림없이——.

"마족!"

"카트라고 불러라, 인간."

어떻게 된 거지? 이 사건에는 마족이 개입하고 있었나……?

"더러운 인간 놈들. 이 카트가 전부 죽여주마. ……에에잇, 아힘! 언제까지 매달려 있을 생각이냐! 실패한 주제에."

카트는 오물이라도 바라보는 눈으로 아힘을 쳐다보면서 한 손을 휘둘렀다. 그 손은 어느새 길다란 검처럼 변해있었다. 나는 황급히 얼음 화살을 발사하려고 했지만 이미 늦었다.

그러나——.

"……아니, 계획대로다."

"뭐라고?"

"카트, 네놈이 사건의 흑막이다!"

아힘이 그렇게 외침과 동시에, 아힘의 몸이 불타올랐다.

"크아아악?! 네녀석……!"

"혁명의 소녀! 내 책상에 수첩이 있다! 뒤를 부탁한다!"

카트와 함께 화염에 휩싸이면서 외치는 아힘. 그 화염은 자연스러운 불꽃이 아니었는지 아힘은 순식간에 타올랐다.

우리는 대체 무슨 일이 일어나고 있는 건지 알 수 없었다. 알 수 없었지만 그래도 해야 할 일은 정해져 있었다.

"클레어 님, 이 녀석을 쓰러트리죠!"

"네! 릴리는 전위를! 미샤는 레이와 함께 후위에! 저는 중위를 맡겠어요!"

"네, 네에!"

"알겠습니다."

우리가 진형을 짜고 있는 사이, 카트는 아힘의 몸을 어떻게든 떼어 냈다.

"이 놈…… 인간 따위가……! 얕보지 마라!!"

아힘의 화염에 화상을 입은 탓에 카트의 날개는 너덜너덜했다. 둘 사이에 무슨 일이 있었는지는 모르겠지만 그 덕분에 카트는 도망칠 수단을 잃었다.

"이 정도의 상처쯤이야 네 녀석들을 없애버리는 데는 아무런 지장도 없다!"

카트의 팔이 길게 늘어났다. 늘어난 팔 끝이 날카로운 창처럼 뾰족하게 변해서 클레어 님과 릴리 님을 찌르려고 했다.

"다, 당하지 않아요!"

릴리 님은 몸을 틀며 공격을 흘려내고서, 그 기회를 놓치지 않고 거리를 좁혔다. 빠르다. 아무래도 미샤가 신체 강화의 풍마법을 걸어준 모양이다.

"끝이 아니지. 받아봐라, 성녀!"

릴리 님의 옆을 스쳐 지나간 카트의 팔이 갈고리처럼 휘더니 릴리 님의 등을 향해 날아들었다.

"이, 이런……!"

"놔둘 것 같나요!"

클레어 님이 바로 화염의 창을 쏴서 카트의 팔을 녹여버렸다.

"크악?!"

"지금이에요, 릴리!"

"네, 네에!"

릴리 님은 카트의 코앞까지 육박해서 오른손의 단검을 휘둘렀다.

"……걸렸구나!"

카트의 얼굴이 유열로 물들었다. 그 가슴에서도 예리한 창끝이 튀어나와 릴리 님을 그대로 꿰어버리려고 했다.

"?!"

그러나 카트의 창은 허공을 갈랐다. 카트의 발아래가 머리 하나만큼 솟아 올라있었다. 내 업 리프트 마법이다.

"끝입니다."

눈 깜짝할 사이에 배후로 돌아 들어간 릴리 님이 쌍검을 십자로 겨누더니 카트의 심장부를 중심으로 4조각으로 갈라버렸다.

"인간 놈들…… 어째서 멸망의 운명을 받아들이지 않는가……."

지면에 떨어진 카트의 목이 저주의 말을 내뱉었다. 나는 여전히 경계를 늦추지 않으며 대답했다.

"어째서고 자시고 알아서 죽고 싶어 하는 자의 심정 따위 모른다고요."

"레이 테일러…… 네 녀석은 언젠가 알게 되겠지."

"뭘 말입니까?"

"끝을 원한다는 것의 의미를, 말이다."

의미심장한 말을 남기고서 카트는 먼지로 사라졌다. 대체 무슨 의미일까.

"클레어 님, 릴리 님, 상처는 없으십니까?"

"저는 괜찮아요."

"저, 저도예요."

아무래도 이번 마족과의 싸움은 무사히 끝난 모양이다. 역시 삼대마공에 비하면 일반마족은 약한 편이다.

"나는 그다지 도움이 되지 못했네."

"그렇지 않아. 미샤가 없었더라면 애초에 아힘 씨를 몰아붙일 수 없었을 테니까."

"그 아힘 말인데…… 뭔가 신경 쓰이는 말을 남겼었지?"

"네, 네에. 뒤를 부탁한다니 대체 무슨 뜻일까요……?"

우리 네 사람은 고개를 갸웃거렸다.

그렇지만 일단,

"일단은 제도로 돌아갈까요."

사건의 진상은 아직 파악하지 못했지만 우리는 일단 이 자리를 떠났다.

아힘의 말대로 그의 책상에서 수첩이 발견됐다. 그 수첩은 이번 사건의 전모를 기록한 그의 고백이었다.

이미 알고 있으리라 생각하지만 마족이라는 종족은 강력한 힘을 지니고 있다. 그들이 전력을 다해 도시를 습격한다면 사람들이 거기에 정면으로 맞서는 건 보통 힘든 일이 아니다. 그런데도 어째서 이 세계의 도시들—— 특히 마족령과 인접해있는 제국의 도시가 무사한 이유가 뭐냐면 결계가 존재하기 때문이다.

『이, 이 결계는 교회가 각국의 주요 도시에 제공하고 있고, 굉장히 강력한 물건이에요. 조, 종족이 마족인 한, 설령 엄청난 힘을 갖고 있어도 이 안에 침입하는 건 불가능해요.』

릴리 님의 설명에 의하면 이 결계는 제도 주변에 비밀리에 설치해둔 마도구를 기점으로 발동하는 마법의 일종이라고 한다. 마족이 그걸 넘어서 안으로 들어오려면 몰래 숨겨놓은 그 마도구를 파괴하는 수밖에 없다. 교황 암살미수 사건 때의 라테스는 결계 안쪽에서 발동한 전이마법의 인도를 통해 들어온 예외적인 케이스라는 모양이다.

즉, 이 제도 룸에 머무르고 있는 한 우리는 일단 안전하다는 뜻이다. 도로테아가 저리 태연하게 있을 만도 하지.

『그러나 우리들은 상인이다. 도시 안에만 틀어박혀 있을 수는 없다. 때로는 위험을 무릅쓰고서라도 밖으로 나갈 필요가 있다.』

아힘의 아들이 마족한테 붙잡힌 건 그렇게 도시 밖으로 상행을 나갔을 때였다. 그는 인질을 잡혀있었던 것이다.

『카트는 나한테 지시했다. 아들을 데리고 있다고. 바우어 기숙사에 제공하는 식료품에 독을 타라고.』

수첩을 통해 알게 된 사실이지만 바르샤 상회는 바우어 기숙사에 식료를 제공하고 있는 상회였던 것 같다.

바우어 기숙사에서는 제국의 공격을 경계해서 모든 식료품에 해독마법을 걸고 있었지만 아힘은 그 빈틈을 찌를 책략을 떠올렸다. 대량으로 섭취하면 내장기능을 저하하는 기능이 있는 육두구를 단계적으로 점차 양을 늘려가면서 식료품에 섞어놨다고 한다. 육두구는 일반적으로 쓰이는 향신료라서 해독마법으로는 걸러낼 수 없다.

다만 그건 카트의 눈을 속이기 위한 목적도 있었다고 한다.

『다소 시간은 걸리지만 조금씩 양을 늘려나간다면 축적된 독소가 어느 시기를 넘어설 때 단숨에 내장기능을 정지시킨다.』

카트한테 그렇게 설명하면서 아힘은 시간을 벌고 있었다. 마족에게 협박당하면서도 그는 어떻게든 살인을 미연에 방지하려고 했다.

그렇게 시간을 버는 동안 우리들이 수사를 위해 찾아왔다. 나는 그의 말실수를 통해 꼬리를 잡았다고 생각했지만 그건 아무래도 아힘의 고의적인 행동이었던 모양이다. 그에게는 어떠한 저주가 걸려있었다.

『배신하지 말도록. 나에 대해서 발설하거나 나한테 공격을 가하는 순간 네 녀석의 몸은 업화로 타오르게 된다.』

일종의 기아스였다. 아힘은 자신의 죽음은 두렵지 않았지만 아들의 목숨만큼은 어떻게든 구하고 싶었다고 한다.

다만 그는 어렴풋이 눈치채고 있었다. 아들은 이미 살해당한 뒤라는 사실을. 그럼에도 한 줄기 희망에 걸고서 독을 타는 행동을 계속해왔다.

그리고 그걸 아르노가 목격했다. 아힘은 아르노와 말다툼을 벌였고, 아차한 순간 그를 살해하고 말았다.

『아아…… 나는 나의 또 다른 아들을 내 손으로 죽이고 말았다.』

후계자 다툼이 벌어지기는 했지만 아르노를 친아들처럼 아끼고 있었던 아힘은 깊이 후회했다고 한다.

『그 마족도 아들을 데리고 있다고 말했지만 살아있다고는 한마디도 하지 않았다. 돌려받고 싶다면, 이라는 말조차. 그런 뜻인 건가……. 아들들이여, 아내여. 미안하다. 나도 당장 그곳으로 가고 싶지만——.』

아힘은 이대로 마족의 손바닥 위에서 놀아나는 광대로는 끝나지 않았다. 그의 마음속에 각오와 분노가 응어리졌다.

『저승길 선물은 가져가겠다.』

이후는 우리가 알고 있는 대로다. 아힘은 스스로를 희생해 카트에게 일격을 먹이고서 뒷일을 우리에게 맡기고 떠났다. 그가 저지른 일은 용서받을 수 없는 범죄였지만, 나는 정상참작의 여지가 충분하다고 생각했다.

뒤에 이루어진 수사로 아힘의 아들은 이미 살해당한 뒤라는 게 판명됐다. 그 또한 마족의 피해자 중 한 명이었다.

마족이 도시의 결계 안에 영향을 미치려는 방법을 모색하고 있다면서, 이번 사건은 신문 각지에도 크게 보도되었다. 관계자들이 전부 입을 다물었기 때문에 반정부세력에 대해서는 사건의 어둠 속으로 묻혔다. 또한 이 사건이 반정부세력 내의 대립과는 상관없는 사건이었다는 사실이 증명된 덕분에 우리의 수사도 보람이 있었다.

"훌륭하군Yo. 약속대로 우리들은 당신들에게 협력하겠어Yo."

사건이 끝나고 프리다를 통해서 메리카, 다나, 키코의 세 종파 사람들과 회담을 가졌다. 종교조직의 수뇌부와의 회담이었지만 필리네는 당당한 자세로 그들과 설전을 벌였다. 필리네도 많이 성장했는지 사건에 연루되어 사망한 아르노의 장례를 정중하게 치르겠다고 그들에게 약속했다. 어쩌면 아르노는 훗날 그들의 종파 안에서 시성(列聖)될지도 모르겠다.

이렇게 필리네는 제국의 마법기술부문에 이어서 반정부세력이라는 뒷배를 손에 넣는데 성공했다.

"잘 와주었다, 레이 테일러, 그리고 클레어 프랑소와."

사건이 끝나고 며칠 후, 도로테아의 호출을 받았다.

호출은 받은 멤버는 세 명. 클레어 님, 필리네, 그리고 나까지 셋이다. 전례가 없었던 조합이라서 어째서 이 멤버일까 하고 살짝 고개를 갸웃했다.

"저, 저도 있어요, 어머님!"

이름이 호명되지 않았던 게 불만이었던 걸까, 필리네가 자신을 어필했다.

"음, 그렇구나. 너도 잘 와주었다, 필리네."

도로테아는 표정을 읽을 수 없는 얼굴로 필리네에게도 인사말을 건넸다. 필리네는 그것만으로도 기뻤던 건지 웃음을 지었다.

"이번에 마족이 연관됐던 사건, 훌륭히 미연에 막아냈구나. 상을 내리겠다. 뭐든지 말해보라."

도로테아는 변함없이 옥좌의 팔걸이에 팔꿈치를 대고서 뺨을 기대고 있는 삐뚜름한 자세로 말했다. 옆에는 할아범이 침울한 얼굴로 서 있었다. 도로테아의 품위 없는 자세가 마음에 들지 않아서…… 그런 건 아닌 모양이다. 뭐지?

"저로서는 특별히 부탁드릴 게 없어요. 알레어의 검술 수련을 계속 부탁드릴 수 있다면 그걸로 충분해요."

"아아, 알레어 말인가. 녀석은 소질이 좋아. 짐의 검을 이어받을 존재가 될지도 모른다. 가르치는 보람이 있어. 그런 부탁이 없어도 지도를 계속하도록 하지. 녀석을 가르치는 건 짐의 오락이다."

오락이라는 말을 들으니 미묘한 기분이 들지만 그래도 알레어가 칭찬을 듣는 건 기쁘다. 클레어 님도 만면에 미소를 짓고 있었다.

"저로서도 특별히 없습니다. 빚으로 달아두죠."

"그대의 빚은 무섭구나, 레이 테일러. 뭐 됐다. 이번 일로 상쇄하는 걸로 해주지."

도로테아가 영문을 알 수 없는 소리를 했다. 이번 일과 상쇄해?

"그리고 필리네."

"어머님에게 긴히 부탁드리고 싶은 일이——."

"아니. 너에게 줄 상은 없다."

"……네?"

필리네는 분명 이 기회를 틈타 외교방침의 전환을 제안하려고 했겠지. 그러나 첫마디조차 떼지 못하고 꺾여버렸다.

"필리네 나."

친딸을 부르는 도로테아의 얼굴에는 아무런 표정도 떠올라있지 않았다.

"네 녀석은 대역죄로서 국외추방 처분을 내린다."

도로테아의 냉엄한 목소리는 알현실 전체에 무겁게 울려 퍼졌다.

내 최애는
악역 영애.

제 14 장

제자편

"추, 추방······?"

필리네가 떨리는 목소리로 간신히 말을 토해냈다. 충격으로 넋을 잃은 표정으로 보건데 지금 도로테아의 말을 도저히 믿을 수 없는 것 같았다.

"잠깐 기다려주세요, 도로테아 폐하. 어째서 필리네 님을──."

"입 다물어라, 클레어 프랑소와. 제국 내의 정사다. 외부인은 나서지 말라."

"그, 그러나······!"

어떻게든 물러서지 않으려고 하는 클레어 님을 향해 도로테아는 흉악한 웃음을 돌려주었다.

"그게 아니면 뭐냐? 여기서 필리네가 퇴장당하면 너희들 입장에선 곤란한 건가?"

"!"

──전부 간파당했다.

도로테아는 우리가 필리네에게 반역을 꼬드겼다는 사실을 알고 있는 것이다.

"짐이 모를 거라고 생각했나. 얕보인 모양이군. 필리네는 장식품이라는 말을 듣고 있더라도 황녀다. 언제나 호위의 대상이고, 모든 행동은 보고되고 있지."

이건 우리들의 생각이 너무 물렀다. 우리가 눈치채지 못했을 뿐이지 필리네는 계속 감시받고 있었던 모양이다. 우리도 당연히 주의를 기울일 생각이었지만 도로테아가 우리보다 한 수 위였다.

"마법성에 줄을 댔던 것까지는 넘어가 줬다. 지금까지 아무것도 하지 않으려고 했던 네 녀석도 이제야 드디어 할 마음이 생겼나 하고 칭찬해주고 싶었을 정도다."

도로테아는 필리네를 노려보면서 하지만, 하고 뒷말을 이었다.

"하지만 반정부세력은 안 된다. 그자들은 이 도로테아에게 화살을 겨누는 자들이야. 그자들과 한패가 된다는 건, 짐을 향한 반역이지. 그건 그냥 두고 볼 수 없어."

도로테아가 손짓으로 신호하자 알현실 중간에 위치한 문을 통해 위병들이 들어왔다. 위병들에 손에는 무기가 쥐어져 있었다. 나는 클레어 님 앞을 지키듯이 서서 자세를 바로잡았다.

"관둬라, 레이 테일러. 네 녀석은 봐주마. 이번에 있었던 마족의 일과 상쇄다. 예전에 진 빚도 있으니까 말이다. 하지만 두 번은 없다는 걸 명심하도록."

도로테아가 말하는 사이에 필리네는 구속당했다. 필리네는 저항할 생각이 없는 모양인지 얌전히 몸을 맡겼다. 이제 단념해버린 걸까 싶었을 때,

"어머니! 이대로라면 제국은 멸망해요! 제 얘기를 들어주세요!"

힘 있는 목소리로 도로테아에게 호소했다. 강한 의지가 담긴 그 눈은 아직 포기하지 않고 있었다.

"호오? 짐에게 이의를 제기하겠다는 건가. 괜찮겠지. 들어주마."

도로테아는 재미있는 장난감을 발견했다는 듯이 입을 실룩거렸다.

"제국은 적을 너무 많이 만들고 있어요! 이대로라면 머지않아

국가의 존속이 위태로워요!"

"적이 있으면 쳐부술 뿐. 여태까지 그래왔듯 앞으로도 마찬가지다."

도로테아의 주장은 이전에 힐다가 말했던 말과 똑같았다.

"지금이야 그걸로 괜찮겠죠! 어머님이 건재하실 때는! 하지만 어머님을 잃는다면?! 제국은 어머님 없이는 성립할 수 없는 나라가 되고 맙니다! 이대로는 안 돼요!"

"짐은 당분간 건재하다. 그리고 짐이 죽은 후의 일 따위, 뒷사람이 알아서 고민하면 된다."

"그런……!"

아무리 그래도 그건 너무 무책임하신 거 아닐까요, 황제 폐하. 딱히 정치가라는 직업을 이상화할 생각은 없지만, 그래도 위정자라는 건 국가의 미래를 위해서 일해야 하는 법일 텐데.

필리네가 좋은 예시다. 그녀는 제국의 미래를 염려하고 있다. 그러나 도로테아는 자신이 죽은 뒤의 일 따위 알 바 아니라고 내뱉었다.

"어머니! 당신은 황제의 자리를 뭐라고 생각하고 계시는 건가요!"

"제위? 그런 거엔 흥미 없어. 짐은 짐이 하고 싶은 걸 할 뿐이다. 짐의 마음을 돌리고 싶다면 힘을 증명해라."

도로테아의 폭론은 계속 이어졌다.

"필리네, 너에게는 너 나름의 정의가 있겠지. 당연한 거다. 정의와 악으로 알기 쉽게 나뉘는 경우는 드물다. 정치란 정의와 정의의 충돌이다. 그런 만큼 정의를 부르짖기 위해서는 힘이 필수 불가결하다."

"어머니……."

"힘이 없는 정의 따위 말장난에 지나지 않아. 이상을 외치는 자는 자신의 힘으로 그걸 이뤄내야만 한다. 힘없는 자에게는 이상을 외칠 자격조차 없어."

도로테아는 단언했다. 극단적인 논리다. 극단적이기는 하지만 하나의 진리기도 했다. 아무리 숭고한 이상이라도 그걸 실현할 힘이 없으면 의미가 없다. 정치를 파워게임이라고도 표현하는 건 바로 그 때문이다.

그러나――.

"어머님…… 힘이란 건 0이나 마찬가지예요."

"……? 무슨 소릴 하는 거냐?"

필리네는 거기서 꺾이지 않았다. 압도적인 강자인 도로테아 앞에서도 한 걸음도 물러서지 않고 말을 이어나갔다.

"0은 몇 개를 덧붙여봤자 0입니다. 그 앞에 정의를 대표하는 숫자가 붙지 않으면 단순한 폭력에 불과한 거예요."

필리네가 하려는 말은 즉 이런 거겠지. 0은 몇 개를 덧붙여도 000에 불과하다. 그 앞에 구체적인 숫자, 예를 들어 1이 앞에 온다면 처음으로 1000이라는 커다란 숫자가 된다. 앞에 붙일 숫자를 잘못 붙인다면 힘―― 즉, 0이 크면 클수록 그에 따른 결과도 비참해질 뿐이다.

"잘못된 정의여서야 제아무리 큰 힘을 가지고 있어도 잘못인 채로 있을 수밖에 없어요. 힘이 중요하다는 건 인정해요. 하지만 정의는 그보다 더욱 중요한 겁니다. 어머님은 틀렸어요."

몸이 구속된 상태로도 필리네는 결연한 어조로 말했다. 저 심약하던 필리네가 지금은 도로테아와 대등하게 설전을 펼치고 있었다.

"너는 짐이 틀렸다고 말하는 건가."

"네."

"······잘도 말해주는군. 짐에게 이 정도로 서슴없이 이빨을 드러낸 건 네 녀석이 처음이다. 당연히 각오는 되어있겠지?"

"······네."

마치 순교자와도 같이 모든 것을 털어낸 듯한 표정을 보고서, 나는 이래선 안 된다고 생각했다. 필리네는 목숨을 걸고서 모친에게 호소하며 자신의 이상을 위해 목숨을 버리려고 하고 있다. 하지만 그래서는 안 되는 것이다.

정의를, 이상을 내걸고 있다면 그걸 실현하기 전까지는 살기 위해 발버둥 쳐야 한다. 죽어버려서는 안 된다. 혁명의 때, 클레어 님도 그런 측면이 있었듯이 고결한 사람일수록 자신의 이상으로 인해 죽음을 맞게 되는 건 너무나도 안타까운 일이다. 그래서 나는 그런 사람을 빤히 눈뜨고 죽게 내버려 두고 싶지 않았다.

내가 필리네의 구명을 탄원하기 위해서 입을 열려고 했던 바로 그때,

"폐하, 기다려주십시오."

두 사람의 대화 사이에 끼어든 사람은 할아범이었다.

"뭐냐, 할아범. 쓸데없이 끼어들지 말라."

"그럴 수는 없습니다. 필리네 님은 매우 우수한 분입니다. 적어도 폐하께 위축되어 입을 떼지도 못하는 다른 황자들보다도 훨씬 더 국정에 걸맞은 분이라고 생각합니다."

할아범은 담담한 말투로 말했다. 그 어조는 마치 필리네와 도로테아의 흥분을 달래는 것 같았다.

"그러나 이 녀석은 짐에게 화살을 겨눴다."

"필리네 님은 아직 젊습니다. 과오도 범하겠죠. 외유라도 다니며 세상을 알고 정치의 현실을 깨닫게 된다면 자연스레 폐하의 말씀을 이해할 수 있을 거라고 사료됩니다."

"저는——!"

"필리네 님. 그 이상은 말씀하지 마시길. 지금은 말을 아끼시죠. 이 할아범의 일생의 부탁이라 생각해주십시오."

"……!"

할아범이 애원에 필리네도 입을 다물었다. 잘 보니 할아범의 이마에는 땀이 흥건했다. 할아범 입장에서 보면 제국을 좋은 방향으로 바꿔줄지도 모르는 필리네라는 새싹이 짓밟히고 마는 걸 어떻게 해서든 저지하고 싶겠지. 조금 전의 대화의 흐름으로는 국외추방까지 갈 것도 없이 이 자리에서 처형당했을 가능성도 충분했다.

"후…… 할아범이 그렇게까지 말한다면 못 들어줄 것도 없지. 필리네의 처분은 앞서 선고한 대로 국외추방으로 하겠다."

"감사드립니다. 폐하."

"데려가라."

필리네는 아직 하고 싶은 말이 있는 것 같았지만 더 이상 아무 말 없이 얌전히 연행되었다.

"레이 테일러, 그리고 클레어 프랑소와. 본래대로라면 그대들에게도 국외로 퇴거할 것을 명해야겠지만 그대들에겐 빚이 있으니 말이다. 이번 일은 불문에 붙이겠다. 다만 앞으로 쓸데없는 짓은 하지 말도록."

그 말을 남기고서 도로테아는 옥좌에서 일어났다. 클레어 님과 나는 그저 예를 갖춘 채로 그 모습을 지켜볼 수밖에 없었다.

"……지고 말았네요."

필리네의 추방선고가 내려지고 며칠 후. 우리는 국외로 추방당하게 된 필리네를 배웅하러 왔다. 배웅해주러 온 멤버는 클레어 님, 힐다, 할아범, 그리고 나까지 4명이다. 프리다는 오지 않았다. 프리다와 반정부세력은 도로테아에게 들켰다고 판단되자 최저한의 인원만 남기고서 모습을 감췄다.

이곳은 제도 룸의 동쪽 성문이다. 예전에 레네가 왕국에서 추방됐을 때도 관문 같은 게 있었지만, 제도의 성문은 바우어에서 봤던 관문보다 모든 면에서 차원이 달랐다. 크기나 견고함, 그리고 문을 오가는 사람들의 숫자도. 검문의 규모도 몇 배는 커서 그런지, 남몰래 조용히 추방당하는 필리네가 괜스레 더 작아보였다.

"기껏 열심히 협력해주셨는데 여러분들에게 뭐라고 사과드려야 할지……."

필리네는 진심으로 면목 없다는 표정으로 사과했다.

필리네는 표면상으로는 주변 속국으로 외유를 나가는 걸로 되어있다. 다만 외유 기간이 무기한이라서 실질적으로는 추방이나 다름없다. 데려가는 시종은 겨우 다섯 명. 짐도 어디까지나 최저한도뿐이라 도저히 황녀의 외유라고는 볼 수 없는 모양새였다.

"저희들이야말로 충분히 힘이 되어드리지 못해서 정말 죄송해요. 도로테아 폐하를 조금 얕보고 있었던 것 같아요."

"아뇨. 저도 설마하니 감시의 눈길이 그렇게까지 치밀할 거라고는 생각하지 못했어요. 이건 제 실책이에요."

클레어 님의 위로도 지금의 필리네 님에겐 도움이 되지 못하는 모양이다.

"그래도 이렇게 말하기는 뭐하지만, 극형이 내려지지 않은 건 불행 중 다행입니다. 자칫했다간 그 자리에서 바로 처형해버릴 것 같은 분위기였으니까요."

필리네나 클레어 님은 아닐지도 몰라도 나는 그렇게 생각한다. 뭐든 일단 목숨부터 건지고 볼 일이다.

"목숨은 건졌지만 이제 추방당한 몸으로 뭘 할 수 있을까요."

"그 심정도 이해해요."

필리네 님과 클레어 님은 침울한 분위기에 잠겨있었다.

"믿든지 할 수 있다고요. 추방당하게 됐다는 건 이제 제국에서 자유로운 몸이 되었다는 거잖아요. 그러니 필리네 님이 하고 싶은 일들을 하시면 됩니다."

"후후, 레이는 긍정적이네요."

"레이는 너무 단순해요."

"낙담하는 게 나쁘다는 뜻은 아니지만, 기분을 전환하는 것도 중요합니다. 일단 한번 바닥까지 낙담하고 나면 그다음은 다시 올라갈 일만 남았으니까요."

뭐, 이건 성격에 따라 다를 거라고는 생각하지만.

"그건 그렇고…… 도로테아 폐하에게 조금 실망했어요."

"어머님에게?"

"네에."

클레어 님이 얼굴을 찌푸렸다.

"폐하는 폭군이기는 해도 어디까지나 나라를 위한다는 생각에 그런 거라고 생각하고 있었어요. 그다지 공감할 수 없는 분이기는 했지만 그래도 능력은 흠잡을 데 없는 데다, 저것도 군주의 형태 중 한 가지라고 생각하고 있었는데 말이에요."

"아아, 그거 말씀이신가요. 클레어 님은 도로테아의 뒷일은 내 알 바 아니라는 말이 마음에 들지 않으신 거군요."

"맞아요. 위정자로서는 있을 수 없는 폭언이에요."

"아하하……. 어머니가 실례가 많았네요."

펄펄 화를 내는 클레어 님을 향해 필리네 님이 힘없이 사과했다.

"도로테아 폐하를 처음 알현한 뒤, 우리들은 폐하의 인상에 대해 이야기를 나눴었지만 아무래도 레이가 본 바가 제일 정답에 가까웠던 모양이네요. 그분은 어린아이예요. 능력 면에 지나치게 치우쳐있는 어린애예요."

분명 지금 클레어 님은 배신에 가까운 기분을 느끼고 있을 것이다. 공감은 할 수 없을지언정 클레어 님은 도로테아를 하나의 완성된 형태의 군주로서 보고 있었겠지. 그러나 그건 결국 착각이었다. 클레어 님은 그 점에 화를 내고 있다고 생각한다.

하지만——.

"여러분들은 폐하를 오해하고 계십니다."

조용한 말투로 그 의견을 꾸짖은 사람은 할아범이었다.

"도로테아 폐하는 그렇게까지 생각이 짧은 분이 아닙니다. 뒷일은 후대에게 맡긴다고 말씀하신 건 분명 오해를 살만한 발언이었지만 폐하에게는 폐하 나름의 생각이 있으십니다."

"그 생각이라는 건……?"

필리네가 흥미로운 듯이 물었다. 추방처분을 받았음에도 필리네는 여전히 어머니에 대한 흥미와 경의를 잃지 않았다.

"여러분이 우려하고 계시는 대로 이 나라는 도로테아 폐하라는 한 사람의 초인이 해내는 역할이 큽니다. 폐하도 그 점을 잘 알고 계십니다."

"그러면 어째서 그런 말을……."

"폐하는 예전에 이런 푸념을 하신 적이 있습니다. 자기 혼자서 너무 지나치게 이뤄버렸다고. 뒷일은 후대에게 맡긴다고 하신 긴 자신이 세상을 떠났을 때 모두가 협력해서 나라의 운영을 맡아야한다는 의미입니다."

폐하는 항상 설명이 부족하니까요. 할아범은 씁쓸하게 말했다.

"필리네 님에 대해서도 마찬가지입니다."

"저 말인가요?"

"네. 도로테아 폐하는 필리네 님을 염려하고 계십니다."

"그런…… 설마요……."

"정말입니다. 도로테아 폐하는 필리네 님이 정쟁에 휘말리는 걸 원하지 않았기 때문에 이런 조치를 취하신 겁니다. 폐하는 늘 공주님을 생각하고 계십니다."

"……."

필리네는 복잡한 표정이었다. 지금 당장은 믿을 수 없지만, 그게 정말이라면 믿고 싶다는 그런 표정이었다.

"필리네 님. 공주님이 하시려는 일은 잘못되지 않았습니다. 저 또한 제국은 융화외교로 배를 갈아타야 할 시기가 왔다고 생각합니다. 하지만 폐하로서도 지금의 정책을 좋아서 유지하고 있는 건 아닙니다."

"그러면 어째서?"

"저도 자세한 사항은 모르겠습니다. 그러나 폐하는 항상 고민하고 계십니다. 폐하는 원래 불필요한 피를 흘리는 걸 달갑게 여기는 분이 아닙니다."

할아범의 말을 그리 간단히는 믿을 수 없었다. 도로테아가 전선을 확대하며 다수의 국가를 침략하고 있다는 건 틀림없는 사실이니까. 거기다 설령 뭔가 어떠한 이유가 있었다고 해도 침략당한 나라들 입장에서 보면 그런 변명 따위는 듣고 싶지도 않겠지.

"이제 떠나야 할 시간입니다. 필리네 님."

마부가 이제 시간이 됐음을 알렸다. 결국 이별의 때가 왔다. 필리네는 침울한 표정으로 마차에 올랐다. 작별의 인사를 나눌 틈도 없었다. 부드럽게 마차가 출발했다.

그 순간.

"클레어, 레이, 힐다, 할아범. 저 결심했어요."

"필리네 님?!"

마차 창문에서 고개를 내민 필리네 님이 우리를 향해 힘껏 외치고 있었다.

"저, 어머님을 믿어볼게요! 믿지만 이 나라의 미래 또한 포기하지 않겠어요! 저는 반드시 이곳으로 다시 돌아오겠습니다!"

그 눈에는 강한 의지가 깃들어 있었다. 처음 만났을 때의 소심하고 아무것도 하지 못하던 그녀는 더 이상 찾아볼 수 없었다. 다시 만날 때는 분명 한층 더 성장해 있겠지.

마차는 순식간에 멀어져갔다. 우리는 그 모습을 바라보며 배웅했다.

"가버렸네요."

"네에."

"힐다는 괜찮은 건가요, 결국 배웅하면서 한마디도 하지 않으셨는데요."

"네, 뭐. 딱히 드릴 말도 없었으니까요. 아니 정확히는 저는 안중에도 없으시던데요."

"괜히 그러신다."

분명 나누고 싶었던 말들도 있었을 거면서.

"제국농락 작전도 처음부터 다시 시작이군요."

"그렇게 되겠네요."

"……내 앞에서 그런 이야기를 나누는 건 참아줬으면 한다만."

할아범은 떨떠름한 얼굴이었다.

"어라? 할아범도 제국의 현재 모습에 의문을 품고 계신 분 아니었습니까?"

"그건 그렇지만 나는 어디까지나 도로테아 폐하의 편이니까."

"과연."

할아범은 참 고생이 많다고밖에 할 말이 없는 입장에 계시는구나. 내가 그런 감상에 잠겨있자니 제복 차림의 젊은 남성이 다가왔다.

"요셉 님, 여기에 계셨군요."

"무슨 일인가?"

"스스 왕국으로부터 서한이 도착했습니다. 이미 폐하께서 서한을 확인하셨지만 요셉 님도 부디 확인을."

"흐음……?"

할아범은 서한을 받아들고서 눈으로 읽어 내렸다.

표정이 딱딱했다.

"무슨 일이 생겼나요?"

"잠깐, 레이. 국가 간에 나누는 공식 서한의 내용인데 우리 같은 일반인한테 가르쳐 줄 리가 없잖아요."

"아니, 상관없다. 어차피 바우어 기숙사에도 같은 내용이 전달되어 있을 테니까 말이지."

그렇게 말하며 할아범은 우리에게 서한을 넘겨줬다. 나는 그걸 받아들고서 클레어 님과 함께 내용을 읽었다. 서한에는 이렇게 적혀 있었다.

──스스, 아파라치아, 바우어, 나 제국의 4개국 정상회담을 열고 싶다.

마나리아 스스.

"오, 클레어, 레이. 다녀왔느냐."

바우어 기숙사로 돌아오자 도르 님이 맞아주셨다. 기숙사 안은 평소보다 한층 어수선한 분위기가 감돌고 있어서 사람도 물건도 이리저리 조급하게 건물 안을 오가고 있었다.

"그 모습을 보니 벌써 들었나 보구나?"

"네. 스스가 정상회담을 제의했다고요."

"그 말대로다."

방에 들어가서 이야기하자는 도르 님의 말에 따라 방으로 들어가자 메이와 알레어가 클레어 님의 가슴에 뛰어들며 안겼다.

"클레어 엄마, 어서 와!"

"잘 다녀오셨어요~"

"네, 다녀왔어요."

클레어 님은 만면에 미소를 지으면서 메이와 알레어의 이마에 키스를 해주었다.

"……나도 있는데?"

"레이 엄마 어서 와~."

"다녀오셨어요."

"……어쩐지 쌀쌀맞아."

괜찮은 걸, 외롭거나 하지 않은걸.

"우리들은 아버님과 중요한 이야기가 있으니까 둘은 방에서 놀고 있어 줄래요?"

"메이도 같이 들으면 안 돼?"

"저희들도 할아버지랑 같이 얘기하고 싶어요~."

큭. 도르 님 인기 있네. 이건 결코 질투가 아니다. 아니라면 아닌 줄 알아.

"미안하구나, 메이, 알레어. 어른들끼리의 이야기란다. 나중에 얼마든지 놀아줄 테니까 지금은 참아주겠니."

"알았어. 그래도 꼭 약속이야~."

"약속이에요~."

메이와 알레어는 도르 님과 새끼손가락을 걸고 나서 방으로 들어갔다. 아무래도 좋지만 이 중세 유럽풍 세계에서 새끼손가락 걸고 약속이라니 안 어울린다. 이런 곳에서도 묘하게 일본스러운 문화가 고개를 내밀고 있다.

"거실로 갈까요? 레이, 차를 부탁해요."

"알겠습니다."

"미안하구나."

두 사람이 테이블에 앉는 걸 보면서 나는 홍차를 끓이기 시작했다.

"그래서 아버님, 정상회담 제안이 있었다는 건 정말인가요?"

차가 준비되는 시간조차 기다리기 힘들었는지 클레어 님은 서둘러 이야기를 꺼냈다. 대화 소리는 여기서도 잘 들리니까 문제는 없다.

"그래, 그런 것 같다. 바로 방금 전에 이곳에도 바우어를 통해 정보가 들어왔어. 제안을 꺼낸 사람은 마나리아 여왕인 모양이야."

3개국 동맹도 그랬지만 마나리아 님은 상당히 적극적으로 외교에 힘쓰고 있나보다.

"어째서 이 타이밍인지가 잘 이해가 가지 않아요. 지금은 3개국 동맹의 성립에 전념해야할 시기가 아닌가요?"

클레어 님이 의문점을 입에 담았다. 나도 우려낸 찻잔을 두 사람 앞에 나눠주고서 자리에 앉았다.

"이건 내 예측이지만 마나리아 여왕은 3개국 동맹을 완성한다면 제국과의 정면 대립 구도가 확정되어 버린다고 생각한 건 아닐까."

도르 님이 홍차를 한 입 마셨다. 맛있구나, 라는 감상이 기쁘다.

"그건 이미 예상했던 것 아닌가요? 애초에 3개국 동맹 자체가 제국과의 전쟁을 전제로 하고 만들어진 거라고 들었는데요?"

"조금 달라. 3개국 동맹의 목적은 제국의 침략 외교 정책을 포기하게 만들기 위해서였다. 전력의 차이를 과시해서 싸우지 않고 승리하는 게 핵심이었어."

"하지만 그럴 수 없게 됐다는 말씀인가요?"

"바로 그래."

도르 님은 표정을 찌푸렸다.

"동맹이 만들어지기 전에 선수를 뺏겼어. 제국이 내민 화평 제안이 주효했지. 제국이 시간을 벌 여유를 주고 말았다. 요 몇 달 사이에 제국은 상당한 군비 확장을 이뤘어. 스스 왕국을 필두로 하는 3국도 그걸 눈뜨고 지켜보기만 한 건 아니지만 결국 제국이 군사력에서 우위에 서게 됐다."

도르 님의 말을 듣고 보니, 직접 대면했던 우리가 생각했던 것보다 도로테아는 훨씬 외교에 능숙한 모양이다. 도로테아가 그런 재주를 부릴 수 있을 거라고는 생각하기 힘들었지만 현실이 사실을 대변하고 있었다. 혹은 어지간히 우수한 신하가 옆에 붙어있는 걸지도.

"그렇다고는 하나 이대로 수수방관해서야 도로아미타불이다. 그래서 여왕은 새로운 국제질서 속에 제국도 편입시키려는 생각이야. 정상회담은 그걸 위한 포석인 거겠지."

3개국 동맹을 맺어서 제국과 싸우는 게 아니라, 울타리의 범위를 넓혀서 그 안에 제국도 묶어 놓는 것으로 움직임을 봉쇄하겠다는 게 이 계획의 요지였다.

"잠깐 기다려주세요. 새로운 국제질서라고 말씀하셨지만, 현재 상황에서 제국은 다른 나라들 보다 한층 더 큰 국력을 보유하고 있잖아요? 그 국제질서가 제국의 입맛대로 휘둘릴 가능성은 없는 건가요?"

클레어 님이 지당한 의문을 입에 담았다. 그거야 그렇겠지. 현대 사회의 국제연합도 소수의 선진국의 뜻대로 휘둘리기 십상이었다.

"그건 마나리아 여왕과 각국의 수완에 달려있겠지. 뭐, 만에 하나 클레어의 염려가 현실이 된다면 다시금 3개국 동맹을 맺어서 제국을 상대하게 될 가능성도 있겠지만."

"즉, 밑져야 본전이라는 뜻인가요?"

"까놓고 말하면 그렇게 되겠지. 그러나 외교라는 건 그런 에두른 방식도 필요하단다."

도르 님은 이런이런, 하고 한숨을 내쉬었다.

"클레어, 레이, 너희들이 본 제국은 어땠지? 황제 도로테아는 어떻게 움직일 거라고 보느냐?"

도르 님이 우리에게 질문을 던졌다. 클레어 님은 잠시 생각에 잠긴 뒤,

"도로테아가 침략외교를 포기할 거라고는 도저히 생각할 수 없어요."

"이유는?"

"바로 조금 전에 저희들은 필리네 황녀가 추방당하는 광경을 직접 눈으로 보고 왔어요. 도로테아가 조금이라도 융화외교에 나설 생각이 있었다면 그걸 호소하는 친딸을 추방할 리가 없어요."

"흠······. 레이는 어떠냐?"

"저도 동감입니다. 다만 아무래도 도로테아에게는 뭔가 이유가 있어서 침략외교를 추진하고 있다는 느낌이 듭니다. 그 부분을 잘 파고들 수만 있다면, 어쩌면 마음을 돌리도록 만들 수 있을지도 몰라요."

할아범도 말했다. 도로테아는 좋아서 침략외교를 하고 있는 게 아니라고. 침략을 정당화하려는 변명이라면 들을 생각도 없지만 잘 생각해 보면 도로테아는 애초부터 자신의 행동을 정당화한 적이 없었다. 도로테아를 처음으로 알현했을 때, 그녀의 외교를 침략이라고 비난했던 클레어 님의 말에도 도로테아는 맞는 말이라고 대답했다. 그녀는 자기 자신을 필요악이라고 여기고 있다는 느낌이 든다.

"그 이유라는 거에 짚이는 건 있나?"

"유감이지만 전혀요. 무엇보다 도로테아와 가장 가까운 측근이라고 짐작되는 사람조차도 모르는 것 같았으니 도로테아 본인 말고는 모르는 모양입니다."

"그래서야 어쩔 도리가 없잖아요."

"그건 그러네요."

이것도 마찬가지로 처음 알현했을 때 나왔던 얘기지만 도로테아는 그 이유에 대해서 자기 수하로 들어오지 않는다면 가르쳐 줄 수 없다고 말했다.

"레이의 그······ 뭐라고 했더라. 예언서에는 황제의 진의에 대해서 뭔가 적혀있지 않았는가?"

도르 님은 레보릴리의 원작 지식을 말하는 거겠지. 원작 지식에 대해서는 도르 님에게도 클레어 님에게 했던 것과 똑같은 설명을 드렸다. 혁명 전 메이드 채용시험 때 도르 님이 꼬치꼬치 캐물어서 엄청 힘들었다.

"도로테아의 진의에 대해서는 아무것도요. 그녀는 예정되었던 어떤 루트에서도 마지막까지 자신의 뜻을 굽히지 않았습니다."

도로테아 루트에서 모녀가 사랑하는 사이가 되는 경우, 필리네는 도로테아의 파트너가 되어 세계 통일에 나선다. 혁명 루트에서는 필리네가 제국에서 혁명을 일으키지만, 그 루트에서도 도로테아는 마지막까지 적으로서 필리네를 막아선다. 남은 다른 루트도 마찬가지로 도로테아는 자신의 뜻을 끝까지 관철했다.

"그렇다면 이번에 마나리아 여왕이 제안한 정상회담이 좋은 계기가 될지도 모르겠구나. 레이가 말한 것처럼 만약 침략외교가 어쩔 수 없이 견지해야 할 부득이한 사정에 따른 결과라면, 그 사정을 끄집어내서 고집을 꺾도록 촉구할 수 있을지도 몰라."

어쩔 수 없는 부득이한 사정이라. 타국에 전쟁을 걸어서 점령하는 일에 무슨 사정이 있겠냐 싶지만. 아니 뭐, 외교의 본질에는 그런 약육강식적인 부분이 있다는 현실은 부정하지 않겠지만, 나는 정치가도 아닌 데다 내가 가지고 있는 서민적인 가치관을 소중히 하고 싶다.

"어찌 되었든 이제부터는 좀 일을 하게 될 거 같구나. 이래서야 또 손녀들과 놀아줄 시간이 줄어들어 버리겠어."

"도르 님은 이제 정치와 외교에서 은퇴하셨던 거 아닌가요?"

불평하는 도르 님에게 홍차를 한잔 더 따라드렸다.

"그게 말이다, 사실 이번 일을 이유로 도와달라고 하도 졸라서 말이지. 만약 거절한다면 그 역할을 클레어에게 맡긴다는 말을 들어서야 승낙할 수밖에 없구나."

아라도 아바인도 수단 방법을 가리지 않는구나. 반쯤 협박에 가까운 형태라도 도르 님을 정치 무대로 되돌려 놓다니. 바우어에는 여전히 여유가 없는 모양이다.

"저희들에게 맡겨주셔도 괜찮은데요?"

"그렇습니다. 도르 님은 이미 충분할 정도로 열심히 일하셨잖아요."

"핫핫핫, 고맙구나. 하지만 두 사람 다 조금 자신감이 지나치다고 해야 할까. 너희들이 정치나 외교의 최전선에 서기에는 아직 힘이 부족하겠지."

"……반박할 말이 없네요."

"그 말씀대로입니다."

기묘하게도 혁명의 소녀라고 불리고 있는 우리들이지만, 혁명은 우리만의 힘으로 이뤄낸 일이 아니라는 건 지금까지 몇 번이고 말했다. 내 뒤에는 언제나 도르 님의 뒷받침이 있었고, 귀족 세력을 평민의 손으로 타도한다는 구도를 처음으로 그린 사람도 도르 님이다. 극단적으로 말하면 클레어 님과 나는 도르 님이라는 정치의 명인이 움직이는 장기말에 불과했다는 견해도 가능하다. 이렇게 말하면 도르 님은 결코 아니라고 부정하겠지만.

"뭐, 내가 하는 일들이 메이와 알레어의 미래와도 이어지는 거니까 힘내 보마."

"도와드릴 수 있는 일이 있다면 뭐든 말씀만 해주세요."

"맞습니다."

"하하, 고맙다."

급하게 방문을 노크하는 소리가 울린 건 바로 그때였다. 얼굴을 마주 보는 클레어 님과 도르 님을 두고서 나는 자리에 일어나 방문객을 맞이했다.

"네―. ……어라, 라나? 무슨 일이야?"

"큰일이에요, 요엘이!"

"진정해. 요엘한테 무슨 일 있어?"

라나의 얼굴색은 새파랬다. 그녀는 열심히 숨을 고르고서 말했다.

"요엘이 제국 병사들에게 연행됐어요!"

"나는 아무 짓도 안 했어."

요엘은 뺨에 시퍼런 멍을 달고서 우리와 만나자마자 말했다. 이곳은 제국의 치안 유지를 담당하는 부서의 지하 구역이다. 현대 일본으로 치면 유치장에 해당하는 곳이다. 요엘은 포승줄로 두 손을 등 뒤로 결박당한 채, 무뚝뚝한 얼굴로 감옥에 갇혀 있었다.

"아무런 짓도 안 했는데 어째서 병사에게 연행된 건가요."

클레어 님은 걱정과 의문이 7:3으로 섞인 표정으로 물었다.

"나도 모르겠어. 다만 나를 계속 끈질기게 따라다니던 여자가 있는데, 그 여자가 나를 가뒀다고밖에 생각할 수 없어."

"치정 싸움?"

"아니야. 나는 체포되기 전까지 그 여자의 이름조차 몰랐어. 그쪽에서 일방적으로 달라붙어 온 거야."

요엘은 진심으로 질색하는 표정을 지었다. 정말인걸까.

"잠깐 위에서 사정을 듣고 오겠습니다. 클레어 님은 계속 요엘의 이야기를 들어주세요."

"네, 알겠어요."

두 사람을 남겨두고서 나는 담당 병사에게 사정을 들어보기 위해 일단 지하에서 나왔다.

"실례합니다. 요엘 산타나의 사건에 대해서 이야기를 여쭤보고 싶은데요."

접수처에 있는 병사에게 말을 걸었다.

"가족분이신가요?"

"그건 아닙니다만 보호자 비슷한 사람입니다. 조국에서 제 학생이었거든요."

"아아, 그렇군요."

접수를 맡은 병사는 요엘 사건을 담당하는 다른 병사에게 안내해줬다. 사건 담당 병사는 놀랍게도 여성이었다.

"그는 무슨 혐의로 체포된 건가요?"

"폭행입니다. 제국의 선량한 일반 시민에게 폭력을 휘둘렀어요."

그렇게 말하는 병사의 얼굴에는 요엘을 향한 모멸의 기색이 엿보였다.

"확인해두고 싶습니다만 피해를 당했다고 주장하는 분은 여성입니까?"

"뭐라고요? 당연하잖아요."

아니, 그야 그게 보통일지는 몰라도 반드시 그런 건 아니니까 말이지.

"증거는 있습니까?"

"네. 피해자 여성의 몸에는 여러 군데 구타의 흔적이 있는데다…… 아마 흉터도 남을 겁니다."

피해자 여성의 참상을 떠올리고 있는 건지 병사의 표정이 괴로운 듯이 일그러졌다.

"피해자분이 폭행을 당했다는 건 아무래도 확실한 것 같지만 그 범인이 요엘이라는 증거는 있습니까?"

"피해자 본인이 분명하게 그리 증언했습니다. 대낮의 밝은 시간대였기 때문에 잘못 볼 상황도 아닙니다."

병사는 그렇게 말하고 있지만 결국 요약하자면 증거다운 증거는 피해자 여성의 증언뿐이라는 뜻이다.

"그 여성이 거짓을 말하고 있을 가능성은?"

"어째서 그런 거짓말을 할 필요가 있습니까. 지금 뭔가 숨기는 게 있는 건 요엘 쪽입니다. 그는 여성이 피해를 당했다고 증언한 그 시간, 어디서 뭘 했는지에 대해 말하고 있지 않습니다."

흐음.

"그 여성분과 만나게 해주실 수는 있습니까?"

"말도 안 되는 소리! 그녀는 지금 몹시 겁에 질려있는 데다…….
무엇보다 범인의 관계자를 피해자와 만나게 한다니, 당치도 않습
니다!"

"그렇습니까……."

이거 난감하게 됐다. 과학이 발달하지 않았고 사법체계도 아
직 미숙한 이 세계에서는 범죄 수사에서 증언이나 목격정보가
큰 비중을 가진다. 21세기 세상에서 살아왔던 내 입장에서 보면
구멍투성이나 마찬가지인 수사지만 이 세계에선 그게 전부다.

거기다 실제로 요엘이 죄를 저질렀을 가능성도 분명히 있는
것이다. 내 제자이기도 하고, 나는 요엘을 믿고 싶지만 그렇다
고 해서 선입견을 가져서는 안 된다. 만약에 요엘이 죄를 저질
렀다고 한다면 그 죗값을 확실하게 치르길 원한다.

어쨌든 간에 아직 확증은 아무것도 없다. 병사들은 이미 요엘
이 범인이라고 확정 짓고 있는 이상 나는 그의 무죄일 가능성에
대해서 검증하고 싶다.

그러니 일단은——.

"일단 클레어 님과 합류해야겠네."

"여성의 이름은 베르타 씨라는 모양이에요."

클레어 님이 요엘로부터 들은 이야기를 정리해보면 이렇다.
요엘이 베르타와 처음으로 만났던 건 제국의 번화가에 있는 술
집이었다고 한다. 요엘은 혼자서 술을 마시고 있었는데 거기서

베르타가 말을 걸었다. 베르타는 끈질기게 요엘에게 치근댔지만 요엘은 전혀 흥미가 없었기 때문에 무시했다. 베르타는 자신을 어느 술집의 간판 아가씨라고 소개했다는 모양이다. 자존심에 상처를 입은 건지 베르타가 너무 끈질기게 치근댔기 때문에 요엘은 계산을 치르고 술집을 나왔다. 그 자리에선 그걸로 끝이다.

그다음으로 만나게 된 게 사건 당일인 오늘. 요엘은 어떤 용무가 있어서 번화가로 향했고 어떤 가게에서 베르타와 다시 만났다.

그러나 어째선지 요엘은 그 이상은 말하지 않고 완고하게 입을 다물었다. 어떤 가게를 방문했는가, 뭘 했었는가, 그런 점에 대해서는 일절 묵비권을 행사했다. 이래서야 병사들이 요엘을 범인이라고 의심하는 것도 당연하다.

"이렇게 되면 요엘이 범인일 가능성도 부정할 수는 없겠어요."

"뭐, 확실히. 하지만 요엘이 폭력을 휘둘렀다는 건 좀 믿기 힘드네요."

"저도 믿고 싶지는 않아요. 그렇지만 맹신할 생각도 없어요."

그 말도 맞다. 가까운 사람이라고 해서 무조건 덮어놓고 호의적으로 볼 수는 없다. 그러면 어떻게 해야 할까.

"클레어 님. 일단 무죄를 믿고서 최선을 다해 의심해보도록 하죠."

"뭔가요 그 모순된 방침은."

"그야 저는 요엘의 무죄를 믿고는 있어요. 그렇다고 해서 여성이 피해를 당했다고 한다면 그걸 그냥 놔둘 수는 없잖습니까."

"그야 그렇지만……아니 잠깐만요 당신. 또 사건에 관여할 생각이에요?"

"안 되나요?"

"……하아……. 그 표정을 보니 말려봐야 소용없다는 표정이네요."

"적극적으로 관여할 생각으로 만만입니다."

한숨을 내쉬는 클레어 님. 요즘 들어 나를 아주 잘 이해하고 계시니 참 좋은 일이다.

"그래서 뭘 할 생각인가요?"

"먼저 탐문 수사부터일까요. 사건 당일, 요엘이 어디서 뭘 했는지를 확실하게 해두고 싶습니다."

"그런 조사는 제국 병사들이 이미 마쳐놓지 않았을까요?"

"물론 병사들에게도 이야기를 들어보겠지만 제 눈과 귀로 확인해두고 싶어서요."

"……요엘을 믿고 있는 거군요. 의외예요."

"네? 저는 요엘을 싫어하거나 한 적 없는데요?"

만약 그렇게 보였다면 유감이다.

"그게 아니에요. 레이는 뭐라고 해야 하나, 무조건 여성의 편을 드는 타입 아닐까 하고 생각하고 있었어요."

"아아……. 그런 경향은 분명 있습니다. 인정합니다. 하지만 그렇다고 해서 남성을 적대하고 있는 건 아닌데요?"

나는 여성을 좋아하는 여성이기 때문에 무슨 일이든 여성 입장에서 사물을 판단할 때가 대부분이다. 그렇지만 그렇게 치우쳐있다는 걸 자각하고 있으니까 더욱 이러한 경우엔 중립으로 있을 수 있도록 스스로를 경계하고 있다. 자기 자신 안에 있는 편견을 없애는 일은 거의 불가능에 가깝겠지만 편견을 자각하고 대비하는 건 가능하다고 생각한다.

"남성에게는 남성만의 장점이 있기도 하고 그걸 부정할 생각도 없습니다. 다만 연애적인 의미로서 제가 좋아하는 상대가 될 수는 없을 뿐이지, 그 이상 그 이하도 아닙니다."

"그런 거군요. 조금 안심했어요."

"결혼한 뒤로도 아직까지 새로운 발견이 있다니, 우리에게 권태기라는 건 인연이 없는 단어네요!"

"바, 바보 같은 소리 하지 마세요. 장난치지 말고 계속 얘기를 해보죠. 이제부터 할 일은 분담해서 탐문을 하는 걸로 괜찮겠죠?"

효율을 따져보면 그렇게 하는 게 맞겠지만,

"아뇨, 함께 탐문하도록 하죠."

"어째서인가요?"

"조금이라도 더 함께 있고 싶으니까요."

"……."

"그 차가운 시선도 우리 업계에서는 포상입니다만 농담입니다. 도로테아가 그냥 넘어가겠다고 말은 했어도 필리네의 일이 있으니 경계해둬서 나쁠 거 없다고 생각해서요."

"아아, 과연 그렇군요."

우리는 타국의 땅에서 반정부활동에 가담했으니 보통은 문답무용으로 처형이다. 도로테아는 거짓말을 할 인물이 아니라고 생각하지만 그렇다고 해서 아무런 경계도 하지 않아도 될 리가 없다.

아무튼 그렇게 이야기를 마무리 지었다.

"그럼 내일부터 탐문에 나서는 거네요."

"네, 변칙 데이트군요."

"아니라고요!"

"정숙해 주십시오, 여러분. 이제부터 재판을 시작하겠습니다."

나이가 지긋한 재판장이 엄숙하게 개정을 선언했다.

이곳은 제도 룸에 있는 재판소다. 지금부터 이곳에서 요엘의 재판이 시작된다. 클레어 님과 나는 피고인 측의 증인으로서 재판에 출석했다.

재판이라고는 해도, 당연히 21세기 일본에서 볼 수 있는 재판과는 다르다. 법을 기초로 재판이 이루어진다는 점만은 똑같겠지만, 판결은 객관성보다도 재판장에게 어떤 인상을 주는가가 아주 크게 작용한다. 또한 원칙적으로 피고인 측에 불리하고 원고 측이 유리할 때가 많다. 이런 부분은 이상하게 구시대적이구나 싶었다.

참고로 재판장은 정령교회에서 파견된 성직자다. 정령교회는 이 세계에서 사법의 역할도 담당하고 있기 때문이다.

재판장 안에는 청중들도 재판이 진행되는 걸 지켜보고 있다. 따로 방청석은 없고 다들 서있는 채다.

"그러면 원고 측부터 발언해 주십시오."

"네."

우리와 마주 보며 앉아있는 남성이 대답과 함께 자리에서 일어났다. 변호사인 걸까. 키나 몸집은 평범해서 눈에 띄는 신체적인 특징은 없지만, 예리한 눈빛이 상당한 수완가라는 인상을 주는 사람이다. 상대측 변호사는 옆에 있는 여성—— 베르타에게 무언가 말을 건넨 뒤 그녀를 증언대에 세웠다.

"저기 있는 베르타 바르케는 피고인 요엘 산타나에게 폭행을 당했습니다. 사건이 일어났던 건 제국력——."

변호사는 원고 측의 시점에서 본 사건의 대략적인 개요에 대해 낭랑한 목소리로 설명했다. 목소리의 음색과 몸짓, 손짓까지 더해서 그들의 주장이 얼마나 확고한지를 재판장에게 호소했다. 역시 전문가는 전문가라고 해야 할까. 능수능란한 솜씨다. 사전 협의도 완벽한 모양인지 사건의 진술이 폭행에 대한 부분으로 넘어가는 타이밍이 되자 증언대에 있는 베르타는 눈물을 흘리는 모습을 보여줬다.

"이상의 사실에 의거해 본 사건에 대해 피고인의 유죄는 확고하다고 단언하겠습니다."

"흠……."

재판장은 진중한 얼굴로 고개를 끄덕였다. 그걸로 그냥 납득해버리면 곤란한데.

"이어서 피고인 측의 발언을 허가합니다."

"네."

우리 측 변호사의 대답과 함께 요엘이 증언대에 섰다.

"원고 측의 주장에는 상황증거밖에 없습니다. 애초에 이 사건은 원고의 증언 말고는 아무런 근거도 없습니다."

"이의 있소."

원고 측 변호사가 막아섰다.

"원고인의 몸에는 여러 군데의 외상이 있습니다. 상처는 깊고, 그중에는 여성에게 있어서는 몹시 불명예스러운 상처도 있습니다. 거짓말을 할 이유가 없습니다."

"이의를 인정합니다. 고발에는 어느 정도 설득력이 있다고 생각되는군요."

재판장은 원고 측의 주장을 인정하고 말았다. 이건 좋지 않은 흐름이다.

"하, 하지만 재판장님! 사건이 일어났다고 하는 장소는 실내라서 목격자도 없었고, 원고 측의 증언만 있을 뿐, 피고인을 유죄라고 단정 짓는 건 억측입니다!"

우리 쪽 변호사는 현대로 따지면 국선변호사에 가깝다. 의뢰할 변호사를 찾을 수 없었을 경우에 국가에서 지원해주는 변호사다. 그가 무능력하다고 생각하지는 않지만 비싼 값으로 의뢰를 받는 변호사와 비교하면 아무래도 차이가 좀 있겠지.

"그럼 피고인이 반박하면 되는 거겠죠. 피고인은 사건 당시 어디서 무엇을 하고 계셨습니까?"

"증언을 거부합니다."

증언석에 선 요엘은 짧게 대답했다. 그 답변에 원고 측 변호사가 득의양양한 미소를 지었다.

"피고인, 당신은 반박할 기회를 포기하는 겁니까? 그래서는 제가 당신이 유죄라고 판단할 수밖에 없습니다만."

"나는 죄를 저지르지 않았어. 하지만 그 질문에는 대답할 수 없다."

"……난감하군요."

이런 상황에서 요엘한테 아직까지 유죄 판결이 내려지지 않은 건 재판장의 관용 덕분이다. 운 좋게 이런 사람이었으니까 망정이지, 만약 재판장이 성급한 사람이었다면 요엘은 이미 유죄가 확정됐어도 이상하지 않았다.

"재판장님 증인의 발언을 허가해주십시오."

나는 손을 들고서 발언권을 청했다.

"당신은?"

"요엘과는 같은 출신이고 그의 교사를 맡은 사람입니다."

"흠…… 괜찮겠죠. 발언을 허가합니다."

"감사합니다."

나는 자리에서 일어나 요엘을 바라보았다. 그는 아무런 열기도 느껴지지 않는 시선으로 마주보았다.

"요엘, 네가 사건 당시에 어디서 뭘 했는지를 조사해봤어. 너는 사건 당시, 베르타 씨가 폭행을 당했다고 증언했던 그녀의 자택에 있었어. 그렇지?"

내 발언에 청중들이 술렁였다.

"잠깐만 기다려주십시오. 당신은 요엘 산타나의 변호를 도울 중인 밎지요?"

재판장이 확인하듯이 물었다.

"네, 틀림없어요."

"……조금 석연치는 않습니다만 좋습니다. 계속해주십시오."

나는 요엘을 향한 시선을 베르타에게 옮기며 말을 이었다.

"베르타 씨는 술집에서 일하는 한편으로, 다른 직업도 가지고 있었습니다. 공공연히 드러내지는 않았던 모양입니다만……."

"이의 있소. 근거 없는 이야기입니다."

"근거는 있습니다. 클레어 님."

내 부름에 클레어 님이 일어서서 여러 장의 서류를 내밀었다.

"이 자료는 베르타 씨에게 그 일을 의뢰했던 분들의 증언을 정리한 것이에요. 이걸 증거로서 제출하겠어요."

클레어 님은 서류를 재판장에게 제출했다.

"모두들 무대의 배우나 여배우분들이군요. 의뢰 내용은…… 화장?"

"네. 베르타 씨는 메이크업 아티스트라는 직업을 가지고 있었습니다."

내 발언에 베르타의 표정이 일그러졌다. 이전에 제국의 요리에 대해서 말했을 때 잠깐 언급했지만 제국에서는 화려함과 사치를 나쁘게 보는 풍습이 있다. 따라서 화장은 여성의 소양이긴 해도 그걸 전문적인 생업으로 삼고 있다고 당당히 말하는 건 꺼리는 경향이 있는 것이다. 베르타가 직업을 숨기고 있었던 것도 이상한 일은 아니다.

"베르타 씨는 솜씨 좋은 메이크업 아티스트라고 그쪽 방면에서는 유명한 분이였다고 합니다. 그리고 요엘은 그게 베르타 씨라는 걸 모른 채로 유명한 메이크업 아티스트를 만나러 갔다. 그렇죠?"

요엘은 계속해서 침묵했다.

"이해할 수 없군요. 그게 이번 사건과는 어떻게 연관되는 겁니까? 결국 요엘은 베르타를 만나러 간 거죠? 그렇다면 혐의가 더욱 더 깊어졌을 뿐입니다. 당신은 무슨 말을 하고 싶은 겁니까?"

재판장은 당혹스러워했다. 무리도 아니겠지. 이제부터 우리가 얘기하게 될지도 모르는 사실은 일반 사람들로선 이해하기 힘든 사실일 테니까.

"요엘, 이다음도 얘기해도 될까? 나는 너의 존엄을 존중하고 싶어. 네가 만약 이 불명예스러운 사건의 죄를 뒤집어쓰더라도 모든 것을 비밀에 부치고 싶다면야 나는 더 이상 아무 말도 하지 않겠어."

"……."

"이대로 증언을 이어나간다고 해도 너는 분명 결과에 상관없이 더 이상 제국에 있을 수 없게 되겠지. 그러니 강요는 하지 않겠어. 다만——."

나는 요엘을 똑바로 응시하며 말했다.

"다만, 이것만은 말해두고 싶어. 나는 네가 이런 억울한 누명을 쓰게 놔두고 싶지 않고 네가 숨기려고 하는 사실을 받아들일 각오도 있어. 나는 너와 함께 고민을 나누고 싶어."

"……."

요엘의 얼굴이 비통함으로 일그러졌다. 그에게도 많은 갈등이 있었겠지. 그가 품고 있는 사정을 생각해 보면 당연한 일이다. 나는 참을성 있게 그의 발언을 기다렸다.

"……계속해줘."

"……알겠어."

요엘이 결단을 내려주었다. 이제 다음은 내가 전력을 다해 요엘의 혐의를 벗겨줄 뿐.

"요엘이 베르타 씨의 집에 간 건 방금 전에 말씀드렸듯이 메이크업 아티스트로서의 그녀를 만나기 위해서입니다."

"그러니까 어째서입니까. 그는 무대 배우도 아니잖습니까?"

"아뇨, 다릅니다. 그녀는 그저 평범하게 화장을 받고 싶었던 겁니다."

모두가 이해할 수 없다는 표정을 짓고 있을 때, 나는 말했다.

"요엘은 여성인 겁니다."

"자, 잠깐만 기다려주십시오. 요엘 산타나는 남성이죠? 입국 서류에도 남성으로 신청되어 있습니다만?"

"네, 재판장님. 요엘은 생물학적으로는 완벽한 남성입니다."

"당신이 지금 무슨 말을 하는 건지 저로서는 이해가 가지 않는군요."

재판장이 곤혹에 빠졌다. 당연하다. 현대 사회에서조차 아직까지 전면적인 지지를 받고 있다고는 말할 수 없는 사고방식이니까.

"성별에는 신체의 성별과는 따로 마음의 성별이 있습니다. 재판장님."

"마음의 성별?"

"네. 보통 사람은 그 두 가지 성별이 일치하기 때문에 의식하고 있지 않습니다만 드물게 그 두 가지 성별이 일치하지 않아서 고통받는 사람도 있습니다."

"그게 요엘 산타나라는 건가요?"

"그렇습니다."

재판장이 요엘을 빤히 바라보았다. 요엘은 체격도, 얼굴 생김새도 누가 봐도 남자라서 여성스러운 부분은 거의 없다.

"확실히 희극 등에서는 남자다운 여성이나 여자다운 남성이 등장합니다만 그는 어딜 봐도 평범한 남성이잖습니까."

"겉모습의 문제가 아닙니다. 이건 자신의 성별이 어느 쪽이라고 인식하고 있느냐의 문제인 겁니다."

요엘은 이전에 내가 유 님 사건 때도 말했던 성별 위화감 상태에 있는 것이다.

"요엘, 네 입으로 직접 들려줄래? 네가 뭘 생각하고 무엇을 고민해 왔는지."

내가 요엘을 재촉하자 그는 잠깐 입을 다문 채로 고민하는 것처럼 보였지만 이윽고 입을 열었다.

"나는 군인 집안의 장남으로 태어났다."

그런 문장으로 입을 뗀 요엘의 목소리는 낮게 깔리는 바리톤이었다.

"남자로 태어나서 남자로 자라왔다. 장래에는 군인이 되렴, 이라며 언제나 강한 남자가 될 수 있도록 교육을 받아왔다."

담담히 이야기를 털어놓는 그 모습이 오히려 나에겐 애처롭게 느껴졌다.

"하지만 나는 어렸을 때부터 줄곧 생각했다. 나는 어째서 이런 몸속에 갇혀 있는 걸까, 내 몸은 이럴 리가 없을 텐데, 라고."

그 말은 성별 위화감을 품고 있는 사람에게서 쉽게 찾아볼 수 있는 현상이었다.

"훈련을 거듭하면 할수록 내 몸은 남성적으로 변해가. 성장함에 따라서 자신의 몸에 대한 위화감은 커져만 갔다. 내 몸에 대한 혐오감은 언젠가부터 억누를 수 없을 정도로 변해갔다."

요엘의 어조는 차분했다. 그건 마치 넘쳐흐르려는 감정을 필사적으로 억누르고 있는 모습처럼 보였다.

"나는 때때로 어머니를 훔쳐보며 화장하는 방법을 배웠다. 물론 이런 얼굴이니 어울리지 않아. 하지만 화장을 하고 있을 때만큼은 신기하게도 마음이 진정됐어."

그걸 대리만족이라거나 자기 자신을 속이는 행위라거나 근본적인 해결법이 아니라고 말하는 사람도 있을 것이다. 그러나 설령 낫지 않더라도 당장 아픔을 달래야 할 필요가 있을 정도로 고통스러운 일도 있다고 생각한다.

"바우어에 있을 때부터 소문을 통해 들었다. 제국에는 신과 같은 솜씨라고 불릴 정도의 메이크업 아티스트가 있다고. 나는 제국에 온 뒤로 그 메이크업 아티스트를 계속해서 찾고 있었다. 그 사람이라면 나를…… 이런 얼굴을 가진 나라도 다시 태어나게 해줄 수 있을지도 몰라…… 그렇게 생각했으니까."

예전에 유곽에서 요엘의 모습을 목격한 적이 있었지만 그건 여성과 놀기 위해서 찾아간 게 아니었던 것이다. 그는 계속해서 소문의 메이크업 아티스트를 찾아다니고 있었다.

"베르타와 만났던 건 그러던 도중이었다. 솜씨 좋은 메이크업 아티스트가 있다는 말을 듣고 나는 베르타의 집으로 향했다. 나는 기억하지 못했지만, 그녀는 나를 기억하고 있었다. 그리고 어째서 화장 같은 걸 하느냐고 묻기에 솔직하게 대답했다. 하지만——."

거기서 요엘의 표정이 일그러졌다.

"베르타는 비밀을 폭로 당하고 싶지 않으면 돈을 넘기라고 협박했다. 화장을 받는 대금으로써 요구한 게 아니라, 터무니없는 금액이었다. 내가 그걸 거부하자 그녀는 내 비밀을 퍼트리겠다고 말했다. 나는 이제 끝이라는 생각이 들어 그 자리를 떠났다. 그 후는 레이의 말대로다."

요엘은 거기까지 담담하게 말을 마쳤다.

그러나 한 가지 더 중요한 점을 확인해둬야만 한다.

"요엘, 괴롭겠지만 한 가지 더 물어볼게. 네가 연애적인 상대로 좋아하는 성별은 남성, 여성, 어느 쪽이지?"

"……남자다."

청중들이 소란스러워졌다. 내 제자가 희귀한 동물이라도 보는 듯한 눈길을 받는 건 견디기 힘들었지만 지금은 요엘이 뒤집어쓴 혐의를 벗는 게 우선이다.

"재판장님. 이상의 사실에 의거해 그에게는 베르타씨를 폭행할 이유가 없습니다."

"그렇지만…… 그렇다면 어째서 베르타 바르케는 부상을 입게 된 거지요?"

그렇다. 수수께끼는 그 부분이다.

"그 점에 대해서는 제가 이런 증언을 얻었어요. 발언의 허가를 부탁드려요, 재판장."

"허가합니다."

클레어 님도 자리에서 일어나 입을 열었다.

"베르타 씨에게는 이전부터 사귀고 계셨던── 아니, 그녀에게 치근대던 남성이 있었던 모양이에요. 이름은 데미안 카룻사. 데미안은 베르타 씨의 어떤 약점을 쥐고 있었는지 시시때때로 그녀에게서 돈을 뜯어내고 있었다고 베르타 씨와 같은 술집에서 일하는 동료분이 증언해 주셨어요."

클레어 님이 말을 이었다.

"또한 데미안 본인에게도 증언을 받았습니다. 아니, 그걸 증언이라고 부를 수 있을지는 좀 의심스럽지만."

"무슨 뜻입니까?"

"데미안은 불법적인 약물에 손을 대고 있었던 것 같아요. 이미 반쯤 제정신이 아니었어요. 여기서부터는 추측에 지나지 않지만 베르타 씨를 폭행했던 건 데미안이 아니었을까요?"

클레어 님이 묻자 베르타는 아무 말도 하지 않은 채 고개를 숙였다.

"이의 있소! 근거 없는 추론입니다."

"이의를 기각합니다. 베르타 바르케. 신의 이름으로 맹세하고 대답해 주십시오. 당신은 데미안 카룻사에게 폭행을 당했습니까?"

"……."

재판장의 질문에 베르타는 여전히 침묵했다. 아마도 변호사로부터 불리한 발언은 하지 말라고 미리 당부를 받았던 거겠지.

"묵비권을 행사하는 겁니까. 좋습니다. 그렇지만 요엘 산타나에 대한 고발은 기각하겠습니다. 괜찮겠습니까?"

"아니요, 재판장님!"

원고 측 변호인이 황급히 막았지만,

"……네, 상관없습니다."

베르타가 가느다란 목소리로 말했다.

"베르타! 아직 싸울 수 있어!"

"……아니요, 괜찮아요. 이제 됐어요."

작은 소리로 말하며 베르타는 증언석 바닥에 주저앉고 말았다. 그녀가 어째서 데미안을 감싸는가, 어째서 처음부터 데미안을 고발하지 않았는가, 어째서 요엘에게 죄를 뒤집어씌운 건가.

그녀에게는 그녀 나름의 절실한 이유가 있었겠지.

전생에서 여성이 남성에게 성적인 무고죄를 뒤집어씌우는 소재를 다뤘던 소설이나 애니메이션이 몇 개인가 있었는데, 그중에는 여성을 엄청난 악의로 넘치는 존재로 그려내는 것들도 있었다. 하지만 현실에서 그런 일이 일어나는 비율은 정말 극히 적다. 아예 없다고는 하지 않겠다. 하지만 정말로 극히 적다.

남성의 입장에서 본다면 그런 무고죄를 뒤집어쓰는 걸 우려하는 거겠지, 그런 마음은 여성인 나로서도 짐작은 할 수 있다. 그러나 일반적인 여성은 그런 짓을 할 의미도 없고 할 이유도 없는 것이다.

물론 그렇다고 해서 여성 측의 주장만 통용되는 건 이상하다. 내가 살았던 일본의 재판제도에 문제점이 있다는 것도 분명한 사실이다. 하지만 모든 건 케이스 바이 케이스로 생각해야만 한다.

베르타의 경우는 어땠는지에 대해, 결국 나로서는 확실히 알 수 없다. 데미안이 모든 일의 원흉일지도 모르고, 베르타의 독단이었을지도 모른다. 모든 것은 억측의 영역을 벗어나지 못한 채 재판이 끝나려고 하고 있었다.

"그리고 요엘 산타나. 당신에게 사건과는 별개로 선고를 내립니다. 당신의 제국 유학 자격을 말소하겠습니다."

나는 놀라지 않았다. 역시 이렇게 되는구나.

"당신의 사정은 알겠지만 당신의 몸은 신께 부여받은 것. 그걸 이상하다고 여기는 것은 죄입니다. 죄인을 이대로 제국에 머물도록 놔둘 수는 없습니다."

"……."

요엘도 무덤덤했다. 그건 재판장의 판단에 납득했기 때문이 아니라 그렇게 될 거라고 진즉에 포기했기 때문이다.

요엘의 경우는 이성병에 걸렸던 유 님의 경우와는 결정적으로 다른 부분이 있다. 유 님의 경우는——왕국 상층부의 주장과는 별개로——원래의 몸으로 돌아간 케이스다. 그에 반해 요엘은 스스로의 『원래의』 몸을 부정하고 있는 케이스다. 정령교회의 교리상, 양쪽에 내리는 판단도 크게 달라진다.

여기가 현대 사회였다면 이런 판결이 내려지지 않았겠지. 하지만 이 세계에는 아직 그런 가치관이 자라나지 않았다.

"요엘 산타나는 바우어 왕국으로 강제 송환 하는 걸로 하겠습니다. 기한은 1개월. 그전까지 국외로 퇴거해 주십시오."

이걸로 폐정, 이라는 말과 함께 재판장은 재판을 마무리 지었다.

누구도 구원받지 못한 허무한 재판이었다.

"……레이, 어디로 가는 거냐?"

"자자, 괜찮으니까."

"잠자코 따라오도록 하세요. 나쁠 건 없을 테니까요."

재판이 끝나고 2주 정도 지난 어느 날.

클레어 님과 나는 어떠한 소식을 받고서 요엘을 데리고 어떤 장소를 방문하는 중이었다.

"뭐, 두 사람에겐 큰 은혜를 입었으니까. 어지간한 거라면 전부 들어주겠어."

요엘이 힘없이 웃었다. 그—— 아니, 그녀가 말하는 은혜란 저번 재판을 말하는 거겠지.

"은혜라니 당치도 않아. 결국 요엘은 바우어로 돌아가게 되어 버렸으니까."

"맞아요. 누명을 벗기 위해서 그랬다고는 해도, 요엘에게는 미안한 짓을 하고 말았어요."

나쁜만 아니라 클레어 님마저도 목소리에서 낙담한 기색이 묻어나왔다. 클레어 님은 자신의 제자를 구해내지 못한 걸 후회하고 있는 모양이었다.

"그런 말 하지 말아줘. 이렇게 보여도 내 마음은 개운해졌어. 계속 가슴속에 눌러 담고 있었던 사실이었으니까."

그러면서 다시 쓰게 웃는 요엘.

"그래서 지금 어디로 가는 건지 슬슬 가르쳐줘도 괜찮지 않아?"

"여기."

"여기예요."

우리가 도착한 곳은 정령교회의 치료소였다.

"여기서 뭘 하려고?"

"일단은 들어가자."

"따라오세요."

우리는 요엘의 손을 끌고 안으로 들어갔다. 제도 내에 있는 이 치료소는 바우어 왕립학교 부설 치료소보다도 훨씬 넓은 규모였다. 대합실에는 부상이나 병의 치료를 위해서 진료 순서를 기다리는 사람들이 있었다. 실내는 청결을 유지하고 있어서 그런지

구석구석 빈틈없이 청소되어 있었다.

"다들 왔구나."

"늦었잖아."

우리를 맞이해 준 건 유 님과 미샤였다. 두 사람은 유학생으로서 학관을 다니는 학생으로 지내지만, 그와 동시에 정령교회의 교인으로서 이 치료소에 다니며 봉사활동을 하고 있다. 그리고 나는 두 사람에게 한 가지 부탁을 해 놨다.

"그녀는?"

"이쪽이야."

내 물음에 유 님이 앞장서서 안내해주셨다. 유 님의 안내에 따라 치료소 안쪽을 걸어가 어떤 방 앞에서 멈췄다.

"유리아, 들어가도 괜찮겠니?"

"……응."

대답을 듣고서 다 같이 방 안으로 들어갔다. 방 안에는 이미 면식이 있는 한 아이가 침대에 누워있었다.

"유리아, 상태는 어떤가요?"

"……나쁘지 않아요, 클레어 님."

환자는 유리아였다. 클레어 님과 내가 때때로 위문을 다니고 있는 수도원의 아이들 중 한 명이다. 유리아는 나한테는 좀처럼 친근하게 다가오지 않지만 클레어 님에겐 마음을 활짝 열고 있다. 듣기로는 나랑 바꿔치기했을 때의 교황님과도 사이가 좋았다고 들었다.

"이 아이는……?"

요엘은 당황하고 있었다. 어떤 상황인지 이해가 가지 않는 모양이다.

"어떤 병에 걸려있어서 치료를 받게 되었어. 하지만 이 병은 조금 특수한 거라서 말이지. 레이한테서 이 병에 걸린 환자가 있다면 알려줬으면 한다는 부탁을 받았어."

"병?"

"이성병이야."

"!"

병명을 듣자 요엘도 알아챈 것 같았다. 그렇다. 나는 요엘을 위해서 이성병 환자를 찾고 있었던 것이다. 21세기 현대였다면 의사가 환자의 정보를 누설하는 일이 있어서는 안 되겠지만 이 세계는 그런 부분이 아직 느슨하다. 이성병에 걸린 환자가 내가 익히 아는 유리아였다는 사실에는 깜짝 놀랐지만.

"레이, 너는 설마……?"

"응. 요엘, 이성병에 걸려보지 않을래?"

잊어버린 사람도 있을 것 같으니 설명해두자. 이성병이란 그 이름 그대로 이성의 신체로 변화하는 병이다. 그 실체는 일종의 저주와 비슷한 것이지만 자세한 설명은 생략하겠다. 평범한 사람 입장에선 걸리면 난리가 날 병이지만 여성의 몸을 가지고 싶어 하는 요엘에게는 희망이 될지도 모른다고 생각했다.

"일단 미리 말해두겠지만 이성병에 걸린다고 해서 네가 그리는 이상적인 여성의 몸이 될 수 있을 거라는 보장은 없어. 요엘은 원래부터 남성적인 굴곡을 가지고 있으니까."

유 님의 경우 혼란을 겪지 않을 수 있었던 건, 유 님이 처음부터 여성스러운 외모를 하고 있었다는 점과 그녀는 원래 여성이었다는 점을 들 수 있다. 또한 만월이 뜨는 날에는 원래 성별로 돌아가 버린다는 점도 주의해야 한다.

"그래도 좋다면 유리아의 이성병을 요엘에게 옮길게."

"그런 게…… 가능한 건가?"

"응."

"지금도 여전히 레이가 어떻게 그런 지식을 가지고 있는지에 대해선 물어보면 안 되는 거겠지?"

"그렇게 해주시면 감사하겠습니다, 유 님."

"그래서 어떤가요, 요엘?"

요엘은 생각에 잠겼다. 재판 때도 말했다시피 요엘은 군인 집안의 장남이다. 장래에 군인이 되기 위한 교육을 받았고, 그렇게 될 거라는 기대를 받아왔다. 여성 군인도 있다고는 하지만 여성의 몸이 된다면 그만큼 핸디캡을 부담해야 한다는 사실은 피해갈 수 없다.

그럼에도 여성이 되고 싶다고 생각할까.

"……부탁해. 아니 꼭 부탁드립니다, 레이 선생님."

요엘은 자세를 바로잡고서 깊이 허리를 숙였다.

"알겠어. 그럼 시작할게."

결론부터 말하자면 요엘의 여성화는 잘 끝났다.

"……설마하니 이런 미인이 될 줄이야……."

"정말로요."

"……그만해줘……."

치료소를 나와 돌아가는 길. 우리는 다 함께 서둘러서 기숙사로 돌아가고 있었다.

"나와는 다른 타입의 미인이구나."

"자기가 자기 입으로 미인이라고 말하지 말아 주세요, 유 님."

쿡쿡 웃는 너구리를 나무라는 사람은 물론 미샤였다.

"요엘, 염원하던 여성의 몸을 손에 넣은 기분은 어때?"

"……뭔가 꿈만 같아. 아직도 믿을 수가 없어."

가늘어진 자신의 손가락을 바라보는 요엘은 아직도 실감이 나지 않는 모양이었다. 하지만 역시 표정은 부드럽게 풀려있었다. 나는 그 모습을 바라보면서 이곳이 마법이나 저주 같은 신비가 존재하는 세계라서 다행이라 생각했다.

내가 있던 세계였다면 성별 위화감을 겪더라도 성별의 벽은 이렇게 간단히 넘나들 수 있는 게 아니었다. 남성이 여성이 되는 경우든 여성이 남성이 되는 경우든, 벽을 넘는데 성공하는 사람은 극소수고 많은 사람이 눈물을 삼킬 수밖에 없는 게 현실이었다. 2차 성징 전에 치료를 받을 수 있다면 또 달라지겠지만 그렇지 못한 경우——특히 신체가 기존 성별로서 완성되어버린 경우——아무리 본인이 다른 성별로 살아가길 원한다고 해도 뒤늦게 성별을 바꾸는 일은 거의 불가능했던 것이다.

성별 위화감을 품고 있었던 친구인 미사키가 치료를 시작했던 건 2차 성징을 마친 뒤였기 때문에 그녀의 경우에는 남성치고는 신장도 골격도 가녀렸고 목소리도 낮아지지 못했다. 그 때문에 대인관계에 곤란을 겪게 되었다. 결과는 여러분도 알고 있는 대로다.

오해가 있으면 안 되니까 한 가지 단언해 두겠지만, 나는 외모가 뛰어나지 않으면 성별의 벽을 넘지 못한 게 된다고 말하고 싶은 게 아니다. 본래대로라면 미추에 상관없이 제각각의 외모로 행복하게 살아갈 수 있는 사회가 가장 좋다. 그건 당연한 일이다.

하지만 용모의 아름다움과 추함이라는 건 결국 어찌 됐든 존재하는 사실이고, 그건 삶의 편의에 크게 관련이 있다. 예쁘고 잘생기면 뭐든지 편하냐고 말한다면 그렇지는 않다. 실제로 취업 면접 등에서 잘생긴 사람이 평가를 더 박하게 받는다는 연구 결과도 있었다.

그렇지만 성별의 벽을 넘는데 있어서, 자신의 용모가 자신이 되고자 하는 성별과 일정 이상의 친화성을 가지는 건 중요한 부분이다. 사람은 이상론이나 올바름만 가지고는 살아갈 수 없다.

"……이세계라고 해서 뭐든지 내 입맛대로 잘 풀리는 건 아니지만 이번만큼은 감사해야 하려나."

나는 떠나버린 미사키도 어딘가의 이세계에 전생했다면 좋겠다는 생각이 들었다.

"레이 선생님, 고마워. 이 은혜는 평생 잊지 않을게."

"무슨 소리야. 나는 대단한 일은 하지 않았어. 그보다도 요엘은 앞으로가 큰일이니까 힘내."

"아아. 부모님을 설득하는 건 조금 우울하지만 어떻게든 해내 겠어."

쓴웃음을 지어도 여성화되기 전보다 훨씬 부드러웠다. 몸이 마음의 성별에 적응한 거구나 싶었다.

"맞다, 레이. 이걸 맡겨둘게."

"?"

유 님이 뭔가를 꺼내 들더니 나에게 넘겨주었다.

"이건……."

"성별의 벽을 넘은 뒤에는 여러 가지로 예측하지 못한 사태가 일어나기 쉬워. 만에 하나 요엘의 몸에 무슨 일이 생긴다면 이 걸 써서 일단 이성병을 해주 하는 게 좋아."

유 님이 건네준 물건은 달의 눈물이었다.

"괜찮은 건가요?"

"물론. 성별에 관한 괴로움은 나도 잘 알고 있어. 조금이라도 힘이 될 수 있다면 기쁘지."

그렇게 말하면서 유 님은 방긋 웃었다.

"고맙습니다. 감사히 빌릴게요."

바우어 기숙사에 도착할 무렵에는 해가 완전히 저물었다. 석 양이 어쩐지 몹시도 아름답게 느껴졌던 건 분명 기분 탓이 아니 었을 것이다.

"——그런 일이 있었어."

"에이— 나도 여자아이가 된 요엘을 보고 싶었는데—!"

"저는 별로 흥미 없습니다."

이곳은 제국의 관청에 있는 방. 라나, 이브, 나까지 우리 세 사람은 어떤 볼일을 위해 여기를 방문한 참이다.

"그——가 아니라 그녀는 그럼 벌써 바우어로 돌아간 건가요?"

"응."

그 일이 있고 난 뒤, 요엘은 별다른 이상 없이 여성의 신체에 익숙해질 수 있었다. 국외 퇴거 기한이 다가왔기 때문에 요엘은 제국을 떠나 바우어로 돌아갔다.

결국 달의 눈물을 쓸 일은 없었다. 주머니 속에 있는 반지를 의식하면서 이제 이것도 돌려줘야겠네, 하고 생각했다.

"부끄러워서 모두와 만나지는 않겠지만 안부 전해달라고 요엘이 말했어."

"서운하네~."

"……."

인사를 나누고 싶었다는 라나와 아무래도 좋다는 듯한 이브.

"요엘, 미인이 됐나요?"

"응. 만약 바우어에 돌아간 뒤 다시 만난다면 깜짝 놀랄 거라고 생각해."

"그렇구나. 이야 다시 만날 때가 기대돼~!"

"……아무래도 좋아."

몸을 배배 꼬고 있는 라나에 비해 이브는 시종일관 쌀쌀맞은 태도였나. 이브는 한숨을 한번 내쉬고서 말을 이었다.

"……두 사람도 어서 일하세요. 말을 하지 말라고는 하지 않겠지만 빨리 끝내지 않으면 언제까지고 집에 갈 수 없어요."

"아, 미안해 이브."

"미안~!"

우리가 지금 뭘 하고 있냐면, 이제 코앞으로 다가온 4개국 정상회담을 위해 자료를 만들고 있었다. 제국을 방문할 바우어의 수뇌부들이 볼 제국에 대한 자료를 준비하는 중이다. 여기는 제국의 시설이라서 외국인인 우리들이 열람할 수 없는 자료들도 있지만 열람할 수 있는 범위 안에서도 유익한 자료들이 얼마든지 있다.

예를 들어 제국이 대외용으로 발표하는 각종 국력 통계의 최신판 등이다. 인터넷이 없는 이 세계는 통신수단 대부분을 편지에 의존하고 있다. 그 말은 즉, 이런 통계 자료들이 즉각적으로 반영되기 힘들다는 뜻이다. 바우어에서 오게 될 실무 스태프들도 당연히 그런 자료들을 조사하고 있겠지만 아무래도 정보의 신선도에서 차이가 난다. 우리는 그 부족한 신선도를 보충하기 위해서 자료 작성을 하고 있다는 뜻이다.

"하지만 나는 이미 끝났는데?"

"빠르네, 라나. 나는 조금 더 걸릴 것 같아. 이브는?"

"……저도 조금 시간이 걸릴 것 같습니다."

의외로 라나는 일처리가 빨랐다. 공부는 영 아니면서 이런 사무 쪽 작업에는 강한 모양이다.

"그러고 보니 오늘은 클레어 님이 함께 계시지 않네요."

라나가 갑자기 생각났다는 듯이 말했다.

"응. 클레어 님은 정부 요인들을 마중하러 갔어. 도르 님과 함께."

"어? 그러면 메이 쨩이랑 알레어 쨩은 누가 돌봐주는 건데요?"

"아이들은 집을 보고 있어. 메이도 알레어도 벌써 집에 혼자 있을 수 있는 아이들이니까."

물론 그렇다고는 해도 아이들만 집에 남겨두는 게 걱정되지 않는다는 뜻은 아니다. 평소에는 유치원에 다니고 있기도 하고, 휴일에 우리가 집을 비우게 될 때도 도르 님이 아이들을 봐주실 때가 많다. 오늘은 오랜만에 아이들끼리만 집에 있다.

"그래도 괜찮은 건가요?"

"아예 걱정되지 않는 건 아니지만 아마 괜찮을 거야. 둘 다 아주 똑 부러지는 아이들이니까."

"……그야 엄마가 이 모양이니까요."

변함없이 이브는 나에게 가시가 돋쳐 있다.

"그럼 나는 먼저 기숙사로 돌아가서 아이들을 돌볼까요?"

"어?"

"저는 벌써 일도 마쳤고, 아무리 메이 쨩이나 알레어 쨩이 똑 부러진다고 말은 해도 역시 걱정되잖아요?"

"그야, 그렇게 해주면 고맙지만."

라나는 메이랑 알레어와도 아는 얼굴이다.

라나는 방에 자주 놀러——라는 명목으로 작업을 걸러——오기 때문에 조금 낯가림이 있는 우리 아이들도 라나에겐 벌써 마음을 연 상태다.

"사양하지 말라고. 선생님과 나 사이잖아."

"무슨 사인데."

"……불결해."

나에게 장난을 치며 깔깔 웃는 라나를 보며 쓴웃음을 짓자 이브가 싸늘한 시선을 던졌다.

아니 난 잘못한 거 없지?

"그럼 부탁해도 될까? 나도 이것만 마치면 바로 갈 테니까."

"응, 알겠습니다~ 아 그래도 마침 좋은 기회니까 둘 다 응어리를 풀어보는 건 어때?"

"……라나, 쓸데없는 소리 하지 말아줘."

"아아, 과연."

라나는 지금, 내가 이브에게 일방적으로 미움 받고 있는 걸 말하는 거겠지.

"쓸데없는 소리가 아니잖아. 선생님이랑 이브도 참, 벌써 만난 지 몇 달이나 지났는데도 아직도 가시가 돋쳐 있는걸. 차마 볼 수가 없어."

"나는 그다지 이브가 싫지 않지만 말이야."

"……! 그런 점이——!"

"그래그래, 이브 거기서 스톱스톱."

하던 일을 멈추고서 나를 노려보는 이브를 라나가 달랬다. 어쩐지 이상한 감각이다. 경박하고 노는 학생이라는 이미지로 생각하고 있었는데, 우리 둘의 화해를 주선하는 가장 어른스러운

역할에 나서고 있는 라나. 평소에 보던 라나의 태도는 사실 꾸며낸 모습이었던 걸까.

"이브도 말이지, 한 번쯤 속을 터놓고 얘기해야 해. 선생님 말처럼 뭔가 오해가 있는 걸지도 모르니까."

"오해 같은 게——."

"아니라면 아닌 대로 어떤 점이 마음에 들지 않는 건지, 어떻게 해줬으면 하는 건지 말해야지. 이렇게 계속 일방적으로 적대적인 태도여서야 선생님도 곤란할 거야."

라나의 말에 이브는 입을 다물었다. 아마도 그녀도 머리로는 알고 있을 것이다. 다만 감정이 이성을 따라가지 못할 뿐이지.

"자 그런고로 내 일은 여기서 끝——인걸로."

"수고했어, 라나."

"고마워 선생님. 상으로 뽀뽀는?"

"내 입술은 클레어 님 전용이니까."

"아잉~ 완고해. 그 점이 좋아~!"

또다시 몸을 배배 꼬는 라나. 이것도 꾸며낸 모습이려나. 이게 본모습이라는 느낌도 들지만.

"······그만 까불고 어서 가버리는 게 어때?"

"응, 그렇게 할게. 그럼 둘이서 차분히 얘기 나눠봐."

"응. 고마워, 라나."

"······흥."

"아냐아냐. 메이 짱이랑 알레어 짱은 나한테 맡겨줘. 오늘이야말로 언니라는 말을 듣고야 말테니까."

그럼 이만, 이라면서 라나는 살랑살랑 손을 흔들며 떠나갔다.

"태풍 같은 아이네, 라나는."

"당신이 그런 소릴 하시는 건가요."

"어? 이브 안의 나는 어떤 이미지인거야?"

"……큰 차이는 없어요. 자기 좋을 대로 행동하고, 언제나 주변을 말려들게 하고. 라나의 경우엔 타고난 성격이지만 당신은 의도적이잖아요?"

"어— 그건 오해인데……."

어째서 이브는 나에 대한 인상이 이렇게나 최악인걸까.

"저기 슬슬 가르쳐주지 않을래? 내가 이브한테 무슨 짓을 했어? 라나한테서 연인이 어쩌고 듣기는 했지만 나로선 정말로 짚이는 부분이 없어."

"……그렇겠지요. 자각이 없다는 게 가장 최악입니다. 분명 그 사람도 당신의 그런 점에 홀라당 속아 넘어간 겁니다."

이브는 그 말과 함께 일하던 손을 멈췄다.

"그 사람은 저를 좋아해 줬었는데. 나뿐이라고 말해줬는데."

"그 사람은 라나의 연인이었어? 유클레드 사람?"

그렇게 말하자 어떤 가능성이 하나 떠올랐다.

"혹시나 라나가 말하는 사람이란 루이 씨?"

루이는 Revolution의 주인공인 나를 좋아했었다.

만약에 이브가 좋아하는 사람이 루이고, 자신을 봐주지 않자 나를 원망하고 있다면 앞뒤가 맞는다.

그러나——.

"하? 누굽니까, 그건?"

이브는 내 말이 전혀 이해가 가지 않는다는 표정이었다.

"어라? 틀렸어?"

"틀리고말고요. 애초에 그 이름을 듣자 하니 그 사람은 남성이겠죠. 저 남자한테는 흥미 없으니까요."

엇차, 대담한 커밍아웃이다.

"그럼 그 사람이라는 건 누구야?"

"아직도 모르겠다는 건가요……."

이브는 나에게 증오가 담긴 시선으로 쏘아보면서 말했다.

"당신에게 빼앗긴 연인── 그건 마나리아 스스 님입니다."

막간 · 과거와의 재회 (마나리아 스스)

"언니!"

"이야, 클레어. 오랜만이야."

장시간의 마차여행을 마치고서 제도 룸에 내려서자, 사랑스러운 여동생이 맞이해 주었다.

"클레어는 변함없이 귀엽구나. 만나지 못한 사이에 한층 더 아름다움을 연마한 모양이야."

"후후, 참 능숙하세요. 칭찬해주셔도 아무것도 안 나온다고요?"

쿡쿡 웃는 클레어는 겉치레가 아니라 정말로 사랑스럽다. 이

전에는 좀 더 까칠한 느낌이었지만 지금의 클레어는 상당히 인상이 부드러워졌다.

"빈말이 아니란다. 클레어는 정말로 귀여워. 옛날보다도 훨씬 귀여워진 건 레이 덕분이려나?"

"저, 정말이지……! 언니도 참 레이 같은 말을 하시네요!"

그렇게 말하면서도 달아오르는 뺨을 보면 싫지만도 않은 표정이다.

"부정하지 않는 모습을 보니 정곡을 찌른 걸까. 귀여운 여동생을 빼앗긴 것 같아서 슬픈걸."

"무슨 소릴 하시는 거예요, 언니. 저는 언제고 항상 언니의 여동생이라고요."

클레어는 나를 안아주면서 말했다.

여동생이라. 옛날에는 연심을 담은 뜨거운 시선을 보내고 있었는데 지금은 전혀 그런 기색을 찾아볼 수 없었다. 클레어의 마음에 응하지 않은 건 내 선택에 따른 결과지만 그럼에도 왠지 섭섭하게 느껴지는 게 또 사람 마음이라는 거겠지.

"후후, 다행이야. 클레어는 건강해 보이는구나."

"네에. 언니도 변하지 않으셨어요. ……아, 여왕 전하라고 불러드리는 게 좋을까요?"

"그러지 말아줘. 아직도 그 소리만 들으면 등이 간질간질하다고. 외교 자리에서는 어쩔 수 없다고 해도, 다른 때는 하다못해 평소처럼 부탁할게."

"후후, 알겠어요."

장난기 가득한 눈. 이것도 옛날 같으면 심술이 반이었을 텐데, 지금의 클레어의 눈은 맑고 순수했다.

"레이는 건강하니?"

"네, 좀 곤란할 정도로요."

"그렇구나. 결혼식에는 참석하지 못해서 미안했어."

"무슨 말씀이세요. 이제 언니는 한 나라의 군주. 그에 비해 저희들은 일반 시민인걸요. 당연한 배려예요."

"고마워."

진심으로 아끼는 여동생의 기념일에도 출석할 수 없다니, 내 일이지만 참 귀찮은 길을 골랐다.

"방금 트레드 선생님을 뵀었는데 이미 세인 전하도?"

"네, 방금 전에 도착하셨어요. 안내를 마치고 나니 이어서 언니가 도착했다는 소식이 들려서 이렇게 기다리고 있던 참이에요."

"그래. 고마워, 클레어."

"별 말씀을요."

내가 웃음 짓자 클레어도 방긋 미소 지었다.

"제국에서의 생활은 어때? 바우어가 너를 제국에 내밀었다는 말을 들었을 때는 나도 모르게 바우어에 보내는 지원을 끊어버릴까 생각했단다."

"정말이지, 언니도 참. 걱정해주신 것에 비해 아주 마음 편히 생활하고 있어요. 처음 왔을 무렵에는 조금 신경이 곤두서긴 했지만."

"레이가 함께니까?"

"놀리지 말아 주세요."

클레어는 토라진 듯이 고개를 획 돌렸다. 그런 몸짓도 하나하나가 귀엽다.

"아하하, 미안미안. 여동생을 떠나보낸 분풀이라고 여기고 용서해줘."

"저는 언니한테서 떨어진 기억이 없는걸요? 아직도 어리광부릴 게 남았어요."

"기쁜 말을 해주는구나."

"사실인걸요."

대화에 푹 빠져있었더니 신하가 이동을 재촉했다.

"걸으면서 대화하자."

"네에."

나는 클레어의 손을 잡고 에스코트하면서 걷기 시작했다. 클레어도 자연스럽게 에스코트에 응했다.

"3국 동맹의 건은…… 바우어에게 미안한 짓을 했다고 생각하고 있어."

스스, 아파라치아, 바우어의 3국 동맹을 맺고 제국에 대항한다는 구상은 결국 실현되지 않았다. 그뿐만 아니라 바우어가 제국의 표적이 되어서 결과적으로 클레어를 비롯한 사람들이 제국으로 보내지게 되었다.

"사과하지 말아 주세요. 언니는 위정자로서 자신의 나라를 위한 최선의 선택을 모색했을 뿐이에요. 저 또한 귀족이었는걸요. 그런 만큼 잘 알고 있어요."

"그렇게 말해주니 고맙구나."

클레어는 이해심도 넓어졌다. 옛날엔 시야가 좁고 근시안적인 면이 강했고, 그게 또 귀엽긴 했지만. 지금은 좀 더 성숙한 시야를 지니고 있었다. 그녀를 이렇게 바꾼 사람이 내가 아니라는 점이 살짝 쓸쓸하다.

"레이도 화내지는 않았니?"

"처음엔 굉장히 화를 냈어요. 하지만 제 결의가 확고하다는 걸 알고 나선, 제가 마음먹은 쪽으로 함께 고민해줬어요. 레이도 언니의 고뇌를 모를 리가 없어요."

"그렇다면 다행이지만 말이야."

레이 테일러. 내 두 번째 사랑.

클레어를 더없이 사랑하는 그녀는, 뭐든 클레어에 관한 일만 되면 눈빛이 달라진다. 클레어는 저렇게 말하지만 레이는 분명 나를 원망하고 있을 거라는 느낌이 든다. 물론 클레어가 말했듯이 내 입장에 대해선 이해해주고 있겠지. 그러면서도 "그건 그거고, 이건 이거죠"라며 클레어를 위험에 몰아넣게 된 나에 대한 비판도 잊지 않고 있을 거라고 생각한다.

"괜찮아요. 레이도 언니를 아주 좋아해요."

클레어는 그렇게 말하며 나를 안심시켜주려는 것처럼 웃었다. 정말로 눈부시게 성장했다. 나는 클레어를 연인으로서 사랑한 적은 없지만, 그녀가 매력적으로 성장했다는 점은 잘 알 수 있다. 그래도 나는 클레어를 연애적인 의미로서 좋아하게 될 일은 없다. 클레어는 그 사람과 너무 닮았다. 외면적인 부분도 조금,

그리고 본질적인 부분도.

내 첫사랑. 아픔과 후회로 점철된 그 사랑과.

"그러고 보니 레이는? 함께 있지 않다니 드문 일이네?"

"……방금 전에 세인 전하한테서도 똑같은 소리를 들었는데, 저희들은 딱히 24시간 언제나 함께 있는 건 아니라고요?"

"속마음은 둘째치고?"

"언니!"

살짝 놀렸더니 클레어는 정말 좋은 반응을 보여주었다. 이런 점도 그 사람과 꼭 닮았다.

"레이는 오늘 다른 일로 개별 행동이에요. 왕립학교 출신 학생들과 함께 자료 작성을 하고 있어요."

"헤에. 당연히 레이니까 학생들한테도 굉장히 인기겠지?"

"그게 꼭 그렇지도 않아요. 확실히 대부분의 학생들은 레이를 좋아하는 모양이지만 딱 한명 레이를 질색하는 아이도 있는걸요."

"그건 또 별일이네. 어떤 아이니?"

나는 살짝 흥미가 동했다.

내가 사랑하는 그 아이를 싫어한다니 대체 어떤 애일까, 하고.

"조금 내향적인 아이네요. 말수도 적고 살짝 독설가에. 그러고 보니 안경을 쓰고 있다는 점이 특징이네요."

"헤에."

나는 어라, 싶었다. 방금 전에 떠올렸던 괴로운 추억과 지금 들은 인물상이 비슷했기 때문이다.

"독특한 아이구나. 내가 아는 사람 중에도 그런 사람이 있었어. 이름이 뭐니?"

"그게, 이브라고 해요. 이브 눈."

"……뭐라고?"

나는 그 이름에 엄청나게 동요했다.

왜냐면.

왜냐하면, 그 이름은——.

"잠깐만, 클레어. 이브? 이브 눈이라고?"

"네에, 맞아요. 왜 그러시나요, 언니."

"그럴 수가…… 그녀가…… 그런……."

나의 과오.

상처 입히고 말았던 가장 사랑하는 사람.

내 앞에서 사라져버린 환상의 너.

"언니?"

"클레어, 그 사람에게 안내해 줘! 지금 당장!"

"자, 잠깐, 진정해주세요. 이브가 대체 어쨌다는 거예요?"

클레어가 당황하고 있었다. 하지만 지금의 나만큼은 아닐 것이다.

그도 그럴 게.

그야 그녀는——.

"그녀는 내가 처음으로 사랑했던 시녀야."

"마나리아 님이……? 그게 무슨 말이야?"

"시치미를 떼실 생각인가요. 그 사람을 꼬셔놓고서."

"아니, 그게 아니라."

이브가 마나리아 님의 연인이었다?

"그 사람은 나를 사랑해줬어. 나는 그 사람을 위해서 떠났지만, 그 사랑을 잊은 적은 없어."

"……."

열에 달뜬 목소리로 말하는 이브에게서 나는 어떠한 수상한 낌새를 느꼈다. 어딘가 이상하다. 위화감이 있다. 이 위화감은 뭘까.

"그랬는데도, 당신은 그 사람을……! 용서 못 해……!"

"이브, 너는 오해하고 있어. 나는 마나리아 님과 아무 사이도 아니야."

"시끄러워!"

이브가 갑자기 공격해왔다. 나는 황급히 몸을 비틀어 공격을 피했다. 자신의 기세에 휩쓸려 몸을 비틀거리는 이브에게서 거리를 벌리고서 그녀와 대치했다. 운 나쁘게도 출입구 문은 이브의 등 뒤쪽이다. 이곳에는 자료실의 종이가 상하지 않도록 창문도 없었다.

"이브…… 너는 마나리아 님과 어디서 만났어?"

"그런 걸 물어서 어쩌겠다는 겁니까."

"확인하고 싶은 점이 있어서."

"흥, 자신이야말로 마나리아 님한테 사랑받고 있다는 사실을

요?"

"그게 아니라니까."

내 말은 한 귀로 흘리면서 이브는 품속에 손을 넣었다. 품속에서 꺼내는 건 소형 나이프였다. 이브는 나이프를 겨눴다.

"마나리아 님은 나의 것……. 그분에게 몸도 마음도 바쳐서 섬겼던 나만의 것……!"

"……."

섬겼다……는 말은, 그건가. 이전에 마나리아 님이 말했던, 그녀가 손을 댄 시녀란 이브였던 건가. 분명 그 시녀는 왕궁을 떠났고 그 결과 마나리아 님은 방황에 빠졌다고 들었는데.

나이가 맞지 않는다는 생각에 닿자, 나는 이전에 이브가 말했던 사실을 떠올렸다. 유곽에서 요엘의 뒤를 쫓았을 때의 일이었을 것이다. 이브는 자신이 보기보다 훨씬 연상이라고 말했다.

그러나 이 위화감의 정체는 그 부분이 아니다. 대체 뭘까? 뭐가 자꾸 마음에 걸리는 거지?

"당신은 나한테서 마나리아 님을 빼앗았어! 돌려줘! 마나리아 님을 돌려줘!"

이브가 나이프를 번뜩이며 뛰어들었다. 나는 간발의 차이로 간신히 피해냈다. 이브의 백병전 실력은 그다지 대단하지 않은 것 같았지만 그 점은 나도 마찬가지다. 클레어 님한테 어느 정도 단련을 받았다고는 해도 고작해야 벼락치기를 면치 못한다.

마법을 쓴다면 지지 않을 자신이 있다. 이브도 백병전보다도 마법 쪽이 더 특기였던 걸로 기억하지만 그래도 내가 이브한테

질 거라고는 생각하지 않는다. 문제는 내 마법은 위력이 좀 너무 강하다는 점이다. 가능하면 이브한테 상처를 입히고 싶지 않다. 마법도 사실상 봉인당한 거나 마찬가지다.

나는 예전에 루이와 싸웠을 때가 떠올랐다.

응? 루이 씨?

"저기 이브, 너는 라나와는 같은 고향 출신이라고 하지 않았어?"

"지금 그게 무슨 관계가 있다는 거죠."

"됐으니까 대답해. 너는 라나와 같은 고향이야?"

"네. 저는 라나와 같은 출신입니다."

그렇구나. 그렇다면 역시 이상하다.

"그러면 너는 어디서 마나리아 님과 만났어? 너는 유클레드 출신일 텐데 어떻게 스스 왕궁에서 일할 수가 있었어?"

"?! 그…… 그건……!"

이브는 깜짝 놀란 것처럼 눈을 크게 떴다.

스스는 제국 같은 철저한 능력주의를 채용하고 있는 나라가 아니다. 클레어 님처럼 신분이 확실하게 보장된 사람이라 왕궁에 맡겨졌던 거라면 이해가 가지만, 이브같이 일반 평민이 왕궁의—— 그것도 왕족의 시녀가 된다는 건 말이 안 되지 않을까.

평화로울 때의 스스라면 혹시 또 모른다. 그러나 이번 대의 스스 왕국은 마나리아 님이 여왕에 오르기까지 상속권 다툼으로 옥신각신 다투고 있었다. 과연 그런 상황에서 외국인 출신 평민이라는 출신이 불명확한 사람을 왕궁 시녀로 채용할까.

"이브 잘 떠올려봐. 너는 정말로 마나리아 님의 시녀야? 혹은 유클레드 출신이라는 게 틀림없어?"

"……으, 아…….."

이브의 얼굴이 점차 일그러졌다. 그건 마치 자신 안에서 용솟음쳐 오르는 두려운 무언가에 겁을 먹고 있는 것처럼 보였다.

"아……아아……아아아……!!"

이브는 머리를 감싸 쥐고서 날뛰었다. 괴로움에 몸을 비틀며 입으로는 절규를 토해냈다.

"이브, 정신 차려!"

나는 이브에게 다가가 나이프를 쳐낸 다음 날뛰는 그녀를 잡아 눌렀다. 이브의 얼굴을 보자 눈동자는 빛을 잃었고 표정은 흐리멍덩하게 어두워져 있었다. 나는 이 증상과 비슷한 걸 본적이 있다. 본래의 그녀와는 전혀 다른 모습.

이건——.

"암시……!"

이유는 알 수 없지만 이브는 아마 사라스의 암시에 걸린 상태다. 그녀의 행동은 전부 그녀의 의지가 아니었다. 그렇다면……나는 주머니에서 그걸 꺼내 들었다.

"달빛이여, 이자에게 머무는 사악한 기운을 제거하라——!"

달의 눈물의 시동어를 외치자 반지가 빛을 내뿜었다. 부드러운 빛이 이브를 감쌌다.

"아…… 으…….."

고통으로 일그러졌던 이브의 표정이 조금씩 평온해졌다. 효과가 있을지 없을지는 도박이었는데, 아무래도 사라스의 암시도 배드 스테이터스로 취급되는 모양이다.

이윽고 이브는 움직임을 멈추고서 그 자리에 쓰러졌다. 나는 황급히 이브의 몸을 안아들었다.

"이브……이브……! 정신 차려……!"

나는 이브의 뺨을 찰싹였다. 이브는 단순히 의식을 잃었을 뿐이었는지 금방 눈을 떴다.

"……레이 선생님…… 여기는……?"

"제국의 자료실이야. 무슨 일이 있었는지 기억해?"

"……."

이브는 잠시 동안 멍하니 있었다. 시선이 허공을 방황하며 주위를 한 번 둘러보았다.

"저…… 라나랑 선생님을 돕고 있었고……그리고……."

"응."

"……그리고……분명……. ──!?"

이브의 눈이 크게 뜨이더니 몸을 일으켰다.

"저…… 대체 무슨 짓을……."

"진정해 이브……. 이브는 아무런 잘못도 없으니까."

"하지만……!"

"괜찮아, 진정해. 일단 천천히 심호흡부터 해볼까. 자, 들이마시고."

"……."

"내쉬고."

"……."

이브는 지금까지 씌어있던 게 떨어져 나간 것처럼 순순히 내 말에 따라주었다. 언제나 날카롭게 날이 서 있었던 혐오감이 뒤섞인 시선도 자취를 감췄다. 역시 이브는 누군가에게——짐작건 대 사라스——조종당하고 있었던 모양이다.

"먼저 확인부터네? 이브는 마나리아 님의 옛 연인이었던 시녀 였다는 사실은 맞아?"

"……네."

"그걸 이유로 나를 원망하고 있었어?"

"……그랬던 마음이 있었을 텐데 잘 모르겠습니다. 어째서 저는 그런 식으로 생각했었는지……. 지금은 전혀 그런 생각 은……."

"응. 이브는 조금 나쁜 암시에 걸려있었던 것 같으니까. 이브 탓이 아니야."

나는 이브를 안은 손에 힘을 주었다. 이브는 얼굴을 푹 수그린 채, 몸을 맡겨오는 걸 알 수 있었다.

"저…… 마나리아 님에 대해선 이미 깨끗하게 마음을 정리했 을 거예요. 마나리아 님을 생각하면 함께 있을 수 없을 테니. 떠 나는 게 가장 좋다고."

"응."

"왕국을 떠나고, 시녀로서 이곳저곳에서 일했어요. 그리고서…… 그 후로는……."

이브는 거기서 갑자기 뭔가를 떠올린 듯, 깜짝 놀라며 수그렸던 고개를 들었다.

"선생님! 안 돼! 서둘러서 기숙사로 돌아가요!"

"어?"

"메이 짱이랑 알레어 짱이 위험해!"

"무, 무슨 말이야?"

갑자기 다급한 안색으로 말하는 이브를 보며 나는 당혹스러웠다. 이브는, 그런 나를 단숨에 현실로 돌려놓는 한 마디를 입에 담았다.

"나에게 암시를 걸었던 건, 라나예요!"

"레이!"

"클레어 님……."

나는 기숙사 방으로 황급히 뛰어 들어온 클레어 님에게 한심한 목소리를 내며 안겨들었다. 클레어 님은 나를 한 번 꾹, 힘주어 부둥켜 안아준 뒤 내 얼굴을 살피며 물었다.

"메이랑 알레어가 유괴됐다는 건 정말이군요?"

"네……. 제 방심입니다. 드릴 말씀이 없습니다."

울고만 있어봤자 아무런 해결도 되지 않는다. 지금은 사태의 해결을 위해서 지혜를 짜내야 할 때다. 그런데도 폭풍처럼 흔들리는 마음에, 내 뜻대로 사고가 되지 않았다. 메이와 알레어가 지금쯤 어떤 상황에 처해있을까. 그걸 떠올리는 것만으로 가슴이 찢어질 듯이 괴로웠다. 만에 하나 아이들의 몸에 무슨 일이 라도 있으면——.

"진정해요, 레이. 당신 혼자만의 잘못이 아니에요."

"그렇고말고. 아이들한테서 눈을 떼고 있었던 클레어와 나한 테도 책임이 있어. 혼자서 떠안는 건 그만두도록."

"하지만…… 하지만……."

내가 좀 더 주의 깊게 대책을 세워놨다면. 아이들끼리만 집을 보도록 하지 않았다면. 이브와 라나의 일을 지금까지 내버려 두 지 않았다면. 그랬다면 이런 일이 벌어지지 않았던 거 아닐까, 자꾸 그런 생각이 드는 건 어쩔 수 없다.

"레이, 내 눈을 봐요."

"……?"

극심하게 동요하고 있는 나에게 클레어 님이 곧은 시선을 보 냈다. 강한 눈이었다.

분명 나만큼, 아니면 그 이상으로 메이와 알레어를 걱정하고 있을 텐데도, 클레어 님의 눈동자는 강한 의지와 이성의 빛을 잃지 않고 있었다.

"레이. 아이들을 되찾기 위해서는 당신의 힘이 필요해요. 그 러니까, 알겠죠? 평소의 당신으로 돌아와 줘요."

클레어 님이 한마디, 한마디를 꾹꾹 힘주어 말했다. 그 말에 서 나를 향한 깊은 신뢰를 느낄 수 있었다. 나를 책망하는 기색 은 털끝만큼도 없었다. 그저, 함께 아이들을 되찾자는 강한 의 지만이 오롯이 담겨있었다. 클레어 님의 그 한결같은 마음이 내 마음까지 물들이는 것처럼 조금씩 진정되어 갔다.

"……정말 죄송합니다. 이제 괜찮습니다."

"고마워요, 레이."

"아뇨, 저야말로."

나는 손수건으로 눈물을 닦아내고, 양손으로 짝짝 뺨을 두드렸다.

좋아, 이제 괜찮아.

"일단은 상황을 파악하는 게 먼저다. 메이와 알레어가 유괴당했다는 건 틀림없는 건가?"

도르 님이 수염을 쓸어내리며 물었다.

"아마 틀림없을 겁니다. 이브의 증언에 따르면 라나가 사라스의 관계자라는 사실은 확실합니다."

이브의 말에 의하면 그녀가 처음으로 라나와 만났던 장소는 유클레드의 거리였다고 한다. 이브가 일하고 있었던 주점에 라나가 찾아왔다는 모양이다. 신기하게도 마음이 맞았고, 점차 친해져서 이브는 자신이 어떤 일을 겪었는지 라나에게 이야기했다.

그리고 라나는 이렇게 말했다고 한다.

『그것참 힘들었겠네— 저기, 괴로운 기억을 완화해주는 마법이 있는데 시험해볼 생각 없어~?』

이브는 처음엔 거절했지만 끈질기게 권유하는 라나의 끈기에 져서, 조금만이라는 조건을 붙여서 승낙했다. 그때 이브한테 마법을 걸었던 사람은 은발 적안의 잘생긴 마법사였다고 한다. 이브는 그 직후부터 기억이 애매해져 있었다.

그녀는 아마 이용당한 거겠지. 사라스는 이브가 마나리아 님을 사모하는 마음에 파고들어서 그녀를 조종한 게 틀림없다. 유클레드 출신이라던가, 라나가 같은 고향 사람이라던가, 그런 것들은 나중에 그 녀석이 끼워 넣은 날조된 사실이다.

"라나가 아이들을 밖으로 데리고 나가는 모습도 주변 사람들이 목격했습니다. 건물의 출입을 체크하는 경비원은 기절한 모양이라……."

"흐음……?"

"그리고, 아이들의 방에 편지가."

메이와 알레어의 방에 남겨져 있었던 물건이다. 발신인은——사라스 릴리움.

"안은 열어봤나?"

"아뇨, 클레어 님이 돌아오시면 함께 읽으려고 생각해서."

"열어보죠."

우리는 편지 안을 보았다. 거기에는 이렇게 쓰여 있었다.

——날이 저물기 전까지 지정된 장소까지 올 것.

——단, 레이 테일러와 클레어 프랑소와 둘만이 올 것.

——다른 사람의 모습이 보일 경우 아이들의 목숨은 없다.

지정한 장소는 제도의 바깥에 있는 빈민가였다. 그곳은 마족을 배제하는 결계 바깥쪽이기도 했다.

"어딜 어떻게 생각해도 함정이겠군."

도르 님이 미간을 찌푸리며 말했다.

"하지만 가지 않을 수는 없어요. 아이들이 인질로 잡혀있으니까요."

"그건 알고 있다. 다만 아무런 계책도 없이 가는 건 너무 무모해. 뭔가 대책을 세워야——."

"해가 저물기까지 이미 시간이 얼마 없습니다. 계책을 짜낼 틈이 있을지."

그저 마음만이 조급해져 온다.

"두 사람 다 당황하지 말거라. 녀석의 성격은 잘 알고 있겠지? 그 녀석이 요구하는 대로 순순히 따라봤자 메이와 알레어를 구할 수 있다는 보장은 없어."

"하지만!"

"알고 있다. 그럼에도 너희들은 갈 생각이지? 나도 메이와 알레어가 걱정이란다. 그러니 더욱더 아슬아슬한 시간까지 지혜를 짜내줬으면 좋겠구나."

도르 님은 최대한 침착한 어조로 말했다. 덕분에 클레어 님도 나도, 조금이지만 냉정함을 되찾았다. 이럴 때 의지가 되는 연장자가 있다는 사실은 얼마나 마음 든든한 일인가.

"현장에는 두 사람이서 갈 수밖에 없어. 저쪽은 우리의 움직임을 감시하고 있겠지. 유감이지만 지원은 포기해야만 한다."

"네."

"녀석이 무슨 요구를 해올지는 알 수 없지만, 어차피 변변치 못한 일이겠지. 중요한 건 메이와 알레어가 무사할 수 있다는 확신을 얻기 전까지는 한 발짝도 양보하지 않는 것이다."

"아이들이 위험한 일을 당한다고 해도 말인가요?"

"설령 그렇다고 해도. 너희들에게 그게 얼마나 괴로운 일일지는 나도 알고 있다. 하지만 대화의 주도권을 빼앗겨서는 안 돼. 녀석의 손바닥 안에서 놀아난다면 분명 네 사람 다 무사하지 못할 거다."

그것만큼은 어떻게든 피해야 한다고 도르 님은 단단히 못을 박았다.

"이제부터 녀석이 제시할 거라고 예상되는 조건의 몇 가지 패턴을 가르쳐 주마. 시간이 얼마 없다만 최대한 기억해서 가도록."

"부탁드릴게요."

"부탁드리겠습니다."

도르님이 전수하는 교섭 훈련은 아슬아슬한 시각까지 이어졌다.

"⋯⋯레이, 부탁이 있어요."

도르 님의 가르침을 받은 후, 사라스가 지정한 장소를 향해 서두르고 있었을 때, 문득 클레어 님이 그런 말을 꺼냈다.

"싫어요."

"아직 아무 말도 안 했잖아요."

"대체로 상상이 간다고요. 절대로 싫어요."

"레이⋯⋯."

클레어 님이 눈썹을 찌푸렸다. 대충, 누군가를 희생해야만 할 상황이 온다면 자기를, 뭐 이런 말을 할 생각이었겠지.

그런 말을 잠자코 들을 수 있겠냐고요.

"클레어 님을 희생해야 할 정도라면 차라리 제가 죽을 테니까요."

"레이!"

"——라고 지금까지의 저였다면 그렇게 말했었겠지만."

"?"

"이번에는 그런 선택지 또한 없습니다. 반드시 넷이서 함께 돌아가죠, 클레어 님."

"! ……그러네요."

누군가가 빠진 상태로 남은 사람들이 살아남는다고 해도, 분명 지워지지 않는 상처로 남겠지. 아직 어린 아이들은 물론이고 클레어 님에게 그런 상처를 떠안길 수 있겠는가. 아이들을 되찾고서 넷이서 다 함께 돌아간다. 나는 스스로에게 다짐했다.

"보이기 시작했어요, 클레어 님."

"네에."

지정된 장소에는 무너진 폐건물이 있었다. 원래는 제법 훌륭한 건물이었는지, 빈민가에는 어울리지 않을 정도로 커다랬다. 너덜너덜한 상태로 보면 빈민가에 어울린다고 말 못할 것도 아니지만.

"제가 먼저 들어가겠습니다."

"조심하세요."

내가 폐건물의 문을 열자 안에서는 먼지 냄새가 풍겨왔다. 직후에 울려 퍼지는 목소리.

"기다리고 있었어요, 선생님."

우리를 맞이한 건, 라나 라아나였다.

막간 · 파파의 목소리 (라나 라아나)

"라나 씨, 다시 생각해 보는 게 좋아~."

"맞아요. 이런 짓 해봤자 잘 풀릴 리가 없잖아요?"

순진무구한 말투로 나에게 말을 거는 두 목소리가 있었다. 한 명은 레이 선생님과 비슷한 헤어스타일을 한 아이, 한 명은 클레어 선생님과 닮은 롱 헤어를 한 아이였다. 레이 선생님과 클레어 선생님의 수양딸인 메이와 알레어다.

둘 중, 메이의 목에는 목걸이처럼 생긴 물건이 메여 있었다. 마법을 봉인하는 마도구다. 뭐니뭐니 해도 메이는 쿼드캐스터의 새싹이다. 마음대로 마법을 쓰도록 놔둔다면 오히려 내 쪽이 위험하다. 나는 파파에게 받은 이 마도구를 액세서리라고 속여서 메이에게 달아놓은 것이다.

알레어도 상당한 검술 솜씨를 가지고 있을 테지만, 맨손이어서야 무력한 어린아이일 뿐이다. 나는 선생님들이 부르고 있다는 거짓말로 아이들을 여기까지 데려왔다.

아이들의 익숙한 얼굴에선, 조금도 슬프거나 뭔가를 참는 기색을 느낄 수 없었다. 나는 그 점에 약간 짜증이 났다.

"아핫, 두 사람 참 여유 있네? 이제부터 무슨 짓을 당할지 알고 있는 거야? 유괴당한 거라고?"

나는 아이들을 위협하듯이 말했다. 그러나 메이도 알레어도 태연한 모습으로

"그렇지만 말이지, 그렇지?"

"응."

라고 둘이서 얼굴을 마주 보고 있었다.

"뭔데."

"그렇지만 엄마들이 반드시 구해주러 오는걸."

"그러니 아무것도 걱정할 필요 없어요~."

아이들은 웃음마저 지으면서 말했다. 나는 그게 아주아주 마음에 들지 않았다.

"어째서 그런 걸 알 수 있어? 오지 않을 수도 있잖아."

"에이~ 반드시 온다구."

"네에, 반드시 오실 거예요."

선생님을 향한 아이들의 신뢰는 조금도 흔들리지 않았다.

"뭐냐고, 그 무조건적인 신뢰는. 기분 나빠."

"어? 라나의 아빠랑 언니는 다른 거야?"

"라나가 위험한 상황에 처해도 와주지 않는 건가요?"

"──!"

천진난만한, 악의라고는 전혀 없는 그 질문에 나는 온몸의 피가 역류하는 줄 알았다. 지금 이 자리에서 죽여 버릴까 싶었다.

『라나, 그만두세요.』

"……파파."

나를 제지하는 조용한 목소리에 꽉 쥐고 있던 나이프에서 손을 뗐다. 파파── 사라스 릴리움은 웃으면서 말을 이었다.

『그 아이들은 레이 테일러와 클레어 프랑소와를 끌어내기 위한 미끼입니다. 죽여서는 안 돼요.』

"……응, 미안."

파파의 시원스러운 목소리가 머릿속에 울렸다. 정말로 마음 편해지는 목소리다. 아아, 나는 무슨 바보 같은 짓을 하려고 했던 걸까. 파파의 말만 잘 들으면 문제없을 텐데.

『라나…… 귀여운 라나. 제 말을 잘 들으세요. 이제부터 순서를 설명하겠습니다.』

"……응."

파파의 목소리는 마치 노랫소리 같았다. 그 목소리를 들으면, 나는 마치 술을 마셨을 때와 비슷한 도취감에 휩싸인다. 계속해서 듣고 싶어. 이 목소리를 따르고 싶어.

"라나, 그 사람 진짜로 아빠 맞아?"

"아빠인데도 라나한테 나쁜 짓을 시키는 거예요?"

그런데 그 목소리를 방해하는 소리가 있다. 쌍둥이들이다. 이 아이들의 목소리는 정말로 짜증이 난다.

『당신들로선 모를 테지요. 아이에게 있어서 부모는 절대적. 거기의 선악의 유무가 끼어들 여지는 없는 겁니다.』

맞아, 그 말대로다. 나는 그저 파파의 말에만 따르면 된다.

"에이~ 그러려나? 레이 엄마도 엄청 자주 틀리는 데다, 실패도 하는데?"

"맞아요. 매일같이 클레어 엄마한테 혼나고 그러죠~?"

아이들이 불만스러운 듯이 말했다. 시끄러워. 정말로 시끄러워.

"파파, 이 아이들에게도 파파의 목소리를 들려줘. 시끄러워서 견딜 수 없어."

파파라면 할 수 있을 터. 그러나 파파는 슬픈 듯이 고개를 흔들었다.

『이 아이들은 특수한 체질을 가졌습니다. 제 목소리는 닿지 않아요. 게다가――.』

거기까지 말하고서 파파는 내 뺨에 손을 올리며 뒷말을 이었다.

『라나가 있어주면 저는 그걸로 충분하다고요.』

"파파……."

『사랑스러운 라나. 당신이라면 분명 잘 해낼 수 있겠죠. 제 최고걸작―― 귀여운 인형.』

――최고걸작.

그 단어에 나는 조금 마음에 걸리는 사실이 떠올랐다.

"파파의 최고걸작은 릴리 아니야?"

파파의 말을 의심하다니 나는 나쁜 아이다. 하지만 그런 나한테조차도 파파는 미소를 지어주었다.

『릴리는 결함품이었습니다. 그런 아이보다도 라나. 당신 쪽이 훨씬, 훨씬 더 대단하다고요.』

"……응."

기뻤다. 이제 나는 릴리에게도 지지 않아. 파파는 나만을 봐준다. 이 일이 잘 풀리면 분명 좀 더…….

나는 머리의 카츄사를 살짝 쓰다듬었다. 이건 중요한 물건. 파파가 준 소중한 물건. 그러니까 떼어놓을 수는 없어. 파파의 목소리가 들리지 않게 되어버리니까.

"저기, 라나. 너는 누구랑 이야기하는 거야?"

"파파야."

"파파라는 건 누구인가요? 여기에는 저희들 셋밖에 없어요."

"무슨 소릴 하는 거야? 파파는 여기에 있잖아."

""……?""

아이들은 이상하다는 표정을 지었다. 불쌍하게도. 이 아이들에게는 파파가 느껴지지 않는 모양이다.

"파파는 있어. 언제나 내 곁에. 들려와…… 나에게는 들려오는 걸."

"라나, 괜찮아. 분명 라나의 문제도 엄마들이 해결해 줄 테니까."

"네. 레이 엄마랑 클레어 엄마라면 분명 어떻게든 해 줄 거예요."

"닥쳐줘."

듣고 싶지 않아. 그런 소리는 듣고 싶지 않아. 내가 듣고 싶은 건 파파의 목소리뿐. 왜냐하면 나에게는 파파밖에 없어. 파파의 말을 듣지 않는 아이는 버려지고 마니까.

"파파…… 앞으로 조금이야. 보고 있어 줘. 나는 할 수 있어…… 잘할 수 있으니까……!"

나는 더 이상 필요 없는 아이가 아니다. 릴리한테도 지지 않아. 그야 파파가 말해줬으니까. 내가 최고라고. 그러니까 나는 파파의 기대에 부응하지 않으면 안 돼.

그때, 건물로 다가오는 발소리가 귀에 들려왔다.

"엄마들이다!"

"보세요, 말했잖아요? 엄마들은 반드시 와준다고요."

"닥치라고 말했잖아."

쌍둥이들의 선생님을 향한 맹목적인 신뢰를 용납할 수 없다. 짜증이 솟구친다. 정말로 짜증이 난다.

하지만 어째서 나는 이렇게나 짜증이 나는 거야?

"혹시, 라나. 우리가 부러운 거야?"

"그래서 그렇게 슬퍼 보이는 거예요?"

빠직, 하고 금이 가는 소리가 났다. 하지만 나는 그걸 못들은 걸로 하기로 했다.

"바보 같은 소리 하지 마. 누가 너희들 따위를——."

"하지만 라나. 메이는 라나가 불쌍해. 어려운 건 잘 모르겠지만 어쩐지 불쌍한걸."

"나쁜 짓을 해도 꾸짖어 주지 않는다니, 그건 정말로 불행하다고 생각해요."

빠드득하고 금이 커져갔다. 나는 그것도 무시했다.

『라나…… 옵니다. 자아, 그다음은 가르쳐준 순서대로.』

"응, 파파."

끼이익, 하는 소리가 울리며 건물의 문이 열렸다. 먼저 들어온 사람은——레이 선생님.

"기다리고 있었어요, 선생님."

자아, 일을 시작하자. 잘 마무리 짓고 파파에게 칭찬을 받아야만 해.

하지만 어째서일까.

나는 시작도 하기 전부터 이 일은 잘 끝나지 않을 거라는 느낌이 들었다.

우리들을 맞이하는 라나는 평소에 보던 그녀의 모습과 조금도 다르지 않아 보였다. 밝은 웃음을 짓고서 방긋거리며 우리를 보고 있었다. 그녀의 등 뒤에는 꽁꽁 묶여있는 메이와 알레어의 모습도 있었다.

실내는 어렴풋한 조명이 밝혀져 있었지만, 여전히 어두컴컴하고 먼지도 많았다. 천장은 군데군데가 무너져 있고, 구멍이 뚫려서 흐린 하늘이 보이는 부분도 있었다. 라나는 방, 제일 안쪽에서 메이와 알레어를 뒤에 두고 서 있었다.

"메이, 알레어!"

"레이 엄마!"

"와주신 거군요."

아이들도 별다른 상처는 없는 것 같았다. 적어도 현시점에서는.

나는 재빠르게 아이들의 상태를 확인했다. 외출용 옷으로 갈아입고 있는 아이들은 신발도 제대로 신고 있었다.

메이는 항상 지니고 있는 크로스백을── 가지고 있다. 좋아.

"기다리고 있도록 하세요. 바로 구해드리겠어요."

"응!"

"알겠어요~."

클레어 님도 약간 안심한 얼굴이었다. 아이들의 무사함을 확인할 수 있었던 것만으로도 감지덕지겠지.

"아핫, 감동의 재회라고 말해야 할 장면일까나, 선생님들?"

"라나……."

라나는 한 손에 쥔 나이프를 아이들에게 향하고 있었다. 내가 한 발짝 앞으로 나서려고 하자,

"엇차, 그 이상 다가온다면 먼저 이 아이의 귀를 자를 거야."

"그만둬!"

나는 황급히 내딛던 걸음을 멈췄다. 다가가서 나이프를 쳐내려던 계획은 여기서 막혔다.

"마법도 금지겠네. 쓴다면 용서 없이 아이의 눈을 망가트리겠어."

"알겠으니까 아이들에게 위해를 가하지 말아줘요."

클레어 님도 동의했다. 아이들의 안전이 무엇보다도 최우선이다.

"헤에? 상당히 걱정스러운 모양이네요? 그렇게나 이 아이들이 소중해?"

"당연하잖아요? 우리 아이들이라고요?"

"피도 이어져 있지 않잖아?"

"그래도, 예요."

"……헤에."

라나의 얼굴에서 한순간 헤픈 웃음이 사라졌다. 시선이 메이와 클레어 님 사이를 오갔다.

"이해할 수 없어~ 아이 따위 부모의 장기말 같은 거잖아요. 이런 식으로 위험할 거라는 걸 알면서도 오다니, 선생님들은 바보 아니에요?"

"무슨 소릴 하든 상관없어요."

"……그래요."

클레어 님과 내 마음을 라나로서는 이해할 수 없는 모양이었다. 이것만큼은 부모가 되어보지 않으면 모르는 걸지도 모른다.

"뭐어, 아무래도 좋아. 빨리 일을 끝내보도록 할까나. 선생님들, 아이들을 구하고 싶은 거지?"

"응."

"네."

우리가 끄덕이자 동시에 라나는 잔인한 웃음을 지으며,

"그러면 말이야…… 레이 선생님, 클레어 선생님을 죽이라고."

그렇게 말했다.

"뭐?"

"못 들었어? 클레어 선생님을 죽이라고 말했어. 선생님이 클레어 선생님을 죽인다면 이 아이들은 보내줄게. 그러니까 자, 죽여줄래?"

"라나, 바보 같은 소리하지 말고 아이들을 풀어줘."

"몇 번이고 같은 소리를 하게 만들지 말아줬으면 좋겠네……. 코 정도는 깎아내 버려야 알려나?"

라나는 변함없이 웃는 얼굴인 채로 무서운 소리를 했다. 나이프가 메이의 눈앞으로 향했다. 메이의 표정이 살짝 굳었다.

"자자, 어쩔 거야?"

라나는 재촉하면서 나이프를 과시하려는 것처럼 흔들었다.

아이들을 구하기 위해서는 클레어 님을 죽여야만 한다. 클레어 님을 죽이지 않으면 아이들은 구할 수 없다.

이건 막다른 선택이다.

교황 성하 암살미수 사건 때에 머릿속을 스치고 지나갔던 최악의 상황이 현실이 되고 말았다.

내 대답은――.

"거절이야."

"……뭐?"

"그런 건 받아들일 수 없어, 라나."

"……!"

내 대답은 NO였다.

"흐, 흥! 역시 연인의 목숨은 아까운 건가요! 그러시겠죠! 부모에게 있어서 아이 따위 그런 거겠죠!"

"그게 아니야, 라나. 우리는 무슨 일이 있어도 아이들을 구할 거야. 하지만 아이들을 위해서도 우리 중 그 누구도 희생양이 될 수는 없어."

"아이들의 안전이 완전히 보장되기 전에는 저희들은 교섭을 일절 받아들이지 않겠어요."

"――!"

클레어 님과 함께, 나는 당당하게 외치며 도르 님한테 배운 대로 대화를 이끌어 나갔다. 대화의 주도권을 되찾아와야만 한다.

막다른 선택이라는 건 어째서 반드시 한쪽을 골라야만 하는 걸까, 나는 언제나 궁금하게 여겼다. 욕심을 부려도 괜찮잖아. 양쪽을 전부 해결할 수 있는 방법을 찾을 때까지 계속 발버둥 치는 게 뭐가 나빠?

우리의 대답이 마음에 들지 않았는지 라나는 흉악한 얼굴로,

"헤에, 그래? 그러면 이 아이들에게는 아픈 꼴을 맛보여 줘야만——."

"아이 중 누구든 털끝 하나라도 다치게 한다면 그 순간 당신은 잿더미가 될 거라고 생각하세요."

"……큭."

협박하려고 하는 라나를 향해, 차마 말이 끝나기도 전에 클레어 님이 차가운 목소리로 단언했다. 인질이라는 건, 아직 인질이 무사하기 때문에 의미를 가지는 것이다.

위해를 가하는 순간 인질의 의미가 사라진다.

물론 정말로 아이들을 상처 입힌다면 우리의 패배겠지만, 동시에 라나는 실제로 그걸 실행할 경우 자신의 목숨도 없을 거라고 위협당하는 상황. 완벽한 대비라고는 할 수 없지만 이미 처음부터 이 자리에 우리의 **숨겨둔 패**가 있다는 사실을 라나는 모른다. 애초부터 교섭은 라나에게 불리했던 것이다.

"나는 그다지 목숨이 아깝지 않으니까! 파파를 위해서라면 나는 언제든——."

"파파라는 건 사라스 말이야?"

"맞아! 파파가 말했어, 너희들을 처리한다면 나만을 사랑해주

겠다고!"

"……라나……."

라나는 웃고 있었지만 그 웃음은 어딘지 공허했다. 희열에 물든 시선은 이쪽을 향하고는 있었지만 그 끝은 허공을 맴돌고 있었다.

"레이 엄마, 라나를 구해줘."

"라나는 분명 나쁜 병에 걸려있는 거예요."

이런 일을 겪었는데도, 그런데도 메이와 알레어는 라나를 걱정하고 있었다. 아이들은 믿는 거겠지. 지금의 라나는 정상이 아니다, 진짜 라나는 자기들과 즐겁게 같이 놀아주던 언니라고.

"물론이에요, 메이, 알레어."

"맡겨만 줘."

"닥쳐!"

라나의 비명과도 같은 외침의 우리의 대화를 가로막았다. 그녀의 상태가 조금 이상하다. 혼란에 빠져서 아이들에게 상처를 입혀서는 안 되니, 여기서는 조금 신중하게 접근해야겠지.

"……나는 괜찮아…… 파파만 있으면…… 파파의 목소리에 따르면 그걸로 된 거야……."

낮은 목소리로 중얼거리는 라나. 역시 그녀도 사라스의 암시의 영향 아래에 있는 모양이다.

"파파…… 가르쳐줘…… 어떻게 해야 해……?"

그 순간 라나의 얼굴에서 표정이 사라졌다. 직후, 평탄한 음색이 그녀의 목에서 흘러나왔다.

"먼저 아이 중 하나를 죽이세요. 그렇게 하면 저 두 사람도 자신들의 입장을 깨닫겠죠."

그건 라나의 목소리면서 동시에 라나의 목소리가 아니다.

"응, 파파——!"

라나는 기쁨으로 넘치는 표정을 짓고서 나이프를 고쳐 쥐고는 메이의 목을 향해 내리쳤다. 클레어 님과 나도 튕겨 오르듯이 재빠르게 행동을 개시했다.

그렇지만 이미 늦었다는 생각이 들었다—— 그때.

"뭐야 이건?!"

메이의 목을 향하던 칼날은 반투명하고 부드러운 무언가에 막혀있었다. 메이의 크로스백에 숨어있던 레레어다. 레레어는 아이들의 피의 저주를 중화하는 역할 겸, 경호원으로서 언제나 곁에 붙어있었던 것이다.

"앱솔루트 제로!"

"——크윽?!"

나는 라나의 나이프를 향해서 마법을 발동했다. 내가 가진 마법들 중에서도 가장 발동이 빠른 마법이다. 앱솔루트 제로는 라나의 손 채로 나이프를 얼려버렸다. 나이프가 무력화되자 라나가 동요에 빠져있던 그 틈에,

"화염이여!"

"업 리프트!"

클레어 님이 이미 반쯤 무너져 있었던 천장을 파괴했고, 나는 커다란 구멍이 뚫린 천장을 향해 메이와 알레어의 몸을 밀어 올

렸다. 이 업 리프트는 원래의 마법에 개량을 가한 내 오리지널 마법이다. 원래 마법보다도 훨씬 더 빠른 속도로 발동할 수 있도록 개량했다.

"앗…… 어……?"

라나는 갑작스레 벌어진 사태에 전혀 대응하지 못하고 있었다. 당혹감을 숨기지 못하는 그녀와의 거리를, 클레어 님이 단숨에 좁혀들었다.

"얌전히 있으세요."

"읏……."

얼어붙어 있는 팔의 관절을 꺾으며 바닥에 넘어뜨렸다.

"놔줘……! 이거 놔――!"

"레이, 달의 눈물을."

"네. 달빛이여, 이자에게 머무는 사악한 기운을 제거하라――!"

반지로부터 부드러운 빛이 흘러나와 라나를 감쌌다.

그러나――.

"이거 놔――! 파파, 파파……!"

라나의 상태는 변하지 않았다. 그녀는 여전히 클레어 님 아래에서 발버둥 치고 있었다.

"레이 엄마, 아마도 그 카츄사 때문일 거라고 생각해."

"라나가 아빠한테서 받은 거라고 말했어요."

"……! 그만둬!"

위에서 우리를 내려다보고 있던 메이와 알레어의 말에, 라나는 한층 더 격렬하게 날뛰었다.

이거 마도구였나.

"그만둬……! 그건 중요한 물건이야! 파파가 준 유일한――."

"라나, 당신의 처지는 동정하고 있어요. 하지만 당신은 이제 사라스의 주박에서 벗어나야만 해요. 레이."

"네."

라나를 제압하느라 양손을 쓰지 못하는 클레어 님을 대신해서 내가 라나의 카츄사를 벗겨냈다.

"그만둬! 그만――."

카츄사를 벗겨낸 순간 라나는 눈을 까뒤집으며 기절하고 말았다. 마도구로 인해 걸려있던 암시가 풀린 반동인 걸까. 날뛰던 움직임도 멈췄다.

"……후우. 사건 해결이라고 봐도 괜찮을까요?"

"글쎄요."

일단 라나의 신병을 구속했고 메이와 알레어의 안전도 확보할 수 있었다.

하지만 뭘까. 어쩐지 가슴이 슬렁거린다. 그 음험한 사내가 이렇게 간단히 무너질만한 계책을 쓸 것인가.

"? 레이 엄마, 뭔가 날아오고 있어."

"검고 무서운 무언가가 이쪽을 향해 오고 있어요."

"?!"

아이들의 목소리에 나는 등줄기에 오한이 달리는 걸 느꼈다.

"메이, 알레어, 지금 당장 이쪽으로――."

뛰어내려, 라고 말을 맺기도 전에 폐건물에 칠흑의 빛줄기가 직격했다.

"으......."

내가 성신을 차리고 주변을 둘러보자, 주변 풍경이 달라져 있었다. 원래부터 반쯤 무너져 있었던 폐건물은 완전히 붕괴했고, 주변 지면이 크리에이터처럼 움푹 패여 있었다.

"메이?! 알레어?! 클레어 님?!"

공격을 받았다는 사실을 뇌가 받아들이자마자 나는 세 사람의 모습을 찾아서 주변을 살폈다.

"저는 여기예요."

"클레어 님! 무사해서 다행이다."

"그보다 메이와 알레어는?"

기습적인 불의의 일격이었기 때문에 나는 방어 마법을 펼칠 틈도 없었다. 어떻게 무사할 수 있었던 걸까.

"우리도 무사해!"

"메이랑 레레어가 지켜주었어요."

업 리프트로 만든 기둥 위에서 씩씩한 목소리가 들렸다. 위를 보자 자신의 머리 위에 마법 장벽을 전개해서 펼쳐놓은 메이와 메이를 지탱해주는 레레어가 있었다. 나중에 들은 얘기지만 메이의 마법을 봉인하고 있던 마도구는 내가 업 리프트를 썼을 때 떨어져 내린 파편에 맞아서 부서졌다고 한다.

나는 안도하며 가슴을 쓸어내렸다. 다행이나, 둘 다 무사했구나.

"지금 마법을 해제할게."

나는 기둥을 내려서 원래대로 지면으로 돌려놨다. 아이들이 서둘러 달려왔다.

"두 사람 다 무사한가요? 다친 데는 없어요?!"

"응, 괜찮아. 그것보다──."

"엄마, 또 와요! 검은빛!"

알레어가 손가락으로 가리키는 방향을 보자, 다가오는 칠흑의 광선이 눈에 들어왔다. 나는 황급히 토속성 마법 방벽을 펼쳤다.

그때 방벽 뒤를 벗어나려는 그림자가 눈에 들어왔다.

"라나, 뭐하는 거야! 어서 방벽 뒤로 들어와!"

"안 돼……. 나…… 선생님들을 배신했어……."

라나는 창백해진 얼굴로 멍하니 중얼거렸다.

"그건 라나 탓이 아니야! 라나는 조종당했을 뿐이잖아!"

"그렇다고 해도…… 파파한테서 버려진 나에게 존재할 가치 따위 없으니까……."

그런가, 그런 거였구나.

이 검은 빛줄기의 공격은 우리들뿐만 아니라 라나까지 한꺼번에 범위에 넣고 있었다. 사라스는 처음부터 우리들과 라나를 함께 처리하려는 속셈이었다. 라나도 그 사실을 깨달은 거겠지. 단 하나뿐이었던 버팀목을 잃고서 절망에 빠져있는 것이다.

"이제 그만…… 죽게 해줘."

"안 된다고!"

나는 한 손으로 장벽을 유지하면서, 손을 뻗어 라나를 잡아당겼다. 원래 스타일이 좋은 편이었기도 하고, 탈력감에 늘어진 탓인지 라나는 몹시 무거웠다. 라나의 몸이 아슬아슬하게 장벽 뒤로 들어오자마자 마족의 마법으로 보이는 빛줄기가 장벽에 격돌했다.

이번 일격은 상당히 길어──!

"죽게 해달라고…… 선생님."

"안 돼…… 절대 안 돼──!"

장벽 뒤에서 벗어나려고 하는 라나를 필사적으로 막아 세웠다.

"어째서……? 어째서 그렇게까지 해주는 거야……?"

"그거야…… 당연하잖아……!"

왜냐하면, 너는── 라나 라아나는──.

"너는 내 제자잖아!"

"……!"

"네가 나를 선생님이라고 부르는 한, 나는 너를 결코 버리지 않아!"

나는 있는 힘을 쥐어짜 라나를 잡아당겼다. 라나가 내 쪽으로 넘어짐과 동시에 적의 공격이 멎었다.

"……레이 선생님은 바보야…… 정말로 바보……."

"자주 듣는 소리야."

"나 같은 건 내버려 두면 되잖아. 선생님의 소중한 아이들에게 심한 짓을 했는데."

"그건 나중에 벌을 줘야겠네요."

라나의 반은 울고 반은 웃고 있던 표정이 조금씩 무너져 내렸다. 그런 라나에게 다가가는 작은 그림자들이 있었다.

"라나. 라나는 나쁜 짓을 해버렸네."

"나쁜 아이는 혼이 나야 한다구요?"

그렇게 말하는 아이들은 라나의 등을 떠밀며,

""자, 하나─둘─ 미안합니다.""

다 함께 고개를 숙이며 말했다.

"……으……훌쩍…… 으아아아앙……!! 미안해요……미안해요……!!"

마침내 참고 있던 둑이 무너진 라나는 몇 번이고 고개를 숙이며 울음을 터트리고 말았다. 그런 그녀를 메이와 알레어가 토닥이며 달래고 있었다. 신기한 광경이다. 라나가 제일 나이가 많은데도 메이와 알레어 쪽이 오히려 언니처럼 보인다.

생각해 보면 라나는 성장이 멈춰있었던 게 아닐까. 아직 확증은 없지만 라나도 또한 릴리 님과 같은 인체실험의 피해자겠지. 사라스의 손에 의해 마음을 조종당하게 된 라나는 계속 녀석의 지배하에 있었다. 그런 녀석 옆에서 제대로 된 성장을 바랄 수도 없는 노릇이다. 어쩌면 과장이 아니라 정말로 라나는 메이와 알레어보다도 정신연령이 어릴지도 모른다.

"라나, 울지마……."

"그렇게 울면 우리까지……."

메이랑 알레어도 라나를 따라 코를 훌쩍이기 시작했다. 유괴당했을 때의 공포감이 이제야 새삼 뒤늦게 찾아온 걸지도 모른다.

"엄마—!"

"무서웠어요—!"

아이들이 클레어 님의 품속에 뛰어들더니 그대로 매달려서 엉엉 울었다. 씩씩하게 견뎌주었지만 역시 무서웠던 거겠지.

"괜찮아요……이제 괜찮아요. 무사해서 다행이야……정말로 다행이야……."

클레어 님은 눈물을 글썽이며 아이들을 꼭 끌어안았다. 얼마나 안심될까. 나도 이제야 드디어 아이들을 되찾았다는 실감이 들었다.

검은 광선 공격도 더 이상 없었고, 우리는 제도로 귀환했다. 쌍둥이 유괴 사건은 이렇게 막을 내렸다.

사건이 끝나고 라나는 바우어 측의 취조를 받았지만 공론화되지는 않았다. 유괴 자체는 분명 범죄지만 클레어 님과 내가 제국의 경찰에게 피해 사실을 신고하지 않았기 때문이다.

라나의 말에 의하면 그녀는 역시 릴리 님과 똑같이 사라스의 인체실험을 받은 피해자였다. 피해자들은 서로 경쟁했고, 비교당했고, 오직 사라스에게 의존하도록 교육받았다고 한다. 릴리 님이라는 성공 사례를 얻은 뒤로 라나를 비롯한 남은 피해자들은 『폐기』되었다고 하는데, 1년 전쯤에 사라스의 대리인이라고 자칭하는 자가 접촉해왔다고 한다.

"나는 기뻤어. 버려졌다고 생각하고 있었는데 내가 필요하다는 말을 들었으니까."

사라스는 라나의 고독했던 마음에 파고들어서 그녀를 조종했다. 하얀색 카츄사는 아주 예전에 사라스가 준 물건인데 라나에게 있어서 그게 사라스에게 받은 유일한 선물이었다. 물론 그건 라나를 조종하기 위한 마도구에 불과했을 뿐이다. 그러나 라나는 사라스가 믿고 의지할 수 있는 유일한 사람이었다.

요엘과 마찬가지로 라나와 이브도 바우어로 돌아가게 됐다. 본국에서 보다 자세한 취조를 받은 뒤 사라스 체포에 협력하게 되었다.

헤어질 때, 라나와 이브는 이런 말을 남겼다.

"선생님. 나, 선생님이 선생님이라 다행이야."

"뭐야 그 이상한 대사는."

"후후, 그러네. 선생님한테 좋아한다고 말했던 건 파파한테 명령받기 때문이었지만 지금은 정말로 선생님을 좋아해."

"나는 그 마음에 응해줄 수 없지만 말이지."

후후, 알고 있어. 라나가 웃으며 말했다.

"레이 선생님, 클레어 선생님, 정말로 미안해. 내가 한 짓은 용서받을 수 없겠지만 나, 평생을 걸쳐 꼭 갚을게. 내가 할 수 있는 일이 있으면 언제든지 뭐든 말해줘."

"그 말만으로도 충분해."

"맞아요. 어쨌든 지금은 사라스를 붙잡는 일에 집중해주세요."

"응. 나도 부모한테서 독립해야지."

죄책감과 후회로 시달리고 있어도 라나는 개운해진 표정으로 그렇게 말했다.

"자, 이브. 이브도 뭔가 말해봐."

"……어떻게 사과를 드려야 할지 모르겠어."

이브는 어색한 태도로 말했다. 그녀도 일단 바우어로 돌아가지만 그 후에는 스스 왕국으로 가게 되었다. 마나리아 님의 간절한 부탁이었다고 한다.

"이브도 전혀 잘못한 거 없어. 나쁜 건 사라스야."

"하지만 제 의지가 좀 더 강했더라면――."

"그건 아니에요, 이브."

후회스러운 듯이 말하는 이브를 클레어 님이 막았다.

"마법은 매우 강한 힘이에요. 의지만으로 어떻게 해볼 수 있는 게 아니에요. 이브는 잘못이 없어요."

"……하지만."

"이브가 반성해야 할 점이 있다면 아무 말 없이 언니 곁을 떠났다는 점이에요. 스스 왕국에 간다면 꼭 대화를 나눠보세요."

"……명심하겠습니다."

이브는 쓴웃음을 지었다. 아직까지 응어리는 풀리지 않았나 보다. 마나리아 님과 이브, 두 사람의 일이니까 함부로 끼어들 수는 없지만 나도 뭔가 도울 수 있는 일이 있었으면 좋겠는데.

"슬슬 마차가 출발합니다."

마부가 외쳤다. 출발 시간이 된 것 같다.

"그럼 선생님들. 또 만나."

"……신세 많이 졌습니다."

"건강해."

"부디 잘 지내시길."

우리는 악수를 했다. 마차에 올라타기 직전, 라나가 문득 떠올랐다는 듯이,

"저기 선생님. 메이 짱이랑 알레어 짱한테 전해줄래?"

"응?"

"나…… 나, 혼날 수 있어서 다행이었다고."

"전해줄게."

"네에."

고개를 끄덕이자 라나는 활짝 웃었다. 클레어 님과 나는 두 사람이 탄 마차가 보이지 않을 때까지 그 모습을 배웅했다.

"클레어 님."

"뭔가요."

"사라스는 정말 못돼먹은 녀석입니다."

"네, 그러네요."

"원래부터 엄청 싫었지만 이번 일은 결정적입니다."

"정말 동감이에요."

클레어 님이 내 말에 고개를 끄덕였다.

"녀석은 해서는 안 될 짓을 했습니다. 우리들의 역린을 건드렸다고 말해야겠죠."

"그러네요."

"반드시 붙잡자고요."

"네, 반드시."

조용히── 하지만 굳은 결의를 담아서 우리는 마주 보았다.

악의를 여기저기 흩뿌리고 다니는 그 남자를 결코 용서할 수 없다.

"돌아갈까요."

"네, 사랑스러운 우리 아이들 곁으로."

이번 일에 대한 반성을 겸해서 바우어 기숙사의 경비를 강화했다. 메이와 알레어 곁에도 언제나 누군가가 함께 있게 되었다. 오늘은 도르 님이 돌봐주고 계신다.

이번과 같은 일은 두 번 다시 일어나게 하지 않겠다.

그건 절대적인 맹세였다.

내 최애는
악역영애.

제 15 장

수뇌회담편

"그렇게 돼서 제국농락 작전은 다시 원점으로 돌아왔습니다."

"……그런가."

이곳은 바우어 왕국 사절단에게 제공된 숙박 시설이다. 나와 클레어 님은, 메이와 알레어를 데리고 세인 전하를 찾아갔다. 제자들과 있었던 사건과 그에 연이어 일어난 아이들 유괴 사건을 비롯해, 지금까지 우리들의 활동과 제국의 반응에 대해서 보고하기 위해서였다.

메이와 알레어는 다른 방에서 놀고 있다.

세인 전하가 묵는 곳은 우리의 기숙사 방보다 훨씬 더 깔끔하고 세련된 공간이었다. 푸른색 계열로 통일된 실내는 어쩐지 바다를 떠올리게 했다.

세인 전하는 숙소 내에 마련된 방── 서재에서 우리의 이야기를 듣고 고개를 끄덕였다.

"……보고에 대해선 알겠다. 고맙구나. 하지만 레이, 클레어. 먼저 나는 너희들에게 사과해야만 해."

"사과? 뭐에 대해서 말씀이세요?"

"……너희들 두 사람을 유학이라는 명목으로 제국에 넘겨야만 했던 일에 대해서다."

세인 님은 괴로운 표정이었다.

"그 일이라면 마음에 두지 말아 주세요. 저도 레이도 바우어가 놓인 어려운 상황을 이해하고 있으니까요."

"무엇보다 세인 전하의 잘못이 아니라고요. 굳이 말하자면 묘한 일을 벌인 마나리아 님도 그렇고, 근본적인 책임은 제국한테 있습니다."

"……그렇게 말해주는구나."

클레어 님과 내 말에 세인 전하는 쓰게 웃었다.

"……그렇다곤 해도 역시 국정 책임자는 나야. 최종적인 책임은 나한테 있어. 미안했다."

그렇게 말하며 세인 전하는 자리에서 일어나 우리에게 고개를 숙였다.

"잠깐…… 세인 전하, 그러지 말아주세요!"

"클레어 님 여기선 사과를 받도록 하죠. 전하도 그냥 넘어가서는 마음이 편치 않으실 테니까요."

"……레이의 말대로다. 꼭 받아줬으면 해, 클레어."

"……알겠어요."

클레어 님은 머뭇거리면서 세인 님의 사과를 받았다.

그렇게 이야기가 일단락됐을 때,

"그럼 이 이야기는 여기까지인 걸로 하고, 앞으로의 일을 생각해 보지 않겠나."

이 자리에 함께하고 있는 또 한 명의 인물이 화제를 바꾸자고 제안했다.

"……도르, 제국의 움직임은 어떤가?"

세인 전하가 의견을 물어보는 상대는 내 시아버님인 도르 프랑소와 님이다. 현 정권의 요청으로 정치 외교부문에 힘을 보태는 중인 도르 님은, 마침 세인 전하에게 보고를 드리기 위해서 우리와 동석하고 있었다.

바우어 왕국의 현 체재에 대해서 조금 설명해보자.

세인 전하는 국왕이다. 국가의 상징이자 다양한 공무와 의식, 직무를 국가의 대표로서 수행하는 게 일이다. 한편으로 행정권은 정부가 가지고 있고, 현 정부 수상은 아바인 라스타다. 이런 식의 국가와 정부의 관계는 예전 세계로 따지면 일본이나 영국의 정치 시스템과 비슷하다.

잊어버린 사람도 있을 거라고 생각하기 때문에 설명하겠지만, 아바인은 옛 레지스탕스 조직의 두목이었던 아라 라스타의 동생으로, 레지스탕스의 금고지기를 맡았던 남성이다. 아라도 신정부의 멤버로서 이름을 내걸고 있지만, 공무에는 거의 관여하지 않은 채 명예고문 비슷한 위치에 있다. 그녀의 역할은 혁명을 달성한 시점에서 끝났던 거겠지.

의회도 소집되었고 의원은 국민들이 보통선거로 뽑는다. 계속 쟁점의 대상이었던 여성의 정치참가에 대해서는 결국 클레어 님의 의견이 받아들여졌다. 그 덕분에 숫자는 적긴 하지만 여성 의원도 몇 명쯤 존재한다.

사법권은 옛날부터 사법의 역할을 담당하고 있던 정령교회가 계속해서 그 역할을 담당하고 있다. 다만 바우어 내에서 문제가 있다고 지목당한 재판관에게는—— 즉, 정령교회의 사람한테 불신임을 의결할 수 있게 됐기 때문에 교회의 권력에도 일정 부분 제한을 걸 수 있게 되었다.

뭐, 대충 이게 바우어의 현재 상황이다.

그건 그렇다 치고.

"제국은 변함없이 강경한 태도를 바꾸지 않을 것으로 보입니다. 도로테아는 상당히 완고한 여성인 모양이군요."

도르 님은 허허 웃으면서 말했다. 옛날에는 훨씬 샤프한 인상이었는데 지금은 완전히 동네 할아버지다. 그러면서도 사실은 엄청난 수완을 가진 정치가라는 점에서 사람은 겉보기로만 판단할 수 없다는 말이 딱 맞는다.

뭐, 도르 님의 『힘』은 정치력에만 있는 게 아니지만.

"또, 이건 소문입니다만 융화책을 추진하다 추방당한 필리네 왕녀가 암살당했다는 정보도 있습니다."

나는 깜짝 놀랐다. 필리네가…… 암살……?

"아버님, 그게 정말인가요?!"

"아직 확인은 안됐지만 그녀의 피가 묻은 머리다발이 황실에 전달됐다는 정보가 있어. 마도구로 검증한 결과 머리카락에 묻은 피는 필리네 왕녀와 일치한다는 모양이다."

"그런……."

클레어 님은 멍한 표정이었다. 무리도 아니다. 몇 개월이라는 짧은 시간이었지만 필리네와는 절친한 사이였다. 그런 필리네가 죽었다는 소식을 들었는데 그냥 태연히 있을 클레어 님이 아니다.

"클레어 님, 아마 필리네는 괜찮을 겁니다."

"하, 하지만……."

"괜찮습니다."

"……."

부드럽게 달래는 내 말이 마음에 닿았을지 어떨지. 클레어 님은 동요를 감추지 못하고 있었다.

"……이걸로 제국 내의 융화세력은 상당히 힘을 잃게 되겠군……. 그러면 수뇌회담에서 우리의 요구가 받아들여질 가능성은 어느 정도지?"

"3할 정도겠죠. 마나리아 여왕도 상당한 수완가지만 아쉽게도 젊은 만큼 경험이 부족합니다. 아바인도 마찬가지입니다. 경험 많은 도로테아가 한 수 위죠."

"……흐음."

"그 점에서 빌은 걱정 없습니다. 회담에서는 그를 중심으로 논쟁을 펼치는 게 좋겠죠."

"아버님, 빌 님이란 누구신가요?"

클레어 님이 물었다.

"아아, 너무 편하게 불렀나. 윌리엄을 말하는 거란다. 클레어도 만나본 적이 있을 거다. 아파라치아 국왕이지."

"아아, 윌리엄 전하 말씀이셨군요."

도르 님과 클레어 님은 아파라치아 왕과 면식이 있는 모양이다. 특히 도르 님은 저 친근한 태도로 볼 때 상당히 친한가보다.

"하지만 그 전에. 너희들 두 사람은 슬슬 방으로 돌아가도록 해라."

"? 어째서요? 저희들도 이야기를 들어야만 도움이 되어드릴 수 있어요."

클레어 님의 의문은 곧 내 궁금증이기도 했다. 우리의 의문에 대한 도르 님의 대답은 생각도 못한 말이었다.

"이번 수뇌회담에서 너희들은 결석하도록."

"네……?"

"바우어는 너희들에게만 너무 의지하고 있어. 부모로서 이 이상은 그냥 두고 볼 수 없다."

도르 님은 우리를 수뇌회담 관련 일에서 제외하는 이유를 설명했다. 혁명의 때도 그랬지만 클레어 님과 나는 국가의 중대사에 너무 크게 관여하고 있다. 이대로라면 국가 입장에서도 좋지 않을뿐더러, 무엇보다 부모로서 자기 딸들이 혹사당하고 있는 지금 상황을 참을 수가 없다고 말했다.

"……그 점에 대해선 나도 동감이다. 레이와 클레어는 이미 충분히 할 만큼 해줬어. 이 이상 의지할 수는 없어."

세인 전하도 도르 님의 의견에 동의하는 모양이었다.

"하지만 저는 메이와 알레어를 위해서라도 제힘으로 길을 개척하기 위해서 제국에 온 거예요! 이제 와서 손가락만 빨면서 보고 있을 수는——!"

"그 마음을 모르는 건 아니다. 하지만 현실적으로 너희들이 수뇌회담에서 할 수 있는 일은 이미 없단다. 여기서부터는 정치, 외교의 전문가에게 맡겨줬으면 좋겠구나."

"그럴 수가……."

"클레어, 너는 이미 충분히 해줬어. 이제부터는 너희들 스스로의 인생을 살아가 줬으면 좋겠구나. 원래는 좀 더 빨리 말했어야 하는 사실이다."

"……."

클레어 님은 복잡한 표정을 지었지만 도르 님의 목소리는 진지했다.

이건 내 억측이지만 도르 님은 클레어 님이 자기처럼 되어버리면 어쩌나, 하고 걱정하고 있는 건 아닐까. 도르 님은 태어난 순간부터 정치의 세계에서 살았고, 혁명의 막후에 그 몸을 던졌지만 혁명이 끝난 후로도 정치 세계에서 빠져나오지 못하고 있다. 도르 님은 자기 딸이 그런 수라의 길을 걸어가길 바라지 않는 건 아닐까 싶었다.

"클레어 님, 여기선 도르 님의 말에 따르도록 하죠."

"레이……."

"모든 정치에 참여하는 것만이 우리들의 미래를 개척하는 방법은 아니잖아요."

"그렇고말고. 두 사람은 마법에도 빼어난 데다 머리도 좋지. 학문을 닦으며 딸들을 키우는── 그런 삶이 있어도 괜찮지 않겠느냐?"

이 말만 들으면 구시대적 여성관처럼 여겨지겠지만, 어쩌면 이게 바로 도르 님 스스로가 바라마지않던 삶이었을지도 모른다.

"……실례하겠어요!"

"아, 잠깐, 클레어 님! 저도 실례하겠습니다."

기분이 상하고 말았는지, 그 자리를 박차고 나가버린 클레어 님의 뒤를 쫓아서 나도 황급히 자리에서 일어났다.

"……미안하구나. 설령 세계가 너희들을 필요로 한다고 해도, 나만큼은 너희들을 지켜야만 하는 거란다."

도르 님이 읊조린 혼잣말과도 같은 그 말이, 분명 가장 말하고 싶었던 본심이었을 거라고 생각한다.

"직접 걸음을 하게 만들어서 정말 죄송합니다."

초로의 남성은 차를 내오면서 우리의 방문에 위로의 말을 건넸다.

"아니에요, 트레드 선생님. 저희들이야말로 인사를 드리러 오는 게 늦어서 드릴 말씀이 없어요."

정치, 외교의 현장에서 물러나라는 말을 들은 그다음 날. 클레어 님과 나는 트레드 선생님의 초대를 받았다. 선생님은 세인 전하를 비롯한 수뇌회담을 위한 사절단 사이에 섞여서 함께 제국으로 들어왔다.

트레드 매지크.

전 세계에서도 보기 드문 트라이 캐스터이자 뛰어난 마법 연구자다. 원래는 제국 마법기술부문의 연구원이었지만 비인도적인 연구 끝에 마도의 금기를 접했다고 한다. 지금은 바우어 왕립학교의 학교장을 역임하고 있다.

그런 그가 일부러 제국까지 온 이유는──.

"그렇습니까…… 그 상자를 열고 말았습니까……."

괴로운 듯이, 그러면서도 어쩐지 체념한 표정으로 말하는 트레드 선생님.

필리네와 융화외교 세력을 형성하는 과정에서 힐다와 마법기술부문을 끌어들이려 했을 때, 우리는 선생님이 남긴 금기의 상자를 열어달라는 의뢰를 받았다. 금기의 상자는 트레드 선생님이 비인도적인 연구 끝에 도달한 마도의 성과를 집대성했다는 소문이었다. 선생님은 그걸 건드려서는 안 된다고 우리에게 경고했지만, 우리는 결국 그 상자를 열고 말았다.

"그 점에 대해서는 사과의 말씀을 드리겠어요. 꼭 필요한 일이었다고는 하지만 선생님의 뜻을 배신하는 행동이 되고 말았어요."

"……그렇군요. 하지만 시대의 흐름일지도 모르겠습니다. 인간의 탐구심은 그 끝을 알 수 없습니다. 결국 언젠가는 누군가가 거기에 도달했겠죠."

옛날의 제가 그랬던 것처럼. 트레드 선생님은 옅게 웃으며 말했다.

"제가 이번에 제국으로 돌아온 건 뒤처리를 위해서입니다. 새삼스레 제국이 저를 기쁘게 맞아줄 거라고는 생각하지 않습니다만 그 연구는 너무 위험합니다. 그들에게 경고를 해야만 합니다."

"경고?"

"그러고 보면 편지로도 말씀하셨죠. 감시가 어쩌니, 하고."

우리가 선생님에게 상자를 여는 법을 여쭤봤을 때 받았던 답신에 그런 말이 쓰여 있었다.

"자세하게 설명해 드릴 생각은 없습니다. 얘기한다면 여러분까지 말려들고 마니까요."

"그 부분을 어떻게든 부탁드릴 수 없을까요? 저희들은 힘이 필요해요."

"……클레어 선생님, 당신은 충분히 강해요. 마법에 한해서는 당신과 레이 선생님은 세계에서도 유수의 마법사겠죠."

트레드 선생님은 우리를 같은 학교의 동료라고 여기는 모양이라, 우리를 부를 때 선생님이라고 부른다.

"하지만 마족은 그 이상입니다. 클레어 님도 저도 몇 번이나 쓴맛을 봤습니다."

확실히 같은 인간이라면 클레어 님도 나도, 제법 강하다고 말할 수 있겠지. 하지만 삼대마공은 그걸 상회한다. 지쳐있는 상태에서 싸워야했던 아리스토와 플라토는 그렇다 쳐도, 라테스는 만전의 상태로 임했는데도 손쓸 도리가 없었다. 그 자리에 도로테아가 없었다면 우리는 전멸했을 것이다.

지금 이대로는 안 된다.

"우리는 아무 이유도 없이 강해지고 싶어서 그러는 게 아니에요. 소중한 사람…… 메이와 알레어를 지키기 위해서는 지금 이대론 부족해요."

"부탁드립니다, 트레드 선생님. 뭔가 강해질 수 있는 방법이 있다면 가르쳐 주세요. 설령 그게 이 세계의 금기를 건드리는 일이라고 해도 우리에겐 힘이 필요합니다."

"……."

우리의 애원에 트레드 선생님은 잠시 생각에 빠졌다 그렇게 몇 분간의 침묵이 흐르고,

"애초에 마법이란 무엇일까. 여러분들은 생각해 본 적이 있습

니까?"

"……네?"

이윽고 말문을 연 선생님은 그런 물음을 던졌다. 갑자기 마법이란 무엇이냐고 물으셔도.

"마력을 사용해 마법석을 반응시켜 신비를 일으키는 기술…… 아닌가요?"

"모범답안입니다, 클레어 선생님. 그러면 마력이란 무엇일까요, 레이 선생님?"

"어— 저기…… 개개인의 마법 적성에 따라서 지니고 있는 힘…… 일까요."

"그 말대로입니다."

내 답변이 틀리지는 않았는지 트레드 선생님이 고개를 끄덕였다.

"그러면 조금 더 심화해서, 그 힘은 어디서 오는 걸까요?"

"어디요? 사람의 몸 안에서 아닌가요?"

"그런 인식이 틀린 건 아니지만 충분한 답도 아닙니다. 사람의 몸 안에서 생겨나지만, 그보다 앞선 단계가 있습니다."

"구체적으로 어떤 거죠……?"

내가 묻자 트레드 선생님의 표정이 딱딱하게 굳었다.

"이제부터 알게 될 지식은 금기를 건드립니다. 만약 알게 된다면 여러분들은 교회에게 감시당하게 되겠죠."

"교회? 감시?"

어째서 지금 여기서 정령교회가 튀어나오는 걸까. 게다가 감시?

"이 세계에는 비밀이 있습니다. 저도 모든 비밀을 알고 있는 건 아닙니다만 그 일부분에 닿고 말았습니다. 결국 저는 언제나 교회의 감시 하에 있습니다. 지금 이러고 있는 와중에도 아마."

트레드 선생님이 무슨 말을 하는 건지는 잘 모르겠다.

잘 모르겠지만, 그렇다고 해도——.

"상관없어요. 그걸로 메이와 알레어를 지킬 수 있는 힘을 얻을 수 있다면."

"저도 같은 마음입니다."

클레어 님도 나도, 각오는 되어있다. 소중한 사람을 지킬 수 있다면 다소의 위험 정도야 주저하지 않는다.

"……여러분을 보고 있으면 제 딸이 생각납니다."

"따님이라면 연구로 희생됐다던……?"

"레이!"

내 경솔한 말을 클레어 님이 질책했지만 이미 입 밖에 나간 뒤였다.

"알고 계셨군요. 그렇습니다. 제가 희생한 친딸입니다. 그 아이도 진리를 추구하는 걸 그만두지 않았습니다. 그 너머에 많은 사람의 행복이 있다고 믿었기 때문입니다."

트레드 선생님은 슬픔이 가득 담긴 눈길로 우리를 바라보고 있었다. 우리에게 딸의 모습을 겹쳐보고 있는 걸까.

"……역시 여러분들에게는 가르쳐드릴 수 없습니다. 여러분들은 분명 딸과 같은 길을 걷게 되겠죠. 저는 더 이상 희생자를 늘리고 싶지 않습니다."

"그런!"

"트레드 선생님, 부탁드립니다!"

"정말 죄송하지만, 이 이야기는 여기서 끝입니다."

그 말만 남기고 선생님이 이야기를 마무리 지으려던 그 순간, 노크 소리가 울렸다.

"? 누구십니까?"

선생님의 물음에 답하는 목소리는,

"릴리 릴리움이라고 합니다. 잠깐 이야기를 나눌 수 있을까요."

릴리 님인 모양이었다.

나는 어째서 그녀가 트레드 선생님을 만나러 찾아온 걸까, 하고 단순히 의아하게 여겼다. 클레어 님도 마찬가지였다.

그러나 트레드 선생님의 반응은 극적이었다.

"저, 정령교회……!"

얼굴은 창백했고 이마에선 식은땀을 흘리고 있다. 표정에 드러나 있는 감정은 숨길 수 없는 위기감과 경계심이었다.

"정령교회가 무슨 용건입니까!"

"저기, 일단은 들여보내 주실 수 없을까요?"

"용건이 먼저입니다!"

"그런가요……. 저기, 그게…… 레이 씨랑 클레어 님이 여기 계신다고 들었습니다만——."

반사적으로 그 말에 대답하려고 한 나를 트레드 선생님이 제지했다.

"아무도 오지 않았습니다. 착각하신 거 아닙니까?"

"아뇨, 여기 계신다는 사실은 알고 있어요. 용건이라는 건 그 두 분에 대한 일이라—— 됐으니까 빨리 열어."

마지막 말의 차갑고도 강렬한 어조는, 평소에 들던 릴리 님의 매도 섞인 말버릇과는 어딘가 분위기가 달랐다.

"큭……. 레이 선생님, 클레어 선생님, 아무래도 손쓰기에 늦은 모양입니다."

"무, 무슨 일인가요?"

클레어 님도 나도 동요를 감출 수 없었다. 대체 무슨 일이 일어나고 있는 거지?

트레드 선생님은 주저주저하면서 방문을 열었다.

"안녕하세요, 레이 씨, 클레어 님."

방 안으로 들어오는 사람은 틀림없는 릴리 님이다. 하지만 나는 그 모습에서 어떤 위화감을 느꼈다.

"트레드 씨도 참 포기가 느리네요. 당신은 언제나 감시를 받고 있어요. 그렇게 된 이상 쓸데없는 발버둥이나 마찬가지입니다."

"부탁입니다. 이 두 사람은 그냥 가만히 놔두세요!"

트레드 선생님이 애원했다.

"이거 참, 그렇게 말하면 마치 제가 나쁜 사람 같잖아요. 저는 오히려 두 사람의 힘이 되어주러 온 건데요?"

말과는 다르게 릴리 님은 차갑게 웃었다. 내 안의 위화감이 부풀어 올랐다.

"당신은…… 릴리가 아니군요?"

클레어 님도 마법 지팡이를 손에 쥐며 말했다.

"역시 클레어 님, 예리하네요. 네에, 하지만 지금은 그런 건 아무래도 좋아요. 용건만 마치면 이 아이는 해방하겠습니다."

"설마…… 사라스?!"

사라스의 암시 마법은 이미 풀렸다고 생각하고 있었는데,

"아니요……. 사라스의 짓이 아닙니다. 그녀는—— 사도입니다."

트레드 선생님의 말에 릴리 님—— 아니, 사도는 빙긋 웃었다.

"사도……?"

트레드 선생님이 입에 담은 그 단어에 클레어 님은 영문을 모르겠다는 표정이었다. 사도——내가 가진 원작 지식 속에도 존재하지 않는 단어다.

"서서 얘기하기도 뭐하니 앉지 않을래요. 아, 차는 됐습니다."

사도는 릴리 님의 얼굴을 하고서 뻔뻔스럽게 말했다.

우리 셋은 서로 얼굴을 마주 봤지만 일단은 사도의 말에 따르기로 했다.

사각 테이블에서 가장 입구와 가까운 자리에 사도, 그 반대편에 트레드 선생님, 클레어 님과 나는 그 사이의 양옆 자리에 얼굴을 마주보는 형태로 자리에 앉았다.

"그러면 먼저 자기소개를 해보도록 할까요. 여러분에 대해선이미 알고 있으니까 제 소개만 해도 충분하겠죠?"

사도는 장난스러운 태도였지만 별달리 이견은 없었기 때문에 고개를 끄덕였다. 사도는 만족스러운 듯이 웃으면서 말을 이었다.

"우리들은 사도라고 불리고 있습니다. 정령교회의 의향에 따라 움직이며 세계의 조정자를 맡고 있습니다. 이 세계의 밸런스를 유지하기 위해, 무대의 그늘에서 여러 가지 간섭을 하고 있죠."

"당신과 릴리의 관계는? 당신은 릴리의 또 다른 인격인가요?"

여러모로 묻고 싶은 것들이 산더미지만, 클레어 님이 제일 먼저 확인한 건 그 점이었다. 지금의 릴리 님은 아무리 봐도 평소의 그녀와 달랐다. 릴리 님은 괜찮은 걸까.

"릴리 릴리움은 지금 잠들어 있습니다. 하지만 그게 제가 그녀의 또 다른 인격이라는 뜻은 아닙니다. 그녀의 별개의 인격은 사라스 릴리움의 손으로 만들어진 것이고, 그는 이미 그녀의 일부분이 되었습니다."

릴리 님의 또 다른 인격이 그녀의 일부가 되었다는 언급이 신경 쓰이긴 했지만, 일단 지금은 미뤄두기로 했다.

"그러면 당신은 대체 뭐하는 사람인가요?"

"그러니까 사도입니다. 정령교회 사람의 몸을 빌려 세계의 밸런스를 잡는, 이른바 수리공이죠."

어쩐지 이야기의 스케일이 커졌다. 세계의 수리공?

"당신은 방금 전에 세계에 간섭한다고 말했습니다만 구체적으로는 뭘 하고 있는 거죠?"

"우리들은 비밀주의라서 구체적인 활동내용은 그다지 말씀드릴 수 없습니다. 하지만 여러분이 아는 범위 내에서 설명한다면 이 세계의 구조에 대해서 눈치챌 것 같은 사람에게 경고를 내리고 감시하는 일이 있겠군요."

"……."

지금 저 말은 아마 트레드 선생님을 가리키고 있겠지. 세계의 구조라는 건 마법에 대해서 말하는 걸까.

"그러면 당신은 우리들에게 경고를 주려고 온 건가요?"

클레어 님이 물었다. 이야기의 흐름으로 봐서는 그게 가장 자연스럽다.

하지만 사도는 고개를 가로로 저었다.

"아니요. 오늘 여기에 온 건 레이 테일러와 클레어 프랑소와의 전력 향상을 위해서입니다."

"……네?"

영문을 모르겠다. 무대 뒤편에서 세계에 간섭한다는 존재가 우리들의 전력 향상이 목적이라고? 대체 뭘 위해서?

"마족과 싸우기에 당신들은 너무 약해요. 축복이 걸린 무기를 빌려주면 충분하려나 싶었는데 아무래도 그것 가지고는 부족한 모양이었으니까요."

"설마 그때 릴리는……?"

"아니요. 그때의 릴리 릴리움은 그녀 본인이랍니다. 무기를 빌려준 건 우리들, 교회의 의향이었지만."

겉모습은 완벽한 릴리 님 본인이다 보니, 말투와 행동까지 흉내 낸다면 우리로선 분간할 수가 없다.

"다시 본제로 돌아가죠. 두 분은 트레드 매지크에게 마법의 기초를 전수받도록 하세요. 일반적으로 쓰이는 마법보다도 훨씬 본질에 가까운 마법을."

"그만둬 주십시오! 두 사람을 말려들게 하지 마세요!"

트레드 선생님이 필사적으로 외쳤다. 하지만 사도는 옅은 웃음을 지으며,

"트레드 매지크, 당신은 착각하고 있어."

"무슨 말입니까."

"그녀들은 당신의 일에 말려드는 게 아니에요. 정령교회는 이 두 사람이 죽어버리면 곤란합니다. 오히려 그녀들을 지키기 위해서 당신이 이용당하는 입장입니다."

나는 슬쩍 클레어 님을 보았다. 클레어 님도 나를 보고 있었다. 아마도 클레어 님도 나와 똑같은 생각을 하고 있겠지.

사도의 말은 어딘가 마족들이 입에 담던 내용과 겹치는 부분이 있었다. 아직 자세한 내막은 알 수 없지만, 양쪽 다 클레어 님과 나를 특별시하고 있다.

"대체 무슨 말입니까."

"트레드 매지크, 당신은 알 필요 없습니다. 적절한 시기가 온다면 레이 테일러, 클레어 프랑소와 두 분에게는 가르쳐드리죠."

설명을 요구하는 트레드 선생님을 차갑게 뿌리치고서 우리에게 시선을 향했다.

"어쨌든 두 분은 좀 더 마법에 숙달되어야 합니다. 구체적으로는 마법의 합창을 배우세요."

"합창?"

반문하는 클레어 님을 향해 사도는 고개를 끄덕였다.

"통상적으로 마법의 영창은 개개인이 마법 주문을 외우는 독

자적인 영창이죠. 그와는 반대로 여러 사람이 함께 한 가지 마법을 발동시키는 걸 합창이라고 부릅니다."

"여럿이 함께 한 가지 마법을⋯⋯? 그런 일이 가능한가요?"

"네. 자세한 사항은 트레드 매지크한테 들으시죠. 그는 이미 합창 이론을 완성했으니까요."

"기다려주십시오!"

트레드 선생님이 비명처럼 외쳤다.

"합창은 위험성이 너무 큽니다. 합창이 성립하기 위한 조건은 굉장히 까다로워요. 거기다 만약 실패한다면——."

"그렇지요. 술사에게 반동이 옵니다."

별거 아니라는 듯이 말하는 사도. 트레드 선생님의 모습을 보아하니 반동이라는 건 단어에서 느껴지는 어감보다도 훨씬 위험한 거겠지.

"하지만 걱정할 필요는 없습니다. 이 두 사람에 한해, 반동이 일어날 일은 없을 거라고 우리들이 보증합니다."

"어째서입니까?"

"이유를 알 필요는 없습니다, 트레드 매지크. 당신은 그저 두 사람에게 합창을 가르치면 됩니다."

"⋯⋯."

트레드 선생님은 몹시 화난 것 같았다. 아까부터 사도가 선생님을 대하는 태도가 너무하다. 마치 선생님을 도구처럼 취급하고 있다.

"잠깐만요, 당신. 선생님한테 너무 실례인 거 아닌가요? 하다못해 사람에게 뭔가를 부탁할 때는 예의를 갖추도록 하세요."

"……."

꾸짖듯이 말하는 클레어 님을 보고서 사도는 깜짝 놀란 표정이었다.

그리고서는――.

"후후……아하하하핫……!"

웃음을 터트렸다.

"뭐, 뭐가 우습나요?!"

"아아, 미안합니다. 이건 그저 아이러니한 상황에 대한 조건반사입니다. 그야 우리들을 인간처럼 대하시니까 말이죠."

"?! 당신들은 인간이 아닌 건가요?!"

"네. 우리들은 인간이 아닙니다."

더더욱 영문을 알 수 없어졌다. 그늘 속에서 이 세계를 어떻게 하려고 하는 존재가 인간이 아니라고?

그렇다면 이 세계는 대체…….

"우리들은…… 그렇죠, 정령신과 이어져 있는 존재라고 여겨주시면 됩니다."

"뭐라고요……?"

"사실은 좀 더 어울리는 표현이 있지만 그건 클레어 프랑소와로선 이해할 수 없을 테니까요. 하긴――."

사도는 거기서 잠깐 말을 끊고서는 내 쪽을 보았다.

"어쩌면, 레이 테일러라면 이해할 수 있을지도 모르겠지만요?"

사도는 아까부터 의미를 알 수 없는 소리뿐이다. 나는 그녀(?)

의 말을 한마디도 이해할 수 없었다.

"어쨌든, 레이 테일러와 클레어 프랑소와는 트레드 매지크한 테서 합창의 기초를 전수받고, 그걸 연습해주세요."

"만약 거절한다면 어쩔 생각인가요?"

"당신은 거절하지 않아요."

"어째서죠?"

"가족을 지켜낼 수 있는 힘을 얻을 찬스를 그냥 눈뜨고 놓칠 리가 없으니까요."

"……흥."

클레어 님은 마음에 들지 않는 것처럼 보였지만, 정곡이었겠지. 클레어 님도 나도, 힘에 연연하지 않지만 가족을 지켜낼 힘을 얻을 기회가 있다면 놓치고 싶지 않았다.

"그러면 저는 이만 여기서 실례. 슬슬 이 아이가 눈을 뜰 시간이니까요."

사도는 그 말과 함께 자리에서 일어났다.

"아 그렇지, 저에 대해서는 부디 비밀로. 그러지 않는다면——."

방에서 나가기 직전에 사도는 우리를 돌아보며 한 마디를 더 했다.

"그러지 않는다면 메이와 알레어의 목숨은 없답니다."

클레어 님이 매서운 시선을 쏘아냈지만 사도는 아랑곳하지 않고 방을 나갔다.

이게 사도와의—— 아니, 세계의 진실과의 첫 접촉이었다.

"저도 지금 이게 무슨 상황인지 잘 모르겠습니다만…… 사도의 말에 거스를 수는 없습니다. 두 분에게는 제가 아는 모든 걸 가르쳐드리겠습니다."

사도가 떠난 뒤, 클레어 님과 나는 바로 트레드 선생님에게 마법의 기초를 전수받게 되었다. 이 장소는 바우어 기숙사 뒤뜰에 있는 공터다. 마법 연습을 하기에 충분한 넓이라는 생각은 들지 않았지만 선생님 말로는 문제없다나.

클레어 님과 나는 마법 지팡이를 꺼내 들고서 트레드 선생님의 말을 경청했다.

"사도도 말했지만 한 번 더 확인하도록 하죠. 지금부터 여러분에게 가르쳐드리는 건 합창이라는 기술입니다. 각기 다른 개인이 협력해서 하나의 마법을 영창하는 일이라고 생각해주세요."

"그런 게 정말로 가능한가요?"

"네…… 이론상으론."

그 말은 즉, 실천하기엔 문제가 있다는 뜻일까.

"인간의 피에는 여러 가지 종류가 있다는 걸 알고 계십니까?"

"들어본 적은 있어요. 상성이 나쁜 피끼리는 섞일 수 없다고 그랬던가요."

이건 혈액형 이야기겠지. 의학이 그다지 발전하지 않은 이 세계에서도 혈액에 종류가 있다는 사실 정도는 판명된 모양이다.

"클레어 선생님의 말대로입니다. 마치 혈액처럼 마력에도 상성이 있습니다. 합창은 서로의 마력을 섞어야 할 필요가 있기 때문에 마력의 상성이 나쁘면 거절반응이 일어납니다."

최악의 경우에는 죽음에 이르는 경우도 있다고 트레드 선생님이 말했다.

"저는 이 이론을 기초로 금기의 상자 속에 봉인해뒀던 그 반지를 만들었습니다. 그건 어떤 특정 종류의 마력을 증폭시키는 효과가 있습니다. 하지만 그 반지도 마력의 상성이 맞지 않는다면 폭주하고 맙니다. 제 딸을 비롯해서 수많은 사람을 희생했음에도 얻을 수 있었던 건 얼마 되지 않았습니다."

"선생님⋯⋯."

자조하며 말하는 트레드 선생님에게 클레어 님이 걱정스러운 듯이 말을 건넸다.

"자, 지금은 제 자책감 같은 건 아무래도 좋겠죠. 계속하도록 하죠. 합창에는 마력의 혼합이 필요합니다. 먼저 여러분의 마력을 하나로 겹치는 것부터 시작해봅시다."

"네."

"잘 부탁드려요."

클레어 님과 한목소리로 대답하고 있자니, 학창시절이 떠올랐다. 이렇게 클레어 님과 함께 트레드 선생님의 첫 강의를 들었던 건, 레레어와 만나기 전의 일이었다. 아직 2년하고 약간 더 지났을 뿐일 텐데도, 벌써 한참 옛날 일처럼 느껴진다. 우리 둘이서 그만큼 농밀한 시간들을 보내왔다는 증거다.

"그러면 먼저 두 분이 손을 잡아 주십시오."

"이렇게요?"

클레어 님이 내 손을 잡았다. 옛날이었다면 평민의 손 따위를 만질 수 없어요, 같은 소리를 했었겠지.

클레어 님도 많이 달라지셨네.

"좀 더 꽉 잡아 주십시오. 손가락 하나하나를 휘감듯이."

"아아, 연인 손깍지 말씀이군요."

"여, 여여연인?!"

트레드 선생님의 지시대로 다시 손을 고쳐 쥐자 클레어 님이 몹시 동요했다. 이미 밤일까지 다 치른 사이인데도, 클레어 님은 변함없이 풋풋한 부분이 있다. 그게 또 참 귀엽지만.

"클레어 선생님, 마음은 이해합니다만 이건 꼭 필요한 일입니다. 자 그러면 서로의 존재를 강하게 의식해주십시오.

"의식하지 않는 쪽이 더 어렵다고요……."

"클레어 님의 손, 넘나 부드럽네요."

"우햐앗?! 손등을 쓰다듬지 말아 줄래요?!"

그렇지만 모처럼 연인 손깍지를 했는데 클레어 님을 만끽하지 않는다면 실례잖아?

"다음으로 맞잡은 손으로부터 속성이 담기지 않은 순수한 마력을 조금씩 흘려 넣어 보십시오."

"네—."

"잠깐 기다려요, 레이! 트레드 선생님도 지금 그게 무슨 말씀인가요?!"

내가 지체 없이 바로 시행하려고 했더니, 클레어 님의 표정이 창백해졌다.

"? 뭔가 문제라도 있나요?"

"있고말고요. 순수한 마력을 타인에게 흘려 넣는 건 상대의 몸을 해치는 일이에요. 마법학의 기초 중의 기초잖아요."

"어, 그랬습니까?"

"몰랐던 거예요?!"

원작 지식에는 그런 말이 없었다. 아마도 이 세계에서는 상식 중의 상식이라 딱히 적어둘 만한 사항도 아니었나보다.

"클레어 선생님의 말대로입니다. 보통은 안 되는 일이죠. 제 딸도 그게 원인이 돼서 마법사고로 사망했습니다. 하지만 사도 는 괜찮다고 단언했으니까⋯⋯."

"시험해볼 수밖에 없겠는데요?"

"⋯⋯어쩔 수 없군요. 혹시나 무슨 일이 생기면 치료를 부탁 드리겠어요, 트레드 선생님."

"네. 맡겨만 주십시오."

지금 우리가 해야 하는 건, 딱 메이가 금기의 상자를 열었을 때 했던 것과 똑같은 일이다. 속성이 담기지 않은 마력은 확산 시키기는 쉬워도 제어하기가 조금 어렵다. 나는 신중에 신중을 거듭해서 클레어 님의 손에 마력을 흘려 넣었다.

"⋯⋯어떻습니까? 몸이 안 좋거나 그러신가요?"

"아뇨, 딱히요. 오히려 맞잡은 손을 통해서 따스한 온기 같은 게 흘러들어와서 기분이 좋을 정도예요."

"클레어 님의 마력, 기분 좋아요."

"표현 좀!"

하지만 진짜인걸.

"흠……. 아무래도 사도의 말은 정말이었던 모양이군요. 마력이 깨끗하게 하나로 합쳐졌습니다. 여러분은 마력의 상성이 좋은 것 같군요. 이거라면 합창도 문제없을지도 모르겠습니다."

트레드 선생님은 나음 단계로 넘어가겠다고 말했다.

"실제로 합창을 해보도록 하겠습니다. 합창 가능한 마법은, 합창을 시전하는 두 사람이 쓸 수 있는 모든 속성의 마법입니다."

"그러면 저와 레이의 경우엔 지, 수, 화, 세 속성 중에서 하나라는 말씀인가요?"

"맞습니다. 처음엔 제어가 어려울 거라고 생각하니 아주 간단한 화탄을 생성해 보십시오."

"알겠어요. 괜찮겠죠, 레이?"

"네."

나는 화속성을 다뤄본 적 없다. 미지의 감각이라서 잘 될지 어떨지…….

"맞잡은 손을 뒤로, 지팡이를 든 손을 정면으로 향해주십시오."

"이렇게요?"

"좋습니다. 그러고서 그 지팡이 앞에 화탄을 생성하는 이미지를 머릿속에 그려주십시오. 감각적으로는 클레어 선생님의 제어가 주고, 레이 선생님이 보조라는 느낌으로 하는 게 좋겠죠."

마치 사교댄스의 포지션 같은 자세로, 클레어 님과 나는 잠시 동안 악전고투했다. 이건 제법 어려울 것 같다.

"초조해하지 않아도 됩니다. 합창은 아주 복잡한 기술입니다. 습득하기까지는 몇 개월에서 몇 년이라는 시간이──."

""앗.""

우리가 앞으로 내민 지팡이에서 화탄이 발사됐다. 나름대로 위력을 줄였을 텐데도 상상 이상의 크기였다. 화탄은 표적이었던 나무를 단번에 숯덩이로 만들었다.

"……성공해버린 겁니까."

"성공해버렸네요."

"성공해버렸어요."

트레드 선생님은 뭐라 말할 수 없는 표정이었다. 합창은 트레드 선생님과 따님분이 아주 오랜 시간을 들여 완성한 기술일 터. 그걸 이렇게 간단하게 성공해버리는 건, 역시 뭐라 형용하기 힘든 복잡한 기분이겠지.

"아니요, 성공을 기뻐해야겠죠. 축하드립니다, 레이 선생님, 클레어 선생님."

"감사합니다."

"감사드려요."

그럼에도 쾌활하게 웃어 보이는 점이 트레드 선생님의 높은 인덕을 보여주는 부분일까. 선생님은 우리에게 수고했다고 말한 뒤, 이야기를 이어갔다.

"지금 직접 체험해보셨던 것처럼 합창은 굉장히 강력한 위력을 가지고 있습니다. 초보적인 화탄조차도 이 정도의 위력이니, 만약 클레어 선생님의 매직레이나 레이 선생님의 앱솔루트 제로 같은 마법을 쓴다면 무시무시한 위력이 되겠죠."

써야 할 때와 그 제어를 조심하시길, 트레드 선생님이 단단히 당부했다.

"레이 선생님은 합성마법도 쓸 수 있었죠?"

"네, 몇 개 정도는."

"합창을 통해 화속성도 쓸 수 있게 됐으니, 여유가 있다면 클레어 선생님과 함께 합성 마법의 종류를 늘려보는 것도 좋겠죠."

"네에, 그렇게 하겠어요."

"연습해 두겠습니다."

"하지만…… 그때마다 이런 포즈를 취해야 하는 거예요?"

클레어 님은 부끄러운 모양이다.

"어, 싫으셨나요?"

"싫은 건 아니지만…… 부끄럽다고요."

"뭘 새삼스레…… 훨씬 부끄러운 일도 잔뜩 하고 있잖아요."

"레이!"

"핫핫하, 금슬이 좋아서 참 다행이군요. 하지만 옆에 저도 있다는 건 잊지 않으셨죠?"

"아, 실례했습니다."

"레이 때문이에요!"

하지만 틈만 나면 클레어 님으로 놀고 싶어지는걸. 최근 들어 어쩐지 시리어스한 일들의 연속이라 클레어 님이랑 알콩달콩할 시간이 줄었으니까.

"합창에 대해선 이정도입니다. 그다음은 합창으로 할 수 있는 일들도 몇 개 가르쳐드리겠습니다."

"부탁드립니다."

"잘 부탁드리겠어요."

그날은 저녁까지 트레드 선생님에게 가르침을 받았다. 합창은 틀림없이 우리들의 무기가 될 거다. 그건 기쁘다.

하지만 신경 쓰이는 점들도 많았다.

어째서 클레어 님과 내 마력은 깨끗하게 섞였던 걸까. 그리고 어째서 사도는 그 사실을 알고 있었던 걸까.

내 의문이 풀리는 건 좀 더 훗날의 일이었다.

트레드 선생님한테서 합창을 전수받은 다음날.

오늘은 평일이라서 등교하는 날이다. 우리는 학관에서 강의를 듣고 있었다. 문득 주변을 둘러보았다. 강의를 받고 있는 학생들의 모습 속에서, 이제는 보이지 않는 몇몇을 떠올렸다.

라나는 바우어에서 사라스 관련으로 취조를 받고 있다. 이브도 마찬가지로 취조를 받고 있겠지만 그 후엔 스스 왕국으로 간다고 한다. 요엘은 정령교회의 가르침을 어겼다는 이유로 바우어로 송환되고 말았다. 필리네는 국외로 추방당했고, 도저히 믿을 수는 없지만 암살당했다는 소문도 있다. 프리다는 필리네의 추방과 함께 모습을 감췄다.

친했던 사람들이 없어진 교실은 어쩐지 텅 비어버린 것처럼 느껴졌다.

"레이, 그렇게 한눈팔고 있으면 혼날 텐데요?"

내가 멍하니 있다는 사실을 눈치 챘는지, 클레어 님이 펜 옆면으로 내 손을 톡 두드렸다.

"죄송합니다. 다들 떠나고 말았구나, 싶은 생각이 들자 왠지 조금……."

"그 마음은 이해하지만 지금은 강의에 집중하세요."

"그러네요."

나는 노트 위를 굴러다니고 있던 펜을 들고서 다시금 강의에 집중하려고 했다.

"그러면 이 문제를…… 오토, 앞으로 나와서 풀어보도록."

"……."

교사의 지명에 오토는 아무 말 없이 자리에서 일어나서는, 언짢은 표정을 지은채로 묵묵히 칠판의 문제를 슥슥 써 내려갔다.

"좋군. 정답이다."

"……."

교사의 말이 떨어지자 오토는 바로 자리로 돌아갔다.

나는 어라, 싶었다.

오토의 문제아 같은 행동은 이전에도 설명한 적 있지만, 그는 교사가 문제를 풀어보라고 시키면 언제나 불평 한 두 마디 정도는 던지곤 했다. 그런데 오늘은 빌려온 고양이마냥 얌전하다. 귀염성 없는 표정이야 여전하지만, 흔한 욕설조차 없다는 건 대체 무슨 바람이 분 걸까.

"오토가 조금 이상하네요."

"네."

클레어 님도 어쩐지 오토가 신경 쓰였던 모양이다. 마음이 맞았네요, 클레어 님—— 이라는 말은 강의중이니 넣어두자.

"무슨 일 있었던 걸까."

"신경 쓰이십니까?"

"같은 반 친구잖아요? 당연한 일이에요."

이런 말을 자연스럽게 말할 수 있다는 게 클레어 님의 올곧은 마음을 보여주는 부분이라고 생각한다. 나도 이상하다고는 생각했을지언정 딱 거기까지다. 클레어 님처럼 반 친구라는 이유만으로 자연스럽게 신경을 써주는 따뜻한 마음씨는 없다.

"강의가 끝나면 잠깐 얘기를 들어볼까요?"

"네, 그렇게 해요."

"앙? 니들이랑 점심? 이유가 뭔데. 내버려 둬."

그야 그렇죠—. 너무나도 예상 그대로의 반응에 오히려 깔끔하게 느껴질 정도였다.

점심시간이 되자 오토에게 같이 점심을 먹자고 권해봤지만 단칼에 거절당했다. 하지만 겨우 그 정도로 물러날 클레어 님이 아닌지라.

"오토. 당신, 뭔가 고민이 있는 거 아닌가요? 어쩐지 평소와는 다르잖아요?"

클레어 님이 끈기 있게 대화를 이어갔다. 자기편이라고 인식한 상대와는 끝까지 함께 해주는 게 클레어 님이다. 거꾸로, 적으로 인식한 상대에게는 철저하게 공격적으로 나서는 게 클레어 님이기도 하지만

"아무 것도 아냐. 내버려 두라고 했잖아."

오토는 쌀쌀맞았다. 쌀쌀맞기는 했지만, 그다지 날 선 기색도 아니었다. 굳이 말하자면 마음이 딴 데 가 있는 느낌이었다. 이건 생각 이상으로 중증인 거 같은데?

"오토. 오토."

"뭐냐고, 너까지."

"왠지 마음이 딴 데 가 있는 것 같네?"

"기분 탓이겠지."

"혹시……."

"뭐……뭔데……."

내 짐작이 틀리지 않았다면——.

"상사병?"

"……하아……. 틀렸어. 너처럼 머릿속이 연애로만 차있는 게 아니란 말이다."

어라, 꽝이었나. 제법 자신 있었는데 말이야.

"뭐, 됐어. 여기서 먹도록 할까요, 클레어 님."

"그렇게 해요."

"잠깐, 너희들. 뭘 뭣대로——!"

불만을 쏟아내는 오토는 내버려 두고서 우리는 도시락을 펼쳤다.

"오늘도 맛있어 보이네요. 고마워요, 레이."

"별말씀을요."

"……맘대로 해."

개의치 않고서 도시락을 먹기 시작하는 우리를 어이없다는 눈으로 보고서는 오토도 도시락을 꺼내서 먹기 시작했다.

"그 도시락, 오토가 직접 만든 거?"

"그러면 어쩔 건데."

"아니, 맛있어 보이는구나 싶어서."

"이정도야 적당히 했을 뿐이라고, 적당히."

오토는 포크로 계란말이를 집어 들고서 한 입 베어 물었다.

"계란말이라는 게 적당히 만들 수 있는 요리인가요?"

"앙? 이딴 건 간을 맞추고서, 구울 뿐이잖냐."

"제가 만들어 보려고 하면 이미 간을 하는 시점에서 뭔가 와작와작 씹히게 되는 걸요."

"그건 간 맞추기 이전의 문제잖아?! 계란을 껍질째로 넣은 거잖아!"

오토 제법 좋은 태클이다.

"오토네 집은 군인 집안이라고 들었었는데, 부모님은?"

"앙? 아무래도 좋잖아, 그런 건."

"하지만 오토, 도시락을 직접 만들고 있는 거지?"

"……가족은 다들 바쁘니까. 가장 한가한 내가 만드는 게 합리적이지."

의외의 일면을 엿본 기분이었다. 첫인상은 최악이었지만 이렇게 다시 보니 의외로 이야기가 통하잖아.

"가족분은 부모님 두 분뿐이신가요? 형제자매는?"

"그러니까 어째서 아까부터 질문을 쏟아내는 건데, 니들은!"

"오토가 우리한테 질문해도 상관없어. 팍팍 해봐."

"……그게 아니라고."

머리를 벅벅 긁는 오토.

"형제는 누님이 한 명이다."

"헤에, 어떤 분이신가요? 역시 같이 학관에 다니고 계시나요?"

"누님은 이미 졸업했어. 지금은…… 제국군에서 군사훈련을 받고 있지."

뒷말을 할 때, 누가 봐도 오토의 목소리에는 힘이 없었다. 이 건……?

"누나분도 군인이 되시는 거군요."

"……아버지도 어머니도 말렸지만 들으려고 하질 않아. 나도 몇 번이고 설득은 했지만……."

"오토는 누나가 군인이 되는 데 반대인 건가요?"

"그야 위험하잖냐."

"확실히 그러네요. 제국은 언제나 타국과 전쟁을 하고 있으니, 누나분도 언젠가는――."

"언젠가가 아니야!"

오토가 화를 내며 언성을 높였다. 갑작스러운 반응에 클레어 님도 나도 얼굴을 마주 보았다.

"전장에 배속되는 걸 기다릴 필요도 없이, 누님은――."

"무슨 말인가요? 누나분께 무슨 일이?"

클레어 님이 되묻자, 그제야 오토는 정신을 차린 모양이었다.

"……아무것도 아니야. 잊어버려."

"오토, 저라도 괜찮다면 힘이 되어 줄 수 있는데요?"

"잊으라고 했잖아!"

오토가 난폭하게 책상을 내리치며 일어섰다. 교실 안이 고요해졌다.

"? 이건……."

오토가 책상을 때리는 기세 탓에, 품속에서 뭔가 흘러내렸다. 나는 별 생각 없이 주워들었다.

"?! 내놔!"

오토가 얼굴색마저 바꾸면서 낚아챘다. 하지만 나는 이미 보고 말았다.

"……봤냐?"

"미안, 봤어."

"레이?"

오토의 눈에 핏발이 섰다. 이건 위험하다.

"오토 일단 자리를 옮기자. 우리들은 진정하고 대화를 나눠볼 필요가 있다고 생각해."

"……칫."

"잠깐, 잠깐만요, 레이! 오토도 대체 무슨 일인가요."

"클레어 님도 와주세요. 괜찮지, 오토?"

"……아아."

우리는 먹던 도시락 통을 정리하고서 인적이 드문 정원으로 이동했다. 정원에 마련된 벤치에 앉자마자 내가 먼저 오토를 향해 말을 꺼냈다.

"오토, 설명해줘. 어째서 네가 이런 걸 꾸미고 있는 건지."

"이런 거?"

아직 사태를 파악하지 못한 클레어 님은 얼굴에 물음표를 띄우고 있었다. 오토는 여전히 묵묵부답이다.

나는 클레어 님에게 설명했다.

"오토는 도로테아를 암살할 계획을 세우고 있습니다."

"군 내부에는…… 필리네를 지지하는 그룹이 있어."

오토는 좀처럼 입을 열려고 하지 않았지만, 클레어 님과 내가 끈질기게 졸라대자 결국 머뭇머뭇 이야기를 시작했다.

"파벌 같은 건가요?"

"그렇게 거창한 건 아니야. 군사 훈련소 내에 있는 일종의 우상숭배 같은 거다."

"우상숭배?"

"클레어 님, 그거 아닐까요? 언제였지, 필리네가 군대 내에서 나름 인기인이라고 얘기한 적 있잖아요."

"아아, 그런 말을 했었죠."

제국농락 작전을 위한 작전회의를 했을 때에 나왔던 얘기다. 필리네는 하사관과 일부의 병사들한테서 인기가 있다는 얘기를 했었다. 분명 도를 넘은 부조리를 일삼고 있던 교관의 행동을 막아섰던 게 계기였다고 했던가. 대충 그런 내용이었다고 기억한다.

"그래, 그거야. 군사 훈련소에서는 그때 있었던 일화가 계속해서 내려오고 있어. 훈련소는 엄격한 곳이니까 말이야. 매일매일 몸도 마음도 한계까지 몰아붙이지. 훈련을 받아본 녀석들 입장에서 필리네는 구원이나 마찬가지였어."

그래서 필리네를 지지하는 그룹이 형성된 거다. 오토가 계속 말을 이었다.

"누님도 그 그룹의 일원이야. 필리네가 그때 구해줬던 하사관이 누님의 선배였다고 하더군. 언제부턴가 누님도 필리네의 열렬한 신자가 되어버렸어."

"그렇군요……. 하지만 그 일이 어째서 도로테아 폐하 암살이라는 터무니없는 계획과 이어지는 건가요?"

클레어 님이 당연한 의문을 입에 담았다. 그 두 가지가 이어지질 않는다.

"필리네가 추방당했잖아? 그것 때문에 훈련소 내에 필리네 그룹의 불만이 폭발했어. 거기다 필리네가 암살당했다는 소식까지. 너희들도 소문 정도는 들었겠지?"

"네에. 하지만 소문이잖아요?"

"필리네 그룹은 그렇게 생각하지 않는다고. 도로테아 폐하가 필리네를 추방했기 때문이야. 거기다 외국인인 너희들은 눈감아줬다면서…… 완전히 꼭지가 돌아버렸어."

"아차차……."

필리네를 신봉하는 그녀들 입장에서 보면 도로테아는 필리네를 죽게 내버려 뒀음은 물론, 덤으로 외국인에게 편파적인 태도를 보였다는 뜻이다. 오토의 말에 의하면 필리네를 연모하는 그룹은 우국충정의 애국자들의 모임처럼 변했다고 한다.

"생각 끝에 필리네 그룹은 쿠데타를 일으키자고 결심했어."

"쿠, 쿠데타?!"

이야기가 갑자기 심각해졌다. 도로테아한테 불만을 토로하는 정도일 거라고 생각했는데 설마 국가 전복계획이라니.

"아무리 그래도 너무 무모한 거 아닌가요? 필리네 그룹이 얼마나 되는 규모인지는 잘 모르겠지만 상대는 전 세계에 맹위를 떨치고 있는 나 제국군과 도로테아 폐하잖아요?"

"아아, 무모하겠지. 필리네 그룹 녀석들도 쿠데타가 성공할 거라고는 생각하지 않아."

"그럼 어째서……."

"군인은 어째서 군인이 됐다고 생각해?"

"네……?"

오토가 뜬금없이 화제를 바꿨다.

"그거야…… 나라를 지키고 싶다고 생각했기 때문에 아닌가요?"

"맞아. 개중에는 집안 대대로 군인이었다든가, 돈을 위해서 입대하는 녀석들도 있겠지만, 그런 사람들도 최종적으로는 국가를 위해서 군인이 되지. 그러지 않고서는 빡센 훈련을 버틸 수가 없으니까."

"그렇군요."

"그렇게 지키고 싶던 나라가 나쁜 방향으로 나아가고 있어. 거기다 그 정점에 있는 자식은 조금도 고쳐먹을 생각이 없지. 더군다나 어떻게든 바꿔보려고 했던 녀석을 죽게 내버려 두고."

"……."

"쿠데타 계획은 녀석들 나름의 **목소리**인 거라고. 이 나라를 지키려고 하는 자들의 최선을 다한 탄원이야."

즉, 오토의 누님 일파는 쿠데타의 성공 따위는 조금도 생각하고 있지 않다는 뜻이다. 자신들은 이정도로 진심이라고 도로테아에게 호소할 생각이겠지. 말 그대로 목숨을 건 충언이다.

"하지만 도로테아 폐하가 그런 일에 귀를 기울일 거라고는 생각할 수 없어요. 개죽음이 되는 건 아닌가요?"

"……솔직히 나도 그렇게 생각해."

"그러면 오토. 당신이 해야 할 일은 쿠데타에 참가하는 게 아니라, 누님을 설득하는 거예요."

"나는 쿠데타에 가담하지 않아."

"네?"

오토의 말은 의외였다. 나는 순전히 오토도 누나를 따라 함께 행동할 거라고 생각하고 있었다.

"하지만 이 종이는 황성의 겨냥도와 경비 시프트잖아? 별도로 기입해 놓은 화살표는 최종 침입경로 아니야?"

"어째서 네가 그걸 아는 거야."

"저희들은 교황 성하 방문 때 경비책임자였어요."

"그래서였나⋯⋯. 칫, 귀찮아졌군⋯⋯."

오토는 머리를 벅벅 긁었다.

"유서를 발견해 버렸어."

"유서?"

"누님이 쓴, 우리 가족들 앞으로 보내는 유서야."

"! ⋯⋯그건⋯⋯."

"일주일 전, 정기적으로 집에 돌아오는 날에 어쩐지 태도가 이상했었어. 평소에는 나한테 눈길 한번 안주는 주제에 묘하게 상냥해서는. 이상하다고 생각해서 누님이 훈련소로 돌아간 뒤에 몰래 방을 조사해봤더니 책상 안에 숨겨져 있었어."

가족의 유서를 발견한다니, 거의 트라우마에 버금갈 일이다. 그걸 찾아냈을 때 오토의 심경은 어떠했을까.

"양보할 수 없는 일이 있어서 나는 먼저 가겠다, 너는 원하는 삶을 살아라──라더군. 아주 멋대로 지껄이기는⋯⋯."

오토는 주먹을 꽉 쥐고서 고개를 떨궜다. 울고 있는 걸지도 모른다. 겉으로는 욕설을 토하고 있지만, 그 말속에 틈틈이 엿보이는 감정은──.

"누나 분을 좋아하시는 군요, 오토."

"뭐⋯⋯! 바보 같은 소리 하지마!"

"이야, 두말할 것 없는 시스콘이잖아."

이런 상황에서도 농담을 던지는 게 내 나쁜 버릇이지만, 오토가 누나를 염려하고 있다는 건 틀림없다. 그게 연애감정인지 가족으로서의 친애의 정인지는 나로선 아직 알 수 없지만. 뭐, 오토 입으로 머릿속이 연애로만 가득 차 있지 않다고 했으니 가족의 정이겠지.

"즉, 오토는 누나가 죽지 않도록 먼저 도로테아를 암살하겠다는 소리야?"

"뭐 잘못됐냐고."

"잘못됐지. 너무 무모하잖아."

"그딴 건 내가 가장 잘 알고 있다고!"

그럼에도 그는 도저히 손놓고 있을 수는 없었던 거겠지.

"아버님과 상담해보죠."

"……그러네요. 도르 님이라면 뭔가 좋은 생각이 있을지도 모르니."

"……협력해 주는 건가?"

오토는 몹시 의외라는 표정이었다. 그야 그렇겠지. 우리들에게는 동전 한 푼 떨어지지 않는 일이다.

하지만——.

"암살에는 협력해드릴 수 없어요. 하지만 반 친구가 곤란에 빠져 있는 상황에 손을 내미는 것도 당연하잖아요?"

"나는…… 너한테 주먹을 휘두른 적도 있는데?"

"어린애 손목 비틀듯이 제압당했지만."

"시, 시끄러워!"

앗, 빨개졌다. 귀엽네. 나는 전생자니까, 실제 연령으로 따져보면 오토쯤 되는 남자애는 상당히 연하로 느껴진다.

"오토, 쿠데타 결행일은 언제인가요?"

"스스를 비롯한 각국 수뇌회담이 있잖아? 그 당일이라는 모양이야."

"그다지 시간이 없네요. 레이, 오늘은 조퇴하도록 해요. 기숙사로 돌아가서 대책을 세워보죠."

"알겠습니다."

"나는 뭘 하면 되지?"

오토가 씩씩하게 물었다.

하지만——.

"오토는 일단 아무것도 하지 말 것. 여차했다간 모든 게 수포로 돌아간다는 걸 명심하세요."

"큭……."

"나쁘게는 안 할 테니까, 얌전히 기다려주세요. 누나분을 구하고 싶다면, 아셨죠?"

"……알겠어. 부탁할게."

일단 이걸로 오토가 무모한 짓을 하지는 않겠지. 문제는 필리네 그룹을 어떻게 하느냐다.

점심시간 종료를 알리는 종이 울렸다.

"그러면 오토. 선생님한테 우리는 조퇴한다고 전해주세요."

"그래."

"레이, 서두르죠."

"네."

정말이지 클레어 님은 사람이 너무 좋다니깐. 하지만 그런 점을 참을 수 없을 정도로 좋아합니다.

"쿠데타인가……."

학관에서 돌아오자마자 우리는 바로 도르 님을 찾아가서 오토한테서 들은 이야기를 전했다.

바우어 기숙사 내에 있는 도르 님의 방은 우리 방보다 살짝 협소했다. 방 구조는 주방, 리빙 다이닝, 그리고 침실이 하나씩 있을 뿐이다. 가구도 귀족 시절과는 비교가 안 될 정도로 수수하고 실용성을 중시한 물건들뿐이다.

도르 님, 클레어 님, 나까지, 우리 세 사람은 각자 앞에 찻잔을 하나씩 두고서 테이블에 둘러앉았다. 도르 님은 얘기를 듣고서 처음엔 놀라서 눈을 크게 떴지만, 점차 복잡한 표정으로 변했다.

"이대로라면 젊은이들이 무익한 피를 흘리게 될 거예요."

"뭔가 좋은 생각은 없으십니까, 도르 님."

"아버님이라고 불러주지 않는 거니, 레이."

"묘한 부분에 집착하시네요, 아버님."

"중요한 부분이야."

말만 들으면 장난치는 것처럼 보이지만, 나는 도르 님이 전혀 웃고 있지 않다는 사실을 깨달았다. 도르 님이 저런 표정을 짓고 있을 때는 살짝 거북하다. 대체로 나쁜 일을 꾸미고 있는 표정이니까. 거기다 그게 결과적으로는 옳을 때가 많으니까 더욱 그렇다.

"메이랑 알레어는?"

"아이들 방에서 놀고 있어요. 걱정 마세요. 아버님이 고용해주신 호위가 열심히 해주고 있어요."

"물론이지. 손녀들을 위해서라면 돈이 아깝지 않으니까."

저번 유괴소동이 있자마자 도르 님은 메이와 알레어에게 호위를 붙였다. 호위는 2인조 여성인데, 원래는 도르 님이 귀족 시절에 고용했었던 경호원이라는 모양이라, 솜씨는 보증할 수 있다나. 두 사람을 처음 봤을 때는 그저 유능하고 멋진 커리어 우먼이라고 생각했는데, 백병전이든 마법전이든 둘 다 초일류의 실력이라고 한다.

물론 그런 만큼 비용도 상당하지만 도르 님은 정치 무대에 복귀해서 받게 된 급료를 아낌없이 경호비용에 쏟아붓고 있다. 참고로 그 두 사람 중 한명은 나도 알고 있는 사람이었지만, 지금은 일단 자세한 설명은 생략한다.

"세심하게 아이들을 돌봐주고 있어서 정말 도움을 많이 받고 있어요."

그건 그렇다 치고 어째서 지금 이 타이밍에 아이들이 어디 있는지를 신경 쓰는 걸까. 아까부터 나쁜 예감이 들었다.

"클레어, 레이."

"왜 그러시나요?"

"뭔가 좋은 아이디어가 떠오르셨습니까?"

도르 님의 조언을 바라고 있었던 우리는 이어지는 말에 귀를 기울였지만, 그 기대는——.

"훈련병들—— 즉, 오토 군의 누나는 포기하도록."

훌륭히 배신당했다.

"포기하라니…… 그게 무슨 말씀이세요!"

"말 그대로다. 필리네 그룹을 구하는 건 포기하고 쿠데타를 일으키게 내버려 두도록."

"그럴 수가……!"

클레어 님이 도저히 믿을 수 없다는 시선으로 도르 님을 바라보았다. 마치 낯선 사람을 보는 것 같은 시선으로.

"죽게 놔두라는 말씀이세요?"

"그 말은 듣기에 좋지 않구나. 그들의 의사를 존중할 뿐이다."

"똑같은 말이에요! 납득할 수 없어요! 이유를 들려주세요!"

클레어 님이 강한 어조로 도르 님을 추궁했다. 그 마음은 이해가 간다. 이해는 가지만 클레어 님이 도르 님에게 상담하자는 말을 꺼냈을 때부터, 나는 어쩐지 모르게 이렇게 되지 않을까 예상하고 있었다.

"쿠데타는 제국의 내분이다. 우리가 관여할 문제가 아니야. 내정간섭이라는 말은 알고 있겠지?"

"하지만!"

"게다가 이건 바우어에게 있어서는 좋은 교섭 재료란다, 클레어."

수염을 만지고 있는 도르 님의 얼굴에선 아무런 표정도 찾아볼 수 없었다. 도르 님은 평소엔 온화한 얼굴이지만, 이번엔 정반대다. 그의 『업무용』 표정이다. 나는 등줄기가 차가워지는 걸 느꼈다.

"좋은 재료라고요?! 수많은 생명을 잃게 될 거라고요!"

격앙한 클레어 님이 테이블을 쾅 내려치며 일어섰다.

"진정하세요, 클레어 님."

"레이, 당신까지! 이게 진정할만한——!"

"클레어 님, 그 마음이야 저 또한 가슴 아플 정도로 잘 알고 있습니다. 하지만 먼저 아버님의 이야기를 들어보죠. 이야기를 갖고 와서 지혜를 빌려달라고 요청한 건 우리입니다."

"……큭——!"

클레어 님은 분하다는 듯이 얼굴을 일그러뜨렸지만, 결국 분노를 잠재우고 자리에 앉았다. 감정의 변동 폭이 큰 클레어 님이지만, 예의와 도리를 들고 나오면 약해진다. 언짢은 표정으로 도르 님을 째려보고 있었다.

"좋은 재료라는 건, 정치적, 외교적인 이야기죠? 도르 님."

"바로 그렇다."

도르 님은 끄덕이면서 홍차를 한 입 마셨다. 클레어 님을 진정시키기 위해서인지 느긋하게 시간을 둔 뒤에 다시금 말을 이었다.

"쿠데타의 규모가 정확하게 어느 정도인지, 도로테아에게 얼마나 영향을 줄 수 있을지는 모르겠지만 이건 두말할 것 없는 내란이다. 제국에게 있어서는 뼈아픈 타격이 될 테고, 동시에 우리에게 있어서는 더할 나위 없는 기회다."

도르 님은 무서울 정도로 담담하게 말했다. 지금의 도르 님은 예전에 클레어 님한테 귀족의 논리를 설명했을 때와 비슷했다.

"거기다 쿠데타는 수뇌회담 당일에 결행된다고 했지? 외국의 수뇌부가 동석하고 있는 자리에서 그런 일이 일어난다면 설령 진압한다고 한들 책임 문제는 피해갈 수 없어. 이건 유력한 외교 카드야."

도르 님은 희미하게 웃음마저 짓고 있었다. 도르 님의 주장은 명쾌했다. 한마디로 말해, 자국의 이익이 우선이고, 옳고 그름을 떠나서 이용할 수 있다면 그게 사람의 목숨이라고 해도 이용해라.

"국가의 미래를 염려하는 젊은이들의 목숨을, 거래용 도구로 쓰라고 말씀하시는 건가요?!"

"그 젊은이들은 우리나라 사람이 아니야. 오히려 여기서 제국에게 타격을 주지 않으면 우리나라 젊은이들의 목숨이 위협받는 거다만?"

"그…… 그건……. 하지만……!"

클레어 님은 포기하지 않고 물고 늘어지려 했다. 클레어 님도 머리로는 알고 있을 것이다. 바우어 젊은이들의 목숨과 제국 젊은이들의 목숨──두 가지를 저울에 올려야만 한다면 우선해야 되는 게 어느 쪽인지를. 하지만 그렇다고 해서 사람의 목숨을 허무하게 잃게 될 일을 가만 두고 볼 클레어 님이 아니다.

친 딸의 그런 모습을 보고서 도르 님은 "후우" 하고 한숨을 내쉬더니 클레어 님을 똑바로 응시하며 말했다.

"클레어, 너는 조금 자만이 지나친 것 같구나."

"제가요? 사람 목숨을 체스 말쯤으로 보고 있는 아버님이 아니라요?"

"너는 언제부터 모든 사람을 구해낼 수 있을 정도로 대단해졌지?"

"그…… 그건……."

클레어 님은 말을 잇지 못했다. 그럴 생각은 없었겠지만 아픈 곳을 찔렸다는 자각이 있었겠지.

도르 님이 한층 더 박차를 가했다.

"사람은 신이 아니야. 한 사람의 힘으로 구할 수 있는 목숨에는 한계가 있어. 이상을 외치는 건 좋다. 하지만 이상은 이상일 뿐이야. 현실에서 도피해서는 안 돼."

"……."

"아니면 뭘까? 혁명의 소녀라는 둥 떠받들어주니까 정말로 그런 줄 아는 걸까?"

"──!"

명확한 악의를 담고 있는 도르 님의 매도에 클레어 님은 귀신같이 무서운 얼굴로 한 손을 크게 들어 올렸다. 도르 님은 미동조차 하지 않고서 그저 조용한 시선을 클레어 님에게 향하고 있었다.

"자아─, 스톱."

"?!"

도르 님을 향해 휘두르려고 했던 클레어 님의 손을 멈춰 세운 건 내가 아니었다.

"빌……."

"윌리엄 님?!"

"여어, 도르 그리고 클레어 짱, 오랜만이야."

이 자리에 어울리지 않는 긴장감이 결여된 쾌활한 말투로 대답한 사람은, 나는 처음 보는 중년의 남성이었다. 갑자기 나타난 것처럼 보였기 때문에 반사적으로 마법 지팡이를 꺼냈지만 남성의 옆에 서 있는 여성이 나를 제지했다.

"레이 짱, 요리 승부 이후로 오랜만이네."

"레네……. 그럼 이분이?"

"응."

이제는 아파라치아 국민이 된 레네가 모시고 있다는 건——.

"네가 레이 테일러 짱이구나. 소문은 여러모로 많이 들었어. 의외로 평범한 애네?"

"아, 네에……."

"엇차, 자기소개가 늦었군. 뭐, 대체로 이미 예상하고 있을 거라고 생각하지만, 새롭게 인사할게."

그 말과 함께 남성은 우아하게 한 손을 가슴에 대고서,

"나는 윌리엄. 이렇게 보여도 일단은 아파라치아의 국왕을 맡고 있어. 편하게 빌이라고 불러줘."

느긋한 말투로 말하는 남성—— 윌리엄 아파라치아는 스스로를 소개했다.

"괜한 말참견은 하지 말아주게, 빌."

도르 님이 언짢은 목소리로 말했다.

그런 도르 님의 태도에도 윌리엄 전하는 사람 좋은 미소와 함께 싱글벙글 웃고 있었다. 타고난 곱슬머리인 걸까, 헝클어진 흑발을 손가락으로 매만지면서 여유를 담은 짙은 갈색 눈동자로 도르 님을 바라보고 있었다. 키나 몸집은 도르 님과 비슷하지만 떠도는 분위기는 대조적이다. 도르 님이 완고한 정치가라면 윌리엄 전하는 어딘지 모르게 껄렁한—— 내 인상으로는 양아치 사기꾼 같은 분위기였다.

"도르는 항상 진지하다니깐. 게다가 요령도 좋은데 너무 좋다 보니 오히려 요령이 없어졌지."

"놀리지 마라. 지금 우리들은 진지한 이야기 중이라고. 빌."

"나도 마찬가지야. 나는 언제나 진지하게 행동하려고 하는데 어째선지 아무도 이해해주질 않아."

앗핫하, 윌리엄 전하는 경박하게 웃었다.

"도르 님과 윌리엄 전하는 어떤 관계야?"

내가 레네에게 물었다.

"도르 님은 학창시절에 아파라치아에서 유학한 적이 있었어. 윌리엄 전하랑은 그때 알게 됐다는 모양이야."

레네의 말로는 두 사람은 금방 의기투합했다고 한다. 두 사람 다 빼어나고 우수한 학생들이었던 덕분에, 대등한 위치에서 토론할 수 있는 상대를 원했던 두 사람은 서로를 둘도 없는 라이벌이라고 인정했다. 그리고서 20년 가까이 지났고, 두 사람의 인연은 지금도 이어지고 있다.

"도르, 자기가 악역을 자처해서 원망을 받으려는 거지? 클레어 쨩의 이상주의를 지켜주려고."

장난스러운 말투로 말하는 윌리엄 전하를 향해, 도르 님은 쓸데없는 소리 하지 말라는 듯이 시선을 쏘아 보냈다.

"원망받는 역할이라니 그게 무슨 말씀인가요, 빌 님?"

완전히 독기가 빠져버린 클레어 님이 물었다.

"도르는 너를 지키고 싶은 거야. 너의 신념도, 숭고한 의지도 말이지. 그래서 이번 일처럼 신념이나 의지로 통하지 않을 일들은 자기가 오물을 뒤집어쓰려고 하는 거지."

"! 아버님……."

"……."

하고 싶은 말들이 많아 보이는 클레어 님의 시선을 받자, 도르 님은 불편한 듯이 눈길을 피했다. 아무래도 정곡이었나 보다.

도르 님에게 있어서 최우선 사항은 바우어라는 나라다. 그건 틀림없는 사실이다. 바우어를 위한 일이라는 생각이 들면 자신의 친딸을 희생하는 일조차 서슴지 않는다. 그건 이미 혁명 때 증명된 일이다.

하지만 그렇다고 해서 자신의 딸이 소중하지 않느냐고 묻는다면 결코 그렇지 않다. 도르 님은 도르 님 나름대로 클레어 님을 사랑하고 있다. 설령 그 애정이 알아채기 힘든 형태라고 하더라도.

"그러면…… 처음부터 그렇다고 말씀해 주세요. 그런 식으로 저를 모욕하는 것처럼 돌려 말하지 않아도 저도 알아듣는다고요."

"하지만 사실은 변하지 않아. 쿠데타를 일어나는 걸 방관해야 한다는 내 생각은 바뀌지 않는다."

도르 님은 팔짱을 끼고서 눈을 감아버렸다. 클레어 님과 닮은 고집 센 태도를 보니 역시 부녀구나 싶었다.

"도르도 참, 그렇게 완강하게 굴지 말라고."

"그러면 빌이라면 어쩔 거지?"

"쿠데타 같은 시시한 계획은 미연에 방지해 두는 게 좋겠지."

"! 빌 님!"

드디어 자기 의견에 찬성해주는 사람이 나타나자 클레어 님의 만면에 화색을 띠었다.

"이런 찬스를 그냥 놓칠 건가?"

"아니. 이건 마냥 찬스라고는 할 수 없어, 도르. 오히려 꼬리를 잡힐 위험성도 있지."

"무슨 말이냐?"

자 들어봐, 윌리엄 전하는 차근차근 설명을 시작했다.

"쿠데타가 일어나는 건 수뇌회담 당일이지?"

"아아, 그렇지. 책임을 추궁할 절호의 기회 아닌가."

"그 쿠데타는 우리들이 의도적으로 유발한 거라고 주장한다면?"

"근거 없는 억측이다."

"과연 그럴까?"

윌리엄 전하는 살짝 고개를 갸웃했다.

"실제로 우리들은 이미 쿠데타 계획을 알고 있어. 그걸 알고 있으면서 방치하려고 하고 있지."

"그걸 가지고 유발이라고 할 수 없겠지."

"그렇지. 하지만 도로테아라면 적국의 꼬임에 넘어간 어리석은 자들이 궐기했다는 식으로 억지를 부리는 행동쯤이야 하지 않을까."

"음……."

"국민에게는 쿠데타 참가자를 매국노라고 공표하고, 그다음은 적당히 아무나 고문해서 바우어의 첩자의 수작이라고 거짓 자백을 받아낸다면 책임소재는 우리에게 떨어져."

"아니 그렇게 간단히 되지는 않겠지."

도르 님은 역시나 반대하는 목소리를 높였다. 윌리엄 전하는 그 말에 수긍하면서,

"그렇겠지. 하지만 쿠데타가 무조건 우리들에게 유리한 외교 카드가 될 거라는 생각도 너무 낙관적이잖아?"

"……그건……."

"그리고 말이지, 도르. 상대는 전쟁이라는 말을 홍차에 우유라도 타듯이 가볍게 내뱉는 도로테아잖아? 어떤 방향으로 굴러가든 간에 결국은 귀찮은 전개가 될 게 분명해. 그렇다면 소중한 걸 잃지 않을 선택지를 골라보지 않겠어?"

"소중한 것? 클레어의 풋내 나는 이상을 말하는 거냐?"

"바보구나, 도르. 당연히 사람의 생명을 말하는 거지. 알겠어, 도르? 정치나 외교에 몸을 담그는 것도 좋지만, 생명의 소중함을 잊어버린다면, 우리들은 그저 악귀로 전락할 뿐이잖아?"

"……입만은 번지르르하군."

딱딱 끊어지듯이 말하는 윌리엄 전하의 말을 도르 님은 그저 일소에 부쳤다.

"도르, 이래 봬도 나는 여전히 화가 안 풀렸는데? 바우어에서 혁명이 일어났을 때, 친구인 나한테 한마디 상의도 없이 너는 자기 목숨뿐만 아니라 클레어 짱의 목숨까지 던지려고 했어. 너는 대의를 위해서라면 목숨을 너무 가볍게 여겨."

"그게 잘못됐나?"

"잘못됐고말고. 그래서야 손녀들한테 당당히 가슴을 피고 미래를 보여줄 수 있겠어?"

"……으……."

도르 님도 그 점은 인정할 수밖에 없겠지. 대답할 말이 궁해진다. 앞으로 한 발짝만 더 밀어붙이면 될까.

"도르 님, 저도 한 말씀 드려도 되겠습니까?"

"시아버지한테 사양할 거 없다. 말해보렴."

"네. 설령 외교상의 밀고 당기기라고 하더라도 역시 뒷맛이 나쁘지 않을까요. 쿠데타에 가담한 사람들은 잘해봐야 극형, 여차하면 재발 방지를 위해서 그 가족들까지도 그냥 넘기지 않겠죠."

"……그렇겠지."

"타국의 주장과 도로테아의 감언이설—— 제국 국민들에게 설득력을 가지는 게 어느 쪽인지는 명백합니다. 그렇게 된다면 바우어에 대한 국민감정이 악화하고, 오히려 제국 내의 결속이 강화되는 결과로 이어질 수밖에 없습니다."

"……."

"쿠데타가 바우어에 무조건적인 이득이 된다면야 도르 님의 말씀대로 이용해야만 할지도 모릅니다. 하지만 저도 이번 일은 조금 위험하다고 생각합니다."

"흐음……."

도르 님은 살짝 생각에 잠겼다.

"클레어, 네 생각을 듣고 싶구나."

"……저는——."

클레어 님은 잠시 눈을 감았다가 뜨고서, 도르 님을 곧은 시선으로 바라보며 말했다.

"저는 그 사람들을 구하고 싶어요. 그 사람들은 제국을 바꾸기 위한 씨앗이라고 생각해요."

"씨앗?"

"네. 그 씨앗을 뿌린 건 필리네 공주지만, 그 씨앗은 착실히 자라나고 있어요. 지금 여기서 새싹인 채로 줄기가 꺾여버리는 건 너무나도 분한 일이에요."

"그건 정에 휘둘린 판단인가?"

"아니요."

클레어 님은 단호하게 부정했다.

"만약 제국에서 도로테아의 독재를 타도할 가능성이 있다면, 그 가능성은 제국의 국민들에게 달려있다고 생각해요. 국민들이 스스로 생각하고, 지금 현재 상황에 의문을 가진다면 자연스럽게 독재는 사라질 거예요."

"즉, 바우어에게 있어서 이득이라는 건가?"

"네. 제국이 적대 외교를 그만둔다면 그건 바우어 입장에선 최고의 이득이죠. 그걸 위해서라도 여기선 그녀들을 죽게 내버려 둘 수는 없어요."

"⋯⋯."

클레어 님이 말을 마치자, 도르 님은 신중하게 그 말을 음미하고 있었다. 도르 님의 머릿속에는 다양한 이익, 거래, 계산이 얽혀 있겠지.

이윽고,

"좋다. 쿠데타를 묵살하지는 않겠어."

"! 정말 고마워요, 아버님!"

"안심하기엔 아직 이르지, 클레어 짱."

클레어 님이 안도하는 표정을 짓자 윌리엄 전하가 찬물을 끼얹었다.

"정작 중요한 쿠데타를 막을 방법에 대해선 전혀 계획이 없어. 그 방법을 떠올리지 못한다면 결국 쿠데타가 일어날 거야."

"그건⋯⋯ 역시 설득을──."

"그건 좋지 않은 선택 아닐까나. 클레어 짱과 레이 짱은 필리네 공주가 추방당하게 된 원인을 제공한 장본인이잖아? 그런 사람들이 말해본들 쿠데타를 각오하는 자들이 말을 들을 거라고는 생각하기 힘들어."

"⋯⋯분명 그 말이 맞네요⋯⋯."

클레어 님은 생각에 잠겨 들었다.

"저기, 생각을 좀 해봤는데."

"응? 뭐니, 레이 쨩."

"우리들 말을 들어주지 않는다면, 들어줄 만한 사람에게 설득을 맡기면 되는 거 아닐까요."

"그 말도 맞지만 구체적으로 짚이는 사람이 있니?"

"네에, 뭐."

그게 누구냐고 묻는 윌리엄 전하의 질문에, 나는 대답했다.

"요셉 게스너. 황제의 최측근이자 필리네 공주의 아군. 그에게 설득을 부탁드리고 싶습니다."

이곳은 나 제국 군사 훈련소에 딸린 기숙사다. 우리가 오토의 누님을 만나기 위해 면회를 요청하자, 응접실로 안내받았다. 원래대로라면 외부인은 들어올 수 없는 장소겠지만 우리는 어떤 연줄을 써서 여기까지 출입할 수 있는 허가를 얻었다.

예비 하사관과 병사들이 지내는 장소라서 그런지, 튼튼하고 실용적이었지만 화려함과는 전혀 인연이 없는 간소한 건물이었다. 응접실조차도 이 모양이니 이 기숙사는 오직 식사와 잠자리를 위한 장소라는 거겠지.

"아델리나 라이너, 들어갑니다!"

아마 훈련소 내 규율인지 오토의 누나—— 아델리나 씨는 큰 목소리로 성명을 대고서 방 안으로 들어왔다. 아델리나 씨는 키가 크고 머리를 아주 짧게 깎은 여성이었다. 훌륭하게 단련된 몸은 과연 오토의 누나구나 싶은 생각이 들었다. 병사들에게 지급되는 물품으로 보이는 기능성을 중시한 갈색 군복을 입고 있었다.

아델리나 씨는 먼저 클레어 님과 나를 알아봤는지 눈이 마주치자마자 험악하게 노려보았다.

"바우어의 개?! 어째서 여기에 있나!"

마치 우리를 규탄하는 듯한 험악한 말투. 필리네 추방 사건 때문이겠지. 하지만 그걸 감안해도 너무 지나친 언사다.

"아주 정중한 인사말이네요. 제국 병사들의 질도 알만한 수준이에요."

"이 자식이?!"

뭐, 클레어 님이 저런 말을 듣고서 가만히 있을만한 사람은 아니라서 말이 곱게 나가지 않았지만, 오늘의 방문 목적을 생각해봤을 때는 조금 참아주셨으면 한다.

"그렇게 소리 지를 일은 아니야."

방안을 울리는 침착한 목소리의 주인을 보고서, 아델리나 씨는 깜짝 놀란 표정이었다.

"요, 요셉 씨?!"

"아델리나 라이너, 갑자기 불러내서 미안하구나."

그렇다. 클레어 님과 나 말고도 이 자리에는 할아범도 함께였다. 방금 전에 말했던 연줄이라는 것도 요셉 씨다.

"어째서 요셉 님이 적국의 인간들과 함께 계신 겁니까!"

아델리나 씨는 클레어 님과 내 얼굴을 보고서는 요셉 씨를 향해 비난하듯이 말했다.

"지금은 정전 중이다. 바우어는 적국이 아니야."

"그런 허울뿐인 소리는 됐습니다. 거기다 저 두 사람 때문에 필리네 님이……."

"오늘 여기에 온 건 그 필리네 님과도 관계가 있는 일이다. 일단은 앉도록."

평소에는 도로테아에게 휘둘리기만 한다는 인상이지만, 역시나 한 나라의 군주의 측근이다. 관록 있는 말투로 아델리나 씨에게 말을 건넸다. 아델리나 씨는 여전히 불만스러워 보이는 표정이었지만 일단은 할아범의 말에 따라 순순히 자리에 앉았다.

"할 이야기는 다른 게 아니라 너희들이 비밀리에 계획하고 있는 폭거에 대해서다. 나는 그걸 막으러 왔다."

할아범은 완곡하게 표현했지만, 그래도 아델리나 씨는 충분히 눈치챘을 것이다. 그녀의 얼굴에서 핏기가 빠져나갔다.

"……무슨 말씀을 하시는 건지 저로서는 잘 모르겠습니다."

그럼에도 일단 시치미를 떼고 보는 건, 일이 자기 혼자만의 책임으로 끝나는 게 아니기 때문이겠지. 여기서 그녀가 자백해버리면 쿠데타에 가담한 자들 전원에게 피해가 간다. 아델리나 씨는 모른 척할 수밖에 없다.

"그렇다면 알기 쉽게 말해주지. 수뇌회담 당일에 계획하고 있는 쿠데타를 그만둬라."

할아범이 이번에는 직접적으로 쿠데타라는 단어를 입에 담았다. 아델리나 씨의 얼굴이 창백해졌다. 재상직에 있는 사람한테 쿠데타 계획을 들켰다. 즉, 제국은 자신들의 꿍꿍이를 다 알고 있다는 소리나 마찬가지다.

"지금이라면 아직 늦지 않았어. 도로테아 폐하는 자신에게 칼을 겨눈 자들에게는 용서가 없는 분이다. 하지만 뉘우치는 자들에게는 관용을 베푸시지. 바보 같은 짓은 그만둬."

"바보 같은 짓…… 입니까."

아델리나 씨의 눈이 가라앉았다.

"그러면 여쭤보겠습니다만 친딸── 그것도 제국의 미래를 염려하고 계셨던 필리네 님을 국외로 추방한 일은 바보 같은 짓이 아닌 겁니까? 게다가 필리네 님은 돌아가셨고……."

아델리나 씨는 마지막까지 말을 잇지 못했다. 눈꼬리에 눈물을 매달고서 분한 듯이 주먹을 꾹 쥐고 있었다. 그녀는 어지간히 필리네를 깊이 사모하고 있었겠지.

"본래 같으면 일개 병사에 불과한 자네에게 들려줄 만한 일은 아니지만, 필리네 님의 외유는 필리네 님의 몸을 걱정해서 그런 일이다. 폐하는 폐하 나름대로 필리네 님을 염려해서──."

"하지만 필리네 님은 그것 때문에 돌아가셨습니다!"

아델리나 씨는 할아범의 말을 자르듯이 소리쳤다. 이제는 넘쳐흐르는 눈물을 숨기려고도 하지 않았다. 솟아오르는 격정에 내맡긴 채로 할아범에게 말을 쏟아냈다.

"그분은 이렇게 일찍 돌아가실 분이 아니었어! 우리들과 함께 이 나라의 미래를 만들어주실 분임에 틀림없었는데! 그런데도…… 그런데도……!"

"……."

내가 아는 필리네는 기본적으로 심약하고, 밀어붙이는데 약하고, 어딘지 나사가 하나 빠진 부분이 있는 평범한 소녀였지만, 필리네 그룹 내에선 다른 모양이었다. 솔직히 말해, 필리네가 이정도로 사람들의 마음을 사로잡고 있을 거라고는 생각하지 못했다. 이것도 주인공 보정인 걸까.

할아범은 아델리나 씨가 쏟아내는 말들을 묵묵히 듣고만 있었지만, 잠시 뒤에 엄격한 말투로 입을 열었다.

"너는 병사겠지. 병사가 할 일은 국가의 미래를 생각하는 일이 아니야. 위에서 내려오는 명령은 절대적── 그렇게 배우지 않았나?"

"알고 있습니다! 하지만 이 나라는 이대로도 괜찮은 겁니까?! 이 나라는 우리들이 목숨을 걸가치가 있는 나라에서 점점 멀어지고 있는 거 아닙니까?!"

"주제를 알아라, 아델리나 라이너."

할아범의 목소리는 무시무시했다. 아델리나 씨뿐만 아니라, 우리까지 저도 모르게 자세를 바로잡을 정도였다.

"너희 병사들이 어째서 무기를 부여받는 거라고 생각하나? 국가가 명령하는 대로 무기를 휘두르기 위해서다. 착각하지 마."

할아범은 차갑게 내뱉었다. 어쩐지 정치가 모드인 도르 님과 닮았다고 생각했다.

"너희들의 힘은 너희들 것이 아니야. 나라의 것이다. 너희들을 키워내는데 소모한 돈도 모두 국가의 돈. 너희들에게 허용되는 힘은 오직 국가를 위해서 휘두르는 힘뿐이다."

할아범의 말은 군인이라면 질릴 정도로 철저하게 교육받는 내용이다. 요셉 씨는 아델리나 씨에게 그걸 다시금 상기시키려고 했다.

"그리고…… 뭔가 착각하고 있는 모양이지만, 필리네 님은 살아계신데?"

"……네?"

아델리나 씨는 자신의 귀를 의심하는 표정이었다. 생각도 못한 말을 들었기 때문이겠지.

"너도 알고 있다시피 제국에는 적이 많다. 암살의 위험성을 피하기 위해서 일부러 죽은 척을 한 거야. 필리네 님은 건재하시다."

"하, 하지만, 유품으로 머리카락이……!"

"머리카락도, 거기에 묻어 있던 혈흔도 진짜다. 하지만 그저 그뿐이야. 죽었다는 시늉에 설득력을 부여하기 위한 장치지."

별거 아니라는 듯이 태연하게 말하는 할아범에 비해서, 아델리나 씨는 여전히 의심하는 기색이 가득했다.

"말씀은 이해했습니다. 하지만 필리네 님이 살아 계신다는 증거는 있습니까?"

"가짜로 죽은 척을 하고 있는 건데 그런 증거를 남기면 어쩌자는 건가."

"그, 그건……."

할 말이 없어진 아델리나 씨를 보면서 할아범은 관자놀이를 꾹꾹 문질렀다.

"아델리나……. 너는 어째서 사고가 그렇게 딱딱하고 성급한 거냐. 좀 더 신중하게 생각해봐라. 추방되자마자 이루어진 암살에다, 그 정보가 여기까지 전달되는 것도 너무 빨랐어. 애초에 제국의 공주를 암살했는데, 그 도로테아 폐하가 보복에 나서지 않을 리가 없잖느냐. 조금이라도 머리가 돌아가는 사람이라면 이정도 연극은 금방 눈치채겠지."

할아범은 우리 쪽을 슬쩍 보았다. 뭐, 그럴 거라고 생각하고는 있었지만.

"그러면…… 필리네 님은……."

"아아, 지금도 공부에 힘쓰고 계신다는군."

아델리나 씨는 손에 얼굴을 묻고서 흐느꼈다. 다행이다…… 다행이다…… 하며 안도의 목소리를 흘리고 있었다. 필리네도 참, 정말로 사랑받고 있었구나.

"이야기는 이해했겠지? 쿠데타 같은 어리석은 짓은 그만둘 것. 안심해라, 나쁘게는 하지 않——."

"——아니요."

"……?"

할아범의 말을 자르면서, 아델리나 씨는 손수건으로 눈을 훔치고는 단호하게 말했다.

"필리네 님이 무사하시다는 말을 듣고서 우리들의 마음을 한층 더 확고해졌습니다. 쿠데타를 결행해서 공주님을 새로운 군주로 맞이하겠습니다."

"아델리나, 지금까지 이야기를 제대로 들은 건가? 필리네 님은 무사하다고 했잖느냐."

예상치 못한 흐름이었던 걸까, 할아범의 얼굴에서도 초조함이 엿보였다.

"필리네 님이 무사히 살아계신다면 더욱 그렇습니다. 제국에 돌아오실 수 있도록 하기 위해서라도 쿠데타는 결행하겠습니다."

그에 비해 아델리나 씨는 어쩐지 후련해진 표정이었다. 정작 말하는 내용은 만용으로밖에 보이지 않는다.

"다시 생각해봐라. 도로테아 폐하의 힘은 너희들도 잘 알고 있겠지. 쿠데타쯤은 전부 일망타진 될 거다."

"각오한 바입니다. 우리 동지들은 나라의 미래를 위해서라면 죽음 따위 두렵지 않습니다."

어이어이어이. 잠깐 기다려. 뭔가 이야기가 이상한 방향으로 굴러가잖아?

"잠깐만요 당신, 조금 냉정해지는 게 어때요? 애초에 필리네 님의 일을 안타깝게 여겨서 계획한 쿠데타였잖아요? 필리네 님이 무사하다는 걸 알게 된 이상, 무리하게 감행할 의미가 없어진 거 아니에요?"

"닥쳐라, 바우어의 개. 네 녀석들이 뭘 안다는 거냐."

"……뭐라고요?"

클레어 님의 안색이 변했다. 아~ 이건 열 받으셨네. 나는 클레어 님의 화난 표정도 좋아하지만, 지금은 조금만 기다려주셨으면 한다.

"클레어 님, 진정해주세요. 아델리나 씨도 조금 말이 지나치세요."

"……흥."

"……흥."

둘 다 고개를 돌려버렸다. 이거 안 되겠구만.

"무슨 일이 있어도 쿠데타를 결행하는 겁니까?"

"끈질기군."

내 질문에 아델리나 씨가 딱 잘라 말했다. 으—음.

"그렇습니까. 그건 그렇고 국가 반역죄에 대해서 알고 계십니까?"

"……물론이다."

"그러시겠죠. 군인인 아델리나 씨가 더 자세히 알고 계시겠지만, 분명 제국이라면 죄를 저지른 본인의 삼족까지 남자는 처형, 여자와 6살 이하의 어린애는 광산에서 강제노역을 통한 종신형이었죠?"

"……나도 많이 고민했어. 쿠데타가 일어나면 부모님께는 제국에서 탈출하시라고 적은 편지가 전달되도록 조치해 놨다."

아델리나 씨도 생각이 아예 없지는 않았겠지. 하지만——.

"탈출하라니, 어디로 말인가요?"

"그건……. 우, 우리 가족들이라면 분명 잘 생각해서 극복할 수 있을 거다."

"쿠데타에 가담한 사람들의 가족들이 전부 다 그렇지는 않겠죠? 거기다 제국의 손길이 닿지 않는 장소로 도망친다고 해도, 그건 제국의 비호 또한 받지 못한다는 뜻입니다. 이 나라가 세계 각국한테 어떤 식으로 여겨지고 있는지는, 지금 당신이라면 더더욱 잘 알고 있을 텐데요. 그런 곳에서 도망쳐 온 사람이 어떻게 될 거라고 생각하십니까?"

"……!"

완고했던 아델리나 씨의 얼굴에 동요의 기색이 번졌다. 흠, 역시 그런 건가.

"대체 너는 무슨 말이 하고 싶은 거냐?!"

"사태는 절대 당신들 개인의 선에서 끝나지 않는다는 뜻입니다."

아델리나 씨도 냉정해진다면 충분히 알 수 있을 터다. 나는 최대한 담담하게, 아델리나 씨를 자극하지 않도록 말을 이었다.

"국외로 탈출하는데 실패한다면, 만약 운 좋게 은사가 내려져서 감형을 받고 목숨은 건진다고 할지라도 가족들은 계속 지금처럼 지낼 수는 없겠죠? 반역자의 가문이라는 오명을 등에 짊어진 사람한테 친구들이 지금처럼 다가와 줄까요? 직장은 계속 그 사람을 고용해 줄까요? 가게에서는 음식을 팔아 줄까요?"

"그, 그건……."

국가에 반역을 저지른다는 건, 그런 것이다. 물론 국가가 압정을 펼치는 경우에는 저항할 필요도 있을 테고, 아델리나 씨 입장에서 보면 지금이 바로 그 순간인 거겠지만, 동반되는 리스크도 정확하게 이해해야만 한다.

"무엇보다도 남겨진 가족들은 여러분들을 원망하지 않을까요?"

"설령 가족들의 원망을 듣더라도 우리들은 대의를 위해서——."

"괴로운 일입니다. 가족에게 원망을 받는다는 건."

전생의 친구였던 미사키를 떠올렸다.

자살한 미사키를 애도한 사람은 코사키와 시이코, 그리고 나를 포함해 그녀가 품은 문제를 이해하고 있던 친구들뿐이었다. 미사키의 가족들은 미사키를 원망하기까지 했었다.

자살이라는 행위는 본인에게 동정을 모으는 동시에, 주변 사람들이 비난받는 사태를 낳는다. 자살할 때까지 주변 사람들은 대체 뭘 하고 있었냐는 식이다.

미사키의 가족은 동성애에 대한 이해가 없었고, 미사키를 이해하지 못하는 상황이었는데 거기다 주위의 비난까지 받으니 딸에 대한 애정을 완전히 잃고 말았다. 그들에게 있어서 미사키는 영문을 알 수 없는 소리를 해서 가족의 명예를 실추시킨 존재가되었다.

나는 그게 너무나도 슬펐다.

"오토가 당신을 걱정하고 있었습니다."

"……오토가……?"

"네. 바로 그 오토가 그랬다고요. 그는 솔직한 성격이 아니지만, 그럼에도 누나인 당신이 폭거를 저지르는 걸 염려하고 있었습니다. 그런 오토의 마음을 짓밟을 생각입니까?"

"……."

아델리나 씨는 침묵에 잠겼다. 가족이기만 하면 어떤 가족이

든 관계가 양호할 거라는 생각은 환상이나 마찬가지지만, 라이너 가족은 사이좋은 가족인 모양이다. 그렇다면 동생을 그냥 보아 넘길 수는 없겠지.

"그리고 저는 필리네 님도 쿠데타 같은 건 일어나지 않기를 바라실 거라고 생각한단 말이죠."

"네가 필리네 님을 입에 담는 건가. 필리네 님이 추방당한 원인을 제공한 네가."

"그런 사고방식은 필리네 님에게 실례라고요. 그녀는 우리들의 꼬드김에 넘어갈 정도로 가벼운 사람이 아닙니다. 이 나라를 어떻게든 바꿔보고 싶다고 스스로 마음을 먹었기 때문에 필리네 님이 움직이신 겁니다."

클레어 님과 나한테 불순한 동기가 있었다는 점은 부정하지 않는다. 하지만 필리네는 자신이 품고 있었던 문제의식에 따라 행동했다. 우리는 거기에 계기와 조력을 더했을 뿐이다.

"다시 본론으로 돌아가죠. 필리네 님의 머리카락이 왔었죠? 어째서 머리카락일까요."

"그다지 이상할 것도 없겠지. 그렇다고 귀나 코를 베어낼 수도 없는 노릇이니."

"저에게는 그 머리카락은 필리네 님이 도로테아 폐하에게 보내는 메시지가 아닐까, 싶은 생각이 든단 말이죠."

"메시지……?"

아델리나 씨가 고개를 갸웃했다.

"당신이 아는 필리네는 이미 죽었다고 전하는 이혼서류……

라고 하면 좀 이상할까요. 한마디로 절연 선언입니다."

"……!"

"필리네님은 분명 아직 포기하지 않았습니다. 그녀에겐 아직
도 하고 싶은 일들이 있다고 생각합니다."

물론, 내 추측이 엉뚱한 억측일 가능성도 크겠지만.

"여기서 화근을 남겨둔 채 목숨을 내던지기보다, 필리네 님의
의향이 분명해질 때까지 힘을 비축해 두지 않겠습니까. 필리네
님이 돌아오신다면 분명 당신들이 힘이 필요해질 겁니다."

"……돌아오지 못하신다면?"

"그때야말로 필리네 님의 뒤를 이을 사람은 당신들밖에 없잖
습니까. 그걸 위해서는 먼저 군부 내에서 힘을 키우는 걸 권하
겠습니다. 지위가 있다면 할 수 있는 일들도 많아지니까요."

나 제국은 군부가 강력한 힘을 지닌 나라다.

하사관이나 병사로 머무르는 것보다, 더 지위를 높여서 발언
권을 가진다면 그야말로 나라를 바꾸는 일도 꿈은 아니다.

"그리고…… 이건 제 개인적인 바람입니다만 필리네 님이 얻
은 소중한 인재들이 이런 곳에서 사라지고 마는 걸 보고 싶지
않습니다."

"공주님이 얻은 인재……?"

"네에. 당신들을 말하는 겁니다."

필리네에게는 우리와 농락 작전을 개시하기 전까지 아군이라
고 부를 수 있는 사람이 거의 없었다. 그녀가 가지고 있었던 몇
없는 아군이 아델리나 씨 그룹이다. 아델리나 씨 그룹은 필리네

가 스스로의 힘으로 얻어낸 동료다. 그런 사람들을 여기서 잃고 마는 건 너무나도 아깝다.

"……."

아델리나 씨는 침통한 얼굴로 생각에 잠겨들었다. 무리도 아니다. 그녀도 쿠데타같이 당치도 않은 일을 그냥 즉흥적으로 정한 건 아닐 테니까. 각자 다양한 고뇌와 갈등 끝에 결의했던 일이겠지. 아무리 도리를 설파하며 그만두라고 설득해도, 아 네 그렇습니까, 라면서 고개를 끄덕이기는 쉽지 않다.

"이 이상 생각할 필요가 뭐가 있는 거예요."

참을성이 다했는지 클레어 님이 입을 열었다.

"쿠데타를 결행한다면 거의 무조건 실패로 끝. 가족과 친구들이 거리에 나앉는다. 그냥 그것뿐이잖아요."

"……너는 제국 사람이 아니니까 그렇게 간단히 말할 수 있는 거다."

아델리나 씨가 원한에 가득 찬 말투로 말했다.

"네에, 저는 바우어 사람이에요. 하지만 외부인이기 때문에 더욱 잘 볼 수 있는 부분도 있어요."

"그게 뭐지?"

"당신들이 추구하고 있는 건 미래 아닌가요?"

"──!"

클레어 님의 말에 아델리나 씨는 눈을 크게 떴다.

"여기서 단념하는 게 미래로 이어질 거예요. 그건 문제를 회피하는 것과는 전혀 다른 거라고요."

"……."

"당신들 안에는 저 도로테아 폐하조차 두려워하지 않는 강한 마음이 있어요. 나중 가서 그게 사라지지는 않겠죠?"

"당연하지."

"그러면 지금은 참아야 할 때예요. 적어도 필리네 님의 의향을 확인하기 전까지는 경솔한 짓은 삼가야 하는 거죠."

"……."

아델리나 씨는 클레어 님의 말에서 뭔가 느끼는 바가 있었던 모양이다. 클레어 님의 말을 되새기듯이 곰곰이 생각하고 있는 것처럼 보였다.

"나도 꼭 좀 부탁하지. 아델리나, 부디 생각을 고쳐주길 바란다."

할아범도 머리를 숙였다. 아델리나 씨는 그 후로도 잠시간 생각에 잠긴 뒤에야,

"……알겠습니다. 동지들을 설득해보겠습니다."

고심 끝에 결단을 내려주었다.

아델리나 씨를 설득하고 며칠이 지난 후, 드디어 4개국 수뇌 회담이 열리는 날을 맞이했다.

회담장은 제국에서도 몇 안 되는 초일류 호텔이다. 실용성과 기능성을 모토로 삼는 제국에서는 보기 드물게도 화려하게 지어진 건물이었다. 정면의 입구를 장식하고 있는 부조만 봐도 바우

어 왕성에 못지않게 섬세하게 세공되어 있었다.

국가의 체면이 걸려 있기 때문인지 경비도 삼엄했다. 출입구마다 몇 명씩 병사들이 서서 오가는 사람들의 몸수색을 꼼꼼하게 실시하고 있었다. 나도 몸수색을 받았는데 상당한 시간을 들여서 조사를 받았다. 물론 체크하는 상대는 같은 여성이었지만.

어째서 내가 이 자리에 있느냐면 경호원 역할로 고용됐기 때문이다. 클레어 님도 나도, 바우어에서 손꼽히는 마법사다. 그걸 그냥 놀릴 수는 없다며 경비부문에 스카우트 되었다.

사실 도르 님과 세인 전하는 마지막까지 반대하셨지만.

클레어 님과 함께 몸수색을 다 받고 나자, 담당자가 마법 지팡이만 우리에게 돌려줬다. 이게 없으면 여차할 때 전혀 손을 쓸 수 없다. 마법 지팡이가 없어도 최저한의 마법을 쓸 수는 있지만 출력은 지팡이가 있을 때에 비해서 현저히 낮아진다. 제국에 온 뒤로 지금까지 마족의 습격도 몇 번인가 있었으니 축복이 걸린 마법 지팡이는 당연히 몸에 지니고 있어야겠지.

우리들 다음으로 바우어 수뇌진도 몸수색을 받고 있었다. 바우어 측 사람들은 호위역인 클레어 님과 나 말고도, 세인 전하, 도르 님, 트레드 선생님이 참석했다. 그밖에도 몇 명인가 사무직 스태프 분들도 있지만 메인 멤버는 저 세 분이다.

바우어 사람들의 몸수색이 끝나자 스스와 아파라치아 수뇌진도 마찬가지로 몸수색을 받았다. 스스에서는 마나리아 님, 아파라치아에서는 윌리엄 전하와 레네가 참석했다. 옛날부터 뛰어난 재녀로 이름을 날리고 있었던 마나리아 님은 그렇다 쳐도, 한때는 유랑민이기도 했던 레네가 국가의 수뇌진으로서 국제회의에 참석한다는 게, 어쩐지 운명이란 기구하다는 생각이 들었다. 물론 그녀의 엄청난 노력이 있었기 때문에 지금이 있는 거지만.

우리 참가국 사람들은 제국 사람들의 안내에 따라 회담장으로 이동했다. 복도에는 화병, 그림 등이 장식되어 있어서 지나다니는 사람들의 눈을 즐겁게 만들었다. 하지만 그걸 제대로 즐길 여유가 있는 사람들은 그다지 많지 않아 보였다. 모두들 딱딱한 얼굴로 회담장을 향해 나아갔다.

"여기가 회장입니다."

담당자가 문을 열었다. 한순간 쏟아지는 빛에 눈을 찌푸렸다. 조금씩 밝기에 익숙해진 우리들 눈에 가장 먼저 들어온 건 커다란 원탁이었다.

"잘 와주었다. 짐이 도로테아 나 황제다. 이번 회담은 소득이 있기를 바란다."

제국 사람들은 이미 자리에 착석해 있었고, 도로테아가 대표로 인사했다. 교황 성하와 회담했을 때도 그랬었지만 참 그녀다운 간결한 인사였다.

"여러분들은 여기에 앉아주십시오."

담당자의 안내에 따라, 바우어, 스스, 아파라치아 사람들도 제각각 자리에 앉았다. 입구를 남쪽이라고 봤을 때, 동쪽이 바우어, 서쪽이 스스, 남쪽이 나 제국, 북쪽이 아파라치아라는 배치였다. 이 세계에서는 상석이라는 개념이 없는 모양이다. 뭐, 회담 테이블도 그러니까 원탁이겠지만.

"그러면 바로 시작하고 싶군. 짐은 낭비를 싫어한다. 이의가 있는가?"

회담장을 힐끗 둘러보며 묻는 도로테아의 말에 이의를 제기하는 사람은 없었다.

드디어 수뇌회담이 시작되었다.

"단도직입적으로 묻지. 그대들의 요구는 뭐지? 짐의 국가에 그대들은 뭘 요구하고 있는 거냐."

회의의 첫 마디를 뗀 사람은 역시 도로테아였다.

도로테아는 변함없이 그녀 나름대로의 합리에 따라 직설적인 화법으로 회의를 진행하려고 하고 있었다.

"우리들의 요구는 단순해. 침략적 외교에서 융화외교로 노선 변경. 그뿐이야."

대답한 사람은 마나리아 님이었다. 학창시절의 교복 차림이 아니라, 지금은 정장을 갖춰 입고 있었다. 짙은 감색 마이와 회색 슬랙스가 아주 잘 어울려서, 마치 남장을 한 아름다운 미인 같은 멋이 있었다.

"흐음."

"더 이상 적을 늘리는 건 슬슬 제국도 한계겠지? 이 정도쯤에서 손을 떼는 게 어떨까나?"

뒷말을 받은 건 윌리엄 전하. 반 농담, 반 진담 같은 느낌으로 도로테아의 양보를 촉구했다.

"짐은 거기에 응할 필요성을 못 느끼겠구나. 제국은 아직도 여력이 있다."

"……만약에 제국이 응하지 않을 경우 우리는 손을 잡고 귀국과 맞싸울 용의가 있다."

어디 한번 보자는 듯이 거부의 뜻을 드러내는 도로테아를 향해, 날카로운 한마디를 날린 사람은 세인 전하였다. 평소 같은 무뚝뚝한 표정으로 간결하게 말을 이었다.

"……혁명의 때, 귀국이 우리나라에 했던 짓을 아직도 잊지 않고 있다."

"흥. 전쟁에는 깨끗함도 더러움도 없다. 설마하니 겨우 그 정도로 짐의 제국이 가진 힘을 파악했다고 말하는 건 아니겠지?"

둘 사이에서 불꽃이 튀겼다. 이러니까 정치니 외교니 하는 게 싫은 거다. 보고만 있어도 위장이 아파온다. 메이랑 알레어, 그리고 클레어 님이 얽힌 일이 아니었다면 절대로 연관되고 싶지 않다. 클레어 님과 나는 그런 점에 있어서는 취하는 자세의 차이가 꽤 크다.

"게다가…… 바우어도 이거 웬걸, 제법이지 않나."

"……무슨 말이지?"

"짐의 군인들을 봉기시키려고 계획했었지? 짐의 눈은 옹이구멍이 아니다만?"

저건 아마 아델리나 씨 그룹의 쿠데타 계획을 말하는 거겠지. 아델리나 그룹을 염려해서 계획을 저지했는데도, 지금은 마치 그걸 바우어가 부추겼다는 것처럼 말하고 있었다.

"호오? 당신은 자국의 군인을 통제하지도 못하는 미숙한 군주라고?"

"……네 녀석."

"앗핫핫, 이거 무섭구만. 농담이야. 그러니까 그쪽도 엉뚱한 의혹을 뒤집어씌우는 건 그만두라고."

일촉즉발의 상황이었던 세인 님과 도로테아 사이에 윌리엄 전하가 끼어들었다. 장난치는 듯한 익살스러운 언동이 눈에 먼저 들어오지만, 이 사람, 논의의 흐름과 분위기를 읽는 게 능숙하다. 도르 님이 신뢰할 만도 했다.

"짐에게 반기를 드는 쿠데타가 적국의 유력자들이 국내에 들어온 시기에 우연하게 기획됐다고 주장할 셈인가."

"아니 뭐, 우연은 아니겠지만 군인들이 노리는 건 당신이었다고, 도로테아."

"짐이 보기에는 적국의 꼬드김에 넘어간 어리석은 자들이 궐기하려고 했던 걸로 밖에는 보이지 않는다."

"아아, 적당히 누구라도 고문해서 다른 나라의 수작입니다, 라는 억지 자백이라도 강요하려나?"

"나쁘지 않은 수단이군. 우리나라의 국민들의 바우어를 향한 적개심을 부채질하고, 배상금까지 요구할 수 있겠어."

"아주 사기꾼 나셨구만."

에둘러 말하면서도 한 발짝이라도 헛디딘다면 바로 절벽 아래로 떨어질 것 같은 아슬아슬한 대화가 오갔다. 하지만 나는 조금 놀라고 있었다. 도로테아가 저런 화술을 구사할 역량이 있었을 줄이야. 도로테아를 그저 엄청난 능력을 가졌을 뿐인 어린애라고 평가했던 건 그녀를 너무 깔본 걸지도 모른다.

"두 분 다, 농담은 그쯤 해주셨으면 합니다."

윌리엄 전하와 도로테아의 대화에 끼어든 사람은 도르 님이었다.

"그대는 분명 클레어 프랑소와의 아버지였지."

"도르 프랑소와라고 합니다. 잘 부탁드리지요."

"좋다. 그래서 뭘 말하려는 거지?"

"말씀을 올리기 전에, 폐하에게 불손한 말씀을 드릴 수 있도록 허가를 받고 싶군요."

"재미있군. 허하겠다."

도로테아는 재미있다는 듯이 얼굴을 일그러뜨렸다. 역시나 도르 님. 도로테아의 성격도 완벽히 파악해 놨다.

"그러면── 먼저 제국의 현재 상황부터 확인해 보지."

도르 프랑소와── 혁명의 진정한 주역이 처음으로 무대 뒤에서 나와 송곳니를 드러냈다.

"제국은 지금 마구잡이로 전쟁을 벌이고 있지?"

도르 님은 손에 든 자료를 펼치며 말했다. 물 흐르듯 거침없이 나열하는 각국의 이름들은 한 손으로 셀 수 없을 정도였다.

"네 녀석, 정말로 말하는데 거침이 없어졌구나."

"딱히 문제는 없잖나?"

"재미있군, 허가하마. 계속해라."

"아아, 그러도록 하지."

도르 님은 여차하면 이 자리에 모인 3개국뿐만 아니라, 여기에 나열된 모든 국가들과 연합해서 대대적인 군사행동을 일으킬 수도 있다고 호언했다.

"그런 가당찮은 짓이 가능하다고?"

"가능하고말고. 지금 당장 통치하고 있는 지역들도 여기저기서 들고 일어날 거다. 당신이 그런 것도 모르진 않을 텐데?"

외교는 단절되고, 지나치게 넓어진 국토는 적국에게 포위당한다── 군주에게 있어서 이건 악몽이나 마찬가지다.

하지만 도로테아는 눈썹 하나 깜짝하지 않고서 받아쳤다.

"그런 변두리가 어쨌다는 거냐. 중앙이 무사하다면 그걸로 충분하다. 짐만 건재하다면 제국은 불멸이다."

저런 말을 허세도 과장도 없이 당당하게 단언할 수 있는 자가 이 세상에 몇이나 있을까. 도로테아는 초연한 태도였지만, 도르 님도 그에 지지 않았다.

"몸은 원래 끝에서부터 썩어드는 법이야. 내 손에는 제국의 식량 자급률을 정리해 놓은 자료가 있지. 군사부문에 예산을 지나치게 할애한 나머지 계속해서 줄어들고 있군."

"지금은 전시상황이다. 그래야 할 필요도 있겠지."

"그렇군. 하지만 이 상태로 국경 부분의 영지들부터 순차적으로 농지가 망가져만 간다면…… 수년 안에 기근이라는 지옥이 완성된다."

도르 님은 지독해 보이는 웃음을 지었다. 시원스러운 얼굴로 무서운 소리를 하고 있었다.

"아주 재미있겠군. 원한이 있는 상대를 포위하고서 조금씩 굶주리는 걸 지켜보는 건. 우리는 깊숙이 쳐들어갈 필요도 없이 요소요소만 방어하면 충분하겠지. 자국의 지원을 등에 업고 풍족하게 물자를 갖추고서 말이야."

"그런 거였나. 그렇다면 이쪽도 약탈로 대응하면 될 일이다."

"할 수 있을까? 당신의 제국은 강인하지만 그래봤자 혼자. 하나를 약탈해도 다섯 개를 잃겠지."

"……말이 제법이잖나, 도르 프랑소와."

"이름을 기억해주다니 영광일 따름이다."

실제로 도르 님의 말은 이치에 맞는 말들이었다. 아무리 제국이 강대하다고 해도, 주변 국가 전원을 적으로 돌려서야 어찌할 도리도 없다. 물론 일이 그렇게 단순하게 풀리지는 않겠지만, 도르 님이 말한 상황을 만들어 내는 건 결코 불가능한 일이 아니다.

그건 그렇고——.

"으음……."

"뭘 그렇게 고민하는 거예요, 레이?"

"아뇨, 도로테아가 어쩐지 누군가랑 닮았다는 생각이 들어서요. 외모를 말하는 게 아니라 저 완고한 고집과 횡포가."

"저런 폭군이 그렇게 여러 명이나 있겠어요?"

아니 그렇지만 어디선가——.

"앗, 이제 알겠습니다. 혁명 전의 도르 님이군요."

"⋯⋯⋯⋯아."

혁명 전의 도르 님은 스스로 악인을 자처해서 대의를 위해 움직이고 있었다. 그랬던 도르 님의 모습과 도로테아의 모습이 미묘하게 겹쳐보였다. 내 착각일지도 모르겠지만.

"애초에 어째서 그렇게까지 제국에 의한 세계 통일이라는 비현실적인 목표에 집착하는 거지? 어울리지도 않게 아직도 물러터진 면을 다 끊어내지도 못하고."

"물러? 짐이 무르다고 말했는가, 네 녀석."

도로테아의 목소리에 위험한 기색이 번져 나왔다. 그러나 도르 님은 전혀 개의치 않았다.

"반역을 꾸민 딸을 국외로 추방해서 안전한 곳으로 옮겨놨고, 그 협력자인 외국출신 친구들은 불문에 부친다라⋯⋯. 당신은 얼마나 딸한테 물러터진 거지."

분명 요셉 씨도 비슷한 말을 한 적이 있었다. 도로테아는 필리네를 염려하고 있다고. 저 지적을 듣고 보니, 확실히 도로테아는 무르다고밖에 볼 수 없었다.

"흥, 다 안다는 듯이 입을 놀리지 마라. 배 아파 낳아본 적도 없을 텐데."

"아버지라서 안타까운 일이지. 하지만 적어도 한 가지는 알고 있다."

"호오? 그게 뭐지?"

"딸을 생각하는 부모의 마음이다."

"――!"

도로테아의 눈이 깜짝 놀란 것처럼 크게 뜨였다.

"……클레어와 레이는 내 딸이다. 그러니 더욱더 두 사람에게 온정을 베푸심에 삼가 감사를 올립니다."

"……치워라, 이 자리에 어울리지 않아."

도르 님의 갑작스러운 감사 인사에, 도로테아는 당혹해하고 있었다. 도르 님이 말을 이었다.

"도로테아. 이제는 슬슬 그대의 본심을 들어보고 싶다. 당신은 오로지 혼자서 뭔가를 하려고 하고 있어. 우리와 손을 잡을 수는 없는 건가?"

"……."

도로테아는 침묵에 잠겼다. 그녀의 목적에 대해선 수수께끼투성이다. 침략외교를 고집하는 이유에 대해서도 이런저런 말은 했어도, 결국 중요한 부분은 아직 밝혀지지 않았다.

"여기서 귀국에게 최후통첩을 할 수도 있지. 하지만 나는 딸들의 목숨을 구해준 당신에게 그렇게 하고 싶지는 않아. 부디 이야기해 줄 수는 없겠나?"

그건 애원에 가까웠다. 도르 님은 분명 도로테아를 군주로서 높이 사고 있다. 유능한 정치가로서 도로테아를 아깝게 여기고 있었다.

하지만 도로테아의 대답은――.

"그건 나를 너무 얕보는 말이군, 도르 프랑소와."

도로테아는 대담한 목소리로 크게 외쳤다.

"짐이—— 이 도로테아가 온정에 기댈 거라고 생각한 거냐. 어리석은 녀석."

"너 말이야, 강한 척하는 것도 그쯤 해두는 게 좋지 않아? 이건 이제 체스로 따지면 체크나 마찬가지라고."

윌리엄 님의 말에 마나리아 님도, 세인 전하도 고개를 끄덕였다. 그러나 도로테아는 여전히 완고했다.

"짐을—— 짐의 나라를 굴복시키고 싶다면 힘을 증명해라. 주변국가 동맹이라고? 아아, 어디 해보시지. 짐이 전부 한꺼번에 박살을 내주도록 하마."

도로테아는 광기마저 엿보이는 얼굴로 단언했다. 아무리 생각해봐도 그런 게 가능할 리가 없었지만, 그녀가 말하면 묘하게 설득력이 느껴진다. 이런 카리스마야말로 도로테아의 진면목이다.

"도로테아, 이게 마지막이야. 외교방침을 선회하고 새로운 국제질서의 인원으로 가담해."

마나리아 님이 도로테아에게 최후통첩을 날렸다.

거기에 대한 도로테아의 대답은,

"끈질기군. 짐은 그 누구에게도 지지 않아. 짐은 도로테아 나다."

딱 잘라 거절의 의사를 밝혔다. 도르 님을 포함해 동맹국 측은 낙담하는 기색이 역력했다. 잠시 동안 아무도 입을 열지 않았다.

"흠, 결렬인가. 그렇다면——."

"?! 위험해, 레이!"

나는 그런 사태가 벌어질 거라곤 조금도 예상하지 못했다. 깨달았을 땐, 마나리아 님이 바닥에 무릎을 꿇은 채로 어깨에선

피를 흘리고 있었다.

"언니?!"

"마나리아 님!!"

무슨 일인지 잘 모르겠지만 마나리아 님은 나를 지키고서 쓰러졌다. 아마도 공격한 사람은——.

"먼저 제일 위협이 될 만한 녀석부터 쳐부수는 게 기본이겠지."

어느새 검을 꺼내든 도로테아였다.

"대체 무슨…… 생각이냐, 도로테아——!"

정장 마이 위를 점차 적셔나가는 피. 베인 어깨를 손으로 누르면서 마나리아 님이 매섭게 외쳤다.

"뭘, 간단한 거다. 여기에는 적국의 주요 인물들이 한자리에 모여 있구나. 이곳에서 한꺼번에 없애 버리자고 생각했을 뿐이다."

"뭣……?!"

한마디로 도로테아는 이렇게 말하고 있는 거였다. 이 자리에 있는 자들을 남김없이 죽이겠다고.

"레이, 어서 일어나요!"

클레어 님의 날카로운 목소리가 울렸다. 정신을 차리자, 도로테아의 모습이 눈앞까지 육박해 있었다.

"그렇게는 안 돼!"

눈으로 좇는 것조차 불가능했던 도로테아의 검격을 마나리아 님이 검으로 받아냈다.

"마나리아 스스. 네 녀석의 약점은 사랑하는 사람을 버리지 못한다는 점이다."

"당신처럼 될 바에야 나는 이대로도 충분해──!"

마나리아 님이 깊이 파고들며 일섬을 날리자 도로테아가 거리를 벌렸다.

"큭……!"

"마나리아 님!"

"레이, 바로 치료를──!"

"소용없다."

도로테아가 상단세로 검을 겨눴다.

"네 녀석들은 여기서 죽는다. 이놈이든 저놈이든 짐의 밑거름이 되어 사라져라."

회담장은 패닉에 빠졌다. 제국측도 사전에 합의된 일은 아니었는지, 제국 병사들도 당황하고 있었다.

그에 비해 동맹측은 재빠르게 비전투원들을 뒤로 물린 다음, 싸울 수 있는 자들은 도로테아를 포위했다. 도로테아는 검을 겨눈 채, 미동도 하지 않았다.

"목숨이 아까운 자들은 도망쳐도 좋다── 고, 본래 같으면 그렇게 말했겠지만 오늘은 그럴 수도 없지. 미안하지만 전부 죽여주겠다."

"할 수 있을 것 같나요?!"

그 말과 동시에 클레어 님이 화염창을 발사했다. 예전에 레레어의 엄마 슬라임에게 쐈을 때처럼 특대형 일격이었다.

그러나――.

"너부터 죽을 테냐. 클레어 프랑소와?"

"――! 아차――."

도로테아는 화염창을 무시하고서 클레어 님 앞까지 단숨에 돌진해 들어왔다.

"핏 폴!"

나는 도로테아의 발아래를 함몰시켜서 자세를 무너뜨렸다. 간발의 차이로 도로테아의 검이 허공을 갈랐다.

"조심하세요, 클레어 님. 도로테아에겐 마법이 통하지 않습니다."

"그랬었죠. 이렇게나 성가시다니…….."

그렇다. 도로테아에겐 마법이 통하지 않는다. 그건 다시 말해, 우리들의 전투력이 대폭 하락한다는 의미다. 지금 내가 사용한 함몰 마법처럼 지형에 간섭하는 타입의 마법이라면 영향을 줄 수 있겠지만, 화염창이나 수탄같이 직접적인 공격마법은 전혀 듣지 않는다. 클레어 님의 매직레이도 마찬가지다.

"전하를 지켜라!"

"여왕 전하께 치료를!"

호위병들이 황급히 움직였지만 도로테아에게 섣불리 다가갈 수는 없었다. 어설픈 솜씨로는 단칼에 베이고 말 것이다. 병사들은 도로테아를 몰아붙이는 것처럼 창칼을 앞으로 겨누고서 위협하고 있었다.

"잡병들 따위가…… 이 도로테아의 상대가 될 거라고 생각하나!"

검은 빛줄기가 번쩍였다. 도로테아가 손에 든 칠흑의 검을 휘두르자, 분명 수십 명이나 있었던 병사들이 추풍낙엽처럼 나가떨어졌다.

"레이, 언니의 회복을 서둘러요! 도로테아의 검에 대항할 수 있는 사람은 이 중에 언니밖에 없어요!"

"상처가 깊습니다! 시간이 더 필요해요!"

도로테아는 교활했다. 그녀는 자신과 견줄 수 있는 상대는 마나리아 님 밖에 없다는 사실을 알고 있었다. 또한 그녀의 약점도. 그래서 도로테아는 첫수로 나를 노렸던 것이다.

"이 정도면 됐어. 나를 보내줘."

"마나리아 님. 하지만, 아직⋯⋯."

"이대로라면 우리나라 병사들이 죽고 말 거야. 한 나라의 여왕으로서 그걸 간과할 순 없어."

마나리아 님은 왼손에 검을 쥐고서 일어섰다. 주로 쓰는 손은 오른손이지만, 힘이 들어가지 않는 모양이었다.

"너무 무모해요, 언니! 그런 상태로 저 도로테아와 맞선다니!"

"설령 그렇다고 해도 가야 해, 클레어. 도로테아의 말대로 나는 그 순간 내 몸보다도 레이를 우선하고 말았어. 대국적으로 생각한다면 크나큰 판단 미스야."

왕국의 여왕이라는 입장에서 본다면, 그때 나를 버렸어야만 했다. 그런데도 마나리아 님은 그러지 않았다. 나를 지키기 위해서.

"이번엔 실수하지 않겠어. 그러니까 클레어, 너한테 레이를 부탁하고 싶어."

"언니……."

"레이를 데리고 도망치는 거야. 내가 어떻게든 시간을 벌 테 니까."

혈색이 빠져나간 창백한 얼굴을 하고서도, 그럼에도 마나리아 님은 웃어 보였다. 그녀답지 않은 애처로운 미소였다.

"기다려주세요, 마나리아 님. 자포자기는 너무 이릅니다."

"레이는 여전히 가차 없구나. 뭔가 계책이라도?"

"네. 시간과의 싸움입니다만."

이 회담이 시작되기 전에 나는 어떤 소식을 접했다. 승산이 낮은 도박이다. 하지만 나는 거기에 걸어보고 싶었다.

"작전 회의는 끝났는가?"

그렇게 말하며 도로테아는 느긋하게 걸어왔다. 그녀의 등 뒤로 병사들이 남김없이 쓰러져 있었다―― 누구하나 빠짐없이 피를 흘리며.

문득 그녀가 옆으로 흘끗 시선을 던졌다. 그 시선을 쫓으니, 제국 관료 한 사람이 방을 빠져나가는 참이었다. 뭐지……? 잘은 모르겠지만 도로테아가 처음으로 빈틈다운 빈틈을 보였다.

"갑니다, 클레어 님!"

"저에게 맞추세요, 레이!"

그 후로는 오로지 전투에만 몰두했다. 나는 필사적으로 마법을 써서, 백병전을 거는 클레어 님을 지원했다. 클레어 님도 발놀림에 폭발력을 더하거나 검의 위력을 높이기 위해서 마법을 아낌없이 쏟아부었다. 거기에다가 마나리아 님의 원호도 있었다.

그럼에도.

그럼에도 도로테아에게는 닿지 못했다.

"그대의 패배다. 레이 테일러."

마치 죽음을 내리는 재판관이나 사신처럼 도로테아의 선고가 떨어졌다. 클레어 님도 나도 이미 너덜너덜한 상태였다. 마력도 이제 거의 다 소진했다. 마나리아 님은 마력 고갈로 정신을 잃고 있었다.

더 이상 손쓸 방법이 없을 것 같았다. 하지만 우리도 묵묵히 당하고만 있을 수는 없다.

"하아…… 하아……. 당신은 강해…… 그건 인정합니다, 도로테아."

"두말할 필요도 없지."

"하지만…… 실례의 말입니다만, 지금의 당신은 삼류군요."

"……뭐라고?"

도로테아가 눈썹을 치켜세웠다.

"하아…… 하아……. 레이가 하고 싶은 말은…… 이런 거예요. 당신은 개인으로선 더 이상 없을 정도로 강해요. 역사를 뒤져봐도 손꼽히는 강자겠죠."

"쓸데없는 소리는 치워라."

"하지만, 그런 걸로는 단순히 가장 최강이라는 수준일 뿐이에요. 강함이라는 건 그것뿐만이 아니라는 걸 당신은 모르고 있어요."

"최강이라……. 바보 같군. 집단으로서의 강함을 말할 생각인가? 웃기는구나. 약하니까 무리를 지을 수밖에 없었을 뿐이겠지."

도로테아는 코웃음을 쳤다.

"사람이 모여드는 걸 무리를 짓는다고 밖에 표현하지 못하는 것. 그게 당신의 한계예요, 도로테아."

"패배자의 억지인가. 하찮군."

그녀가 믿고 있는 건 어디까지나 개인으로서의 힘이다. 확실히 도로테아는 강하다. 하지만 인간에게는 또 다른 힘이 분명히 존재한다.

"아니요. 사람과 사람이 이어지는 것. 사람들은 옛날부터 그걸 이렇게 불렀죠── 인연이라고."

"연극에서나 나올법한 대사구나. 인연으로 짐을 쓰러트릴 수 있는가?"

"어라? 벌써 잊으신 겁니까?"

"……무슨 소리냐."

나는 클레어 님의 손을 쥐었다. 클레어 님도 내 손을 맞잡아 주셨다. 맞잡은 손을 통해서 천천히, 따뜻한 무언가가 흘러들어 왔다.

"이전에 바우어에서 내분이 일어나도록 책략을 썼잖습니까. 그래서? 어떻게 됐었죠, 클레어 님?"

"……후후. 저와 레이, 그리고 많은 사람들의 인연으로 극복했었죠."

인연이란 상상 속의 이야기도, 꿈속의 풍경도 아니다. 엄연히 현실에 존재하는 힘이다.

"확실히 그건 실책이었다. 진즉에 짐이 직접 나서서 검을 휘둘렀어야 했어."

"패배자의 억지네요."

도로테아의 눈썹이 움찔했다. 앙갚음을 당한 게 마음에 들지 않았던 모양이다.

"이제 됐다. 너희들은 여기서 죽어라."

도로테아가 검을 크게 치켜들었다. 맞잡은 클레어 님의 손을 통해 천천히 힘이 차올랐다. 클레어 님이 얼마 남지 않은 마력을 나에게 양도했다.

"제 고향에서는 이런 말이 있습니다. 승부는 마지막까지 모른다—— 고요!"

나는 마력을 발동시켰다. 클레어 님과 내가 마지막으로 남은 마력을 쥐어짜 어떻게든 완성한 정진 정명 최후의 한 발. 도로테아는 그걸 검으로 튕겨내고서, 훌쩍 뒤로 물러났다.

"숨겨둔 한 수가 있었던 건가. 시건방진 짓을……."

짜증 난다는 듯이 말하던 도로테아가 갑자기 입구 쪽을 돌아보았다. 멀리서 어렴풋이 발소리가 들려왔다. 발소리는 점차 커져갔고, 그게 한 사람이 아니라 수많은 사람의 발소리라는 걸 알 수 있었다.

다행이다. 늦지 않은 모양이다.

"도로테아, 눈치챘나요?"

"뭐를 말인가?"

"이 회담이 있기 전에 그녀를 자유롭게 풀어준 시점에서 당신은 이미 패배했던 거예요. 후후, 후후후⋯⋯."

　도로테아가 그럴 마음만 먹으면, 단숨에 거리를 좁히고서 칼
끝을 내리칠 거리. 너덜너덜한 몸으로는 저항할 수단도 남아있
지 않았다.

　무섭네요, 클레어 님.

　저도 무서워요.

　그럼에도 내가 가장 사랑하는 사람은 크게 소리 높여 승리의
웃음을 터트렸다.

　"웃──훗훗호!!"

　"⋯⋯무슨 소릴 하는 거냐⋯⋯!"

　초조한 듯이 혀를 차는 도로테아.

　그리고──.

　"하아⋯⋯ 하아⋯⋯. 늦지 않았습니다──!"

　거칠어진 숨을 몰아쉬며 회담장에 달려 들어온 사람은──.

　"필리네⋯⋯?"

　그렇다.

　외국으로 추방됐었던 필리네 나, 그녀였다.

　"하앗⋯⋯ 하아⋯⋯. 지금 막 돌아왔습니다, 어머니."

　"필리네⋯⋯? 어째서 네가 여기에⋯⋯?"

　숨을 고르고서 인사하는 필리네를 보며 도로테아는 어리둥절

한 표정이었다. 그것도 그렇겠지. 도로테아 입장에서 보면 이해가 가지 않는 상황일 테니까.

"필리네 님—! 기다려주세요—!"

"공주님—!"

필리네를 시작으로 사람들이 계속해서 회장 안으로 우르르 쏟아져 들어왔다. 대다수는 군복—— 정확히는 견습 군복을 입고 있었지만, 그렇지 않은 사람들도 섞여 있었다.

"네 녀석들은…… 아델리나 라이너, 오토 라이너, 힐데가르트 아이히로트에다 프리데린데 아이마……?"

"폐하, 충언을 드리고자 왔습니다."

"……얍."

"어쩔 수 없군요. 공주님의 부탁이니."

"조국의 원한을 풀어야 할 때다!"

도로테아의 호명에 답하는 것처럼 한마디씩 외쳤다. 모두들 도로테아한테 하고 싶은 말들이 있는 사람들뿐이다.

나라를 걱정하며, 한때는 쿠데타를 결의했던 아델리나 씨.

그런 그녀가 염려돼서, 황제 암살을 꾸몄던 오토.

융화외교를 지지하며, 필리네의 동료가 된 힐다.

조국이 멸망당하고, 줄곧 재기를 꿈꾸고 있는 프리다.

"이건 무슨 웃기는 짓거리냐, 필리네?"

"웃기는 짓이 아니에요, 어머니. 저는 어머님에게 마지막으로 투항을 권유 드리러 왔습니다."

필리네는 힘 있는 말투로 단언했다. 그 당당한 모습에서는 예전 같은 심약한 분위기는 털끝만큼도 느낄 수 없었다.

"후……후후후……후하하하! 투항…… 투항이라고? 네 녀석이…… 다른 누구도 아닌 네 녀석이 이 도로테아 나에게 투항을 권유해……?"

도로테아는 불이 붙은 것처럼 웃어 재꼈다. 그녀 입장에선 헛소리로밖에 들리지 않겠지. 필리네가 자신한테 포기하라고 권한다는 사실 자체가.

그 상태로 한바탕 자지러지게 웃고서,

"재미있는 농담이다. 재미있군. 어디 할 수 있으면 해봐라."

재미없는 대답이라면 당장 베어주겠다는 경고를 날리고서 도로테아는 일단 한걸음 물러섰다. 필리네는 가방 속에서 종이 다발을 꺼내 들며 입을 열었다.

"외국에 나가있던 중에 저는 여러 나라를 돌아다니며 교섭했습니다."

"교섭? 뭘 말이지?"

"반 도로테아 포위망 구축에 협력을 얻기 위한 교섭입니다."

"?!"

도로테아의 표정이 놀라움으로 변했다. 아델리나 씨를 설득한 뒤, 나는 비밀리에 요셉 씨한테서 이 사실을 전해 들었다. 필리네가 오늘 이곳으로 돌아온다는 사실도. 필리네는 그저 실의에 빠진 채로 각지를 방랑하고 있었던 게 아니었다. 그녀는 계속 어머니에게 박아 넣을 송곳니를 갈고 닦고 있었다. 각국의 유력자들을 찾아다니며 인내심을 가지고 끈질기게 설득하거나, 보수를 약속하고, 때로는 교묘한 화술로 상대를 조종했다.

그렇게 착실하게 공든 탑을 쌓아 올렸다. 그 결과, 완성된 것
이——.

"여기 나 제국 주변 6개국의 유력자들이 서명한 혈판장이 있
습니다. 이 혈판장에 참가한 자들은 이제 더 이상 어머니에게
알랑거리지 않습니다. 제국이 새로운 국제질서에 참가하지 않는
다면 일제히 들고 일어나겠습니다."

"필리네…… 네 녀석……!"

이건 즉, 아까 도르 님이 블러프로 말했던 미래 상황의 실현이
었다. 울보였던 딸은 강대한 힘을 쥐고서 어머니의 목줄기를 물
어뜯기 직전까지 와 있었다. 사자 새끼는 역시나 사자였다는 뜻
이다.

"이 자리에서 저를 죽이시겠어요? 그것도 좋겠죠. 저에게는
그럴 각오가 되어있습니다."

"호오……?"

"하지만 제가 어떻게 되던, 어머니가 어떻게 움직이시든, 제
국의 외교적 패배는 결정적입니다. 체크메이트입니다. 어머니."

"……큭——!"

우리는 개인으로서는 도로테아에게 지고 말았다. 도로테아는
강했다. 틀림없이 누구보다도 강했다. 하지만 그런 그녀도 필리
네가 쌓아 올린 사람들과의 인연엔 미치지 못했다.

도로테아는 그녀가 비웃었던 인연이라는 힘에 패배했다.

"네 녀석——!"

도로테아가 검을 치켜들었다. 필리네는 눈을 피하려 들지 않았다. 깜빡임조차 없이, 어머니를 올려다보았다.

"괜찮겠습니까, 도로테아?"

"——! 무슨 소리냐, 레이 테일러?"

내 말에, 도로테아가 내리치던 검이 필리네 머리 위에 떨어지기 직전에 아슬아슬하게 멈췄다.

"이미 승부는 났습니다. 그렇다면 깨끗하게 물러나는 게 패자의 역할이겠죠."

"짐은 아직——."

"지금 여기서 필리네를 죽인다면, 조국을 위해서 사랑하는 어머니와 맞섰고, 목을 내놓은 공주님의 희생—— 같은 미담이 만들어질 겁니다."

"대의명분과 이미지 조작의 관점에서 볼 때는, 죽이는 쪽이 더 피해가 크겠네요."

클레어 님도 나서서, 이때라는 듯이 상처에 소금을 듬뿍 뿌렸다. 도로테아 때문에 엄청나게 고생했다. 이 정도쯤은 해주는 게 당연하지.

실제로 여기서 필리네를 죽여 봤자 달라질 건 아무것도 없다. 필리네는 반 도로테아 포위망을 형성한 설립자지만 맹주는 아니다. 필리네가 죽더라도 도로테아의 패배는 이미 변치 않는 사실이다.

"짐은…… 짐은, 패배한 건가……."

"네에, 완벽한 패배입니다, 어머니."

필리네의 음색은 상냥함마저 품고 있었다.

"아무런 힘도 갖지 못한 어린애한테 말인가……."

"그래요. 어린애한테요."

"……."

도로테아는 그 자리에 털썩 주저앉았다. 검을 내리고서 그대로 허공을 올려다보았다. 그 표정은 어쩐지 후련해진 것처럼 상쾌했다.

"결착이 지어진 모양이군."

"도르 님."

"네, 그런 모양이에요."

도르 님을 비롯해 구석으로 피해있었던 비전투원들이 몸을 일으켰다. 다행히도 비전투원들 중에 다친 사람은 없어 보였다.

"하지만 병사들의 희생이 막대하네요."

"그렇네요……."

몸을 던져서 도로테아의 검을 막아주었던 병사들. 잃어버린 생명은 돌아오지 않는다.

──고 생각하고 있었는데.

"무슨 소릴 하는 거냐. 다들 살아있다만?"

"?!"

도로테아가 조용히 혼잣말처럼 흘린 말에, 나는 튕겨 오르듯 서둘러 병사들에게 달려갔다. 모두들 다리의 힘줄을 베여서 피를 흘리고는 있었지만, 맥을 짚어보니 확실히 다들 살아있었다.

"……도로테아?"

"어째서인가요……?"

"레이 테일러, 클레어 프랑소와, 그리고 필리네. 그대들은 짐에게 승리했다. 승리한 이상 책임을 지도록 해라."

도로테아가 영문을 알 수 없는 소리를 했다.

책임?

"무슨 소리를 하는 겁니까?"

"지금 당장 전력을 소집해라. 마족이 대거 습격해 올 거다."

나는 살짝 걱정이 들었다. 처음 겪는 패배에, 도로테아가 정신이 나간 건 아닌가 싶었기 때문이었다. 하지만 그 걱정은 기우였던 모양이다.

"짐은 제정신이다. 방금 전 일부러 도망치게 놔둔 마족의 첩자가 있다. 녀석은 짐이 네 녀석들을 몰살했다고 생각하고 있겠지."

"?!"

마족? 어떻게 된 거지?

"어머니, 처음부터 차근차근 설명해 주세요."

"시간이 없어. 이건 짐이 준비한 마족과의 전쟁이다. 지금부터 그 전쟁의 역할을 너희들에게 양보하겠다."

영문을 모르겠다. 이러니까 혼자서 떠맡으려는 인간은!

"됐으니까 적어도 최저한만이라도 설명해 주세요. 설명이 없으면 움직일 자들도 움직이지 않아요."

"흠……. 제국이 마족령과의 최전선에 있다는 사실은 알고 있는가?"

"네에."

"짐은 거기서 만났다."

"누구와 말이죠?"

내 물음에 도로테아의 얼굴이 새파래졌다. 바로 그 도로테아가 말이다.

"마족 놈들의 왕—— 마왕을 자칭하는 존재와."

막간 · 종언의 시작

전령을 맡은 자가 돌아왔다.

지금이 기회라고.

천재일우의 기회로 지금 제국에는 세계의 주요 인물들이 모여 있고, 도로테아가 그들을 전부 죽이려고 하고 있다고.

확실히 이건 찬스다.

더할 나위 없는 찬스.

무슨 찬스냐고?

그야 당연하잖아.

"——세계를 멸망시킬 찬스인가."

내 최애는
악역영애.

내 최애는
악역영애.

부 록

츤츤과 데레데레

방 청소를 하고 있었더니 처음 보는 상자를 발견했다. 가로로 20센티쯤 되어 보이는 길쭉한 상자다. 내 기억에 없는 상자니까 아마도 클레어 님의 물건이겠지.

"클레어 님, 이건 뭔가요?"

"아, 그건 채찍이네요."

채찍?!

클레어 님이 상자를 열자 안에는 약간 짤막한 가죽 채찍이 들어있었다. 어딘지 모르게 고급스러워 보이는 맞춤 제작품이었다.

"설마 클레어 님은 여왕님이었던 건가요?"

"무슨 소릴 하는 거예요? 저는 귀족이었지만 왕족은 아니었는데요? 레이도 잘 알고 있잖아요."

"아뇨, 뭐라고 해야 하나…… 여왕님이라는 건 성적인 취향을 말하는 거라서."

"?"

얼굴에 물음표를 둥둥 띄우고 있는 클레어 님한테 귓속말로 자세히 설명해드렸다.

"바…… 바보 아니에요?! 저한테 그런 취향은 없어요! 이건 승마용 채찍이라고요!"

"아아, 그렇군요. 귀족 시절의 물건입니까."

하지만 귀족이던 시절의 소지품은 대부분 몰수당하지 않았던가?

그런 생각이 들어서 물어봤더니,

"이건 추억이 담긴 물건이라서요. 승마용 채찍치고는 조금 작죠? 이건 제가 어린 시절 어머님께 승마를 배우면서 썼던 채찍이에요."

클레어 님은 오랜 추억을 더듬는 것처럼 말했다.

"귀족 시절의 소지품은 최저한만 남기고 전부 처분하라는 말을 들었지만, 이것만큼은 버릴 수 없었어요."

"얼마 없는 밀리아 님의 추억이 깃든 물건이네요."

"네에."

여왕님이라는 둥 이상한 농담을 해버려서 죄송하네.

"하긴 그렇죠. 클레어 님은 여왕님이 아니라 츤데레인걸요."

"예전부터 물어보고 싶었는데 뭐가요? 그 츤데레 라는 건?"

한참동안 채찍을 쓰다듬은 후 다시 소중하게 상자 속으로 돌려놓고서, 클레어 님이 나한테 질문을 던졌다. 호기심은 고양이를 죽인다고 해야 할까, 바로 방금 전에 여왕님이라는 단어 뜻을 물어봤다가 펄펄 뛰셨는데, 또 이런 식으로 괜한 걸 물어보는 게 바로 클레어 님이다. 지식욕이 왕성하시다고 해야 하나, 아니면 모르는 편이 좋은 걸 그대로 놔두질 못하신다고 해야 하나.

"츤데레라는 건 평소에는 틱틱거리면서 새침한 태도를 취하면서도, 둘만 있을 때는 수줍어하는 사람을 말해요."

"말도 안 돼요! 그럼 어딜 봐서 제가 츤데레라는 거예요!"

클레어 님이 새빨개진 얼굴로 외쳤다.

"봐요, 바로 그런 점이라고요. 지금처럼 솔직하지 못한 느낌이지만 침대 위에서는 엄청──."

"입 · 다 · 무 · 세 · 요."

마지막까지 말을 맺지 못했지만 대충 그런 뜻이다.

"정말이지 바보 같은 소리를 하긴……."

"하지만 저는 츤데레인 클레어 님을 사랑해요."

"또…… 또 그런 소리를……."

내 돌직구 같은 솔직한 말에 클레어 님의 뺨이 붉어졌다.

"자요, 좀 더 츤츤거려주세요."

"모, 몰라요!"

"아아, 좋네요. 바로 그거입니다."

"그, 그러니까 이건 딱히 당신을 위해서 하는 게 아니니까 말이죠!"

정석적인 대사 잘 먹었습니다. 천사 아닐까.

"좋아요. 아주 좋네요. 잠시 동안 그대로 츤을 듬뿍 담아서 가보죠."

"흥!"

반응은 이렇지만 웬걸 클레어 님도 아주 싫지만은 않아 보였다. 그날 하루는 클레어 님이 새침한 태도를 듬뿍 담아주셨다.

나로서는 대환영이었지만 설마하니 이게 그런 일로 번질 거라고는 꿈에도 생각하지 못했던 것이다.

"도르 님, 슬슬 저녁 시간입니다. 아이들과 함께 식사하시죠."

며칠 뒤, 저녁.

오늘은 도르 님이 놀러 오셨다. 도르 님이 아이들을 돌봐주신다고 하셔서 나는 클레어 님과 마음껏 알콩달콩한 시간을 보낸 뒤 저녁 식사 준비를 마친 참이었다.

거의 요리가 끝났기 때문에 아이들 방으로 가서 세 사람을 불렀다. 도르 님과 아이들은 나무 블록 쌓기 놀이를 하고 있었는지 여기저기에 다양한 모양의 나무 블록이 어질러져 있었다.

그리고 이유는 모르겠지만 도르 님이 기운을 잃고 축 늘어져 있다.

"도, 도르 님……?"

"레이…… 나는 이제 더 이상 살아갈 수 없을지도 모른다……."

멋진 신사다운 잘생긴 얼굴이 지금은 울상으로 일그러져서는 눈물을 흘리는 도르 님을 보며, 나는 이게 대체 무슨 일인가 싶었다.

"무슨 일이 있으셨나요?"

"……이걸 봐주게."

도르 님은 눈물을 훔치면서 거의 억지로 미소를 만들며 메이와 알레어를 향해 다가갔다.

"오, 그건 성이니? 굉장히 잘 만들었구나."

도르 님이 아이들을 칭찬했다. 도르 님은 항상 아이들을 칭찬하신다. 꾸짖어야 할 때는 확실히 꾸짖지만 거의 3배는 될 정도로 칭찬을 달고 사신다.

칭찬을 받은 아이들은 한순간 얼굴이 밝아졌다. 하지만 언제 그랬냐는 듯이 고개를 휙 돌리면서,

"이런 것쯤이야 별거 아닌걸."

"따, 딱히 할아버지한테 칭찬받아봤자 기쁘지 않으니까요!"

라며 쌀쌀맞은 반응. 도르 님의 얼굴이 뻣뻣하게 굳었다.

"그렇지 않단다, 정말로 훌륭해, 메이. 알레어는 할아버지한테 칭찬받는 건 싫니? 할아버지는 알레어를 정말 좋아하는데."

"'흥─!'"

도르 님이 다시 풀썩 쓰러졌다.

"떽, 메이, 알레어. 도르 님한테 그런 태도를 보이면 안 되잖아."

"왜?"

"클레어 엄마는 이렇게 하셨는데요."

"클레어 님이……?"

뭐지.

한때는 도르 님이랑 다투기도 했지만 두 사람은 혁명이 끝난 뒤엔 이제 관계를 회복하고서 사이좋은 부녀 사이로 돌아왔을 텐데.

"어쨌든 일단 정리하자. 정리하면 다 함께 밥 먹어야지."

"흥! 알고 있다고, 그쯤이야."

"따, 딱히 레이 엄마가 시켜서 하는 건 아니니까요!"

"……?"

역시 뭔가 상태가 이상하다.

"무슨 일인가요, 레이? 아버님?"

"아, 클레어 님."

"클레어……."

내가 돌아오는 게 늦어서 의아하게 생각한 걸까, 클레어 님이 상황을 보러 오셨다.

"어머, 메이, 알레어. 정리정돈을 깔끔하게 하다니 참 장해요."

클레어 님도 도르 님과 마찬가지로 아이들을 자주 칭찬한다. 이런 점이 닮은 것도 역시 부녀지간이다 싶다.

"흥—!"

"딱히 칭찬받아봤자 기쁘거나 하지 않으니까요!"

"……."

클레어 님이 뭔가 말하고 싶어 하는 표정으로 내 쪽을 봤다. 나는 힘없이 고개를 저었다.

"레이, 이건……."

"네. 아무래도 클레어 님의 새침한 태도를 흉내 내기 시작한 모양입니다."

아이들은 어른들이 어떻게 행동하는지를 똑똑히 보고 있다. 별거 아닌 몸동작부터 말투 하나하나까지, 깜짝 놀랄 정도로 유심히 본다. 그냥 보는 것만이라면 괜찮겠지만 아이들은 그걸 흉내 낼 때가 많다.

어른들을 흉내 내는 건 아이들에게 있어서 학습이나 마찬가지. 그러니까 원래 이건 기뻐해야 할 일이겠지만 아이들은 속뜻까지 헤아려서 흉내 내는 게 아니다. 때로는 지금처럼 흉내 내지 말았으면 하는 것까지 흉내 내기도 한다.

"메이, 알레어, 그런 말투는 쓰지 마세요."

"왜? 클레어 엄마도 쓰잖아."

"레이 엄마도 기뻐하셨어요~."

"내, 내가 기뻐했던가……."

위험해, 역시 아이들의 관찰력은 얕볼 수 없어. 도르 님이 쏘아내는 시선이 아프다.

"그런 언행은 어른 전용이에요."

"메이는 빨리 어른이 되고 싶은걸."

"엄마들도 항상 말씀하시잖아요. 쑥쑥 크라고요."

"그건 그런 의미가 아니라고."

난처해졌다. 이거 어쩌지.

"그런 것보다 메이는 배가 고파졌어~."

"저도예요~."

아이들은 클레어 님의 옆을 지나쳐서 거실을 향해 달려갔다. 정리정돈은 깔끔하게 끝냈다는 점은 훌륭하지만.

"아, 잠깐 기다리세요!"

"곤란해졌네요……."

부부끼리의 별거 아닌 장난이었는데 생각지도 못한 방향으로 불똥이 튀고 말았다. 우리야 아직까진 웃으면서 받아줄 수 있지만 저런 상태로 도르 님이나 이웃 아이들과 어울리는 건 조금 위험하다.

"어쩌죠, 레이."

"이건…… 덮어쓰기를 할 수밖에 없겠네요."

"덮어쓰기?"

"뭐, 일단 식사부터 하죠. 자세한 얘기는 밤에."

그날은 어떻게든 넘어갔다. 의기소침해진 도르 님을 위로해드리느라 고생하긴 했지만 어떻게든 해결하겠다고 말씀드렸다니 정말 진지한 얼굴로 "부탁한다"라고 말씀하셨다.

그렇게 그날 밤, 클레어 님과 나는 대책 회의에 돌입했다.

"아침이에요. 두 사람 다 일어나세요."

"으응…… 아직 졸려……."

"조금만 더 잘래요……."

다음 날 아침.

나는 아이들 방 커튼을 열고, 클레어 님이 아이들을 깨웠다. 둘 다 아직 반쯤 잠이 덜 깨서 대답했다.

"그렇다네요, 사…… 사랑스러운 레이. 이거 어쩌죠."

"그러네요. 조금 더 자도록 놔둘까요, 내 사랑."

""……?""

낯선 단어가 들려오자 반응한 건지, 아이들이 여전히 침대에 누운 채로 눈만 살짝 뜨고서 우리를 보고 있었다.

"어머, 눈을 뜬 모양이에요, 허, 허니."

"그러네요. 클레어 님. 분명 클레어 님이 평소보다 훨씬 사랑스러우셔서 그래요."

""……???""

메이랑 알레어가 뭔가 신기한 물건이라도 발견한 듯한 흥미진진한 시선으로 우리를 응시한다.

그렇다, 이건 클레어 님과 함께 세운 계책—— 이름하여, 츤을 덮어쓰려면 역시 데레잖아, 작전이다.

아이들은 항상 새롭고 신선한 걸 바란다. 그래서 저런 태도를 그만두게 만들려면 새로운 걸 흉내 내도록 만들자는 작전이다. 새침데기처럼 구는 것보다는 차라리 부끄부끄하는 편이 대인관계 면으로도 훨씬 낫다. 이건 결코 내가 클레어 님의 데레를 만끽하고 싶다는 검은 속내가 있어서 그런 게 아니다.

아니라면 아닌 줄 알아.

"엄마들 왜 그래?"

"오늘 아침 따라 훨씬 사이가 좋으시네요……?"

어린아이들이 보기에도 역시 평소와는 느낌이 다르다는 걸 깨달았나 보다. 하지만 그렇다고 여기서 물러날 수는 없다.

"무슨 말을 하는 거야, 클레어 님과 나는 언제나 러브러브잖아?"

"그, 그래요. 저랑 레이는 항상 후끈후끈한데요?"

나는 평소 하던 행동 그대로지만 클레어 님은 아직도 엄청나게 부끄러운 기색이다. 이런 모습도 아주 사랑스럽다. 이게 웬 떡이냐.

"자, 다들 어서 나와. 밥 먹자?"

"레이가 정말로 맛있는 식사를 만들어줬어요."

"……응."

"알겠어요."

아직 아이들은 의아한 표정을 짓고 있었지만 일단은 침대에서 일어났다. 좋아, 이 느낌으로 가자.

"자요, 클레어 님. 아―앙?"

"아, 아—앙."

식사 때도.

"으음~ 클레어 님의 향기……."

"잠깐! ……어, 어머 싫다. 레이도 참, 장난이 심하다니까……!"

""…….""

세탁할 때도.

"미안해 허니. 예쁜 다리 좀 잠깐만 들어줄래?"

"이젠 완전 딴 사람…… 네, 네에, 물론이에요."

""…….""

청소할 때도.

"메이랑 알레어는 정말로 귀엽네. 클레어 님을 닮아서 그런가."

"이건 그냥 레이가 하고 싶었을 뿐이었던 거 아닐까……. 그, 그렇지 않아요. 분명 레이랑 닮아서 그런 거예요."

""…….""

아이들과 놀아줄 때도.

클레어 님과 나는 데레데레를 계속 실천했다.

"애들아, 아침이야. 아침 먹을 시간이야, 아침."

며칠 뒤 아침.

나는 평소처럼 메이와 알레어를 깨우러 왔다. 커튼을 걷자 아침 햇살이 방 안에 쏟아진다. 오늘도 좋은 날씨다.

"……응…… 레이 엄마?"

"벌써 아침이에요……?"

아이들이 눈을 뜬 모양이다.

"좋은 아침이야, 둘 다."

나는 웃으면서 아이들에게 인사했다.

"좋은 아침…… 정말 좋아하는 레이 엄마."

"좋은 아침이에요…… 사랑스러운 레이 엄마."

그러면서 아이들은 어리광부리듯이 나한테 안겼다.

"……. ──헉?!"

안 돼. 한순간 의식을 잃을 뻔했다. 아이들이 스킨십을 요구하는 건 항상 클레어 님 쪽이라서 워낙 이런 경험이 드물었던 나는 한순간 넋을 잃고 말았다.

"왜 그래, 레이 엄마?"

"빨리 엄마가 해준 맛있는 요리를 먹고 싶어요~"

"──."

헉, 또?! 데레 모드에 들어간 아이들의 파괴력은 장난 아니었다.

"뭘 하고 있나요, 밥이 다 식겠어요."

"클레어 엄마. 좋은 아침, 너무 좋아!"

"오늘도 아름다우세요~."

"──."

아이들의 다음 타겟이 된 클레어 님도 격침당한 모양이다. 어쩔 수 없다. 저건 정말 어쩔 수 없다.

이렇게 돼서 아이들이 무사히 츤츤 모드에서 벗어나는 데는 성공했지만 데레데레 모드의 아이들은 무시무시한 맹위를 떨쳤다. 보통은 낯가림이 있어서 이웃 아이들과도 데면데면했는데 그런 메이와 알레어가 어리광쟁이가 되어 밀어붙이자 동네 아이들은 남녀를 불문하고 줄줄이 쓰러지고 말았다나. 그야말로 소악마. 장래가 두려운 아이들이다.

"할아버지, 좋아해—!"

"안아주세요~."

"———."

다시 놀러온 도르 님이 저번과는 정반대의 의미로 격침당하고 말았다는 건 두말할 필요도 없으리라.

후기

『내 최애는 악역 영애.』 4권을 구입해주셔서 정말 감사합니다. 작가인 이노리.입니다. 이번 권은 웹 연재분의 제12장부터 제15장까지 분량과 권말 부록을 수록한 구성으로 이루어져 있습니다. 재밌게 읽어주셨을까요.

여러분의 따뜻한 응원덕분에 4권도 무사히 내놓을 수 있었습니다. 중간에 중단되지 않아서 안심하고 있습니다. 1부와는 상당히 분위기가 달라졌다는 평판을 듣고 있는 2부입니다만, 그럼에도 독자 여러분은 관용 있게 받아들여 주신 모양이라 정말 감사하기 그지없습니다. 부디 이대로 마지막까지 후원해주시길 부탁드립니다.

자, 그럼 제국편을 마무리 짓는 이번 권입니다만 어떠셨는지요. 2부도 1부에 이어서 레이와 클레어, 두 사람의 이야기라는 점에선 똑같습니다만, 필리네라는 캐릭터도 또 한 명의 주인공이라 할 수 있는 존재입니다. 첫 등장에서는 믿음직스럽지 못했던 필리네도 이야기가 나아감에 따라 상당히 든든해지지 않았을까요. 본편을 읽어주신 여러분들은 이미 아실 거라고 생각합니다만 필리네는 이제 도로테아의 그늘에서 덜덜 떨기만 하던 여자애가 아닙니다. 다음권이 나온다면 말이지만 필리네는 아직도 활약을 이어갈 테니 부디 기대해주세요.

이번 권은 노골적으로 『다음 권에 계속』이라는 느낌으로 마무리를 지었습니다만 이제부터 이야기는 이 와타오시. 세계관 자체의 수수께끼로 초점을 옮깁니다. 웹 연재분의 후기를 쓰던 시점에서, 이미 2부 마무리까지 원고를 마무리를 지어놓았기 때문에 다음 권에 들어갈 내용인 제 16장과 제 17장은 상당히 파란의 전개로 이루어져 있어서 독자 여러분들이 지르는 비명을 사악한 얼굴로 듣고 있는 작가입니다. 레이와 클레어의 사랑이 세계가 나아갈 결말마저 뒤흔드는 『내 최애는 악역 영애.』의 피날레를 꼭 즐겨주셨으면 합니다.

마지막으로 감사 인사를.

GL문고 편집부의 나카무라 님. 바쁘신 와중에 이번 권도 많은 신세를 졌습니다. 꼭 5권도 긍정적으로 검토해주시길 부탁드리겠습니다.

일러스트를 담당해주신 하나가타 선생님. 후기를 쓰는 시점에서는 일러스트가 다 완성되지 않았지만 선생님이 그려주시는 일러스트를 항상 기대하고 있습니다. 이번에도 부디 잘 부탁드리겠습니다.

파트너 아키 씨. 4권도 무사히 나올 수 있었습니다. 본편 원고도 마지막까지 완성했으니 또 둘이서 축하하도록 해요.

그리고 매번 하는 인사입니다만 이 책을 구입해 주신 당신에게 최대한의 감사를 드립니다. 정말 감사합니다.

앞에 말씀드린 대로 2부 에필로그 까지 원고가 완성되어 있기 때문에 여러분들의 바람만 있다면 5권도 나올 수 있을 거라고 생각합니다. 도중에 끊기지 않기를 기원하면서 후기를 마무리 짓도록 하겠습니다.

2020년 11월 19일 이노리. 드림.

WATASHINO OSHIHA AKUYAKUREIJO 4

[내 최애는 악역 영애.] 4

2020년 7월 1일 1판 1쇄 발행

저자 이노리.
일러스트 하나가타
옮긴이 정백송
발행인 유재옥
본부장 조병권
담당편집 정영길
편집1팀 이준환 박소연
편집2팀 정영길 김민지 조찬희
편집3팀 오준영 곽혜민 김혜주
미술 김보라 서정원
라이츠담당 한주원 김은지
디지털 박상섭 이성호 최서윤 정현희
발행처 ㈜소미미디어
제작처 코리아피앤피
등록 제2015-000008호
주소 서울시 마포구 토정로 222, 403호 (신수동, 한국출판콘텐츠센터)
판매 ㈜소미미디어
마케팅 한민지 이주희 최정현
전화 편집부 (070)4164-3962, 3963 **기획실** (02)567-3388
판매 및 마케팅 (070)4165-6888 **Fax** (02)322-7665

ISBN 979-11-6611-947-7 (04830)
ISBN 979-11-6507-482-1 (세트)